KB098102

라떼 카르멘

라떼 카르멘

김대성 소설집

지혜

작가의 말

책 읽기를 무척 좋아하던 가난한 소년에게는 앞을 보지 못하는 형이 있었습니다. 소년의 꿈은 컸고 가지고 싶은 것도 많았지만 포기하는 방법에 익숙해지며 어른이 되었습니다. 그에게 세상은 차가웠지만 빛바랜 소설책이 가득한 학교도서관은 유일한 안식처가 되어주었습니다.

구로공단 모피공장 직원, 경양식집 주방보조, 경비원, 심부름센터 종업원 등을 전전하며 형을 돌보면서도 꿈을 잃지 않았고, 이성과의 달콤한 데이트 한 번 해보지 못한 채 외롭고 어두운 곳에서 공무원시험 준비를 하며 청년시절을 보냈습니다. 마흔이 가까워 직장생활의 매너리즘에 빠질 때쯤 글을 써보라는 지인의 권유를 받아 소설 쓰기를 시작하였고, 컴퓨터 자판을 두드리며 나 자신을 찾아가는 과정에서 잃어버렸던 어린시절의 꿈이 되살아나는 희열에 빠지게 되었습니다. 한번 소설을 쓰기 시작하면 탈고가 될 때까지 그 이야기 속 주인공이 되었습니다. 지난 시절의 시련은 오히려 글쓰기에 자산이 되었고 아이러니하게도 늘 짐이 되었던 형의 이야기를 소재로 다룬 소설 '정지선 위의 서번트'가 당선되어 등단하게 되었습니다. 꿈을 품고 웅크려 지내왔던 시간이 길었던 만큼 벅찬 눈물을 주체하지 못할 정도로 행복했습니다.

세상이 처음으로 아름답게 보이는 순간이었습니다.

냉혹하고 힘겨운 삶속에서 내가 만든 세상에서만이라도 인간의 온기가 감도는 평안한 공간을 마련하고 싶었습니다.

어렵고 따분한 글을 지양하고 되도록이면 쉬우면서도 재미나게 써보려고 노력하였습니다. 나름 치열하게 고민했지만 변변치 못한 놈들이라 아직 세상에 내놓기엔 부끄럽고 한 번도 가지 않은 길이라 두렵지만 그만큼 설레입니다.

그래도 세상은 살아볼만하고 인간의 본성은 따뜻하고 사람은 사랑의 힘으로 살아간다는 것을 증명하고 싶었습니다.

아무쪼록 저의 글을 읽고 단 한 명의 독자라도 제가 마련한 안식처에서 따뜻한 온기를 느끼기를 바랄뿐입니다.

끝으로 부족한 저의 글을 응원해 주고 따끔한 지적을 마다하지 않았던 분과 해설을 써주신 백지영 소설가, 그리고 책이 나오는데 도움을 주신 박정원 시인, 반경환 선생님, 국세청문우회 선배님들께 깊은 감사의 말씀을 드립니다.

2022년 가을에
김 대 성

목 차

그녀의 다리는 굵다

그녀의 다리는 굵다

오늘은 기어이 끝장을 봐야한다.

그녀가 더 이상 내 인생에 끼어드는 걸 용납해선 안 된다. 상황이 어쩔 수 없으니까 인정상 다음에 하지 이런 구질구질한 이유로 질긴 인연을 이어가선 안 된다. 그렇다 칼 같이. 난 지금 라디오에서 흘러 나오는 팝가수 락웰의 "knife"라는 노래를 흥얼거리며 전의를 불태우고 있다.

"Knife Cuts like a knife How will I ever heal i'm so deeply wounded Knife Cuts like a knife"

노래가사가 어떤 내용인지 자세히는 모르겠지만 음악 전반에 흐르는 비장한 분위기가 최근 몇 달간의 내 삶을 충분히 대변해주고 클라이맥스 부분에 반복되는 칼처럼 끊어 내자는 가사가 마음에 들었다.

그녀의 다리는 굵다.

적어도 내 다리 용적에 두 배는 족히 넘어 보인다. 한번은 자신의 무릎이 얼마나 굵은지 만져봐 달라고 내미는데 비록 치마에 덮여져 있었지만 그 투박하고도 엄청난 두께에 기겁한 적이 있다. 항상 롱스커트 속에 가려져 있던 다리의 정체를 처음으로 가늠 해보던 순간이었다. 정말이지 만지고 싶지 않았다. 사실 더러운 것도 아닌데 왜 그리 꺼림칙하던지. 마치 애무를 받듯 지그시 눈을 감고 내 손길을 느끼던 표정과 그녀의 몸의 감각이 아직 내 손 끝에 남아 지워지지 않는다. 아주 잠깐의 교감이었지만 커다란 통나무같이 뭉툭한 무릎을 거듭 만져주고서야 자유로울 수 있었다.

"어때? 굵지? 통뼈라니까. 앞으론 다이어트니 살 빼란 말 아예 꺼내지도 마."

"알았어, 절대."

그녀의 키는 작다.

174센티인 나보다 머리통 하나는 없어 보인다. 지난 가을 초등학교 운동장 아이들 틈바구니 속에서 놓쳐버린 그녀가 내게 다가와 아는 체 하기 전까지 찾지 못했던 기억이 선명하다. 그녀의 트레이드마크는 당연 긴 치마이다. 짧고 굵은 다리를 감추는 방법으로 다른 대안이 없는 듯도 하지만 계절을 가리지 않고 어김없이 치렁치렁 긴 치마를 늘어뜨리며 나타나는 그녀를 모른 척하고 싶었다. 그녀와 대로변을 함께 걸을 때는 마치 내게 치명적 결함이라도 있는 듯 흘기고 지나가는 시선들이 부끄러웠다. 그녀한테는 미안하지만 지하철계단에서 발을 헛디딘다 해도 별로 다치지 않겠다는 상상을 해본 적도 있다. 신체구조상 별다른 방어를 하지 않더라도 넘치는 지방질이 충격을 완화해주고 공처럼 둥근 체형이 자연스레 굴러 내려갈 것 같기 때문이다.

그녀의 성질은 고약하다.

자기 맘에 드는 사람에겐 간이라도 빼줄 듯 잘해주지만 눈 밖에 벗어나면 여지없이 노처녀 히스테리의 절정을 맛보게 될 것이다. 대개 얼굴이 예쁘면 인물값을 한다고 성질이 못 되어 먹거나, 요즘 말로 허영이 심한 김치녀나 자기밖에 모르는 공주병환자 등등의 결함들을 한 두 가지쯤은 가지게 된다. 그래도 미인을 차지하려면 이 정도쯤은 충분히 감수할 용의가 있다. 하지만 이 여자는 그런 선입견마저 무참하게 짓밟아버린다. 성질이 오죽 고약하면 관상쟁이가 '불이 붙은 갈대숲 속에서 시퍼렇게 날이 선 도끼를 짊어지고 서있다.'라고 까지 표현했을까. 신통하게도 그녀는 이러한 결점들을 하나도 빠짐없이 두루 갖춤으로써 세상이 공평하다는 자연의 섭리와 인간의 선입견을 완벽하게 무너뜨린 시대의 히로인이다.

그런데 내가 왜 이런 여자와 시월의 멋진 날에 나란히 청계천 시민 공원길을 거닐어야만 하는가. 친구란 때로 감당하기 어려운 짐을 지 워주기도 한다. 그것도 가장 막역한 20년 지기라는 놈이 말이다. 하 긴 그러기에 그 고역스런 짓을 떠맡았겠지만. 그 20년 지기라는 놈 은 자신의 어여쁜 연인과의 원활한 데이트를 위해 애인이 혹처럼 달 고 다니던 단짝 짜리몽당을 처리해줄 혹기사가 필요했던 것이다. 처 음에는 나도 오랜 홀아비 백수 생활에 신물이 났던 탓도 있겠지만 대 수롭지 않게 여겼기에 놈의 제안에 오히려 솔깃하기까지 했었다. 그 래도 여자인데 설마 하는 기대를 품고 몇 날 밤을 나름대로 머릿속에 여체를 그려놓고 뜨거운 섹스를 꿈꾸기도 했다. 그런데 그놈의 잘빠 진 애인과는 너무나 대조적인 그녀의 몸통을 보는 순간 당장이라도 자리를 뛰쳐나가고 싶은 충동을 억누르느라 어금니가 다 닳았을 정 도였다. 눈 딱 감고 한번만 처리해달라는 놈의 애원을 차마 외면할 수 없어 그날은 연기까지 해가면서 최선을 다해 폭탄을 제거해 주었다. 그런데 어쩌다가 이 지경까지 되었는지. 20년 지기라는 존재와 어리 버리 지내버린 시간과 도무지 기억이 나지 않는 그날 밤의 기억이 그 저 개탄스러울 뿐이다.

나이 마흔을 눈앞에 두고도 아직 결혼은커녕 변변한 직장조차 없는 나에게 고급 일식집에서의 저녁식사는 거절하기 어려운 달콤한 유혹이었다. 놈이 배부른 고민을 털어놓는 사이 난 허기진 배를 채워 나가는 데만 급급했다.

"나 이런 기분 처음이다. 밤잠을 제대로 못잔지 오래다."

"왜 뭔 일 있냐?"

별로 내키지는 않았지만 그래도 비싼 음식을 사주는 성의를 생각 해서 관심 있는 척 다박다박 말대꾸는 해주었다.

"술이나 마시자."

기껏해야 동네슈퍼 파라솔 아래서 땅콩 몇 알에 맥주 캔을 따거나 허름한 포장집에서 꽁치구이 한 토막 놓고 소주잔을 비우는 게 고작 이었다. 해삼, 낚지, 전복, 가리비, 대하튀김이 차례대로 들어오고 주 방장이 갖가지 진귀한 부위의 횟감을 직접 가지고 들어올 때만해도 마냥 행복에 겨웠다. 하지만 그 이상의 대가가 뒤따르게 될 줄은 그때 는 상상도 못했다. 어느 정도 배가 채워지고서야 놈의 표정이 평소와 는 많이 다르다는 것과 오늘 놈이 소주 이외에는 아무것도 입으로 가 져가지 않았다는 사실을 깨달았다.

"우리 사이에 못할 말도 있냐?"

"오늘은 그냥 술이나 마시자."

"술 체 하겠다 인마. 그런 우거지상을 해가지고 자꾸 술만 마시래."

비록 반년 만에 대하는 얼굴이지만 평상시 같지 않은 놈의 분위기에서 무언가 심상치 않은 기운이 감지되었다.

"말 안 하면 그냥 간다."

화장실에 다녀올 겸 슬쩍 엄포를 놓고 일어서는데 비로소 놈이 입을 열었다.

"좋아하는 여자가 생겼다."

마치 커밍아웃을 선언하는 동성애자처럼 놈의 눈빛은 진지한 두려움에 떨리는 듯 했고 목소리에는 비장함까지 묻어있었다.

"뭐 여자? 미친놈. 제수씨는 어떡하고!"

비록 순탄하지 못했던 결혼생활이었다지만 자식새끼를 둘이나 퍼질러놓고 이제 와서 뭘 어쩌겠다는 건지 나도 모르게 인상을 구기고는 버럭 소리부터 질렀다. 사실 마흔이 다 되도록 결혼은 고사하고 연애다운 연애 한번 못해봤던 내가 한심스럽고 억울했던 탓도 없었던 건 아니었다.

"그래 내가 생각해도 미친놈 같다. 얼마든지 욕해라. 조금이나마 후련해지게."

막상 멍석을 깔면 하기 싫다고 나 자신에 대한 화풀이였지 애초 그놈에게 무슨 적대감이 있었던 건 아니었기에 한손으로 빈소주잔을 그러쥐고 한참을 다소곳이 회 접시에 시선을 처박고 있는 놈을 보고 있자니 안쓰러운 느낌마저 들었다.

"어떤 여잔데? 나이는?"

"세 살 어려."

"그 나이에도 아직 결혼을… 아니 너 혹시 설마?"

"그래 맞아. 지금 네가 상상하는 거."

"에라 이 미친놈아! 이거 완전히 개념 없는 놈일세! 도내제 어쩌려고. 당장 그만둬!"

"나도 그러려고 했어. 수백 번 아니 수천 번! 그런데 그게 안 돼. 머릿속에 온통 그 사람 생각뿐이야. 잠도 오지 않고 간신히 든 잠속에서도 그 사람을 쫓아 헤매다가 깬단 말이야. 넌 사랑을 못해봐서 모를 거야."

"사랑? 미친놈 나이를 사십이나 처먹은 놈이 사랑은 무슨 말라비틀어진 사랑? 당장 집어치워라 인마! 험한 꼴 당하기 전에."

그윽한 조명아래 언뜻 놈의 눈가에서 빛나는 물기를 보았다. 정녕 저놈은 사랑에 빠졌다. 부러웠다. 경우가 어찌되었건 사랑이란 감정을 한 번도 느껴보지 못한 한심한 나보다는 비록 불륜이라지만 저놈이 백배는 행복해 보였다. 솔직히 부러웠다.

그들이 화려한 음지를 지향하는 것과는 달리 우리는 서글픈 양지를 활보했다. 그녀는 자신도 남자와 버젓이 데이트를 즐긴다는 사실이 대견스러웠던 겐지 그 신비스러운 몸통을 만 천하에 드러내고 싶어 했다. 하지만 나는 되도록 그녀와의 거리를 유지하기 위해 혼신의 힘을 다했다.

"같이 가. 혼자 가면 어떡해."

"거북이 고기를 삶아먹었나 좀 빨리 걸을 수 없어?"

"거북이 고기? 호호호! 자기는 하는 말마다 너무 재밌어 호호호!"

참 알 수 없는 일이다. 이런 짜증까지 유머로 승화시켜 주는지 마땅히 화를 내야 할 상황인데도 그저 행복해 죽겠다는 표정이다. 거북이? 그렇다. 그녀는 거북이다. 그것도 붉은 귀 거북. 우선 두 개체의 외관상 모습부터 비슷하고 결정적인 공통점을 지녔다. 우선 엄청난 먹성으로 불과 십 수 년 만에 한반도 생태계를 장악해 버린, 물이 존재하는 곳이라면 시궁창이라 해도 상관하지 않는 환경적응력과 끈질긴 생명력이다. 그녀 또한 척박한 백수에게서 그것도 혹독한 구박 속에서 적응하여 결코 떨어지지 않는 끈질긴 생명력을 지녔다. 언제부터인가 그녀를 떠올리면 머릿속엔 그놈의 거북이가 느릿느릿 기어가는 모습이 자동으로 디스플레이 되었다.

20년 지기의 애원으로 어쩔 수 없이 두 번째 들러리를 서던 날 선남

선녀 두 커플이 돼지갈비에다 소주를 마시고 나올 때까지만 해도 그런대로 분위기는 괜찮았다. 노래방으로 2차를 가자는 나의 애절한 손길을 미안한 표정으로 뿌리치고 돌아서는 친구 놈과 그놈의 어여쁜 애인의 뒷모습을 보면서 이 저주받은 만남의 종지부를 이쯤에서 찍어야 한다고 결심했다. 거북이 뒤를 따라 들어간 호프집 2층 창가 자리에서 그녀의 눈을 똑바로 들여다보며 정색을 하고 물었다.

"혹시 별명 있으세요?"

"별명이요? 호호! 없는데 지어 주실래요?"

"그래도 되겠습니까?"

"그래주시면 저야 영광이지요."

"거북이요."

눈을 질끈 감고 맥주잔을 움켜쥐고 고개를 숙였다. 그러곤 곤혹스러운 몇 초의 시간이 긴박하게 흘러갔지만 그녀는 가타부타 아무런 반응이 없었다. 화를 내며 자리를 박차고 나가리라는 예상은 보기 좋게 깨졌다. "거북이요? 아! '빙고'라는 노래 부르는 그룹이 거북이잖아요. 그 노래 제가 무지무지 좋아하는데. 그리고 요즘사람들은 세상을 너무 빠르게만 살려고 하잖아요. 때로는 느릿느릿 살아가는 거북이가 부러웠던 걸요."

난감한 일이다. 여자로서 일말의 자존심마저 내다버린 모양이다.

하지만 여기서 그만둘 수는 없다. 어떻게든 다시 내게 전화를 거는 일이 없도록 최대한 나의 한심스러움을 부각시켜야 했다.

"남달리 뛰어난 재주도 없고 보다시피 나이 사십이 다 되도록 아직 부모 집에 얹혀살고 뭐 앞으로 비전도 불투명하니 제 자신이 생각해도 전 정말 형편없는 놈입니다."

"어머 겸손도 하셔라. 제가 보기엔 도무지 단점이라고는 눈을 씻고 봐도 찾을 수 없는 분이세요. 남자들은 흔히 자신을 포장하려 잘난 척들을 하던데."

'오호라, 잘난 척 하는 남자를 싫어한다고? 그렇다면….'

"그렇지요. 사실 내가 시기를 잘 못 타고나서 그렇지 이러고 있을 사람이 아닙니다. 그동안 잘생긴 외모 때문에 아주 피곤하게 살았습니다. 어떤 여자든지 날 보기만 하면 가만히 놔두질 않더군요. 참!"

"어머 정말이요? 당연히 그랬겠지요. 조금 질투가 나긴 하지만 이젠 제가 곁에 있으니 참을 수 있어요. 정말 너무너무 멋지세요."

참말로 미치고 펄쩍 뛸 일이다. 터무니없는 내 자랑을 액면그대로 받아들이고 자신에게 잘 보이려 노력하는 모습으로 오해까지 하는 듯하다. 술만 연거푸 들이마셨다.

"어머 안주도 좀 드시면서 마시세요. 어쩌면 술 마시는 모습도 저리 터프하고 멋지실까?"

젠장, 아무리 머리를 쥐어짜도 지금 저 여자의 눈에 덮여진 콩 꺼풀을 걷어낼 방법이 전혀 생각나지 않는다. 일부러 담배연기를 그녀 쪽으로 뻑뻑 뿜어댔다. 웬만한 여자들이라면 이쯤에서 인상을 찡그리며 일어나든지 적어도 담배연기가 싫다는 표현을 했을 법도 한데 거북이는

"어머 담배연기는 원래 자기가 좋아하는 사람에게로 간다고 하쇼? 아마. 호호호, 정말 그럴까요?"

점점 끈적거리며 다가오는 그녀의 은근한 눈빛에서 거부할 수 없는 어떤 힘까지 느껴졌다. 아 저주스러운 그날 밤 기억은 더 이상 떠올리고 싶지도 않다.

삐리리리~ 20년 지기로부터 호출이다.

"너희들 사랑 놀음에 불쌍한 노총각 더 이상 끼어 들이지 마라. 몸도 피곤하고 만사가 귀찮다."

"그러지 말고 마지막으로 한번만 희생해라. 네 안부를 자꾸 묻던데?"

"뭐야 이놈아! 그 괴물 같은 여자 얘긴 더 이상 꺼내지 마라. 생각만으로도 인생이 우울해진다."

"그래도 내 생각해서 눈 딱 감고 한 번만 상대해 주면 안 될까?"

"한 가지만 묻자. 너라면 말이다. 그렇게 생긴 여자하고 같이 잘 수

있겠냐?"

"미친놈 뚱딴지같은 소리는… 내가 왜 그런 짓을 하냐?"

"거봐 이 자식아. 그럼 나는 뭐 하고 싶어서 한 거냐?"

"너, 설마…… 했냐?"

"그 거북이 얘기 하려거든 앞으로 다시는 전화하지 마라."

딸깍. 전화를 끊는 것도 모자라 아예 배터리까지 빼버렸다. 생각할 수록 놈에 대한 분노가 치밀어 올라 견딜 수가 없다. 놈은 자기 생각 에도 거북이의 외모가 심각하다고 여겼던 모양이다. 당분간 그놈의 전화도 거북이의 전화도 받지 않기로 했다.

며칠째 전화기를 꺼놓고 두문불출했더니 등에서 욕창이 날 지경이 다. 하루 종일 만화책을 뒤적이며 퍼질러 누워있는 것도 이젠 지겨워 못 하겠다. 희끄무레 어두워지는 창밖을 보고서야 슬슬 기어나가 3년 전에 그만둔 회사의 입사동기이자 같은 동네에서 함께 백수 직을 역 임하는 백천을 불러내려던 참이었다.

"재준아 밖에 나가 봐라. 어떤 여자가 기다리더라."

저녁 장을 보고 들어온 어머니가 내 방에다 의혹에 눈초리를 던진 다. 여자? 여자라니? 이때까지 여자가 나를 만나러 내 집을 찾았던 상 황은 단 한 번도 없었다.

"누구래요?"

"낸들 아냐? 나이는 좀 들어 보이던데. 술값 받으러 온 여자는 아닌 것 같고."

"어떻게 생겼어요?"

"니 눈으로 보면 알거 아녀. 생긴 건 짜리몽당 하더구만."

짜리몽당? 순간 머리 속을 스처가는 그녀. 설마 여기까지 찾아 올 리는 없다. 심호흡을 크게 한번 하고 손톱만한 볼록렌즈로 현관 밖을 내다본다. 아무도 없다. 아무렇게나 추리닝을 걸치고 문밖을 나선다. 1층 현관 옆에서 기다리는 여자를 본 순간 예상을 했지만 가슴이 철렁 내려앉았다. 역시 거북이였다.

"여긴 어떻게?"

"괜찮으신 건가요?"

"그냥 몸살이 좀 와서."

"저런! 저랑 지금 병원에 같이 가요."

"아니요. 됐습니다. 그런데 집은 어떻게?"

"친구 분께서. 참 아까 그 분이 어머니시지요? 인사를 제대로 못 드렸는데."

"그럴 필요까지야. 요 앞에 나가 차나 한 잔 합시다."

혹시라도 지나치는 동네 아주머니 눈에라도 띄어 회자될까 두려웠다. 누구네 아들은 마흔이 되도록 장가를 못 가더니만 결국 거북이처럼 생긴 여자와 눈이 맞아 돌아다니더라고 소문이라도 난다면 난 어쩔 수 없이 태어나 한 번도 벗어난 적 없는 이 동네를 등져야 한다. 어슴푸레 어둠이 내리기 시작한 거리에는 저녁손님을 맞이하려는 음식점 불빛들로 부산하다. 내가 2층 커피숍 계단으로 오르려하자 그녀가 잠시 머뭇거리더니 뒤따른다. 어정쩡한 시간이라 실내는 한가했다.

"아직 식사 전이시라면 같이."

"아, 아닙니다. 속이 거북해서요."

뭐 거북? 내가 말해놓고도 화가 난다. 굳이 거북이라는 단어 말고도 속이 안 좋다, 더부룩하다는 등 다른 표현도 많을 텐데 하필 거북이란 표현을 내입으로 내뱉다니, 젠장! 이젠 거북이란 단어만 떠올려도 짜증이 난다. 저녁을 사주겠다는 그녀의 제안에 잠시 솔깃했지만 지난번처럼 또 엉겨질지도 모를 일이라 냉정하게 싹을 잘라야 했다.

"그날 아침에 인사도 없이 저 혼자만 나와서 죄송했어요."

그 밤 호프집에서 횟술을 연거푸 마시다가 저 여자와 어딘지 모를 방안으로 들어간 것 까지는 어렴풋이 기억이 난다. 낯선 모텔 방안에서 따가운 전화벨소리에 깼을 때는 당최 지난밤 일들이 꿈처럼 아득하게만 느껴졌다. 깨우지 못하고 먼저 간다는 그녀의 쪽지를 보고서야 머리를 쥐어뜯으며 간밤에 일어난 일들을 더듬어보려 했지만 도무지 생각이 나질 않았다. 그렇다고 이제 와서 그녀에게 나는 아무 기억이 없노라고 도대체 무슨 일이 있었느냐고 물었다가 어쩌면 없던 일도 만들어 뒤집어씌워서 달라붙을 지도 모르는 일이었다. 이렇게 집까지 찾아온 것으로 보아 나에 대한 집착과 미련이 어느 정도인지 충분히 짐작이 가고도 남는다. 문제는 내가 섹스를 조건으로 쓸데없는 약속을 하지니 않았을까 하는 점이다. 좋다! 어차피 만날 수밖에 없다면 몇 번 만나주다가 적당히 기회를 봐서 스스로 떨어져 나가도록 상황을 만들어 가면 된다. 그리고 그 몇 번의 만남도 되도록 사람들의 눈길이 적은 곳, 인적이 드문 곳을 선택하고 시간은 어두운 밤으로 잡으면 되리라. 비록 아무도 인정해주지 않는 백수라 할지라도 나에게는 아직 자존심이 남아있다. 정말이지 사람들의 동정어린 시선은 견디기가 힘들다. 친구에 대한 원망이 새삼스레 고개를 쳐든다. 처자식이 있는 놈이 거기다 예쁘고 몸매 좋은 애인까지 두면서 가련하게 혼자 늙어가는 20년 지기 친구에게는 이런 못생긴 골치 덩어리를 떠넘기다니 괘씸한 놈.

오늘은 개천절이다. 하늘이 처음 열렸던 날답게 맑고 높고 푸르기가 그지없다. 고마우신 어머니는 모든 사람들이 우러르는 이 아름다운 날에 산고의 고통을 겪으시어 생일만큼은 외롭지 않게 백수라는 사실을 잊고 지내도록 배려해 주셨다.

"내일 약속 없지요? 약속이 있더라도 저에게는 꼭 시간을 내주셔야 해요."

낡은 콘크리트 고가도로 아래에는 바로 옆 사람의 말소리까지 삼켜버리는 소음들과 끊임없이 뿜어져 나오는 매연으로 메케했고 차도와 인도의 경계가 사라진 곳으로 짐수레를 피해 궁색하게 지나다니던 예전 청계로의 모습은 온데간데없다. 환골탈태란 바로 이를 두고이르는 말일 게다. 물론 지금 내 뒤를 부지런히 따라오는 저 여자와는 절대 관계가 없다. 아무리 깎고 다듬어 본들 부질없는 몸부림일 테니까. 우리는 청계 4가부터 깨끗하게 단장된 개천 공원길을 따라 걸었다. 다리 위에 마련된 간이무대에서 개천절 행사가 진행되고 연예인들의 공연을 보려는 사람들로 인산인해를 이루었다. 그래 차라리 북적대는 인파속이 낫겠다. 자신들의 길을 뚫느라 다른 사람을 살필 여유가 없을 테니까. 오전부터 만나자는 걸 오후 3시로 늦추고 약속장소도 집 부근인 잠실역으로 잡았다. 그녀의 손에 이끌려 2호선 전철에 올랐고 을지로 4가역에서 내렸다. 사람들 틈바구니를 비집고 걷다보니 허기진다. 종로2가 쯤에서 천변을 벗어나자 고풍스런 양식집이눈길을 잡아끈다. '후박'이라는 상호는 진입로에 몇 개의 가지만 남겨둔 후박나무와 관련이 있는 듯 보였다. 고딕양식의 아웃테리어와 정통 유럽식 인테리어에서 위압감이 들었다. 십여 년 전에 이곳을 지날 때 나중에 애인이 생기면 꼭 한번 와보리라 마음을 먹었던 곳이다. 그녀가 내 맘을 읽기라도 한 듯 앞장서서 들어간다. 크리스탈 샹들리에에서 뿜어내는 은은한 조명아래 바이올린 협주곡 '사랑의 인사'가 붉은 카펫위로 잔잔하게 흐른다. 하얀 드레스 셔츠 차림의 웨이터가 부드러운 미소로 다가와 뽀송뽀송히게 마른 식탁보 위에 메뉴판을 내려놓는다. 첫 페이지를 펼치자 자장면 수십 그릇은 족히 넘을 만한 디너스페셜의 세부요리들 소개가 한 페이지 전체를 장식하고 있다.

"재준 씨! 오늘 생일이죠?"

태어나 처음 맛보는 스테이크와 가재요리의 감칠맛은 감동적이었다. 이태리제 레드와인 한 병이 금세 비워졌다. 핏빛와인은 그녀에 대한 거부감을 누그러뜨리는데 상당한 일조를 했다. 인간의 눈에는 두 가지의 세상이 보인다. 누구나 흔히 생각하는 정상적인 세상과 술 취한 눈으로 바라보이는 세상이 존재한다. 취하지 않은 세상은 유동성이 없어 재미없고 우울하지만 술 취한 세상은 무엇이든 다 이뤄낼 듯 에너지가 넘치고 모든 것이 아름답게 포장되어 보인다. 어쩌면 거북이가 인어처럼 보였을지도 모를 일이다.

"어젯밤에 어디 갔었나요? 핸드폰이 꺼져있던데."

"오랜만에 전에 근무하던 회사 동기를 만나서 술 한 잔 하다 보니…."

"집엔 안 들어갔나 봐요?"

"그게 그러니까. 너무 취해 정신이 없어서."

싸늘한 그녀의 말투에 괜스레 오금이 저려온다. 가만 내가 왜 죄인마냥 취조를 당해야 하나? 그러고 보니 언제부터인가 그녀는 가랑비에 옷이 젖듯 슬그머니 나의 여자 친구 구실을 하고 있었다. 사실 변함없이 거듭되는 무의미한 날들이 또다시 무료하게 넘어가는 저녁무렵에는 은근히 그녀의 전화가 기다려진 적도 있었다. 사물이 어둠으로 덮여지는 밤 시간이라면 적어도 타인의 시선으로부터도 어느 정도 자유로워지니까. 그녀는 노총각 백수에게 가장 절실했던 당근을 지녔고 내가 원하면 언제라도 기꺼이 그것을 내주었다. 그 당근 중에 하나인 이성에 대한 목마름을 어쩌면 내가 주었을지도 모른다. 한번 불이 붙은 30대중반 여자의 몸에는 브레이크가 없었다. 그동안 고이 아껴두었던 에너지를 한꺼번에 쏟아낼 요량인지 도무지 잠을 재우려하지 않았다. 술의 힘을 빌려 몇 번 성공한 적은 있어도 맨 정신으로는 도저히 그 짓을 할 수가 없었다. 그럴라치면 그녀는 몇 시간이고 정성스럽게 뜨거운 애무공세를 펼친다. 그 정성이 하도 갸륵하여 보답해보려 했지만 뜻대로 되지 않았다. 그렇게 잠을 설친 다음날은 곤죽이 된 몸으로 온종일 시체처럼 뻗어 있었다. 그 시간에 출근해서

별 탈 없이 근무를 하는 그녀가 초인처럼 위대하게 느껴지고 이렇게 그녀의 상대가 되어주다가는 제명대로 살지 못하겠다는 위기감마저 들었다. 어쨌든 살 길을 찾아야했다.

"오늘은 그냥 들어가."

"왜? 집에 들어가 봐야 기다리는 사람노 없잖아. 나도 마찬가지고."

"몸이 안 좋아. 요샌 온몸에 식은땀이 흐르고 아침에는 화장실에서 나오다 쓰러질 뻔 했어. 눈앞이 깜깜하더라고."

물론 거짓말이다.

"어머 정말! 큰일이네 당장 건강검진 받아보자."

"됐어. 괜찮아지겠지. 나 먼저 들어간다."

네온사인 불빛에 비친 그녀의 표정은 내가 미안할 정도로 그늘이 드리워졌다. 오케이! 진즉에 이런 방법을 써야했었다. 다음에 만날 때는 몇 끼 굶은 얼굴을 들고 나가야겠다.

"저런! 자기 얼굴 너무 안 좋아 보인다. 우리 작은아버지가 유명한 한의사야. 지금 당장 가보자. 보약이라도 한재 먹으면 괜찮아질 거야."

"됐어. 다 필요 없는 짓이야. 난 한약이 몸에 안 맞아. 어릴 때 한약 먹고 죽을 뻔 했었거든."

이러다 거짓말쟁이가 될까 두렵다.

"아이참, 어쩌지. 그럼 내일 나하고 병원 같이 가보자. 연가내고 나올게."

"이러지마! 부담스러워서 더 견디기 힘들어. 아무래도 스트레스 때문에."

"뭐가 부담스러운데? 무슨 스트레스?"

당연히 너 아니면 내가 스트레스 받을 일이 어디 있겠냐 라고 퍼부어대고 싶었지만 차마 그리 말할 수는 없었다.

"여러 가지겠지. 나이는 자꾸 먹어 가는데 직업은 없고 앞날은 깜깜하고."

"충분히 그럴 거야. 이해해. 어쩌겠어. 현실이 그런 걸. 그런 문제라면 너무 마음 쓰지 마. 자기 하나야 내가 못 먹여 살리겠어? 천천히 찾아보면 좋은 일자리가 생길거야. 자기는 원래 능력 있는 사람이잖아."

캬! 신사임당이 환생했단 말인가. 하마터면 그녀를 끌어안고 엉엉 울 뻔했다. 정말 눈물 나도록 듣고 싶었던 말이었다. 그런데 왜 하필 이렇게 못생긴 거북이의 입으로 들어야 한단 말인가? 그러고 보니 친구들에게나 부모 형제에게나 인간대접을 못 받은 지가 꽤 오래된 듯하다. 그러니까 3년 전쯤이다. 노조가 없는 회사에서 노조를 만들자고 모두들 의기투합했었다. 마지막 의식으로 우리의 뜻을 모아 작성한 연판장에 서명하는 일만 남겨놓았다. 그런데 아무도 맨 윗자리에다 이름을 올리지 않으려 꽁무니 빼는 모양이 비겁해보였고 내가 그런 비겁한 무리에 끼기가 싫었다. 그 싸인 하나로 난 노조결성 주동자가 되었고 결국 몇 달 후 8년 동안 몸담았던 회사에서 쫓겨나는 신세가 되고 말았다. 그리고는 3년이 지났다. 그동안 나름대로 직장을 구해보려 별의 별짓을 다 해보았다. 심지어는 직업소개소를 거쳐 양식집 주방에서 그릇도 닦아 보았고 택시회사 스페어 기사로 일하다 취객과 싸우고 그나마 남은 비상금마저 털리고 나온 적도 있었다. 만약 그녀의 외모가 지금보다 조금만 더 나았더라면 조금 전 그녀의 말 한 마디에 무너졌을지도 모른다. 하지만 멀쩡한 세상에서 바라본 그녀의 모습은 역시 다시 봐도 거북이다.

폐인이 따로 없다. 종일 아무런 목적도 없이 이리저리 뒹굴다 친구나 그녀의 전화를 받으면 비로소 일어나 움직이기 시작하는 무의미한 생활의 연속이다. 내가 생각해도 한심스러운데 하물며 타인의 눈에 비친 내 모습은 생각하고 싶지도 않다. 아예 내 쪽에서 모르는 척 외면하는 것이 마음이라도 편하다. 시간이 흐를수록 잘나가는 친구놈들의 전화가 뜸해진다. 지난번 20년 지기의 경우처럼 아쉬울 때나 술친구가 없어 심심할 때만 마치 은총이라도 내려주듯 불러낸다. 하지만 나에겐 은총이니 자존심이니 따질 처지가 아니다. 그저 불러만

준다면 감지덕지다. 눈물 나게 고마운 놈들 같으니라고 이럴 줄 알았더라면 더욱 더 폭 넓은 인간관계를 만들어 둘걸. 그래서 인맥관리가 중요하다고들 하는 모양이다. 그나마 최근엔 이런 부름조차도 아예 끊거버리고 달갑지 않는 그녀의 벨소리만 울릴 뿐이다. 지금도 내 단잠을 깨우는 저 벨소리의 장본인 역시 거북이다.

"자기야 오늘 어디서 볼까?"

참 누가 자기란 말인가. 전부터 날 부르는 호칭이 귀에 거슬려 자기라는 단어가 상투적이라 듣기 싫다 했는데도 계속 불러대는 통에 포기한지 이미 오래다.

"허리도 아프고 만사가 귀찮아."

"병원에는 가봤어?"

"가봤자 뻔하지. 그냥 쉬고 싶다."

"지금 집 앞이야 잠깐만 나와 봐."

이쯤 되면 하는 수 없다. 대충 옷가지를 주섬주섬 꿰어 맞추고 일어섰다. 그녀의 손에는 박스 하나가 들려 있었다.

"뭐야 이거? 내가 하지 말랬잖아. 부담스럽다고."

"원래는 맥을 짚어보고 체질대로 지어야 한다는데 본인이 굳이 마다하니 자기 생김새하고 성격 알려주고 좋은 것 많이 넣어 지었으니 먹든 버리든 알아서 해. 이래야 내 맘이 조금이라도 편하니까."

한약 박스를 내 발 밑에 내려놓고 종종걸음으로 멀어져간다. 이 정도면 충분히 내가 감동 받아야할 상황이다. 그런데 짜증이 머리끝까지 치민다.

"그거 웬 거냐?"

"어머니 드세요."

"그 아가씨가 갖다 주더냐?"

"돈 좀 주세요."

"돈은 뭐하게 썩을 놈아. 맨날천날 술 처마실 궁리만 하지 말고 제발 니 앞가림 할 걱정이나 좀 해라."

뜻 밖에 생긴 보약 때문인지 선선히 건네준 삼만 원을 주머니에 꽂아 넣고 동네 포장집으로 향했다. 이젠 끝을 내야한다. 더 이상 끌려다니다가는 저 거북이로부터 영원히 벗어나지 못한다. 무언가 특단의 대책이 필요하다. 나도 나지만 하루라도 빨리 거북이가 자신의 길을 가도록 방생하는 쪽이 그녀에게도 이로울 것이다. 그래 우리가 헤어지는 건 나와 그녀 모두에게 이로운 WIN-WIN이다.

"혹시나 했는데 역시나군. 혼자 웬일이냐? 형님도 안 부르고."

백천이다. 우연히 지나치다 벌어진 포장 틈 사이를 기웃거렸나 보다.

"무슨 고민 있냐? 죽상을 하고선?"

꽁치 한 면을 다 발라먹고 몸통을 뒤집으며 놈이 입을 뗀다. 때마침 포장집 카세트에서 거북이란 가수에 '빙고'라는 노래가 흥겹게 흘러 나온다.

'지금 내가 사는 이 땅이 너무 좋아 이민 따위 아예 생각도 없었고 요, 금 같은 시간 아끼고 또 아끼며 나 비상하리라 나 바라는 대로'

젠장! 가사 한번 더럽네. 난 이놈의 땅에 미련이 하나도 없는데 당장이라도 여건만 허락된다면 뜨고 싶을 뿐이다. 우리 같은 백수를 기망하는 노래다. 우선 가수 이름부터가 마음에 안 든다. 거북이… 거북이라. 그녀의 뚱뚱한 몸통과 가수의 몸통이 겹쳐져 마치 동일체처럼 느껴진다. 세상에 예쁘고 좋은 것들은 잘난 놈들이 다 가지고 어디 못나 빠진 거북이 같은 건 내게 엉기고는 만족하라고 부추기는 더러운 세상.

"노래 가사 더럽지 않냐?"

"왜 난 좋기만 한데 신나잖아. 이렇게 좋을 수는 없을 거야. 울랄라라~."

놈은 아예 노래까지 따라 흥얼거린다. 유쾌한 놈이다. 아니 생각 없이 사는 한심한 놈이다. 내가 쫓겨 난지 채 석 달도 안 되어 놈도 회사를 자진해 나와 버렸다. 어찌 보면 전에 없이 내가 태평한 이유가 저놈의 영향을 받아서인지도 모르겠다.

"이름이 그렇게도 없나 거북이가 뭐냐? 거북이가."

"아! 그렇지 거북이! 왜 그 여자가 진드기처럼 달라붙기라도 하냐?"

"요새 내가 몸이 아파서 못 만난다 했더니 오늘은 아예 보약까지 지어왔더라."

"자식! 늘그막에 여복이 터졌군. 부럽다 부러워."

"이마! 그렇게 부러우면 네가 메러가서 살아라."

"정말 그래도 되겠냐? 그렇지 않아도 무료한 일상으로 따분했는데 잘됐다. 당장 이 형님한테 넘겨라. 나도 보약 좀 얻어 먹어보자."

농담으로 무심코 던진 말을 놈은 정색을 하고 달려든다. 그래 바로 이거다! 왜 진작 이 생각을 못했을까? 어쩔 수 없이 떠안게 된 여자 어떻게든 필요한 놈에게 떠넘기면 그만 아닌가? 해답은 항상 단순하고 가까운데 있기 마련이다. 그날 밤 모처럼 만에 홀가분한 기분으로 술에 취했고 어김없이 새벽에 기어들어왔다. 끊임없이 울리는 전화벨 소리가 짜증스럽다. 몸이 천근만근이다. 봉창 밖이 희미한 것으로 보아 해거름이 다 되었나보다.

"목소리가 많이 안 좋네. 많이 아파?"

"아니 어제 술을 좀 마셨더니."

"몸도 안 좋은 사람이 무슨 술을 그렇게 마셔. 혼자서 마신거야?"

"백천이라고 전에 같은 회사 다니던 동기하고."

"그 사람은 대체 뭐하는 사람인데 허구한 날 술을 먹인대?"

"뭐하긴 나랑 같이. 아니 뭐 그러지 말고 같이 한번 만날까?"

그래 이참에 아예 두 사람을 자연스럽게 만나게 해야 한다. 일을 꾸미려고 작정하니 잠이 확 달아난다.

"그보다 자기하고 단둘이 본지 얼마나 오랜 됐는지 알기나 해?"

하긴 그렇다. 사흘이 멀다 하고 밤새워 살을 비벼대다가 지난 한달 동안은 그녀의 자취방이나 모텔구경을 못했다. 그 간은 용케도 피해 다녔는데 이제 그 짓도 끝이 될지 모른다. 일단 거북이와 만난 뒤 자연스럽게 놈을 불러내면 된다.

"오늘 저녁에 볼까?"

"정말이야? 자기 뭐 먹고 싶은 거 있어?"

"일단 우리 동네로 와."

전화를 끊자마자 백천에게 연락해 저녁시간을 비워두라 일렀다. 일찌감치 전망이 괜찮은 해물탕집 이층 창가에다 자리를 잡고 그녀를 기다렸다. 오늘따라 석촌호수 너머로 타들어가는 노을빛이 고왔다. 잎을 모두 떨어낸 앙상한 가지 사이에 주황빛 가로등 불빛이 겨울밤 속으로 잦아든다. 그녀의 화장은 도가 지나쳐 거의 변장 수준이다. 얼굴에 덕지덕지 덮여진 파운데이션이 군데군데에서 반란을 일으켜 들떠 있고 어울리지 않는 와인빛깔 립스틱에서 늙은 작부에게

서나 풍기는 초라함이 엿보였다. 오늘로서 저 몰골을 보는 것도 마지막이다. 그래 오늘만 참자. 평소와 다르게 시종 따뜻한 미소를 머금은 내 표정 때문인지 그녀는 전에 없이 무척 행복해 보였다. 종업원이 부글거리는 전골냄비 뚜껑을 열어 낚지를 잘라주고 돌아갈 때를 기다려 입을 열었다.

"전에 같은 회사를 다니던 입사동기가 요 앞에 사는데 불러내서 같이 마실까?"

"어제 술을 같이 했다는 사람 말이야? 오늘 꼭 봐야해? 다음에 소개시켜주고 오늘은 자기랑 단둘이 시간을 가지고 싶은데."

"술이란 자고로 여러 사람이 함께 마셔야 맛이 좋은 법이지. 멋있는 친구야. 거북이도 한번 보면 반할거야."

"뭐라고 거북이? 그 친구 앞에서도 거북이라 부를 거야?"

갑자기 그녀의 표정이 일그러졌다. 늘 입버릇처럼 달고 다니다보니 나도 모르게 여과 없이 튀어나온 말이었다지만 여태까지 거북이라 불러왔고 그때마다 재미있다고 웃어주지 않았던가.

"왜 그래 기분 나빠?"

"세상에 어떤 여자가 좋아하는 남자에게서 거북이라고 불리는 걸 좋아하겠어. 오늘 웬일로 선선히 먼저 만나자하고 좋은 표정으로 대해줘서 내가 얼마나 감격하고 있었는지 알아? 하필 오늘 같은 날에

꼭 다른 사람을 끼어 들여야겠어? 그 사람이 그렇게도 좋디? 어제만
해도 자기 생각해서 보약까지 달여 집까지 찾아간 사람을 길에서 그
냥 돌려보내고는 그 사람이랑은 밤새 술을 퍼마시고 싶디? 그렇게도
내가 싫어? 우리 단둘이 있는 시간이 그렇게도 부담스러운 거야?"

분노에 찬 목소리가 속사포처럼 또박또박 울려 퍼지자 테이블을
가득 메운 수 십 개의 눈초리들이 일제히 내게로 집중된다. 지금 저
눈빛들은 날 단물만 쪽쪽 빨아먹고 차버리는 제비쯤으로 여길 것이
다. 웅성웅성 거리는 소리가 사방에서 들린다. 아무래도 그들이 나를
집중 성토하는 듯하다. 청계천 대로변 인파 속에서 함께 걸을 때보다
도 더 창피스럽다. 그러나 따지고 보면 그녀가 내뱉었던 말 한마디 한
마디가 모두 옳은 말이다. 얼굴이 화끈거려 도저히 고개를 들 수가 없
었다. 처음이다. 그녀가 여태 이렇게 정색을 하고 화를 내는 건. 때마
침 TV에서 마치 그녀의 승전을 축하라도 하듯 거북이의 '빙고'가 흘러
나온다. 집중되었던 시선이 경쾌한 리듬을 따라 서서히 분산되었다.

"그래 솔직히 그래. 부담스러워 단둘이 있는 거."

눈을 딱 감고 크게 심호흡을 한번 하고는 저질러 버렸다.

"……."

도드라진 와인 빛깔 입술이 힘없이 열린 채로 한동안 다물어지지
않는다. 초점을 잃는 시선이 가련하게 허공에 머무른 채 움직이지 않

는다. 빙고가 다 끝나가도록 우리들 사이엔 견디기 힘든 정적만 고여 있었다.

"나 먼저 일어날게."

그녀가 롱인지 하프인지 구분이 안 되는 코트를 들고 일어났다. 냄비 속 해물들이 말라비틀어질 때까지 창밖 겨울 가로등을 친구삼아 남은 수주를 모두 비웠다.

"야! 어떻게 된 거야? 왜 전화가 없어?"

"그렇게 됐다. 다음에 통화하자."

그녀에 대한 미안함과 지금 그녀가 느끼고 있을 아픔으로 난 미동도 할 수 없었다. '그래 내가 나쁜 놈이다.' 하지만 이렇게 하는 것이 우리 모두를 위한 어쩔 수 없는 선택이다. 그녀로서는 지금 비록 견디기 힘든 고통이겠지만 훗날 오히려 약이 될 거라고 자위하고 싶었다.

"어젠 잘 잤어?"

이젠 다 정리되었다고 그래도 그간의 정 때문에 안쓰럽고 애처로운 마음으로 밤을 하얗게 새며 괴로워했는데 하루 만에 아무 일도 없었다는 듯 전화를 걸어온 그녀의 목소리는 얌통머리 없이 쾌활했다.

"그래 그런데 웬 일이야?"

"왜 내가 또 자기한테 진드기 붙을까봐 겁나는가 보지? 이젠 그런 걱정 마서. 그런데 말이야. 우리 끝내기 전에 내 소원 하나만 들어주면 안 될까?"

소원이라니 덜컥 겁부터 난다. 설마 밤새도록 그 짓을 해달라는 것일까? 아니면 백주 대낮에 손을 잡고 진종일 청계천이라도 활보하자는 걸까? 머릿속에 여러 가지 곤혹스런 상황들이 시뮬레이션 된다.

"무슨 소원?"

"전부터 애인이 생기면 꼭 해보고 싶었던 거야. 어릴 때부터 단둘이 동해바다로 여행가는 꿈을 꾸곤 했었어. 모래사장에서 파도와 장난도 치고 바다를 바라보면서 싱싱한 회도 먹고 말이야."

그래 지금이라면 단풍철도 끝나고 해맞이 철도 아니니 썰렁한 겨울바다만 덩그러니 남아있을 것이다. 뭐 그녀의 차를 이용한다면 군이 사람들의 시선을 신경 쓰지 않아도 될 것이다.

"알았어. 그런데 이번여행 이후에 우리 사이는 어떻게 되는 거지?"

"걱정 마 그건."

사실 어제도 그날이고 내일도 그날인 지루한 일상에서 벗어나 오랜만에 시원하게 펼쳐진 수평선을 바라보며 답답한 머릿속을 정리하는 시간을 가져보고 싶기도 했다. 동행이 그녀만 아니라면 더할 나위 없이 가슴 뛰는 일이겠지만 그래도 오랜만에 주어진 바다여행에 대한 기대는 밤잠까지 설치게 만들었다. 평일이라 고속도로는 한가로웠다. 겨울 오전의 맑은 햇살이 경쾌하게 영동고속도로를 미끄러지는 그녀의 하얀색 아반떼 보닛에 부서진다. 차창 밖으로 분주한 일상들이 스쳐가고 우리는 말로만 듣던 이별여행이란 걸 시작한다. 뜬금없이 시작된 우리 만남의 결실이 가을걷이가 끝난 텅 빈 들판처럼 휑한 모습으로 남을 것이다. 문득 오래전에 유행했던 '이별여행'이라는 노래가 듣고 싶어졌다. 뜻하지 않은 여행으로 감상에 젖은 나와는 달리 그녀는 휴게소를 두 번이나 지나는 동안 내내 굳게 입을 다물고 있었다. 백수의 라이프 사이클에 맞지 않게 아침부터 서두른 탓에 출출했다. 그렇다고 내일이면 끝날 여자더러 뻔뻔스럽게 밥을 사달라고 하기도 민망하여 눈치만 살피다가 결국 목마른 놈이 우물을 팠다.

"아침 먹었어?"

"그래 자기 아차! 거기 아직 식사 전이겠구나. 미안!"

'거기?' 그녀가 처음으로 내게 거기라는 호칭을 썼다. 거기라는 단어로 그녀와 나 사이에 생겨난 거리감에서 자유가 느껴졌다. 열시가 다 되어서야 여주휴게소에 차를 세웠다. 내가 소머리국밥 한 그릇을 다 비우는 동안에 그녀는 국물만 몇 수저 떴을 뿐이다. 저리 인상을 구기고 말 한 마디 없으니 찜찜하고 부담스러워 여행기분이 영 나질 않는다. 하지만 그녀를 위한 여행이니 나로서는 감수할 밖에.

"피곤해 보이는데 내가 몰고 갈까?"

"그래줄래?"

기다리고 있었다는 듯 그녀는 자동차 키 뭉치를 건네고 조수석 문을 연다. 경기도와 강원도를 경계 짓는 강천산 터널을 벗어나자 조수석 창밖으로 우뚝 솟은 산봉우리가 흘끗 시야에 들어온다. 줄곧 평야지대만 달려오다 불쑥 불거진 뾰족한 산봉우리들을 보니 경이롭게 느껴진다. 홍천에서 발원해 횡성을 거쳐 온 섬강이 그 산 아래를 휘둘러 유유히 남한강으로 흘러 들어가고 있었다. 그녀는 말없이 창밖을 내다본다. 경치를 감상하고 싶은 맘 간절하였지만 운전 중이라 곁눈질로 만족해야했다. 평창을 지나면서부터 골짜기와 나무 숲 응달에서 녹지 않은 눈 무더기들이 희끗희끗 지나간다. 대관령 꼭대기로 서서히 고도가 높여지자 귀속이 먹먹해지고 차내에 점점 냉기가 올라온다. 히터를 3단으로 올리자 갑자기 커진 바람소리에 놀랐는지 그녀가 눈을 떴다.

"어디쯤이야?"

"조금만 더 가면 용평스키장이고 삼십 분 정도만 더 가면 강릉이야."

"고생이 많네. 나 때문에 마지막까지."

'뭐 이 까짓것 쯤이야. 너와 헤어질 수만 있다면 이보다 더한 짓도 할 수 있어.' 물론 입안에서 삼킨 말이다.

"피곤해 보이는데 더 자지 그래."

"아니 됐어. 이렇게 남자가 운전해 주는 차를 타고 한가로이 창밖을 구경하며 여행하는 호사를 내가 또 누려볼 수 있을까?"

그건 아마 불가능할 것이다. 그러고 보니 그녀가 참 불쌍하게 여겨지고 그만큼 내가 더 나쁜 놈처럼 느껴진다.

"좋은 인연이 올 거야 기다려봐."

"이젠 지쳤어."

더 이상 그녀에게 해줄 말이 없었다. 대관령 1터널을 벗어나자 세찬 바람소리와 함께 차가 심하게 흔들렸다. 손바닥에 진땀이 나도록 핸들을 움켜쥐고 길고 짧은 터널 일곱 개를 모두 통과하고서야 사나운 바람이 잦아들었다. 이윽고 눈앞에 동해바다의 시퍼런 속살이 맑은 겨울하늘 아래 싱그럽게 펼쳐졌다. 그녀가 핸드백을 뒤적이더니 CD를 꺼내 밀어 넣는다.

'아무런 말도 못하고 창가에 기대여 바라 보네. 이렇게 떠나가지만 너에겐 정말 미안해. 내가 아는 너를 위한 이별 여행을 언제까지 너에게 좋은 기억만을 남기고 싶어… 너에겐 너무나 많은 것을 원했던 거야.'

이심전심인가. 그녀도 나와 같은 느낌을 가지고 이 노래를 준비했을까? 노래가 세 번이나 연거푸 돌 때까지 누구도 먼저 입을 열지 않았다. 속초보다 상대적으로 인적이 뜸한 삼척으로 방향을 잡았다. 사

계절 내내 인파로 북적일 정동진으로 빠지는 출구부근에서는 최대한 속도를 높여 지나쳤다. 모래시계라는 드라마 이후 관광객들로 득실 거린다는 얘기를 들어왔었다. 차가 삼척 읍내를 통과하자 7번 국도는 더욱 심하게 꼬불거리기 시작했다. 태백준령에서 뻗어 나온 산맥의 곁가지들이 점점 낮아지다가 갑자기 바다를 만나 뚝 끊어지는 바람에 형성된 해안선은 때로는 가파른 절벽으로 때로는 바위 군락을 만들어 냈다. 거센 파도를 건더온 모진세월 만큼이나 꺼멓게 타버린 그것들은 시퍼런 바다 빛과 어우러져 장관을 이뤄냈다. 절경에 매료된 그녀의 표정이 사뭇 밝아졌다. 바다는 인간의 닫힌 마음을 열어주는 마력을 가졌나보다.

"배가 고프네. 우리 회나 먹을까?"

아까부터 기다려왔던 말에 내심 쾌재를 불렀다. 진즉부터 늦은 아침으로 먹은 소머리국밥이 소화가 다 되었노라고 신호를 보내 왔었지만 참아오던 터였다. 바다에 바짝 달라붙은 가파른 고개 하나를 휘돌아 내려가자 항구 하나가 웅크리고 있었다. '어서 오십시오, 임원항입니다.'라는 문구가 물고기 모양의 커다란 입간판 안에서 여행자를 반겨준다. 방파제가 육지 쪽으로 움푹 들어온 지형을 막아 아담한 항만을 만들어냈다. 크고 작은 배들이 정박한 선착장 한편에는 노부부가 방금 잡아온 대게를 그물에서 떼어내고 있다. 방파제 바깥쪽에서 출렁거리는 시퍼런 바다와는 달리 적요한 느낌마저 감도는 작은 만 안에는 검푸른 물 빛 위에 잔물결이 시린 겨울 볕을 받아 반짝거린다. 물가 가장자리 쪽으로 수십여 개의 수상 간이횟집들이 즐비하게 늘어서 손님을 기다린다. 호객하는 상인들 틈 사이를 요리조리 빠져나가며 구경삼아 일부러 맨 끝집까지 갔다. 초입 쪽보다 비교적 전망이 괜찮았다. 어림잡아 한갑을 갓 넘겼을 만한 식당 여주인이 잡아끄는 손길을 못이기는 채 끌려가 흥정을 시작한다.

"싸게 주꾸마. 처자가 춥겠다. 따뜻한데 얼른 안으로 들어가자."

"요건 어떻게 해요?"

그녀가 자신에게 관심을 가져주는 식당주인에 호감을 느낀 눈치다. 바다위에 지어진 간이식당이라 해도 전기난방이 들어오는 바닥은 아랫목처럼 따뜻했다. 주인마저 자리를 비운 실내엔 그녀와 나 둘뿐이다. 도화지만한 창밖에는 울진으로 향하는 가파르게 구불거리는 아스팔트길로 이따금씩 힘겹게 트럭이 올라가고 그 뒤를 승용차들이 줄지어 따라가고 있다. 반대쪽 달아 놓은 유리 새시 출입문 쪽으로는 고즈넉한 선착장과 방파제 너머로 넘실대는 시퍼런 바다가 하얀 물보라를 일으킨다. 들어오면서 보았던 고동색 고무다라 속에 어른 손바닥만 한 우럭과 광어 노래미들이 하얀 속살을 난도질당한 채 무채더미 위에 올려져 들어왔다. 세상에 모든 동물들은 붉은 피가 흐르고 타의에 의해 죽임을 당하면 그 사체는 처참한 형체가 되기 마련이라 대게 인간들은 열을 가하여 그 형체를 변형시켜 먹는다. 하지만 생선만큼은 사체를 그대로 먹어도 잔인하다, 징그럽다는 느낌이 전혀 들지 않는다. 왜 그럴까? 나는 잠시 회 접시에 시선을 고정시킨 채 생각에 잠겼다. 육 고기의 사체는 무섭고 부담스럽게 느껴지는데 비해 물고기의 사체는 깨끗하고 먹음직스러워 보이는 이유는 뭘까? 머릿속으로는 청결의 차이가 없으리라 인정을 하면서도 말이다.

"무슨 생각해?"

그녀가 소주병 뚜껑을 돌려 따고는 술잔을 내민다.

지난 몇 년 동안 구경도 못해봤던 생선회를 몇 달 전 그녀를 만나는 계기로 먹었고 오늘 그녀를 떠나보내는 자리에서 먹는다. 그녀, 거북이, 빙고, 생선회, 섹스라는 단어와 나름의 형상들이 머릿속을 뱅글뱅글 돌다가 두 개의 세상 중 아름다운 세상 쪽이 내 눈앞에 펼쳐진다. 똑같은 고기인데 육 고기면 어떻고 물고기면 어떠랴. 그럼 물고기는 어느 세상에 존재 하는가? 겉보기 화려한 여자가 물고기라면 그녀는 육 고기일까? 창밖으로 푸르스름한 살어둠이 내려앉을 즈음에야 자리를 털고 일어섰다. 취기가 많이 올랐지만 마지막으로 오늘만큼은 그녀에게 최선을 다하는 화끈한 밤을 선사해 주리라 다짐한다. 아니 또 하나의 아름다운 세상에서 생선회를 먹듯 내가 그녀의 몸을 가지고 싶었다. 바람이 거센 방파제를 걷자하는 그녀의 부탁을 마지못해 들어주고서야 모텔 방으로 들어 올 수 있었다. 평소라면 들어오자마자 욕실로 향했을 그녀가 침대 한구석에 가만히 걸터앉아 입을 연다.

"우리 나가서 한 잔 더할까?"

"무슨 소리야. 지금도 많이 먹었어. 오늘이 마지막 밤인데 원하는 대로 해줄게."

"그게 내가 원하는 거야. 밖으로 나가 술 한 잔 더 하는 거 아님 차라도."

오늘 밤에 아주 밤을 샐 각오까지 했는데 이건 무슨 의미인가? 전에 없이 몸을 빼는 그녀의 태도에 나는 더욱 안달이 났다. 마지못해 몸을 내맡기고는 눈은 감고 다른 여자를 생각하는 섹스가 아닌 그녀의 몸을 구석구석 탐하고 내 몸으로 짓누르고 송두리째 소유하고 싶었다. 수상식당가와 선착장 주변을 둘러보았지만 마땅한 집이 없어 결국 모텔 근처 호프집 구석진 자리에서 맥주를 시켰다.

"그동안 거기를 힘들게 해서 미안했어."

홀 안에 손님이라고는 우리 밖에 없었고 오래된 낡은 스피커에서는 무명의 중년 여가수가 영혼이 빠진 듯 힘없는 목소리로 최성수의 '남남'이라는 노래를 맹숭맹숭하게 부르고 있었다.

'오늘 밤만 내게 있어줘요. 더 이상 바라지 않겠어요. 아침이면 모르는 남처럼 잘 가라는 인사도 없이…….' 막상 마지막이라 생각하니 지금까지 내가 많이 심했다는 느낌이 든다.

"아니야. 나는 아무것도 해준 거 없이 염치없이 받기만 했는데……."

지금 걸치고 있는 이 잠바도 그녀가 사준 생일 선물이다. 돌이켜 보니 여태 내 돈으로 그녀에게 따뜻한 밥 한 끼 사준 적이 없었다. 그러면서도 항상 귀찮고 퉁명스레 대했다. 헤어지는 마당에서야 비로소 이런 대접을 묵묵히 견뎌온 그녀의 아픔을 생각해 본다. 술잔이 비워지는 대로 다시 채워진다. 정신이 점점 아득해오고 그녀와 처음 밤을 지낸 그날처럼 작은 그녀의 어깨에 의지하여 침대에 던져졌다. 머리통은 찌근찌근 거리고 뱃속은 더부룩하게 아려온다. 그녀는 커피 잔을 앞에 두고 항만이 보이는 창가 티 테이블에 앉아 있다. 옷을 벗었다가 입었는지 아니면 처음부터 아예 벗지를 않았는지 알 수가 없다. 어젯밤 기억을 아무리 더듬어 봐도 그녀와 뒹군 기억은 나지 않는다. 점심 때가 다 되어서야 선착장 앞 허름한 식당에서 곰치국으로 해장을 했다. 그녀의 표정은 잔뜩 흐린 하늘빛을 투영한 바다색을 닮아 있었다. 식당을 나온 그녀가 앞장서 걸었다.

"내가 운전할게."

"됐어. 피곤할 텐데 쉬어."

그녀는 극구 내게 핸들을 넘겨주지 않았고 내려올 때 그랬던 것처럼 우리는 줄곧 말이 없었다. 분위기가 서먹하여 오디오 CD play 버튼을 누르자 '이별여행'이 흘러나왔고 그녀는 곧바로 미간을 찡그리며 꺼버렸다. 한 번도 쉬지 않은 그녀의 차는 오후 볕이 여려질 무렵 궁내동 톨게이트를 통과해 양재대로에 접어들었다. 석촌호수 표지판 아래에서 그녀는 오랜 침묵을 깨뜨렸다.

"우리가 처음 함께 했던 그날 밤에 사실 우리에겐 아무 일도 없었어요. 어제 밤처럼 말이죠."

하얀색 아반떼가 싸늘한 겨울거리에다 내려놓고 간 마흔 살 백수의 눈앞에는 잿빛 자유가 흐느적거리고 있었다.

그 후로는 그녀의 벨소리가 울리지 않았다. 어두운 방안에서 네 활개를 벌리고 자유를 만끽해 본다. 이젠 지나치는 행인들의 힐끗거리는 시선에 주눅들 이유도 외박한 다음날 죄인처럼 처분을 기다리며 마음 졸일 필요도 없다. 무엇보다도 예쁜 여자와의 로맨스를 당당하게 꿈꿀 수 있어 좋았다. 하지만 어김없이 어제와 조금도 다르지 않는 일상이 이어지고 가끔씩 불러주던 성공한 친구들의 은총도 함께 사라져버렸다. 짜리몽땅하다고 탐탁지 않아하던 어머니마저도 놓친 고기를 아쉬워하며 오죽하면 그렇게 못난이한테도 차이느냐고 혀를 끌끌댄다. 인간대접을 받아본지 오래되었다. 이젠 이 세상에서 나라는 존재를 인정해줄 사람은 아무도 없다. 길을 걷다가 우연히 거북이의 '빙고'라도 들려오면 지난 추억이 아른거리며 그녀의 근황이 궁금해졌다. 아직도 내 생각을 하고 있는지 혹 다른 사람을 만난 건 아닌지 한참을 멍하니 서 있다가 도리질을 치며 다시 걷는다. 어떻게 떨쳐낸 인연인데… 어림없다. 늘씬하게 빠진 여자들의 다리를 훔쳐보며 장밋빛 희망을 꿈꿔본다. 하지만 현실은 언제나 나를 정상적인 세상에서 철저히 고립시켰다. 하나 남은 술친구 백천마저 집을 정리하고 고향으로 가버리자 완전한 고립무원에 빠져버렸다. 언제부터인가 짧았던 그녀와의 시간이 한여름 밤의 꿈처럼 아름답게 추억되기 시작하였다. 그러던 어느 날 잠에서 깨어나 무엇에라도 홀린 듯 전화기를 집어 들었다.

"마침 전화 잘했다. 안 그래도 하려던 참인데 연말이라 정신이 없어서."

"영숙이는 잘 있냐?"

처음이다. 내 입에서 거북이란 호칭대신 그녀의 이름을 불러 준 건.

"자식 싫다할 땐 언제고 왜 궁금하냐? 낸들 아냐? 그 뒤로 나도 통 만난 일이 없으니. 한번 알아봐 줄까?"

"아냐 됐어. 그러다 또 만나자고 달려들면. 아서라!"

"그보다 일자리가 하나 났는데 어떡할래? 선배가 이번에 유망한 아이템으로 일을 벌였는데 내부관리를 믿고 맡길 사람이 필요한가봐. 전에 경리부에 있었지? 대우는 기대말고."

"지금 더운밥 찬밥 가릴 때냐."

다음날 버스를 두 번 갈아타고서야 공장이 밀집해 있는 군포역 부근에서 내렸다. 금속 먼지기 화공약품 냄새와 함께 메케한 바람을 타고 떠돌아다닌다. 전자부품을 만드는 공장에는 수십여 명의 일손이 바쁘게 돌아가고 10평 남짓한 사무실에서 40대 중반의 남자가 일어서며 반긴다. 두 명의 여직원 중 나이가 많아 보이는 여자가 녹차를 내온다. 가늠 하기는 어렵지만 삼십대 초반은 족히 되어 보였다.

"그동안 엔지니어 쪽에만 골몰하다 보니 관리 쪽으로는 영 자신이 없어서요. 우리 앞으로 잘 해 봅시다"

매일 야근으로 파김치가 되어서야 집으로 돌아간다. 방구석에서 세월을 낚을 때는 그리도 가지 않던 시간이 정신없이 흘러갔다. 그런데 이상하게도 그렇게 바쁜 와중에서도 문득 문득 그녀의 못난 얼굴이 떠오르고 어쩌다 눈에 띄는 거북이라는 글귀만 보아도 가슴속 빈자리가 허전하고 시렸다.

"야! 이번 일요일에 시간 좀 내라. 너도 이제 장가가야지."

굳이 어머니의 성화가 아니더라도 슬슬 조바심을 치고 있던 참이었다. 보기 싫은 인물만 아니라면 자식도 낳고 남들처럼 살고 싶었다. 한가로운 일요일 오후 3시 L호텔 커피숍 창가 자리에서 여자를 기다린다. 창밖 석촌호수의 황갈색 둔덕에는 푸릇푸릇한 거웃들이 돋아나 겨울을 밀어내고 있었다. 치과 간호사라는 여자는 약속시간보다 10분 늦게 나왔다. 서른 중반에 구미가 당기는 외모는 아니지만 그런대로 무난했다.

"초면에 이런 말씀 드려도 괜찮을지 모르지만 장남이라 들었는데 결혼하면 부모님을 모실 건가요?"

전혀 생각지 못했던 질문에 뒤통수를 맞은 듯 아득해 온다. 지금 상황이 설사 독립한다 해도 무슨 돈으로 집을 구하겠는가? 하다못해 웬만한 전세방 정도도 녹녹치가 않을 것이다.

때 이른 봄기운을 느껴보려는 상춘객들 사이에서 석촌호수 산책로를 타박타박 두 바퀴나 돌고서야 집으로 들어갔다.

"이놈아! 인물 뜯어먹고 살래? 네 나이를 생각해라!"

그래도 아침에 일어나서 가야할 직장이 있다는 사실에 가슴이 뛴다. 점심 후 커피 한 잔을 뽑아들고 창가에 서서 여유를 즐겨본다. 불과 몇 달 전만 해도 가장 부러웠던 일이다. 칙칙한 공장건물 그늘에서 목련이 소담스럽게 꽃망울 터뜨리고 이젠 겨울도 저만치서 꼬리를 감추었는지 완연한 봄기운이 느껴진다.

"언니! 어제 맞선 본 남자 어땠어?"

"생각 없다 얘. 나이를 속였는지 대머리에다 되게 늙어 보이는 거 있지. 거기다 17평 전세 어쩌고 하는데 기가 막혀서. 그 나이에 여태 뭐했는지 몰라."

"잘했다 언니. 뭐 그런 사람을 소개해주냐?"

커피 맛이 쓰다. 문득 한 여자의 에치로운 이름이 떠오른다. 오후 내내 맥없이 앉아 있다가 퇴근하자마자 일찌감치 잠자리에 들었다.

"삘리리리~"

비몽사몽간 잠긴 목소리로 전화를 받았다.

"잘 지냈어?"

오랜만에 들어보는 그녀의 목소리를 반가워하는 내 자신에 놀란다.

"그런대로 요즘은 좀 바빠서."

"소식 들었어. 취직했다며. 축하해!"

만약 지금까지 그녀와 관계를 유지했다면 가장 기뻐했을 사람이다.

"조그만 데야. 일도 많고."

"거기는 잘 해낼 거야. 그 회사에서 보물을 건진 거지."

"그만해 쑥스럽네."

"나 오늘 술 한 잔 했어. 이젠 거기를 완전히 포기하려고. 사실 그 동안 거기가 영원히 백수로 남아있기를 기도했었어. 나 나쁜 년이지.

그러면 혹시라도 나중에 내 차지가 될까 해서."

애써 울음을 참아내며 힘겹게 말을 이어가는 그녀의 목소리를 듣는 순간 가슴속에서 무엇인가가 꿈틀거리며 미어져온다.

"미안해. 난 역시 거기한테 방해만 되는 여자였지. 부디 예쁜 여자 만나서 행복하게 잘살아. 정말로…꼭!"

현관문을 박차고 나왔다. 끔벅거린 눈꺼풀 사이로 뜨거운 것이 주루룩 볼을 타고 흘러내린다. 그땐 왜 몰랐을까, 그녀의 가슴에 생채기를 냈던 행동들이 이렇게 후회될 줄을. 이제 나는 허전하게 남아있는 나의 빈자리를 완전하게 채워줄 사랑스런 거북이를 사냥하러 가야한다. 택시 한 대가 바람처럼 가볍게 잠실대교 위를 미끄러져가고 라디오에선 '빙고'가 흘러나온다.

停止線 위의 savant

停止線 위의 savant

형은 명절 때만 잠시 머물다 간다.

"짐은 다 챙겼어?"

"어."

풀이 죽은 목소리로 대답하고는 큰아이 책상 위를 더듬거리다 가방을 챙겨든다.

"라디오하고 핸드폰은?"

"여, 여기 있어."

굳은 표정으로 두툼한 오리털파카 주머니 속을 가리킨다. 160센티를 간신히 넘기는 키에 볼품없이 배만 불룩 나온 몸통과는 달리 여리고 긴 손가락을 허공으로 뻗으며 천천히 큰아이의 방을 나선다.

"아주버님 죄송하네요. 오늘 친정아버님이 오셔서."

"아, 아니 괘, 괜, 괜찮습니다. 아, 안녕히 계세요."

인사를 마치고 돌아서는 형이 현관 밖으로 나오길 기다렸다. 고등학교를 졸업하던 해 아카데미 작품상을 수상한 '레인맨'이라는 영화를 우연히 혼자 본 적 있었다. 요령만으로 세상을 살아가는 동생 탐 크루즈와 자폐증을 가진 어눌한 형 더스틴 호프만이 등장하는데 영화가 끝날 때까지 더스틴 호프만이 나오는 장면마다 오버랩 되는 형의 모습을 떨쳐 낼 수 없었다. 그 상태에서 시력마저 없는 상황이 바로 나의 형이다. 형은 낡은 아파트 1층 출입문 옆에 주차된 세피아 뒷좌석으로 더듬더듬 기어들어가고 나는 내비게이션에 종로구 사직동 번지수를 입력한다.

27km, 13:50

남은거리 27km, 도착예정시간 13:50. 일찍부터 서둘렀는데도 차례상만 물리고 보내기가 미안해 이른 점심까지 챙겨주고 나오느라 생각보다 늦어져버렸다. 어쩌면 이번이 형이 우리 집에서 보내는 마지막 명절일지도 모른다. 형이 빠져 나온 자리에는 이제 처가식구들로 채워질 것이다. 어머니의 건강이 나빠지면서부터 형을 건사하는 의무는 다시 내게로 넘어왔다. 아내는 형이 우리 집에 머무는 동안 처가식구들은 들이지 않았지만 장모와 처제는 부자유스러운 형의 존재를 알고는 있었다. 평소엔 처가식구들의 왕래가 잦았지만 아내는 그래도 늘 불만이었다. 이번엔 설날 연휴가 5일이나 되었기에 형도 내심 기대를 했으리라. 언제나 바보 같은 미소가 떠나지 않던 형의 얼굴에 드리워진 그늘이 생경스럽다. 꾸불꾸불 좁은 동네 골목을 빠져나오자 결심한 듯 주머니에서 핸드폰을 꺼내든다. 10여 차례의 신호음이 가고서야 묵직한 중년 사내의 목소리가 들려온다.

"여보세요? 저, 전 데요."

어눌하고 더듬거리기는 하지만 오늘따라 몹시 긴장된 말투다. 전화기 너머의 목소리가 뭐라 하는지 알아들을 수는 없지만 위압감이 운전석까지 전해져온다. 형의 목소리가 군기가 바짝 든 신병처럼 떨렸다.

"저 여기 동생 집에 손님들이 와서 지금 복지관으로 가는 길인데요."

곧이어 흥분한 사내의 목소리가 차안에 쩌렁쩌렁 울려 퍼졌다. 형은 선생님에게 꾸지람을 듣는 학생처럼 고개를 숙이고 다소곳하게 처분을 기다린다. 어머니가 내게 형에 대한 의무를 넘겨주던 날 함께 지내는 사람 중에 형을 종 부리듯 괴롭히는 사람이 있노라고 화를 내던 기억이 언뜻 떠올랐다.

"장애인이라고 다 똑같은 건 아니여. 중간에 사고로 병신이 된 놈들은 심보부터가 틀려먹었다니까."

"사고 나기 전엔 뭐하던 사람이었대요?"

"뭐 깡패였다나. 허우대를 보니 주먹질 꽤나 허구 다닌 폼새더구만."

전화를 끊은 형의 표정이 더욱 어두워졌다. 형의 통화에 신경을 곤두세운 건 나도 마찬가지였다. 혹시라도 사람이 없거나 예상치 못한 상황으로 복지관에 갈 수 없게 된다면 처가 식구들이 돌아갈 때까지 집근처 여관이라도 잡아 끼니때마다 들여다볼 요량이었다.

25KM, 13:55

안양교도소 사거리를 지나 농수산물시장 쪽으로 향한다. 서글픈 정적이 차안을 감돈다. 라디오 버튼을 눌렀다. FM 95.9 설날특집 '정오의 희망곡'이 흘러나온다. 여자 MC가 활기찬 목소리로 청취자의 사연을 소개하고 있다. 사연을 보낸 사람은 둘째며느리요, 명절이나 제사 때만 되면 자신을 파출부처럼 부리는 맏동서와 시어머니에게 용돈을 펑펑 안기면서 손가락 하나 까딱 안하는 얌체 막내동서에 대한 불만이 쏟아져 나온다. 그러다 장남인 시아주버니가 갑작스럽게 교통사고를 당하면서 서로의 아픔을 먼저 생각하게 되었고 새삼 가족의 소중함을 느끼게 되었노라는 흔히 접할 수 있는 사연이었다. 형은 등을 시트에 바짝 붙이고 고개를 뒤로 제껴 허공을 응시한다. 잔뜩 찌푸렸던 형의 하관이 잠시 밝아졌다가 이내 시무룩해진다. 형은 불만족스러울 때면 고개를 뒤로 제끼곤 했다. 계획했던 날보다 이틀먼저 돌아가는 것만으로도 저리 서운해 하는데 앞으로는 명절날 우리 집에 오지 말라는 말을 어찌 한단 말인가?

"형도 알아야 할 거 아냐? 가면서 얘기 해."

"다음에."

"다음에 언제? 그러다 추석 때 또 데려 오려고! 그럼 우리 아버지는 또 혼자 지내시게. 형 생각만 하고 우리 아버지 생각은 전혀 안 하는 모양이지?"

"형은 몸이 불편하잖아."

"그럼 우리 아버지는? 가뜩이나 엄마도 없는데 혼자서 밥이라도 끓여 드시겠어? 그리고 명절 때 한번이라도 우리 집에 간 적 있어?"

"그렇게 먼데를 어떻게 가나? 거기 갔다 오면 차례는 누가 지내고 형은 어쩌라고!"

"당신이 장남이야? 어쨌든 다음부터는 명절 때 형을 데려오지 않았으면 좋겠어. 한가할 때 오면 누가 뭐라나."

"그럼 형은 명절날 어찌돼든 상관없다는 거야?"

"어머니는 뭐하신대? 그런 자식 낳아 놨으면 당신이 책임져야 하는 거 아니야? 그리고 다른 동생들은 없어?"

"그만하자."

"또, 또, 등 돌리지. 매사에 그딴 식으로 사람을 무시하지. 어디 맘대로 해 보라지."

설거지 통속에 그릇 부딪히는 소리가 덜컥 덜컥 가슴을 내려놓는다.

"동철아! 그거 mbc. 95.9 맞지?"

"응."

평소와 달리 차분하게 가라앉은 음성이다. 기대보다 짧게 끝난 달
콤한 휴가에 대한 서운함이거나 좀 전 통화했던 사람과의 갈등으로
인한 근심이리라. 이런 상황에서도 자신이 알고 있는 사실은 반드시
확인시키고 넘어가야 직성이 풀리는 모양이다. 형의 호기심은 언제
나 피곤할 정도로 집요했다.

21km, 13: 51

인덕원 사거리를 지나 과천으로 향하는 황량한 8차선 대로로 접어
들었다. 드문드문 지나가는 차량이 일으키는 바람을 타고 커피색으
로 말라비틀어진 플라타너스낙엽들이 굴러다닌다. 명절 오후의 도심
거리는 언제나 한산했다. 더군다나 5일이라는 연휴는 수도권에 대부
분의 사람들을 지방으로 밀어내기에 충분했다. 쎄쎄 겨울바람이 미
처 닫히지 못한 창틈사이를 비집고 들어왔다. 룸미러에 비친 형의 미
간이 잔뜩 찌푸려져 있다.

"도도, 동, 동철아! 여기 창문이 열렸는데?"

아마 얼마간은 가늘고 여린 손가락이 뒷좌석 창틈 께를 더듬었으리라. 스르륵 운전석에서 자동버튼으로 창문을 올려주자 굳어졌던 표정이 비로소 풀려진다. 자신의 요구가 쉽게 받아들여진 것에 만족했는지 고개를 끄덕끄덕 거린다. 기다리던 반응이 나오거나 마음이 흡족할 때는 예외 없이 이렇게 고개를 끄덕거렸다. 상대에게 눈빛으로 표현하지 못하는 부분을 나름 답답하니까 생겨난 버릇이리라. 형은 말뿐 아니라 손도 더듬거렸다. 한 이불 안에서 형과 몸을 부대끼고 지냈던 어린 시절 동생의 생김새를 가늠하려고 머리와 얼굴을 더듬던 형의 손길이 빛바랜 흑백사진처럼 기억된다. 어느 봄볕 따스하던 날 형의 손을 잡아끌고 동구 밖까지 나갔던 적이 있었다. 겨우내 움츠렸던 땅이 기지개를 펴고 따듯한 햇살은 모락모락 아지랑이를 피워 올렸다. 겨울이 시작되기 전부터 바깥구경을 소원해오던 형은 연신 주변에 무엇이 있느냐는 질문을 퍼부어댔다. 그 질문에 일일이 답하느라 봄의 정취에 빠질 겨를이 없을 지경이었다. 벌판처럼 넓은 정구지 밭 끝에는 아름드리 감나무가 서 있었다. 형제는 감나무 밑동에 앉아 따스한 햇살에 몸을 맡겼다. 잠시 후 또래 아이들이 우리 주위를 맴돌았다.

"눈 봉사래요. 눈 봉사래요……."

결국 놀림의 주동자였던 주인집 아들과 주먹다짐으로 이어졌고 놈의 꼬붕이들까지 가세하게 되었다. 형이 보지 못하는 바로 그 눈앞에서 동생은 얻어 맞아야했다. 모진 주먹과 발길질 아래에서도 동생은 아파할 형의 마음이 더 견디기 힘들었었다. 그날 이후 형은 바깥구경을 원하지 않았고 형이라는 존재는 나에게 부끄러운 대상이 되어버렸다. 철저히 형을 숨기고 살았다. 고등학교 시절부터 사귀어 온 가장 가까운 친구마저도 우리 집에서 잠을 자기 전까지는 그에게 난 장남이었다. 어두운 방 구석진 곳에서 더듬더듬 혼자 밥을 떠먹는 형의 모습을 지켜본 친구는 내게 아무 것도 묻지 않았다. 몇 년 후 포장마차에서 넋두리처럼 형의 얘기를 털어놓았을 때 친구는 말없이 빈 잔에 소주를 부어주었다.

"그렇게 생각하면 안 된다. 넌 착한 놈이잖아."

형에 대해 친구가 건넨 유일한 한마디였다.

16km, 13:49

늙은 세피아가 비명을 지르며 남태령을 넘어간다. 관악산을 내려온 등산객들이 간간이 눈에 띈다. 정상까지 올랐다가 내려오는 중이라면 아마 꼭두새벽부터 서둘렀으리라. 13시를 알리는 시보와 함께 뉴스가 시작된다. 남북의 갈등과 여야의 다툼이 어제와 다를 바가 없다. 경제소식 또한 암울하다. 도무지 끝을 알 수없는 유가는 또다시 사상 최고치를 경신했고 휘발유가 리터당 2천원을 넘기는 건 시간문제라고 떠들어댄다.

"도, 도, 동, 동철아. 이 차, 기름으로 가지?"

"어."

"무, 무슨 기름? 참, 참기름?"

입 꼬리가 양옆으로 살짝 올라간 채로 등을 시트에서 떼고 고개를 살짝 숙인채로 멈춰있다. 어떤 반응이 나올지 잔뜩 기대하고 있는 40대 중반의 사내는 영락없는 어린아이의 모습이다. 설마 저걸 유머라고 했는지 의심스럽다. 대답할 가치를 못 느껴 모른 체 한다.

"동, 동철아. 그럼, 휘발유로 가는 거 맞지?"

"그래."

"휘발유가 얼만데?"

우문에 현답으로 대꾸하려면 몹시 피곤한 법이다.

"비싸."

"비싸? 얼마나?"

"많이."

한참 무엇인가를 골똘히 생각하던 형이 침묵을 깨뜨린다.

"도, 동철아! 안양 너네 집에서 우리 복지관까지 가려면 기름이 얼마나 들어?"

"글쎄……."

형의 입에서 나온 말이라고는 믿기지 않을 만큼 제대로 된 질문이다. 갑자기 던져준 귀찮은 숙제에 머리를 굴려본다. 거리가 27km이고 연비가 리터당 10km로 잡는다면 3리터 정도 소모되려나? 그건 정속을 했을 때 얘기고 시내를 관통하니까 조금 더 들겠지. 1리터? 아니한 2리터? 어림잡아 1리터에 2천원이면 만원이라는 계산이다.

"만원."

마지못해 시큰둥하게 대답해주었다.

"그렇게도 많이 들어?"

형의 표정이 자못 심각해졌다. 많이 오르긴 했지만 그래도 택시비용보다는 훨씬 덜 드는 편이다. 형을 데리고 대중교통을 이용하는 건고역이었다. 형은 충주시내에 위치한 초등학교와 중학교를 졸업했다. 천주교 단체에서 장애아동을 위하여 설립한 시설이었고 달리 갈곳이 없었던 형은 초 중등 과정을 두 번씩이나 더 다녀야했다. 방학이 시작되면 어머니와 함께 형을 데려 왔다가 끝나면 다시 데려다 주는 일을 반복했다. 내가 고등학교에 들어가면서 그 일은 고스란히 내게로 넘겨졌다. 동구 밖에서 한참을 기다려 버스를 탔다가 천호동 사거리에 내려서는 다시 마장동 터미널 행 버스로 갈아탔다. 충주 터미

널에서도 학교로 가는 버스를 기다려야 하는 여정은 아직 고등학생인 나에겐 고되고 버거웠다. 더군다나 두꺼운 점자판과 책들이 가득한 책가방과 몇 달치 옷 보따리까지 들어야했으니 한마디로 피난민의 행색이 따로 없었다. 어느 해 겨울에는 얼어붙은 길을 걷다가 물건들과 함께 땅바닥에 나뒹굴었던 적이 있다. 싸늘한 시선들 속에서 정신없이 책가방속 내용물들을 주섬주섬 집어넣었다. 다음날 편지를 쓰려는 형의 다급한 목소리를 듣고서야 점필을 잃어버린 걸 알았다. 결국 형은 방학숙제 뿐만 아니라 유일한 낙이었던 친구들에게 편지 쓰는 일까지도 못하게 되었다. 형의 탄식소리만 기억으로 남아있는 그해 겨울은 무척이나 길었다. 사실 몸이 힘든 것보다 장애를 천형으로 여기는 시선들이 더욱 감당하기 힘들었다. 그 무렵 우리 동네에는 마주치기만 해도 가슴이 두근거렸던 한 학년 위 여학생이 살았다. 겨울 방학이 시작되던 어느 날 책가방을 든 형의 다른 편에서 팔짱을 끼고 나머지 손으로는 옷 보따리를 들고 동네 어귀로 들어서다 그녀와 정면으로 맞닥뜨리고 말았다. 순간 깊이를 가늠할 수 없는 구렁텅이로 빠져드는 느낌에 다리가 얼어붙었다. 형도 자연스레 걸음을 멈추었고 잠시 당황한 시선으로 형제를 번갈아보던 그녀는 말없이 멀어져갔다. 그것으로 끝이었다. 그 후 혹시라도 버스를 기다리는 그녀를 보게 되는 날이면 지각을 감수하고서라도 먼발치에서 숨어 기다리다 다음 버스를 타야했다.

11km, 13:54

총신대역 사거리를 지나 동작대교 하단으로 접어들었다. 힐끔 내려다 본 고수부지에는 잔뜩 웅크린 유람선 주위로 몇몇 사람들이 날린 가오리연들이 몸을 흔들고 떠있다. 그 중 하나가 갑자기 높은 하늘로 비상하기 시작한다. 저쪽 하늘 아래가 천호동쯤 되리라. 한때는 나도 저 연처럼 날고 싶었다. 하지만 언제나 발목을 잡아끄는 형이라는 존재 때문에 아무것도 하지 못했다. 형 때문에 늘 주눅 들고 움츠린 채 살아야했다. 그래 바로 저 형만 없다면 나도 멋지고 자유롭게 날개를 펼치고 날았을 것이다. 가난으로 학업을 중도에 접었을 때도 견딜 수 있었다. 하지만 결혼을 약속한 여자에게 어렵게 형의 존재를 알리던 날 흔들리는 그녀의 눈동자를 보고 느꼈던 수치스러움은 아직도 선명한 아픔으로 남아있다. 가당치도 않은 혼사를 허락했으니 감지덕지로 알고 살아야 한다는 장모의 으름장에 아무도 모르게 눈물을 삼켜야했다. 함께하는 시간이 많아질수록 형과 관련된 모든 것들이 위축될 수밖에 없었다.

"도도동, 동철아! 너는 회사에서 월급으로 얼마나 받는데?"

월급이라 매달 손에 쥐는 게 2백 5십만 원 정도나 될까? 그것도 남다른 아내의 교육열로 수입의 절반 이상은 사교육비로 증발해버린다.

매달 카드대금 결재일이 다가오면 마이너스 통장과 씨름해야한다.

"이백오십만 원."

언제나 그렇듯 형의 질문에 대한 나의 대답은 간단명료했다. 괜히

평달은 어떻고 보너스 타는 달은 어쩌니 했다간 구구절절 설명을 해

줘야하는 번거로움이 뒤따르기 때문이다.

"이야! 그렇게나 많아?"

"많은 건 아니야. 태균이 하고 태영이 학원비 주고 나면 얼마 남지

않아."

"학원비? 학원비가 얼만데?"

대답을 하고나니 괜한 말을 했나싶다. 형은 고개를 숙인 채로 멈춰

서 대답을 기다린다.

"응. 한 백만 원."

"뭐? 백만 원? 매달?"

"응."

형의 얼굴색이 이내 어두워졌다.

"동, 동철아! 지금 내 통장에 얼마 있는지 알아?"

"그걸 내가 어떻게 알아?"

"구, 구, 구, 구백만원. 병갑이 형이 그러는데 삼천만원만 있으면 장

가갈 수 있대. 삼, 삼천만원 있으면."

그렇게 말해놓고 고개를 끄덕거린다. 생각보다 많은 액수다. 세상이 좋아져 몇 해 전 부터 형 앞으로 매월 장애수당이 지급된다고 한다. 함께 생활하는 다른 장애인들은 통장에 입금되기가 무섭게 찾아 써버린다지만 형은 꼬박꼬박 모아두는 모양이다. 장가라고? 형도 결혼을 해야 하나? 하긴 그러고 싶을 것이다. 형도 남자니까. 그런데 형이 남자 구실을 제대로 할 수나 있을까? 여자와 잠자리를 하고 싶다는 욕망이 천치 같은 형에게도 존재할까? 어쨌든 형이 정말 결혼이란 걸 할 수만 있다면 나로서는 반대할 이유는 없다. 비록 가당치 않은 꿈이라지만 그런 꿈마저 꾸지 말라고 굳이 막을 필요까진 없다. 그런데 아내의 반응은 어떨까? 분명 미쳤다고 할 것이다. 그 뒤치다꺼리는 어쩔 거냐고, 거기서 낳는 아이는 또 누가 책임 질 거냐고. 나도 모르게 고개를 절레절레 흔들었다. 룸미러 속 형은 뭐가 그리 흡족한지 계속 고개를 끄덕거리고 있다. 세상에 아무 낙도 없이 살아가는 인생인 줄 알았다. 그저 명절 때 와서 돼지고기를 빼낸 꼬지에 청주를 마시는 게 유일한 낙일 줄로만 알았다. 아내가 만든 식혜를 들이키는 형의 모습은 세상 누구보다 행복해 보였다. 마지막 남은 한 방울도 아쉬운지 마치 그릇을 씹어 먹을 듯한 기세로 핥아 먹는 모습이 우스꽝스럽기도 했지만 그만큼 가슴이 아렸다.

"좋은 사람이 있으면 형도 장가가야지."

공허한 독백만이 앞좌석에 맴돌다 가라앉아버렸다.

7Km, 13:55

동작대교를 건너 우측으로 돌아 서빙고역을 지나쳐 이태원으로 방향을 바꾸었다. 총을 든 흑인 초병 눌이서 잡담을 한다. 저들은 지금 어떤 이야기를 나눌까? 지구 반대편에 두고 온 고향의 초원일까, 아니면 거기에서 함께 뛰어놀던 어릴 적 친구들일까, 그도 아니면 사랑하는 사람의 변심일까? 지루한 담벼락이 끝나자 다양한 이국의 언어들이 쏟아져 흐른다. 어깨를 움츠린 이방인들의 발걸음이 미끄러운 보도블록 위를 더듬는다. 남의 나라 명절의 들뜬 분위기로부터 소외된 탓인지 당당하던 여느 때의 모습과는 사뭇 다르게 다가온다. 어쩌면 형의 삶도 주위에 활기찬 분위기로부터 주눅 들어 왔던 건 아니었을까?

"도도동, 동철아! 설운도 노랜데 혹시 '그런 여자 없나요' 라는 노래 들어봤어?"

"아니."

"한번 불러볼까?"

"맘대로 해."

고개를 몇 번 끄덕거리며 흡족한 미소를 짓더니 노래를 시작한다.

"친구도 좋아요 애인도 좋아요 누구라도 좋아요 혼자 있는 건 죽기보다 싫어요 외로워서 싫어요…… 영원히 곁에 머물 수 있는 그런 여자 힘들고 쓰러질 때 안아 줄 그런 여자 없나요……."

참 가사 하고는 어쩌면 저렇게 자신의 처지와 딱 맞는 노래를 골랐을까. 호흡처리가 미숙해서 발성이 툭 툭 끊기는 엉성한 노래였지만 애절하게 와 닿는다.

'savant syndrome'

레인맨의 더스틴 호프만처럼 발달장애나 자폐증 등으로 뇌기능 장애를 가진 자들 중에 일부가 장애와는 대조적으로 다른 쪽 뇌가 기형적으로 발달해서 천재적인 재능을 나타내는 현상이라 한다.

한때 나는 형이 천재인 줄 알고 살았다. 사실 적어도 어떤 면에선 천재다. 굼벵이도 구르는 재주가 있다고 형에게는 누구도 따라오지 못할 재주가 있다. 절대음감은 아무에게나 내려주는 축복이 아니다. 한때 신기루처럼 음악을 꿈꿔오던 나로서는 가장 부러워했던 능력이었다. 수많은 피아노 건반 중 몇 개를 한꺼번에 짚어도 음들의 위치를 귀신같이 잡아낸다. 뒷받침이 되었더라면 음악인으로 성공했을지도 모를 일이다. 그뿐 아니다. 자신이 관심을 갖는 분야에 대한 기억력이 탁월하다. 하지만 세상사에 대한 전반적인 이해력이 초등학교 수준에도 미치지 못하는 형이 인지 가능할 만한 분야가 많지 않다는 것이 문제였다. 기껏해야 본인이 살아온 인생여정에 대한 기록을 기억하는 정도 밖에는 그 능력을 활용한 적이 없었다. 믿기 어렵겠지만 형이 본격적으로 기억을 시작했던 일만 구백 날의 모든 요일과 그날의 날씨와 발생했던 일들은 형의 뇌세포 속에 고스란히 저장되어 있다. 어두컴컴한 골방에서 외로움과 싸우며 얻어진 전리품으로 자신만의 세계를 구축해 왔으리라. 만약 컴퓨터가 일찍 발명되었더라면 적어도 지금처럼 바보에다 장애까지 짊어진 세상에 전혀 쓸모없는 천치가 되어있지는 않았을 것이다.

"도도동 동철아! 이 차 이름이 세피아지?"

"그래."

"이 차 1997년 12월 16일에 산거 맞지?"

"알면서 왜 자꾸 물어 피곤하게."

"그때가 화요일이지?"

"난 몰라. 그건 형이 더 잘 알잖아."

"그때 첫눈이 왔었는데."

분명 형이 있던 지역에서는 첫눈이 왔으리라. 형은 고개를 끄덕거리며 흡족한 표정을 짓고 있다. 10년 전 차를 바꾸고 처음 형을 데리고 오던 날에도 형은 질문을 퍼부었었다.

"도, 동철아! 그런데 여기 주머니 속에 이건 뭔데?"

신호대기 틈을 타 뒷좌석을 넘겨다보니 앞좌석 후면 시트에 달린 주머니를 더듬거리고 있다.

"휴지야. 주유소에서 기름 넣으면 공짜로 주거든."

"도, 동철아! 이 주머니에는 뭐 넣는 건데?"

주머니 앞에 따로 달린 작은 포켓을 더듬거린다.

"그냥 휴지보다 중요한 거 넣겠지."

"중요한 거? 어떤 거?"

"몰라."

"그럼 돈?"

"그래."

귀찮아서 그렇다고 해버렸다.

"아이쿠! 여기 돈이 하나도 없네? 어제 찜질방에서 다 써버려서 없지?"

"아니야. 집에 가면 많아."

"얼마나 있는데?"

"몰라 그건."

어릴 적부터 형은 목욕탕을 좋아했다. 집안에 목욕시설이 없었던 시절 형의 목욕탕 동반자도 역시 나였다. 둘이서 동네 목욕탕을 들어가는 것 또한 사춘기 소년에겐 결코 수월한 일이 아니었다. 형제의 일거수일투족이 주위 사람들의 관심꺼리가 되었던 건 두말할 나위가 없었다. 이역만리 낯선 나라의 명절에서 소외된 저 이방인들의 처진 어깨처럼 운신의 폭이 좁있고 조심스러워야했다. 그런 내 심정은 아랑곳 않고 형은 마냥 행복한 미소를 지으며 흡족해 했었다. 정작 자신은 결코 볼 수 없는 마치 달관한 부처의 미소처럼 세상에서 가장 만족스런 표정. 어린 시절 그 미소를 보면 오히려 화가 치밀었다. 자신 때문에 힘겨워야 하는 동생이라는 존재 따위에는 전혀 관심 없는 듯 어쩌면 날 비웃는 것처럼 느껴지기도 했었다. 그런 생각이 들 때면 형의 등이 시뻘게지도록 까칠한 때 타월로 벅벅 문질러댔다. 형은 감각을 잃어버렸는지 아프다는 엄살 한번 부리지 않았고 그저 고개를 끄덕거리며 세상에서 자신이 가장 행복하다는 미소만 짓고 있을 뿐이었다.

2.5km, 13:58

남산터널을 통과한 세피아는 완만하게 꺾인 내리막 커브를 급하게 내달린다. 회현동 신세계 앞 사거리가 시야에 들어온다. 서울역에서 퇴계로를 잇는 고가 아래로 여러 개의 파란불이 가로로 도열해 있더니 이내 노란색으로 바뀌어 점등한다. 이런 상황은 언제나 갈등을 안겨준다. 내리막이라 브레이크를 밟는다면 제대로 정지해 줄지도 의문이고 더구나 가속을 붙여놓는데 소모된 휘발유도 아깝다. 에이 그래, 그대로 밀어붙이기로 결론을 내린다. 세상사는 언제나 찰나에 결정되는 법이다. 여태 그래왔듯 깜박이는 황색등을 농락하고 적색등이 점등한 신호등 아래를 아슬아슬하게 통과하였다. 그때였다. 내 속에 악마가 꿈틀거리기 시작한건. 만약에 좀 전 퇴계로에서 직진하는 차가 우리차를 들이 받았다면 바로 형이 앉아 있는 부분이었을 것이고 그럼 형은 어찌되었을까?

한국은행과 대한항공 빌딩 사이 소공동 길을 벗어나자 시청 앞 광장이 기다리고 있다. 형형색색의 만국기가 펄럭이고 여러 나라의 전통복장을 갖춘 사람들이 개미 때처럼 흩어져 있다. 월드컵으로 달아올랐던 작년 6월 이곳을 붉게 물들였던 광경을 티브이로 보았던 기억이 떠오른다. 형은 축구를 좋아했다. 둘이서 축구를 할 때면 형은 언제나 골키퍼였다. 오래된 아파트단지에는 사각지대가 군데군데 웅크리고 있었다. 녹슬고 낡아빠진 미끄럼틀과 그네뿐인 놀이터는 따분한 꼬마들마저 외면한지 이미 오래되었다. 물론 큰 아들놈이 다니는 집근처 초등학교 운동장에는 넓은 공간이 많겠지만 사람들 눈에 띄지 않는 장소를 찾아야 했다. 형이 두 팔을 뻗으면 닿을 만하게 골대를 만들어놓고 하나 둘 셋 구령에 맞춰 슛을 날린다. 정확이 말하자면 슛이 아니고 패스다. 형은 굴러 오는 소리만으로 공을 잡아내고는 세상에서 가장 행복한 미소를 짓고는 고개를 끄덕거린다. 시청 앞 광장을 돌자 황색 신호등이 깜박거린다. 교통경찰의 수신호에 따라 무교동 뒷길로 접어들었다.

언제인가부터 내 속에서 악마가 자라기 시삭했나. 진구는 나를 착한 놈이라 했지만 날 모르고 한 소리다. 어차피 내가 지고 갈 운명이라면 맘이라도 편하게 해주려고 그랬는지 모르지만, 내 마음속에 숨겨진 악마를 보았더라면 결코 그런 말을 하지 않았으리라. 형이 없었으면 좋겠다, 라는 바람은 오래 전부터 가져왔었다. 어느 날 갑자기 형이 순식간에 증발해버려 나로서도 도저히 어찌하지 못하는 상황이 발생해 버린다면 아무런 가책 없이, 형의 존재가 그렇게 사라져만 준다면 참으로 고맙겠다고 바래왔었다. 그래도 생사도 모른 체 어딘가로 끌려가는 것은 싫었고, 죽을병으로 신음 하는 것도 싫었고, 되도록 이면 짧고 작은 고통으로 떠나줬으면 했다. 어차피 잘못 태어난 인생괄시 받지 않으면서 제대로 다시 시작하는 편이 어쩌면 형에게도 좋을 거라고 합리화시켜 나갔다. 악마가 자라기 전만해도 나의 유일하고도 준비된 소원은 형이 눈을 뜨는 것이었다. 정말 그리만 된다면 그렇게 되도록 도와주는 사람이라도 있다면 그를 위해 내 평생을 바치며 살아도 괜찮다고 생각했다. 한때는 새벽기도에 나가 하나님께 뜨거운 눈물을 쏟으며 기도를 올렸던 날도 있었다. 나이를 먹어감에 따라 세상엔 도저히 불가능한 일이 있음을 알게 되었고 부질없는 기대로 시간을 낭비하는 미련한 짓도 하지 않게 되었다.

760m, 14: 05

KBC 두 시 뉴스입니다. 이대박 대통령 당선자는 설날을 맞아 주변의 불우하고 소외된 사람들을 따뜻한 마음으로 돌아보는 시간을 가지자고 주문하며 서울역 부근 쪽방 촌 독거노인들을 찾아 금일봉을 전달하였습니다…….

"도, 동철아! 이대박이 이제 대통령이지?"

"응."

대통령이 누가 되던 형하고 무슨 관련이 있겠는가. 그래도 형은 자신이 인지가능한 모든 분야에서는 어김없이 호기심을 발동시켰다.

"지금 어디쯤 왔는데?"

"거의 다 왔어 광화문이야."

"도, 동철아! 광화문이 청와대 정문이지? 청와대도 보여?"

"응."

"어떻게 생겼는데?"

사실 꼬리를 물고 늘어선 차량의 꽁무니들만 보일 뿐이다. 하지만 편리한 답변을 위해 그동안 티브이뉴스에서 보아왔던 청와대 이미지를 떠올린다.

"파란 기와지붕으로 된 집이야"

"기와? 기와가 뭔데?"

"흙을 돌처럼 구워서 만든 거야."

"뭐? 돌? 흙이 구워져?"

또 실수를 했다. 지금부터 끊임없는 질문공세가 이어질 것이다.

"도, 동철아! 그런데 돌을 지붕에다 올려놓는데도 집이 안 무너져?"

"돌을 얇게 만들어서 괜찮아."

"돌을 어떻게 얇게 만드는데?"

"……."

광화문 삼거리 좌회전 대기시간은 지루했다. 한참을 기다린 끝에 진입을 하려는 순간 황색등이 점멸한다. 앞차가 갑자기 멈칫하더니 브레이크 등이 켜진다. 세상사는 언제나 찰나에 결정되는 법이다. 정지선을 지나 앞차를 피해 바깥쪽으로 크게 궤적을 돌며 가속 페달을 밟았다. 끼이이익! 바로 옆에서 터져 나오는 섬뜩한 파찰음. 엑셀에만 힘이 들어간 오른발에 결코 브레이크가 걸릴 리 없다. 그렇다면 분명 나 아닌 누군가의 긴급한 제동이다. 그것도 나의 애마와 닿지 않으려는 처절한 몸부림이라는 걸 느낄 찰나 늙은 세피아 안에는 종말이 오고 말았다. 오른쪽 어깨와 머리통이 뒷좌석 형 쪽으로 강하게 쏠렸다.

형은 더 이상 말이 없었다. 사방에서 경적이 울어대고 누군가 운전석 문을 열어 제낀다. 어깨를 흔들며 괜찮냐고 물어온다. 애써 모른 체 했다. 그러고 싶다. 지금 이 순간만큼은 그 누구와도 눈을 마주치고 싶지 않다. 감히 형 쪽으로 돌아볼 엄두가 나지 않는다. 뒷좌석 문은 양쪽 모두 열리지 않았다. 누군가 다급하게 무어라 소리를 지르지만 무슨 소리인지 분간이 되지 않는다. 사람들의 웅성거림이 멀어졌다. 정적이 흐른다.

"형!"

차마 형 쪽을 돌아보지는 못하고 나지막이 떨리는 음성으로 무거운 입술을 열었다. 역시나 아무런 기척이 없다. 웽웽 모기소리만 하던 사이렌들이 점점 가까워진다. 그것들이 응당 이리로 오고 있으라는 확신이, 지금 이 순간만큼은 우리가 세상의 중심에 있다는 묘한 흥분으로 이어진다. 갑작스런 인기척에 나도 모르게 고개를 돌리다 뒷목에 시큰거리는 통증이 일어난다. 시야로 들어오는 세상은 멀쩡했다. 받친 곳은 내 자리의 정반대쪽이고 형은 무방비로 앉아있었을 것이다. 모든 일은 악마의 구상대로 완벽하게 처리되었다. 형은 지금 어떤 표정을 짓고 있을까? 설마 세상에서 가장 행복하다는 그 미소일까? 왠지 고개를 끄덕거리고 있을 것 같다. 궁금하지만 돌아보기가 두렵다. 웅성거리는 소리가 가까워지더니 우지끈 거리며 뒷좌석 문짝이 비명을 지른다. 끽끽 몇 번을 거듭하였지만 소용이 없는 모양이다. 윙~ 날카로운 전기톱소리가 가까워진다. 그래 차라리 잘됐어 혼자 있는 거 외로워서 싫다고 했지 죽기보다 싫다고 했지 그래 그런 세상 미련 없이 떠나 버리는 거야. 잘됐이.

목에 깁스를 한 채로 형을 보냈다. 형이 떠나는 날 비로소 직장동료들에게 형의 존재를 밝혔다. 타인의 눈에 자리한 내 모습 한 쪽에 그늘이 치워졌으니 이제부터 어디 가서든 주눅들 필요가 없다. 형에 관한 질문에도 거짓대답을 하지 않아도 된다. 두 아들에게 미안할 이유도 처가식구들의 눈치를 살필 필요도 없어졌다. 형은 자신이 살아왔던 인생만큼이나 초라하고 쓸쓸한 모습으로 떠났다. 그토록 감추고 싶었던 형의 육신이 재가 되어가는 두 시간여 동안 이 엄청난 사건의 주동자가 바로 나라는 죄책감에 꼼짝을 할 수 없었다. 형을 마지막 보내는 길의 동행자도 역시 단출했다. 나와 친구 그리고 이제는 가루가 되어버린 형뿐이었다. 아버지가 묻혀있는 양평으로 무작정 향하다가 양수대교 근처 인적드믄 강변 갈대숲으로 숨어들어가 쫓기 듯 뼛가루를 뿌렸다. 평생을 좁고 어두운 골방에서 웅크리고 살아온 형이 죽어서도 항아리 속에 갇혀 있는 것만큼은 도저히 두고 볼 수가 없었다. 납골당에 안치하자는 아내와 동생의 만류에도 끝까지 주장을 굽히지 않았다. 회색 잿 가루가 된 형을 내버리는 동안에도 형에게 감히 미안하다는 말을 꺼낼 수가 없었고 형은 끊임없이 질문을 퍼부어댔다.

"도도동, 동철아! 여기가 어딘데?"

"북한강."

"북한강? 그럼 북한이겠네. 그럼 북한 사람들도 보이겠네?"

"……."

"도 동철아 여기서 축구하면 공이 물에 빠지지?"

"저기 넓은 데서 하면 괜찮겠지"

"도, 동철아! 추석에도 여기 와서 축구할까?"

"아니 못 와."

"왜 여기가 부 북 북한이라서?"

아무대꾸도 하지 않았다. 아니 할 수 없었다. 미안하다는 말조차도. 그러면 왜 미안한데? 물을 것이고 거기에 준비된 답이 없었다. 아니, 하기 싫었다. 돌아오는 친구의 차안에서도 무거운 침묵은 이어졌다.

추석이 가까워지자 명절 준비로 부산하다. 이젠 형을 데려왔다가 처가식구들이 들이 닥칠 때에 맞춰 형을 데려다주는 귀찮은 일을 하지 않아도 된다. 번거로운 일에서 해방되니 모든 일이 한결 수월하게 진행된다. 새삼 새털 같은 자유로움이 온몸 구석구석까지 스며든다. 차례를 지내고 남은 청주는 조리용 양념으로 용도가 바뀌었고 돼지고기 뺀 꼬지를 따로 준비하지 않아도 되었다. 차례음식을 만드는 아내의 표정은 밝았고 아이들을 나무라는 목소리 또한 부드러워졌다. 차례 상을 물린 24평짜리 낡은 아파트는 이내 처가식구들로 채워졌다. 세 살배기 조카부터 칠순 경인까지 포화상태가 된 집안은 며칠 동안 몸살을 앓았다. 조카들은 유치원에서 배운 노래를 목청껏 높여 부르고 초등학교에 들어간 놈들은 집안 이곳저곳을 뛰어다니며 자신들의 존재를 확인시켰다. 설거지 통 속에 그득한, 마시다 만 식혜 그릇들 속에서 형의 행복한 미소가 흔들거렸다.

"도도동, 동철아! 식혜는 뭘로 만드는데?"

"엿기름."

"엿기름? 엿에다 무슨 기름? 참기름?"

"아니 그냥 엿 만드는 기름이야. 제발 그만 좀 물어 나도 모르니까!"

형을 귀찮게 여기고 함부로 대했던 순간들이 새삼 가슴을 저며 온다.

연휴 하루를 남기고서야 모두 돌아갔다. 나로서는 참으로 반가운 적막이 찾아들었다. 우리는 공기가 그렇듯 고요가 가져다주는 고마움을 모르고 살아간다. 억지 화투놀이에 지치고 술에 찌들어 노곤해진 몸을 내려다본다. 제 구실을 하며 산다는 것이 새삼 버겁게 느껴진다. 문득 양평 강변에다 뿌리고 온 형이 떠오른다. 형은 지금 얼마나 자유로울까? 만약 형이 살아 있다면 차례를 마치고는 아이들의 세배를 받았을 것이고, 돼지고기를 뺀 꼬지에 청주를 마시고 오후엔 아무도 없는 놀이터 구석진 곳에서 형과 축구를 하고 저녁에는 찜질방에 갔을 것이다. 다음날 아침 뾰로통한 아내의 표정을 뒤로한 채로 나와 광화문으로 차를 몰았을 것이다. 형이 떠난 자리엔 이내 처가 식구들로 채워질 것이다. 결혼 후 분가를 하면서부터 한동안 형의 존재를 잊고 살만큼 달콤한 자유를 얻었던 적이 있었다. 형에 대한 의무가 어머니에게로 넘어갔기 때문이다. 그러나 그렇게도 갈구하던 형으로부터 벗어난 후에도 내 인생은 그다지 달라진 게 없었다. 형에게 할애했던 알량한 시간의 빈자리를 나태로 채우면서도 그동안 날개를 펴지 못했던 모든 책임을 형에게로만 떠넘겼었다.

경복궁역을 지나 사직동 좁은 골목길로 접어들어 이리저리 헤매다 간신히 주차를 했다. 형제는 한참을 걸어 길가에 방범창이 붙은 허름한 단독주택 앞에 섰다. 초인종 소리에도 아무런 기척이 없다. 칼바람이 비수처럼 가슴을 파고든다. 현관문은 열려 있었다. 집안은 깊은 어둠속에 무겁게 가라앉아 있다. 좁고 어두운 거실 벽 커다란 사진 안에는 네 명의 중년 남자들이 주문된 미소를 흘리고 있었다. 이곳을 찾는 자원봉사자들에게 보이기 위한 전시용이다. 모두가 억지웃음을 지었지만 맨 앞 어깨를 움츠린 낯익은 사내의 미소는 세상에서 가장 행복한 표정이었다. 안방 문이 열리면서 오 십 줄에 들어선 건장한 사내가 굳은 표정으로 걸어 나온다. 사진 속의 당당하던 사내는 무엇이 그리 못마땅한 지 미간을 잔뜩 찌푸리고 있다. 비록 시선은 초점 없이 허공에 두었지만 괄괄한 목소리엔 날이 서있었다.

"이렇게 빨리 올 거면서 뭐 하러 가?"

사내는 대뜸 소리부터 지른다. 형에게 하는 말이라지만 실은 나를 겨냥했으리라

"처갓집에 사정이 생겨서 갑자기 장인어른이 오시는 바람에."

사내 앞에서 형이 그랬듯 마치 죄인이라도 된 양 나도 모르게 주눅이 들어 구차한 변명을 더듬거린다. 우선은 노여움을 풀어줘야 한다는 생각뿐이다. 그래야 형의 신상에도 이로울 테니까.

"아니 그럼 처음부터 데려가지를 말던가? 뭐 하는 거야. 놀리는 것도 아니고 데려 갈 때는 언제고 연휴가 끝나려면 아직도 멀었는데 여기 있는 사람들은 생각도 안 하나?"

사내는 점점 기고만장해졌다. 마음 같아선 멱살이라도 틀어쥐고 싶지만 뒤따르게 될 일이 두렵다. 만약 내가 사내의 몸에 손을 댄다면 공무원이 장애인을 폭행했다는 뉴스거리가 한동안 세상을 떠돌다

닐 것이다. 더 이상 나빠질 것도 잃을 것도 없는 사내는 두려울 것도 없을 것이다. 내가 할 수 있는 건 아무것도 없었다.

"죄송합니다."

도대체 저 사람이 왜 저리 화가 났고 내가 무엇을 사과해야 하는지 모르겠지만 언제나 그렇듯 형과 연관된 일이라면 주눅부터 들어야 했고 기를 펴지 못했다. 이젠 이런 상황에 익숙할 법도 하건만 당할 때마다 느껴지는 억울함이 새삼스럽기만 하다. 잔뜩 고개를 이쪽으로 숙이고 안절부절 상황을 살피는 형의 모습이 안쓰럽다. 순간 사내에게 무조건 당해야 하는 우리 형제의 처지가 처량하게 느껴져 울컥 화가 치밀었다.

"그런데 말입니다. 저한테 반말하신 겁니까?"

나도 모르게 힘이 들어간 목소리에 나 자신도 놀랐다. 지렁이도 밟으면 꿈틀거리는 법이다. 더 이상의 수모는 견딜 수가 없었다.

"뭐야! 그런데 이 사람이 뭘 잘했다고 큰 소리야? 그럼 자기들만 편하려고 병신 형은 나 몰라라 해도 된다는 말이야?"

생각지도 않은 일격에 잠시 멈칫하던 사내가 이내 얼굴색이 벌겋게 달아오르더니 이쪽으로 삿대질을 하며 다가온다. 사내의 몸놀림이 민첩하진 않아도 한걸음 한 걸음 가까워질수록 중압감에 가슴이 짓눌려온다. 하지만 여기서 그만 두면 꼴만 우습게 되어 버린다. 그래 될 대로 되라 정 안 되면 형을 우리 집으로 데려다 놓는 한이 있더라도 물러날 수는 없다.

"당신이 뭔데 남의 집 일에 상관인데?"

사내의 덩치는 나보다 훨씬 컸다. 솥뚜껑처럼 큰 손이 내 눈앞에서 어른거린다.

"뭐야? 이런 육시럴 할 놈이 여기가 어디라고 행패야? 당신 공무원이지? 그래 잘 하면 사람 패겠네. 당장 나가서 물어볼까? 네놈이 잘하는 짓인지?"

"뭐? 육시럴 할 놈? 내가 그렇게 우습게 보여?"

순간 멱살을 잡힌 내 몸이 들려지고 애처로운 발이 맥없이 허공을 버둥거린다. 목이 죄여져 숨을 쉴 수가 없다. 그때였다. 사내의 희멀건 눈알에 주먹이 떨어진 건.

군데군데 껌 딱지가 시꺼멓게 엉겨 붙은 마룻바닥 구석에 몸을 웅크리고 지낸지 하루가 넘었다. 밤새 철창을 붙잡고 난동을 부리던 주정꾼은 날이 밝고서야 잠시 잠이 들었다가 가족에게 넘겨졌다. 철창 밖 아내의 얼굴은 파랗게 질려있었다. 그 눈빛에서 결혼 전 형의 존재를 처음 알리던 날 불안하게 흔들리던 눈빛이 겹쳐졌다. 검찰의 조사와는 별개로 내가 소속된 부서의 윤리계에서도 사람이 파견되어 특별면회를 신청해왔다.

"당신 때문에 우리 청 위상이 얼마나 추락한지 아시오? 판결이 어떻게 나든 중징계는 면할 수 없을 것이오. 재판결과에 따라 파면까지도 될 수 있으니 어떻게든 피해자와 원만한 합의부터 하시오."

두 사람의 협박을 듣는 내내 나의 시선은 줄곧 그들이 등지고 있던 청회색 페인트로 칠해진 밋밋한 벽만 응시했고 한마디도 하지 않았다. 더는 나빠질 것도 잃을 것도 없는 사내는 예상대로 거액의 합의금을 요구했다. 연필심만 한 구멍들이 수십여 개 뚫려진 뿌연 아크릴판 밖의 아내로부터 20년 된 낡은 아파트가 처분되었다는 일방적인 통보를 받은 다음날 아침, 구치소 정문 앞에서 친구는 어정쩡한 미소로 두부덩이를 내밀었다.

"괜찮아 그래도 넌 착한 놈이잖아."

돌아오는 친구의 차안에서도 무거운 침묵만 흘렀다.

"아니 왜 말이 없어? 나가서 물어보자니까? 당신이 얼마나 잘했는지?"

거친 사내의 손이 내 멱살을 틀어잡을 찰나였다.

"도도동, 동철아! 이제 넌 가, 가, 가도 돼. 가 봐, 어서!"

익숙한 형의 손길이 내 얼굴을 스치는가 싶더니 나를 안아 현관 쪽으로 밀쳐낸다. 형의 목소리가 심하게 더듬거렸다. 그렇게 떼어놓고 사내 쪽을 향해 고개를 빠르게 끄덕거린다. 극도의 불안에 빠진 몸짓이다. 예상치 못한 형의 반응에 사내가 멈칫 하더니 멀뚱히 서 있다. 잠시 어정쩡한 침묵이 흐른다. 어쩌면 저 사내는 자신을 버린 가족에 대한 서운함을 폭발시켰을지도 모른다. 처음이다. 형이 나에게 방패가 되어 준 건. 형의 모습이 한없이 커 보였다. 어린 시절 감나무 아래에서 동생이 얻어맞는 상황을 무력히게 바라보던 형이 아니었다.

"형! 이거는 부침개고 이건 식혜야."

음식물이 담긴 비닐 봉투를 형의 손에 쥐어 주고 현관문을 나섰다. 형이 문밖까지 따라 나온다.

"그냥 들어가."

"아참! 도, 도, 동, 동철아!"

"왜?"

"있지. 뒷좌석에 도, 돈, 넣는데 있지? 내가 거기다 팔, 팔, 만원 넣어놨으니까 가다가 휘, 휘발유 사서 넣어. 알았지? 혹시 도, 돈, 남으면 찜질방에도 가고."

"참! 왜 쓸데없는 짓을 해!"

지금껏 악마에게 사로잡혀 몹쓸 생각을 해왔던 자신이 초라하고 부끄러워 얼굴을 들 수가 없었다.

"그럼, 잘 있어!"

몇 걸음을 떼다가 용감한 형을 돌아보았다. 형은 여전히 이쪽을 바라보며 흡족한 미소를 머금고 고개를 천천히 *끄덕*이고 있다.

"참, 형! 다음 추석 때는 일찍 데리러 올게! 찜질방에도 가고 운동장에 가서 축구도 하자."

"뭐, 운동장? 운동장은 어디 있는데?"

"태균이 학교 운동장이야. 집근처에 있어."

"그래? 좋지. 참, 도도, 동철아! 가, 갈 때, 시, 신호 잘 지키고, 조, 조심해서 운전하고, 가!"

"그럴 게."

가슴이 먹먹하고 눈시울이 뜨거워진다. 골목을 벗어나며 돌아본 형은 아직도 이쪽을 향해 환한 미소를 지으며 천천히 고개를 *끄덕*이고 있었다.

라떼 카르멘

라떼 카르멘

모든 것을 내려놓고 이곳으로 내려왔다. 그는 태어나 처음으로 완전한 자유를 느꼈다. 수미를 사랑하면서 시작된 구속은 오히려 자신을 옭아매었고 허전함과 불안감은 갈수록 증폭되었다. 가장 소중하던 사랑과 목숨을 한꺼번에 놓아버렸기에 더 이상 잃을 것도 없었다. 몇 날 며칠 동안 산속을 헤매었고 기력이 다하면 아무렇게나 쓰러져 죽을 날 만을 기다렸다. 이승인지 저승인지 분간이 되지 않는 깊은 숲속에서 한줄기 영혼이 되어 바람처럼 떠다니다 깨면 푸른 하늘에는 별들이 총총거렸다. 별빛이 너무 아름다워 눈물이 났고 살고 싶다는 욕심이 생기면 이내 버렸다. 또다시 자유로워졌다. 사람들은 그를 피했다. 의사가 선고한 마감시한이 훨씬 지났지만 여전히 그는 살아있었고 머리는 맑아지고 다리에는 힘이 붙었다. 언덕에 앉아 바라본 북동쪽 바다는 쪽빛 하늘을 닮아 있었다. 왠지 이렇게 계속 살 수도 있겠다는 생각이 들자 수미가 떠오르기 시작했다. 자유가 저만치 달아나는 느낌이다.

*

　창밖 낮은 동산에는 아카시아가 만발하다. 열린 창문으로 가끔씩 풍겨오는 달큼한 향기가 아련한 추억을 떠올리게 한다. 그가 수미를 처음 보았던 날도 이맘때였다. 상진의 아내가 다리를 놓아 주었던 경양식집에서 할 일을 마친 부부가 자리를 뜨자 어색한 시간이 흘렀고 머뭇거리다 용기를 내어 산책이나 하자고 했다. 두 사람은 무작정 걸었다. 오월에 자연은 어머니 품처럼 따스하고 포근했다. 진한 아카시아향이 매개가 되었는지 서먹하던 수미의 표정이 부드러워졌다. 가위바위보에 이기고도 아카시아 이파리를 튕겨내지 못하는 그의 서툰 손놀림에 목젖까지 보이며 웃어주었다.

　"과장님 전화 돌려 드릴게요. 사모님 같은데."

　정연이 야릇한 미소를 흘리며 수화기를 내려놓는다.

　"오늘 못 올라온다고? 무슨 일인데?"

　"중요한 회식이 있어. 모두 참석하라는 본부장님 엄명이야. 미안해 내일아침 일찍 올라갈게"

"무슨 회식을 금요일에. 할 수 없지. 술 너무 많이 마시지 말고."

"내 걱정 말고 자기나 저녁 잘 챙겨 먹고 푹 주무시기나 하셔. 심심하면 영화관에라도 가던가."

"됐어, 청승맞게 혼자 영화는 무슨."

그가 시무룩한 표정으로 수화기를 내려놓자 정연이 방싯거리며 말을 걸어온다.

"마침 비도 내리는데 술친구라도 되어 드릴까요?"

*

하늘에 달, 바다에 잠긴 달, 호수에 비친 달, 술잔에 담긴 달, 님의 눈동자에서 숨 쉬고 있는 달까지 모두 다섯 개의 달이 있다는 도시로 수미가 내려 온지도 벌써 일 년이 되어 간다. 술자리를 유난히 좋아하는 강 부장은 이런저런 핑계로 이번 주만도 회식자리를 세 번이나 만들었다.

"우리 수미 씨는 갈수록 더 어려보이네 동안 비결이 뭘까?"

"부장님이 예쁘게 봐주시니 그렇지요. 이젠 아줌만데요 뭐"

"그나저나 좋은 소식은 없나? 이제 나이도 생각 해야지."

"하늘을 봐야 별을 따겠지요. 주말부부를 이렇게 금요일까지 붙잡아 두시니 어디 하늘 올려다 볼 틈이라도 있겠어요. 하하하."

박 과장의 너스레에 좌중에 한바탕 폭소가 지나간다.

수미는 서른 중반을 넘긴 나이지만 아리따운 몸매를 지녔다. 비록 남편이 있으나 함께 살지 않으니 이따금씩 남직원들이 은근한 눈길을 보낸다. 그중 입사동기 원균의 유혹이 가장 집요하고 노골적이었다.

"아직 장가도 못가고 애인도 없는 노총각이 불쌍하지 않아? 예쁜 여자가 쌈 한번 싸서 입에 넣어주면 원이 없겠는데."

벌겋게 취기가 오른 게슴츠레한 눈빛으로 수미의 앞자리를 꿰차고 앉아 술잔을 채워주며 말을 붙여온다.

"이렇게 영양가 없는 아줌마한테 추근대니 어디 제대로 된 아가씨가 붙겠어. 엉뚱한데다 주파수 맞추지 말고. 결혼은 안할 거야?"

"지금 나에게 인생의 무덤을 파라는 거야? 난 자유로운 영혼이야 만나고 싶은 사람 있으면 누구든 만나고 좋은 사람 있으면 그냥 좋아하면서 살기도 부족해."

"그러다 나이 들어 불쌍해지겠지. 제사상 차려줄 자식도 없을 텐데."

"어째 동기님은 우리 아버지 사고방식과 똑같을까. 젊어 자식 키우느라 들어갈 돈 잘 모아뒀다가 늘어서 사람 써서 부려먹으면 되는 거고 죽어서 받는 제사상이 무슨 소용있어. 어차피 외동자식들 천지가 될 텐데. 제사라는 부질없고 불완전한 풍습이 우리 죽은 후에도 온전히 이어질 것 같아?"

"그래도 그게 아니지. 분명 불쌍한 영감탱이로 외롭게 늙어죽을 걸?"

말은 이렇게 되받았지만 원균의 말에도 공감이 가는 부분이 없는

건 아니었다.

*

때 이른 더위를 식혀주는 비가 아침부터 시원스레 내렸다. 금요일

이고 갑작스럽게 마련한 자리라 정연 외에 함께하는 사람이 없었다.

"과장님 이집 곡주 맛나죠?"

단둘이 마주 앉아 주거니 받거니 잔을 채워주지만 과도에 깎여 떨

어지는 사과껍질처럼 툭툭 대화가 끊긴다. 창밖에 쏟아지는 비가 아

니었다면 술자리는 더욱 심드렁했을 것이다. 정연의 눈빛은 은근했

다. 꼭 취기 때문만은 아니었으리라. 자리를 옮겨 맥주 한 잔을 더하

자는 정연의 제안이 싫지는 않았지만 동동주로 이미 취기가 올라왔

고 뒷감당이 걱정되는 터라 지나가는 택시를 잡았다. 방향이 약간 달

랐지만 정연이 자취를 하는 원룸 앞에다 내려주었다. 쓸쓸해 보이는

정연의 뒷모습이 왠지 아쉽게 느껴진다. 빗방울이 송글송글 맺힌 차

창 밖을 내다본다. 현관문을 열자 자동센서에 불이 켜진다. 오월이지

만 온기가 그립다. 거실 스위치를 켜고 소파에 몸을 던진다. 수미의 전화를 받고부터 윙, 하는 잡음이 귓속을 떠나지 않는다. 멍하니 결혼 사진을 올려다본다. 수미의 미소는 여전히 아름답다. 주머니에서 휴대폰을 꺼낸다. 띠리리리, 신호음이 열 번 거듭 울려도 받지 않는다. 째각째각, 벽에 걸린 시계는 열한 시를 가리킨다. 리모컨을 찾아 버튼을 누른다. 서비스불가 채널을 포함해 하릴없이 백 개가 넘는 채널까지 죄다 눌러본다. 그러다 까무룩 잠이 들었다.

수미는 매몰차게 자리를 박차고 나가버렸다. 그는 수미를 잡기 위해 필사적으로 카페 밖으로 따라 나왔지만 수미의 모습은 온데간데없다. 백사장 저만치에서 수미로 보이는 여자가 낯선 남자와 뒤엉켜 있다. 그가 아무리 그리로 달려가려해도 발은 모래사장에 빠져 허우적거리고 있을 뿐이고 그들의 섹스는 점점 더 격렬해졌다. 그는 온 힘을 다해 절규해 보았지만 몸은 통제를 벗어나고 그들은 들은 체도 않고 클라이맥스를 향해 치닫는다.

지독한 악몽이었다. tv는 회색 화면에 뚜, 하는 전자음을 내고 있었다. 새벽 두시 반이다. 서둘러 휴대폰을 찾는다. 띠리리리 띠리리리, 일 분이 다 되어서야 대답이 들려온다. 화가 치미면서도 반갑다.

"왜 이렇게 전화를 안 받아, 어딘데?"

"어, 이제 끝나고 집으로 가는 중이야."

"아니 여태까지 안 들어갔단 말이야? 무슨 회식을 이렇게 늦게까지 해?"

"그만해. 나는 뭐 하고 싶어서 해? 집에 다 왔으니까 이만 끊을게."

뚜뚜뚜. 가만히 분을 삭이며 채널을 돌려본다. 온종일 같은 뉴스만 반복하는 화면에 검은 정장의 낯익은 정치인들의 얼굴이 나오자 채널을 돌린다. 언에인으로 밋지게 선향한 선식 씨름선수가 진행하는 예능 프로그램이 한창 방영 중이다. 입담도 천하장사감이다. 젊은 남자연예인 여섯이 방방곡곡 오지를 찾아 하룻밤을 지내면서 벌어지는 해프닝이 재미는 있으나 쓴웃음만 지어질 뿐이다. 스튜디오에서 더빙을 했는지 웃음소리가 요란하다. 억지로 잠을 청해보지만 뒤틀린 심사가 고쳐지지 않는다. 희뿌옇게 여명이 움터올 즈음에야 간신히 잠이 들었다.

"어머, 휴일동안 무리하셨나봐. 많이 피곤해 보여요."

정연이 으레 그랬듯 모닝커피를 그의 책상 위에 올려놓는다. 입맛이 까다로운 그는 프림이 믹스된 커피는 마시지 않았다. 그의 기호를 눈치 챈 정연은 오래전부터 프림 대신 아침에 배달된 생우유를 살짝 타서 그에게 권했다. 처음엔 정연의 정성이 갸륵하기도 하고 부담스럽게 느껴지기도 했지만 이내 그 맛에 중독되어 버리면서 이젠 자연스러운 일상이 되어버렸다. 출근을 하지 않는 어떤 휴일 아침에는 정연이 타주던 모닝커피가 생각나기도 했다. 수미는 우유가 전혀 첨가되지 않은 순수원두가루에 거름종이로 내려진 커피만 고집했다. 커피를 잘 모르는 그의 입맛에는 씁쓰름하기만 해 사양했더니 따로 우유를 타서 만들어줬다. 그런 성의를 생각해 마다하지 않았기에 수미는 그가 라떼를 좋아하는 줄로 알고 있을 것이다. 수미는 결국 오지 않았다. 수미가 없는 공간을 혼자서 채우는 삶은 그에겐 견디기 버거웠다. 토요일 오전 내내 전화기는 꺼져있었다. 강릉으로 내려가려고 현관을 나섰다가 행여 길이 어긋날까봐 돌아섰다. 짬뽕그릇을 현관 밖으로 내놓고 잠깐 누웠던 것이 깊은 잠이 들었던 모양이다. 띠리리리, 잠결에 끊임없이 거듭되는 전화벨소리가 성가셨다.

"별일 없지?"

"어딘데 전화야?"

"몸이 많이 안 좋네. 좀 쉬고 싶어."

"뭐? 그럼 아직도 강릉이란 말이야?"

"미안해. 내생각도 좀 해줘. 일주일 내내 야근에다 얼마나 힘든 줄 알아?"

"그래, 야근만 했나? 저녁에는 남자들이랑 술도 마셨겠지?"

"뭐? 그런 식으로 밖에 말을 못해줘? 내 입장을 조금이라도 생각은 해봤어?"

"알았어. 마음대로 해. 못 올라오면 진즉 그렇게 말을 하든지 내가 내려가지도 못하게 해놓고. 아니면 전화라도 제때 받든지."

딸깍, 전화기를 던질 듯 내려놓는다. 뚜뚜뚜뚜, 한참을 재촉하던 긴급신호음도 지쳤는지 잠잠해진다.

수미의 모니터에 작은 메신저 창이 뜬다. 물론 원균이다

돈댈마마 : 마나님 오늘 점심 같이 먹자

카르멘 : 별로 생각이 없네

돈댈마마 : 그러지 말고 10분 전에 현관 앞으로 나와, 알았지?

모처럼 햇볕이 좋았다. 경포대 바다는 시퍼런 하늘을 담고 일렁인다. 끝이 보이지 않는 해변상점의 행렬 속에서도 사람들이 자주 찾는 단골집은 으레 있기 마련이다. 원균은 주인에게 넉살을 부리며 창가 명당자리에 앉는다. 어제 그와의 통화로 심기가 불편했던 수미는 파도가 넘실대는 바닷가에서 관광객들이 벌이는 호기를 말없이 내려다보고 있었다. 수미의 시선을 따라간 원균도 젊은 남녀들의 물장난을 호기심어린 눈빛으로 바라본다. 한 남자가 시퍼런 바다 속으로 내던져진다. 던져진 남자는 무엇이 그리 좋은지 흰 이를 드러내어 웃고 있다.

"좋을 때야, 우리도 한번 해볼까?"

"신규 직원들 데려와서 하든지."

"꼭 누님처럼 말 하는군. 우린 동기고 나이도 동갑이야."

"여자가 정신연령이 높다는 거 모르나. 게다가 결혼까지 한 몸이고."

"아유 좋겠수. 나이가 많으셔서 이참에 아예 아주머니라고 불러 드릴까?"

"그만해. 기분도 꿀꿀하고 몸도 안 좋으니까."

"그래? 그럴 땐 요게 즉효지. 어때? 오늘 저녁에 한 잔 쫙"

원균이 소주잔을 들이키는 시늉을 하며 수미의 눈치를 살핀다. 하지만 수미의 시선은 눈부시게 시퍼런 바다에 꽂힌 채 미동도 없다.

"늦겠어. 요즘 박 과장 잔소리가 갈수록 늘던데 어서 들어가자."

수미가 테이블 위 계산서를 들고 일어서자 원균도 따라 나선다.

회사 주차장으로 원균의 날렵한 세단이 미끄러져 들어온다.

"이따 끝나고 해돋이 횟집으로 나와. 오늘은 내가 쏜다."

수미는 대답 없이 차문을 열고 나간다. 탱탱한 엉덩이 라인이 그대로 드러난 하얀색 바지가 건물로비 안으로 사라지는 모습을 한참동안 넋놓고 바라보던 원균이 입맛을 다시며 시동을 끈다. 오월의 태양이 기울어져 대관령 등성이를 벌겋게 물들이고 수미의 사무실 창문에도 진홍빛 노을이 번지고 있었다.

돈댈마마 : 카르멘님 먼저 가서 자리 잡아 놓을테니 바로 따라오셔요.

카르멘 : 오늘은 피곤해서 쉬어야겠는데 다음에 하지.

돈댈마마 : 마마님 기분이 너무 우울해 보여서 위문공연 하려는 것 뿐이야. 동기 좋은 게 뭐야. 외롭고 우울할 때 서로 힘이 되어 주는 거 아닌가?

사실 그랬다. 금요일 밤 과음으로 몸과 마음이 지친 탓도 있겠지만 힘겹게 운전해서 올라가봐야 돌봐줄 자식이 있는 것도 아니고 남편 은 따뜻하게 감싸 주기는 커녕 잔소리부터 늘어놓을게 뻔했기 때문 이다. 남편의 잔소리는 주말부부가 되면서부터 시작되었다. 시간이 흐를수록 강도가 세어졌고 지친 심신보다 남편의 잔소리와 의혹에 찬 다그침이 더 견디기 버거웠다. 분명 남편은 지난 이틀 동안 아내에 대한 의심을 키우면서 자신을 힘들게 했을 터였다. 그 데미지는 고스 란히 수미에게로 돌아올 것이다.

"어서와 제일 전망 좋은 자리로 잡아놨지."

원균이 반색을 하고 일어서며 맞은 편 자리를 가리킨다. 바닷가 쪽 으로 향해 있는 넓은 창밖은 푸르스름한 어둠 속으로 묻혀가고 있었 다. 멀찌감치 작은 점처럼 흔들리는 오징어배의 여린 불빛들과 가끔 씩 바위를 찰싹대는 파도소리가 아니었다면 이곳이 바닷가라는 사실 도 모를 터였다.

"오늘 술이 받는 모양이네. 그래도 안주는 좀 먹으면서 마셔라. 사장님 여기 카스처럼 한 병씩 더."

원균이 소주와 맥주를 말아 내놓은 잔을 수미가 단숨에 들이키자 원균의 목소리가 잔뜩 들떠있다.

"있잖아, 뭐 좀 물어봐도 돼?"

"오, 얼마든지."

내내 침묵을 지키며 술잔만 들이키던 수미가 입을 열자 원균은 눈을 반짝이며 얼굴을 들이댄다.

"아, 아니, 됐어."

"되긴 뭐가 돼. 뭘 말을 하다가 마냐. 그럴 거면 애초에 꺼내지를 말던가. 나 궁금한거 못 참는 성격 몰라?"

"그러니까 말야. 니 애인이.... 아참 넌 애인 없지? 됐다, 그만하자."

"아 참, 왜 그래. 나도 예전엔 잘 나가던 선수였어. 그만 뜸들이고 어서 말해. 이 오빠 아주 말라 죽겠다."

"그러니까 말야, 너 같으면 어떻겠어? 니 애인이랑 너랑 직장이 멀리 떨어져 있어. 그런데 애인이 많이 바빠. 일주일에 한 번씩 만나야 하는데 애인이 힘들다고 안 온다면 넌 어쩔 거야?"

"참 그걸 말이라고 해. 애인을 오게 하면 안 되지. 당연히 내가 움직여야지. 사랑이 식었다면 모를까 올 때까지 기다리냐."

"그렇게 생각해? 그런데 여자가 회사일로 술자리를 많이 가지는 편이라면 넌 어쩔 거야?"

"뭐 기분이 좋지는 않겠지만 직장생활인데 그 정도는 이해해 줘야지. 좀팽이도 아니고 혹시 니 신랑이 그러냐? 야 그러면 끝내고 나한테 와라. 오매불망 기다리는 나는 장식품이냐? 뭐가 아쉬워 목매고 있냐?"

"집어 처!"

"내가 따라줄게. 청승맞게 자작을 하고 그러냐."

원균이 따라주기도 전에 수미의 술잔이 비워지기가 빈번했고 횟집 앞에서 택시를 기다리는 수미의 발걸음이 비틀거렸다. 집까지 데려다 주겠노라고 함께 택시를 탔던 원균은 수미와 함께 내린 뒤 원룸 주변 호프집으로 수미를 이끌었다. 맥주 집을 나설 때에 수미는 물론 원균마저 만취상태가 되어버렸다.

열려진 커튼으로 들이치는 햇살이 눈부시다. 수미가 잠시 눈을 떴다가 다시 감는다. 깊은 잠에 빠져있는 원균이 몸을 뒤척인다. 타인의 뒤척임에 놀란 수미가 벌떡 일어나 앉는다.

"어머 미쳤어. 여기가 어디지?"

조잡스러운 야식 배달 스티커가 붙어 있는 곽티슈와 싸구려 남성용 화장품이 낡은 브라운관 티브이 옆에 놓여있다. 수미뿐만 아니라 원균의 옷차림도 어제 입었던 그대로다. 그럼 술 취한 자신을 여관방에 데려다 놓고 아무 짓도 하지 않고 옆에서 누워 잤던 것일까? 아래 부분에 이상한 느낌은 없는지 신경을 곤두세워 보지만 숙취로 지끈 거리는 두통과 거북한 뱃속 통증이 먼저 느껴진다. 아직 잠에서 깨지 않은 건지 아니면 난처한 상황을 모면하려는 건지 원균은 고개를 창 쪽으로 돌린 채 잠들어 있었다. 수미는 조심조심 여관방을 빠져나왔 다. 싱그러운 아침공기를 마시기가 미안하고 맑은 햇살을 느끼기가 부끄러웠다.

돈댈마마 : 마나님 속은 괜찮아? 점심에 곰치해장국 어때?

카르멘 : 아니, 혼자 해. 난 먼저 들어가려고.

돈댈마마 : 왜 몸이 그렇게 안 좋은가? 하긴 그렇게 퍼부어대더니.

수미는 메신저 프로그램을 다운시켜버린다. 무책임한 자신에게 짜 증이 났다. 설사 무슨 일이 없었다 하더라도 사랑하는 사람을 둔 여자 가 해야 할 짓은 아니었다. 원인을 제공한 원균도 원망스러웠다.

"무슨 일 있나? 오늘 저녁 회식 있는데 참석은 해야지?"

"아니요. 몸이 안 좋아서 지금 병원에 가보려고요."

"웬만하면 참석하지. 이따가 전화할게."

조퇴결재를 받고 돌아서는 수미의 뒤편에다 박 과장은 실없는 너 스레를 던진다. 정동진으로 향하는 해안도로 왼편으로 시퍼런 바다 가 펼쳐진다. 에어컨을 끄고 창문을 내렸다. 볼륨을 잔뜩 올리고 한참을 달렸다. 정동진은 모래시계라는 드라마로 상업화에 점령당하면서 본래의 고즈넉하고 한적한 모습을 잃어버렸다. 기차역을 지나 가파르고 꾸불꾸불한 고개를 올라간다. 고개 마루에는 정동진 바다를 조망하는 찻집이 자리 잡고 있었다. 이곳으로 발령받아 내려오던 날 오후 바람이나 쐬자던 원균과 함께 들렀던 곳이다. 이름난 관광지라 해도 평일 찻집은 한가졌다. 창기지리에 앉아 디치거피 한 잔을 주문하고 커다란 배 모양을 본 따 지은 호텔을 내려다본다. 문득 자신을 둘러싸고 있는 남자들이 하나씩 떠오른다. 사랑했었고 지금도 여전히 사랑하고 있는 남편. 하지만 주말부부가 되면서부터 심해진 간섭과 조금씩 벌어지는 불신의 틈이 수미를 괴롭히고 있다. 남편이 스러진 자리에 불쑥 원균이 끼어든다. 올해 십 년차 된 입사동기로 분당에 있는 지사로 발령받아 이년 여 동안 수미와 함께 근무를 한 적 있었다. 수미의 결혼식 날 신부대기실에서 수미와 단둘이 사진을 찍을 정도로 적극적이고 수미가 강릉으로 내려오면서부터 둘의 사이가 부쩍 가까워졌다. 요즘 들어 점차 부담스러워지는 원균의 노골적인 접근이 수미를 괴롭히고 있다. 원균의 느글느글한 얼굴이 떠오르자 간밤의 일이 송곳처럼 가슴을 찌른다. 진저리를 치며 원균을 떨쳐내자 박과장이 능글맞은 미소를 지으며 다가온다. 술자리를 좋아하는 강 부장을 대신해 끊임없이 회식자리를 만드는 일등공신이다. 회식자리에

선 남녀평등을 부르짖으며 한 명의 열외도 용납지 않는 철저함으로 여직원들의 퇴로를 봉쇄하고 노래방에서는 취기를 등에 없고 추근대는 통에 수미로서도 여간 고역스러운 존재가 아니었다. 커피가 나오자 수미는 복잡하던 머릿속을 비우기로 하고 멍하니 창밖을 응시한다. '그래 따지고 보면 내가 잘한 게 없지.' 수미는 가방을 뒤적인다.

"띠리리리."

아카시아 꽃이 만발한 창밖 동산을 바라보던 그는 책상서랍을 열어 휴대폰을 꺼낸다.

"여보세요?"

"나야."

"어쩐 일이야 이 시간에."

"그냥."

"싱겁기는 무슨 일 있어?"

"아니."

"어젯밤에는 전화를 안 받던데."

"어, 그게…… 휴대폰을 사무실에 놔두고 와서."

당황하던 수미가 머뭇거리다 둘러댄다.

"그랬구나. 정신 좀 차리고. 식사는 잘 하고 다니는 거야?"

"어. 몸은 괜찮아?"

"내 걱정은 하지 마. 잘 지내고 있으니 이번 주는 어떻게 할까. 내가 내려갈까?"

"아, 아니야. 내가 올라갈게."

"그래, 일 해 그럼."

휴대폰을 내려놓은 수미의 얼굴색이 이내 어두워진다. 여태 그에게 거짓말을 했던 적은 없었다. 방금 내뱉었던 거짓말로 왠지 그와의 사이에 벽돌 몇 개쯤 쌓아 올린 것 같은 느낌이 들었다.

"과장님 오늘 저녁 영화 동호회 모임에 가실 거죠?"

민망스러울 만큼 짧은 치마로 사무실 안을 또각거리며 어지럽히던 정연이 미소를 머금고 그에게 다가온다.

"잔무가 많아서 힘들겠는데."

"과장님이 빠지면 안 되죠. 무조건 가서야 돼요."

"허허, 참. 그런데 어떤 영화지?"

"아내가 결혼했다, 모르세요?"

"아! 내가 결혼했다?"

"풋, 그게 아니라 아내요! 와이프."

"뭐야? 아내가 결혼을 하다니. 무슨 제목이 그래. 내용도 제목대로 인가?"

"그게 그러니까, 아내가 다른 남자와 또 결혼한다는 스토리지요. 암 튼 이따가 보시면 돼요. 호호."

그는 정연이 늘어놓은 얘기가 무슨 말인지 머릿속으로 들어오지도 않고 이해가 되지 않는다.

영화내용은 생각했던 것보다 충격이었다. 그냥 자리를 박차고 나오다 함께 간 직원들의 입장을 생각해서 끝까지 견디고 앉아있었지만 극중 배우들의 행동하나 하나가 도무지 이해가 되지 않았다. 그것들을 그저 바라만 봐야하는 것도 여간 고역이 아니었다. 만약 수미가 극중 여주인공처럼 다른 남자와 교제를, 아니 결혼을 하겠으니 이해해 달라고 한다면 어떨까? 도대체 작가란 놈이 어떤 놈이며 무슨 꿍꿍이로 이따위 영화를 만들었는지 면상에다 욕을 퍼붓고 싶었다.

"한 잔 하세요."

다른 직원들의 시선은 아랑곳 않은 채 정연은 그의 곁에 달싹 붙어 앉아 좀처럼 떨어지려 하지 않는다.

"저하고 같은 방향이시잖아요. 가실 때 저 좀 데려다 주세요."

정연과 나란히 뒷좌석에 앉아 스쳐지나가는 창밖 불빛을 내다본다.

"영화는 어땠어요?"

"나하고는 별로 안 맞는 느낌이라서."

"어떤 면에서요?"

"그럼 정연씨는 그 인물들이 정상이라 생각해?"

"뭐 정상은 아니어도 이해가 가는 부분도 있어요."

젊은 세대의 사고가 아무리 유연하고 개방적이라지만 눈살이 찌푸려지는 건 어쩔 수 없었다.

"아저씨, 저 편의점 앞에서 좀 세워주세요. 맞지? 여기가."

"과장님도 내려서 한 잔 더 해요."

"집에 할 일이 좀 있어서 다음에 하지."

"서운해요."

아쉬워하는 정연의 등을 떠밀어 보내고 다시 택시에 올랐다.

"허허, 요즘 아가씨들 적극적이네요."

기사가 그에게 말을 붙여왔지만 들릴 듯 말 듯 나지막한 혼잣말로 애써 대화를 끊었다. 영화 속 여주인공의 모습에 수미의 얼굴이 교차된다. 여주인공에 비하면 수미만한 아내도 없는 듯하다. 새삼 수미에 대한 사랑이 솟구친다. '그래 이번 주말은 내가 먼저 내려가서 놀라게 해야겠어.' 그렇게 결심하는 그의 얼굴에 미소가 번졌다.

금요일 오후의 영동고속도로 하행 방향은 마성과 양지 터널 부근에서만 잠시 지체했을 뿐 대체로 수월했다. 수미의 생일은 아직 멀었고 결혼기념일도 지났지만 매너리즘에 빠진 부부관계도 회복할 겸 수미가 놀랄만한 이벤트를 마련하고 싶었다. 흔히 남들이 하듯 수소

불어넣은 풍선들을 트렁크에 가득 채워놓고 풍선아래에는 장미꽃 한 다발과 수미가 좋아할 만한 하트모양의 목걸이도 준비했다. 수미가 퇴근하는 시간에 맞춰 회사 앞에서 기다리다 퇴근하는 수미를 픽업하여 경포대 호숫가에 차를 세우고 그녀에게 트렁크 속에 물건을 가져다 달라고 주문만하면 된다. 점심을 먹자마자 오후 연가를 내고 나서다가 복도에서 정연과 마주쳤다. 서울 톨게이트를 지나 영동고속도로로 접어들 때까지 정연의 복잡한 시선이 머릿속에 남아 찜찜했다. 평창휴게소에 잠시 들러 커피 한 잔을 들고 녹음이 짙어가는 건너편 산등성이를 올려다본다. 낙엽송 군락을 바탕으로 무표정한 수미의 얼굴이 그려지다가 이내 정연의 그늘진 눈빛이 겹쳐진다. 정연을 떨쳐내고 차에 오른다. 대관령의 일곱 개 터널을 모두 통과하고 대관령 휴게소에서 쉬어갈 요량으로 주차한 뒤 시간을 보니 수미의 퇴근 시간까지는 아직 두 시간정도 여유가 있었다. 전화를 할까 망설이다가 기다리기로 했다. 혹시나 수미가 먼저 서울로 올라가 서로 길이 엇갈릴 경우도 있겠지만 성격상 출발할 때 전화를 할 것이다. 휴게소에서 잠시 눈을 붙였어도 퇴근시간보다 한 시간이나 먼저 도착해 버렸다. 길거리에서 할 일 없이 보낸다는 것이 얼마나 무료한지를 절감하며 시간을 죽였다. 범인이 나타날 때까지 식사는 물론 용변까지 참아가며 며칠씩 잠복근무를 하는 형사들이 초인처럼 여겨졌다. 아무리

지방이라지만 관공서 앞길은 나름 번잡했다. 수미의 회사 정문에 근무 중인 경비원이 다가온다.

"왜 복잡한데다 차를 대는지 모르겠네, 얼른 다른 데로 빼더래요."

어쩔 수 없이 정문이 잘 보이는 길 맞은편에 자리를 잡고 기다린다. 소금기 머금은 솔바람이 라일락 향과 아카시아 향을 번갈아 실어 나른다. 아주 오랜 기다림 끝에 시간은 여섯시에서 십 분을 남겨놓았다. 그동안 휴대폰 폴더를 얼마나 열어 봤던지 이쯤이면 이십 분은 충분히 지나지 않았을까 하고 폴더를 열어보면 이십 분은커녕 겨우 십 분을 넘기고 있는 더딘 시간의 흐름을 견뎠다. 사람에게 주어진 시간이 상황에 따라선 금같이 귀할 수도 숙제처럼 귀찮을 수도 있다는 사실이 아이러니하다. 막상 퇴근시간이 지났지만 차량 두 대와 여자 하나만 정문을 빠져나올 뿐이다. 불현듯 지난주 상황이 떠오르며 혹시 회식일정이라도 갑자기 잡혀진 건 아닌지 불길한 예감이 엄습한다. 다시 10여분이 지나서야 퇴근하는 차량들이 줄을 잇고 나온다. 아직 수미의 하얀색 아반떼는 나오지 않았다. 야근이라도 하는 걸까? 아니면 길이 엇갈렸을까? 불길한 예감과 오랜만에 수미를 만나게 될 설렘이 뒤엉켜 갈피를 잡지 못하는 순간 수미가 정문으로 걸어 나오는 모습이 그의 시야에 들어온다. 차를 두고 나오는 수미의 행동을 의아해하며 그는 시동을 걸었다. 전진 기어에 놓고 브레이크에서 발을 떼려는 순간 한 사내가 수미 뒤를 따라 나오며 어깨에 손을 얹고는 거의 얼굴이 닿을 듯 귀엣말을 하고 있다. 그런데 수미가 그리 싫지 않은 표정으로 사내의 얘기를 들으며 함께 걷고 있다. 그는 둘 사이에서 흐르는 예사롭지 않은 기류를 느끼고는 차 안에서 그들을 관찰한다. 잠시 망설이던 그가 그들과 거리를 두고 따라간다. 오십 여 미터를 걷던 그들은 빌딩로비 안으로 사라져 버렸다. 10층 정도 되는 건물 한쪽 면에 웨딩뷔페라는 글귀의 간판이 걸려있다. '그래 회사 동료 돌잔치에라도 참석했겠지' 그런데도 전화 한 통화 없는 수미의 무심함에 화가 치밀어 휴대폰 폴더를 열고 단축번호 1을 누르려다 망설인다. '보통 관계가 아닌 것 같던데' 좀 전의 그 사내가 머릿속을 어지럽힌다. 또 그렇게 건물 밖에서 어정쩡하게 차를 세우고 한 시간여쯤 흘렀을까 수미가 좀 전의 그 사내와 함께 건물 밖으로 나섰다. 둘은 왔던 길을 다시 돌아 사무실 방향으로 걸음을 옮겼다. 사내는 의식적으로 수미에게 스킨십을 시도하며 말을 걸었고 수미는 마다않고 받아주는 듯 보였다. 문득 얼마 전에 보았던 영화 '아내가 결혼했다'의 여주인공이 떠올랐다. 여태 여주인공과 수미를 다르게 분류해왔지만 혼란스럽다. 정문안 주차장에서 그들이 옥신각신 하기 시작한다. 수미가 자신의 승용차에 타려하자 사내가 막무가내로 막아서는 모습이 보인다. 대번에 달려가 한방 쥐어박고 싶은 충동이 일었지만 두 사람 관계에 대한 모호한 의혹을 여기서 명확하게 풀지 못한다면 앞으로 끔찍한 불면의 밤을 보낼 것 같아 선뜻 나서지를 못한다. 사실 모질게 뿌리치지 못하는 수미가 더 밉다. 결국 수미가 운전석에 오르고 시동을 걸고 등을 켜자 느닷없이 원균이 조수석으로 올라탄다.

"왜 이래, 미쳤어?"

"그냥 조금만 더 있다 올라가라. 동기가 지금 회사를 그만두느냐 마느냐 위기에 몰렸는데 그렇게 몰인정하게 버려두고 갈 거야?"

"그러니까 그 얘기는 월요일에 와서 하자니까?"

"난 그동안 미처 죽을지도 모른다니까? 그러지 말고 조금만 더 있으면서 내 얘기 좀 들어주라. 나 지금 아주 돌아버리겠다니까."

"그래 알았어. 그럼 딱 한 시간만이야."

"좋아, 어디로 갈까?"

"어디로 가긴 저기 커피숍으로 가던지 아님 여기서 하던가."

"너네 원룸 앞 호프집 어때?"

"또 술 마시려고?"

"야, 술 없이 어떻게 대화를 하냐? 서먹하게."

회사에서 원룸까지 거리가 그리 멀지 않았기에 수미는 원룸으로 차를 몰았고 그는 수미의 차를 조용히 뒤따랐다. 오월의 긴 하루를 마감하는 태양이 태백산맥으로 넘어가버린 강릉 거리는 수미가 그의 차를 쉽게 식별할 수 없을 만큼 충분히 어두웠다. 수미의 하얀색 아반 떼가 그녀가 거처하는 원룸 쪽으로 향한다는 것쯤은 그도 충분히 인지할 만큼 자주 왔었고 처음 집을 구할 때도 그가 함께 했었다. 차가 점점 그녀의 자취방에 가까워질수록 그의 가슴이 쿵쾅거려 국기에 대한 맹세를 하듯 한손으로 가슴을 누르며 진정시켜야만 했다. 내려오자마자 수미에게 전화를 하지 않았던 후회와 수미의 참 모습을 밝혀내고 싶은 호기심이 뒤섞이면서. 하지만 저들이 함께 방으로 들어가는 장면만큼은 절대 지켜보고 싶지 않았다. 그의 간절한 바람이 하늘에 닿았는지 차는 아담한 호프집 건물 앞 도로변에 멈춰 섰다. 두 사람을 삼켜버린 맥주 집에는 아무렇지도 않은 듯 금요일 밤의 들뜬 평화가 요즘 한참 유행하는 걸 그룹의 노래를 타고 흘러나온다. '노바디 노바디 원츄. 난 싫은데 왜 다른 남자에게 보내려하니……' 따지고 보면 서글픈 가사인데 흥거운 리듬과 묘한 앙상블을 이루고 있었다. 하릴없이 언제 끝날지 모를 잠복에 또다시 들어가야 하는 상황이 되어버린 그는 그저 어두운 차창 밖을 불안한 심정으로 바라볼 밖에. 저녁식사 시간을 훌쩍 넘겼지만 허기가 느껴지지 않는다. 수미에게 추근대던 사내의 행동으로 미루어 저안에서 벌어지는 상황이 어떠하리라는 것쯤은 충분히 짐작이 가기에 시간이 흐를수록 끌어 오르는 질투와 울분을 제어하기가 힘겨웠다. 그의 휴대폰이 울렸다. 물론 수미였다. 벨이 십여 번 울릴 때 까지 폴더를 열지 못하고 휴대폰을 쥐고 있었다. 무어라고 해야 하나 지금 내려 왔다고 해야 하나. 아니면 속에서 끓고 있는 울분을 토해내야 하나. 그의 머릿속이 더욱 복잡해진다.

"나야"

"응. 왜?"

"저 말야, 내일 아침에 올라가면 안 될까?" 핸들을 잡고 있는 그의 손에 힘이 들어가 부르르 떨리고 손끝이 저려온다.

"무슨 일 있어?"

"응 돌잔치가 있어서 참석했는데 동기들이 한 잔 더 하자고 붙잡네. 술을 한 잔 하긴 했는데 아무래도 운전이 어려울 거 같아서"

"그런데 말야. 아! 아니야, 알았어. 그렇게 해."

그는 지금 자신이 어디에 있으며 그렇게 구차하게 설명하지 않아도 어떠한 상황인지 잘 안다는 말을 입속에서 웅얼거리다 삼켜버리고 말았다. 수미를 이번에 보지 못한다 하더라도 최근 수미가 해왔던 수상한 행동들이 주마등처럼 스치고 지나갔다. 지금이라도 당장 맥주집 문을 박차고 들어가 그들의 당황한 낯짝을 확인하고 싶지만 이를 악물고 침착하기로 했다. 우선은 두 사람이 어느 정도 깊은 관계인지 확인해야한다. 그래야 현명하고 후회 없는 대책을 세울 수 있을 것이다.

원균은 불쌍한 표정을 지어 보이며 맥주잔을 들이킨다.

"어쨌든 두 번 다시 박 과장 면상을 보고 싶지 않다."

"내년 인사 때까지만 참아봐 본사에는 못 들어가도 최소한 수도권
은 보내 주겠지"

"글쎄 그때까지 내가 살아있을지 모르겠다니까."

"결혼은 안 할 거야? 요즘 여자들 직업 없는 남자 거들떠보지도 않아"

"결혼? 아서라 나 혼자 몸도 귀찮다. 어디 돈 많은 과부 없냐? 그러
지 말고 네가 나 좀 책임 줘 주면 안 되겠냐?"

"흰소리 집어치우고 박 과장이랑 잘 지내볼 궁리나 해봐."

"그건 우리나라가 통일 되는 것보다 더 어려운 문제지. 헛된 기대
그만하고 오늘 우리 한 번 열나게 달려보자."

"안 돼, 내일 새벽에 올라가야해."

"술맛 떨어지는 소리 그만하고 한 잔 해라."

원균이 절반정도 비워진 수미의 잔에 자신의 잔을 부딪히자 수미
가 마지못해 잔을 비운다.

차안 디지털시계는 10:30을 밝히고 있다. 세 시간동안 그는 화장실
도 다녀오지 못했다 행여 자리를 비운사이에 그들이 나오거나 수미
와 마주치게 될까봐 꼼짝을 할 수 없었다. 낮에 구내식당에서 급하게

밀어 넣었던 점심식사 외에 고속도로 휴게소에서 라떼 한 잔이 전부였다. 허기가 잠시 찾아오기는 했지만 이런 상황에서도 배고픔을 느끼는 자신의 몸이 한심스럽게 여겨졌고 그리 생각한 후로는 오히려 공복상태도 자유로워졌다. 지루함조차 익숙해질 무렵에서야 수미가 모습을 나타냈다. 술에 취한 사내는 더욱 수미에게 밀착하며 끊임없이 귀엣말을 하려고 애썼다. 그냥 큰소리로 하면 될 말을 굳이 귀에다 해야 하는지 따져 묻고 싶을 정도였다. 그들이 길을 가로질러 반대편 주택가로 사라지는 모양을 확인하고서야 그는 전조등을 켜지 않은 채로 서서히 수미의 원룸을 향해 차를 움직였다. 혹시라도 수미의 눈에 띌까 그들이 감지하지 못할 만큼의 거리를 두었다. 그들은 수미의 원룸 앞에 서있었다. 흡사 다정한 연인이 헤어지기 아쉬워 작별하는 모습으로 보였다.

"거참 커피 한 잔만 달라니까"

"아침 일찍 출발하려면 준비할 것도 있고 그럴 여유가 없어 미안해."

"그냥 커피 한 잔만. 마시자마자 일어설게 자 약속."

사내가 손가락을 내밀며 수미의 손을 억지로 잡아 검지손가락을 건다. 수미가 손가락을 빼며 원균의 등을 떠민다.

"자 오늘은 그만 들어가서."

마치 어린애를 달래듯 원균의 어깨를 토닥여준다. 그때였다 원균이 갑자기 돌아서면서 수미의 얼굴에 입술을 갖다 대었다. 사내의 돌발적인 행동에 당황한 수미의 반응에도 아랑곳 않고 사내는 거칠게 수미의 입술을 찾았다. 달깍 차문을 연 그의 손끝이 떨렸다. 삐걱 차문을 열려다 핏발 선 눈빛으로 눈앞에 상황을 응시한다. 사내의 뒤통수가 격렬하게 움직이고 있지만 희미한 어둠속이고 자세한 상황을 파악하기에는 쉽지 않은 거리였다. 믿기 어려운 광경에 그의 분노는 극에 달했다. 수초가 지났는지 한참이 흘렀는지 그로서는 가늠하기가 어려웠지만 고통스러운 시간이 지나갔다. 수미는 사내를 밀어내고 집안으로 들어가 버렸고 사내는 뒤따라 들어가려다 그 자리에 멈칫 서있었다. 그대로 엑셀을 밟아 들이받고 싶은 충동이 일었다. 어둠속에 남겨진 사내는 주머니에서 휴대폰을 꺼내 버튼을 누른다. 몇 번을 시도하다 통화에 실패한 사내는 자신이 왔던 길로 되돌아 나왔다. 사내가 가까워질수록 그 얼굴을 확인해야겠다는 생각과 그래야 하는 절차가 괴로운 의식처럼 느껴졌다. 사내가 그의 차 옆으로 지나치는 순간 어둠속 차안에서 뿜어 나오는 살기를 느꼈는지 움칫 멈춰서 컴컴한 차안을 슬쩍 들여다 보다 지나간다. 신호음이 일분여가 지속되도록 수미는 전화를 받지 않았다. 오 분 후 다시 십 여 차례의 신호음을 기다린 끝에서야 잠겨있는 수미의 목소리를 들을 수 있었다.

 "어 웬일이야? 씻느라고 못 들었어 미안. "

"내일 회사에서 등산모임이 있어 힘들게 올라올 필요 없어."

"그래 그럼 진작 말하지."

왜 진작 말했다면 아까 그 놈이랑 원 없이 놀아나려고 했어? 라는 대답을 간신히 눌러 놓는다. 강릉 IC로 진입하는 길을 찾지 못해 몇 번이나 유턴을 거듭해야 했다. 평상심을 잃어버린 그의 차는 위태로웠다. 대관령 고개로 올라가는 고속도로에서도 느닷없이 속도를 높였다가 줄이기를 반복했다. 대관령휴게소 부근을 지날 때는 몇 대의 차가 경적을 울리며 그의 차를 지나쳐갔다. 과속감시 카메라가 나타나면 오히려 급가속페달을 밟았다. 터널 일곱 개를 모두 통과하고 횡계를 지나자 어둠에 점령당한 태백산맥이 달빛아래 장엄하게 펼쳐졌다. 얼마나 달렸을까 산봉우리가 눈앞을 가로막고 터널이 나온다. 터널이 너무 짧다고 느끼는 순간 박하사탕을 깨문 듯 화한 느낌과 수 백 미터 앞에 곧바로 또 하나의 터널이 보였다. 터널과 터널사이는 고가 다리로 연결되어 있었다. 그는 갓길도 없는 난간 옆 황색 실선위에 차를 세웠다. 고가다리 아래 수백 길 검은 허공으로 서늘한 바람이 지나갔다. 뿌아아아, 택배운송트럭이 경적을 울리며 지나간다. 트렁크를 열자 풍선들이 검푸른 하늘위로 올라가고 꽃다발 옆에는 수미를 위해 준비했던 목걸이가 앙증맞은 포장을 하고 얌전히 그를 올려다보고 있었다. 낯선 산속 수백 길 고가도로에서 내려다 본 어둠은 오히려 그에게 묘한 위안을 안겨 주었다. 어둠속으로 힘차게 수미를 던져버렸다.

토요일 오후의 로데오거리는 젊음의 활기로 넘쳐났다. 중앙 분수대 앞 연두빛 어린 잎들이 하늘거리는 느티나무 그늘 벤치에서 그는 한 시간 째 오가는 젊음들을 멍하니 바라본다. 술을 마시기에는 아직 이른 시간이다. 분수대 너머 텅빈 선술집으로 남녀 한 쌍이 들어가는 걸 확인하고서야 일어선다. 문득 견디기 버거운 외로움이 엄습해온 자리에 정연이 떠오른다. 지난번 단둘이 곡주를 마시던 날 술친구가 필요하면 언제든지 불러달라던 정연의 말이 떠올랐다. 몇 번을 머뭇거리다 휴대폰을 꺼내 저장된 번호를 확인해 보지만 정연의 번호는 없었다. 지갑 속에서 비상연락망 쪽지를 꺼내 전화를 걸었다. 띠 동갑 아가씨의 목소리가 통통 튀어 오른다. 그는 정연의 목소리에서 수면을 차고 오르는 물고기의 파득거림을 느꼈다. 그의 깊은 곳에서 잠들어 있던 열정이 꿈틀거린다. 수미를 만나고 사랑한지 칠년이 지나는 동안 그의 마음은 한결같았는지 자신에게 물어본다. 간혹 정연과 같이 섹시한 이성의 몸이 시각을 자극하는 경우 순간적으로 일었던 욕정은 있었지만 그의 마음속에서 수미 외의 다른 여자가 자리를 잡았던 적은 한 순간도 없었다. 철옹성 같던 수미의 자리를 미련스럽게 지켜준 자신이 한심하게 여겨졌다. 수미는 어떨까 궁금하다. 설마 결혼이라는 제도를 구속으로 생각하는 건 아닌지, 수미의 마음속에서 자신이 내팽개쳐진 적은 없었는지, 지금 수미의 마음속에 누가 자리를 잡고 있는지, 적어도 자신이 조금이라도 남아있기는 한 것인지 묻고 싶었다. 그의 물음에 만약 수미가 그에게 미안하다고 대답이라도 한다면 어떻게 해야 하는가. 그동안 얼마나 힘들었냐고 마음이 떠난 사람을 결혼이라는 굴레를 이용해 붙잡고 있어서 오히려 미안했나고 눈치 없어서 정말 미안했노라고 말해주고 미련 없이 일어나 나올 거라고 다짐하니 서러움이 복받쳐 올랐다.

"어머 웬일이세요? 전화를 다주시고. 사모님은 어떻게 하시고 궁상맞게 혼자 계세요?"

"회사에 일이 있다네. 술친구가 없었는데 나와 줘서 고마워."

"별 말씀을 맛난 것 사주신다는데 저야 무조건 땡큐죠."

풋풋한 젊음이 묻어나는 웃음소리가 침울한 그의 마음에 생기를 불러일으킨다.

"그런데 사모님 어디가 마음에 드셨어요?"

"어? 그러니까…… 끌렸었지 그냥."

"에이 그래도 뭔가 이유가 있었겠지요."

"오래돼서 기억이 잘 안 나네. 그보다 좋은 봄날에 예쁜 사람을 혼자 차지하다니 운 좋은걸."

예쁘다는 칭찬에 기분이 좋아진 정연이 그가 방금 비운 잔을 채워준다. 발그레한 볼을 살짝 덮은 긴 머리에서 달콤한 꽃향기가 풍겨왔다. 문득 머릿결을 쓰다듬고 싶어졌다. 수미는 귀찮다는 이유로 파마를 하거나 짧은 머리를 고집했다. 그러고 보니 여태 그가 수미의 머릿결을 쓰다듬었던 기억은 없었다. 정연이 수미보다 여덟 살 정도 어리다는 것 외에도 두 사람은 자신을 꾸미는 스타일이 사뭇 달랐다. 수미가 피곤하고 거추장스럽다고 외면하는 하이힐을 정연은 곧잘 신고 다녔고 허벅지까지 드러나는 짧은 치마도 마다하지 않았다. 그의 머릿속에는 언제부터인가부터 그녀들의 스타일이 정연은 섹시함으로 수미는 단아함으로 자신도 모르게 구분지어 놓았다. 어둠이 내린 거리를 휘황한 네온불빛들이 토요일 밤의 열기를 부채질하고 있었다.

"우리 노래 부르러 갈래요?"

"노래? 나 노래 잘 못하는데."

"못 하는 사람 노래가 더 재미있는 걸요. 호호."

반 발짝 앞서가던 정연의 머릿결이 부드러운 바람에 날려 그의 코끝을 스친다. 묘한 향기로움으로 아랫도리에 불끈 힘이 들어갔다. 의식적으로 한발 짝 뒤로 물러서 걸었다. 노래방은 4층이었다. 문이 닫히다가 또 열리기를 반복하는 동안 엘리베이터 안에는 거나하게 취한 사람들로 가득 찼다. 처음 간격을 두었던 정연과의 사이가 점점 좁혀지더니 아예 그녀의 엉덩이가 그의 몸에 바짝 밀착되었다. 그가 몸을 뒤로 빼려 해도 더 이상 물러날 공간이 없었고 정연은 애써 피하려 하지 않았다. 미끈하고 달착지근한 젊은 여체에 맞닿은 남성은 터질 듯 부풀어 올랐다. 은은하게 풍겨오는 향기와 촉감으로 그는 정신이 아찔해졌다. 끊임없이 변하는 문화에 부흥하듯 노래방 스타일도 다양해졌다. 하이트 톤으로 인테리어된 넓은 홀에 들어서자 단정하게 검은색 슈트를 착용한 이십대 초반쯤 보이는 남자종업원이 안내를 한다. 신발을 벗고 룸으로 들어서니 50인치 LCD 화면이 한쪽 벽면을 차지하고 안락한 소파에 옷걸이 하나만 덩그러니 놓여있다. 어두컴컴한 조명에 창문만 없을 뿐 마치 가정집 거실과 흡사하다. 정연이 주문한 생수와 녹차를 종업원이 두고 나가자 그는 뻘쭘한 분위기에 눌려 시선을 화면에 고정시킨다.

"제가 먼저 시작할까요?"

정연은 대답도 기다리지 않고 능숙하게 페이지를 넘기고 있었다. 번호가 입력되고 원더걸스라는 걸그룹의 '노바디' 라는 노래의 전주가 흘러나온다. 금요일저녁 호프집 밖에서 잠복하며 몇 번이나 들었던 노래여서 그런지 노래에 대한 거부감이 앞선다. 은유라고는 전혀 찾아볼 수 없는 직설적이고 솔직한 표현의 노랫말이 당황스럽다. '난 좋은데 난 행복한데 너만 있으면 돼 더 바랄 게 없는데 누굴 만나서 행복하란거야 난 널 떠나서 행복할 수 없어.' 정연은 완벽하게 외운 가사에 정확한 박자뿐 아니라 율동까지 자연스러웠다. 가끔 그에게 찡긋 윙크를 할 때는 어떻게 반응을 해야 할지 당황스러워 애꿎은 생수만 들이켰다. 그가 주저하고 지체하는 사이 정연은 몇 곡의 노래를 더 불렀고 그런 정연에게 점점 빠져드는 자신을 느꼈다.

"계속 듣기만 하시기예요. 한 곡 하시죠?"

"말했잖아 노래 잘 못한다고"

"말했잖아요. 노래 못하는 사람 노래가 더 재미있다고. 호호."

마지못해 노래 목록을 펼쳤으나 평소 노래에 자신이 없어 이리저리 뒤적거리다 '약속'이라는 제목에 눈길이 간다. 수미가 무척이나 좋아했던 노래다. 잘 하지는 못하지만 수미의 간청에 못 이겨 몇 번 불러준 적 있었고 그때마다 수미는 지그시 눈을 감고 경청해주었다.

"어떤 거요? 요거요? 정연이 그의 눈길이 머문 부근을 가리키며 채근한다.

"약속 맞아요?

"어? 어."

얼결에 대답을 하자 재빠르게 정연이 입력 단추를 누른다. 이제껏 빠른 비트에 지배당하던 방안에 조용한 발라드 선율이 흐른다.

'넌 행복한지 아직 언제나 사랑은 선택이었지. 또 다른 이유로 널

보내고 난후 내 눈에 흐르던 눈물에 의미를 고갤 저으며 빗물이라고 날 위로했지. 돌아온다던 너에 약속 그것만으로 살 수 있어. 가슴깊이 묻어둔 그 이름만으로 아주 늦어도 상관없어. 너의 자리를 비워둘게. 그때 돌아와 나를 안아줘.' 이 노래를 부를 때마다 노랫말 속 주인공은 왜 이리 청승맞은 상황에 빠져야 했는지 설마 자신이 수미와 이런 애절한 상황이 벌어기는 일은 없겠지하는 불안에 빠지곤 했었다. 왜 슬픈 예감은 틀린 적이 없냐고 읊조리던 노랫말처럼 보이지 않는 어떤 힘에 이끌려 불안한 그늘로 점점 말려 들어가는 기운을 떨쳐낼 수 없었다. 1절이 끝나고 간주가 흐르기 시작하자 가만히 듣고 있던 정연이 일어나 그의 어깨에 손을 얹고 다가선다.

"이런 노래를 그냥 혼자 부르면 청승맞잖아요. 춤이라도 추면서 부르는 거 아닌가요?"

그가 손을 내밀자 정연이 부드럽게 안겨온다. 정연의 머리에서 풍겨오는 상큼한 샴푸냄새와 귓바퀴에서 올라오는 은근한 향수냄새에 통제를 벗어난 아랫도리가 혹시나 정연의 몸에 닿을까 상체를 구부려 엉덩이를 뒤로 뺐지만 부드럽고 탱탱한 젖가슴이 닿을 때마다 심장이 벌렁거린다. 감질나게 닿았다 떨어지는 정연의 가슴이 짓눌려지도록 꼭 끌어안고 싶은 충동을 억누르고 있자니 가슴이 터질듯 벅차오르고 머릿속이 아득해진다. 이렇게 결국 이성은 감성에 처참하게 무너지면서 모든 걸 던져 버리게 되는 모양이다. 자신의 집에서 차 한 잔 마시고 가라는 정연의 부드러운 손길을 마지막 남은 이성이 뿌리치고 집으로 돌아온 후에도 머릿속에는 수없이 정연을 탐하는 상상이 떠올랐고 그때마다 도리질 치다가 새벽녘에야 간신히 잠이 들었다. 결재서류를 들고 온 정연이 그와 눈이 마주치자 살짝 눈웃음을 친다. 귀엽다. 수미에게서 느끼지 못했던 상큼함이다.

"잠은 잘 잤어?"

"웬걸요. 잠이 안 와서 혼났지요."

"왜?"

"글쎄요. 왜 그럴까요. 저도 잘 모르겠네요. 호호호"

찡긋 눈을 깜박이고 돌아서는 정연의 뒷모습이 어여쁘다 생각하고 있을 때 전화벨이 울린다.

"어제 밤에 무슨 일 있었어? 왜 전화를 안 받아?"

"술 한 잔 하느라고."

"술? 누구랑."

그는 그런 것까지 알아서 뭐할 거냐고 되묻고 싶었지만 참았다.

"그런데 무슨 일이야?"

"우린 부부야. 꼭 일이 있어야 전화하나?"

부부. 그렇다. 부부. 며칠 사이에 수미와 사뭇 멀어진 자신을 발견하고 스스로도 놀란다. 그는 전화를 끊고 한동안 유월이 다가오는 울창한 녹음을 초점 없는 시선으로 내다보았다. '이젠 아카시아 꽃도 다 떨어진 모양이네. 온통 초록뿐이야.' 혼자 말을 중얼거리는 그의 앞으로 정연이 다가왔다.

"삐리리리, 삐리리리."

"너무 무서워요!"

정연이다. 목소리가 급박하다.

"도 도둑이 들었나 봐요. 어떡해요. 다리가 떨려서 꼼짝도 못하겠어요."

"진정해. 일단 집 앞으로 나와서 기다려. 바로 갈게."

그의 차를 알아본 정연이 벤치에서 일어나 다가온다. 창백한 얼굴과 푸른 눈빛에서 공포를 읽어낼 수 있었다.

"다친 데는 없어?"

그는 말없이 고개를 끄덕이는 정연의 어깨를 다독여주었다. 현관문을 열자 거실 등에 비춰진 커다란 발자국들이 먼저 반긴다. 장롱문과 서랍들이 모두 열려 있고 입을 연 핸드백들과 장신구 함이 방바닥에 나뒹굴고 있다. 사람이 없는 낮 시간에 침입한 것으로 보아 좀도둑의 소행으로 짐작되었다. 한참 옷장과 서랍장 가방을 뒤적이던 정연이 신용카드와 약간의 현금이 들어있는 지갑과 저금통이 없다고 떨리는 목소리로 말했다.

"카드야 지금 도난 신고를 하면 되고, 그 정도면 그리 큰 피해가 아니니까 잠깐 앉아서 진정하지."

그가 정연을 소파에 앉히고 냉장고 속에 생수를 꺼내 정연에게 내민다.

"어쩌죠? 저 이제 이집에서는 도저히 못 살겠어요. 더군다나 요즘은 수돗물도 제대로 안 나와 불편했는데."

싱크대 수도꼭지 레버를 가장 크게 올렸는데도 전립선에 막힌 오줌줄기 마냥 시원스럽지 못하게 줄줄거린다. 그는 대학 때 졸업한 선배의 인테리어업체에서 아르바이트를 하며 학비를 보탰던 적이 있었다. 뜯어봐야 알겠지만 수도관 내부가 녹슬어 막힌 것이 아니라면 수도꼭지만 갈아도 간단하게 고쳐질 듯 보였다. 하지만 정연의 두려움이 문제였다.

"가까운데 친척은 없어?"

"서울에 고모가 살기는 하지만 찾아 뵌 지 오래라."

"그럼 새로 집 얻을 때까지 우리 집에 와 있던지."

"어머 정말요? 그래도 되겠어요? 그럼 저는 좋지요. 그런데 먼저 사모님께 허락 받아야 되는 거 아닌가?"

정연은 마치 기다리던 말이 나오기라도 한 듯 눈을 크게 뜨고 반기다가 이내 말꼬리에 힘을 뺀 채 그를 올려다본다.

"괜찮아. 그건 내가 알아서 할 테니까 당분간 지낼 짐이나 싸."

그가 여행용 가방을 트렁크에 싣는 사이 정연이 배낭을 뒷좌석에 던져 넣고 조수석 문을 연다. 내막을 모르는 누군가가 보았다면 흡사 부부로 보일만큼 자연스러웠다. 아이가 생기면 꾸며 주려했던 작은 방을 정연에게 내주고 침대에 몸을 누이자 기다렸다는 듯 여러 가지 고민들이 꼬리를 물고 밀려든다. 당장 욕실 사용할 때 불편은 고사하고라도 주말에 수미가 올라오면 뭐라고 할 것인가? 그 안에 방을 얻어 나간다면 다행이지만 그리 간단한 문제가 아니었다. 그리고 아침과 저녁 식사는 어떻게 해야 할지 빨래는 어떻게 할 건지 갑자기 괜한 짓을 했다는 후회가 밀려들었다. 그렇다고 이제 와서 다시생각해보니 안 되겠노라고 나가 달라고 할 수는 없지 않은가. 이런 저런 걱정으로 뒤척이다 잠이 들었다.

"과장님 일어 나셔요."

아리따운 여인의 목소리에 퍼뜩 잠이 달아난다. 그제야 어젯밤에 벌어진 일들이 그의 머릿속을 어지럽힌다. 부스스한 머리칼로 방문을 열고나오자 된장찌개 냄새가 거실에 가득하다.

"저도 밥값은 해야지요. 냉장고에 된장이랑 풋고추가 있길래 솜씨 좀 발휘해 봤지요. 어서 식사 하셔요."

금방이라도 통통 튀어 오를 듯한 정연의 생기가 오뉴월 볕에 늘어진 상추에 뿌려지는 단비처럼 그를 적신다. 마른멸치를 어디서 찾았는지 육수를 내고 야채통에 오래 묵혀놨던 대파로 맛을 낸 정연의 요리솜씨는 기대보다 맛깔스러웠다. 엘리베이터를 탈 때에는 단 둘이었으나 11층에서 문이 열리자 아래층 반장 여자가 들어와 아는 체를 한다. 한 아파트에 산다 해도 누가 누구인지 모르고 지내지만 반상회 불참문제로 여러 번 마주쳤었고 수미와도 안면이 있었다. 여자가 곁눈질로 정연을 위아래로 훑어보는 눈초리에 호기심이 가득하다. 정연과의 모호한 관계를 생각해서 엘리베이터를 나설 때까지 한마디도 하지 않았지만 그의 차가 멀어질 때까지 출입구 계단위에서 멀뚱이 바라보는 여자의 모습이 백미러로 들어온다.

"과장님 오늘 일찍 퇴근하셔야죠. 사모님 올라오시는 날 아닌가요?"

그는 정연을 집으로 들이던 밤부터 머릿속을 짓눌러오던 문제였음에도 짐짓 태연한 척했다. 둘만의 보금자리에 난데없이 생면부지의 젊은 여자를 끌어 들여와 사는 모양을 본 수미의 반응이 어떨지 궁금했다. 하긴 다른 여자와 정분이 나든 말든 무슨 상관이겠는가. 오히려 구실을 만들어 줬으니 울고 싶을 때 뺨때린 격으로 오히려 달가워할지도 모를 일이다. 어찌되었건 시끄러워질 것을 생각하니 새삼 모든 상황이 귀찮고 피로하게 느껴진다. 차라리 수미가 먼저 들어와 정연의 흔적을 보고난 후 나름 마음에 준비가 되었을 때 들어가는 편이 나을 듯싶었다.

"뭐 따로 약속 없다면 저녁이나 먹고 들어갈까?"

"그럴까요, 그럼?"

오후 내내 근심이 어려 있던 정연의 얼굴에 금세 화색이 돈다.

구내식당에서 점심식사를 마치고 자리로 돌아온 수미의 손길이 분주하다. 오후에 반가를 내겠다고 과장에게 허락은 받았다. 컴퓨터를 끄려 마우스를 옮기는데 메신저창이 뜬다.

돈댈마마: 몇 시에 올라가시나요?

카르멘: 동기님 내 생각은 이쯤에서 접어두시고 주말동안 평생 걱정해줄 사람이나 찾아 보세요. 그럼 이만.

수미는 컴퓨터 전원을 아예 꺼버린다. 오후 두 시가 못되어 출발을 했지만 운전이 서툰 수미는 해거름이 다 되어서야 A시에 도착했다. 새로 생긴 덕평 휴게소에서 커피 한 잔을 주문해 마시며 그에게 전화를 할까 했지만 괜스레 호들갑을 떠는 것 같아 그만두었다. 퇴근하고 들어온 그와 함께 가까운 저수지변 레스토랑에서 레드와인에 스테이크를 썰거나 퓨전 한정식집에서 저녁을 먹는 것도 괜찮을 듯싶었다. 혹시나 술자리로 늦게 들어오면 어쩌나하는 염려도 했지만 정기적인 회식자리 외에는 사람들과 어울려 술자리를 즐기는 경우가 거의 없는 사람이었다. 하긴 여느 때 같으면 언제 출발하는지 벌써 연락이 왔겠지만 아직 전화가 없는 모양이 좀 찜찜하기는 했다. 한 달 만에 들어선 집안공기가 왠지 낯설었다. 단지 오랜 시간이 주는 서먹함이라 여기고 거실로 들어섰다. 생각보다 가재도구가 깔끔하게 정돈이 되어있다. 안방 장롱 앞에 가져온 옷가방을 부려놓고 화장실로 향한다. 화장실에 들어선 수미의 눈앞에 핑크빛이 감도는 앙증맞은 디자인의 바디로션과 샴푸 린스가 눈에 들어온다. 물론 수미가 사용하는 취향이 아니다. 그러고 보니 화장실이 너무 깨끗한 것도 이상하다. 수미의 머릿속이 복잡해진다. 휴대폰을 꺼내 단축버튼 1번을 꾸욱 눌렀다가 신호음이 두 번도 울리기 전에 다급하게 폴더를 접는다. '아니야 뭔가 이유가 있겠지. 설마 지금 내가 생각하고 있는 이런 불결한 상황은 아니지? 그렇지?' 수미는 넋 나간 사람처럼 중얼거리며 집안 이곳저곳을 뒤지기 시작한다. 작은 방 문을 열자 낯선 여자의 옷가지들이 행거에 걸려있고 한쪽 구석에는 여행용가방 두 개와 손님용으로 준비했던 이부자리가 가지런히 개어져있다. 수미는 후들거리는 다리를 간신히 옮겨 거실 소파에 몸을 던진다.

그는 식사를 마친 정연이 잠시 자리를 비운 사이에 주머니에서 휴대폰을 꺼내 버튼 1번에 엄지를 대었다 떼기를 두어번하다가 정연이 들어오는 것을 보고 그냥 탁자에 내려놓았다. 지금쯤 도착했을까? 아니다. 아직 연락이 없는걸 보아 출발도 하지 않았을 것이다. 하긴 새로 생긴 젊은 애인이 호락호락 올라오게 내버려두지는 않았을 것이다. 아무리 그렇기로 가타부타 전화는 해줘야 부부의 도리가 아니겠는가. 아직끼지도 끊어내지 못한 수미에 대한 감정에 공연히 부아가 치밀었다.

"뭐 일 있으면 전화 오겠지. 자 한 잔 하자고."

그는 가득 찬 자신의 소주잔을 반쯤 남은 정연의 잔에 부딪히고 단숨에 들이킨다. 잔만 부딪히고 술잔에 입만 축인 정연은 걱정스런 표정으로 노릇하게 구워진 삽겹살을 상추쌈 위에 얹어 그에게 건네준다.

"안주 좀 드세요. 몸 생각도 좀 하시고."

취기 때문일까, 정연이 마치 아내처럼 느껴진다. 잠시 차라리 이렇게 함께 엮어져 살았으면 좋겠다는 발칙한 생각을 해보곤 이내 도리질을 친다.

키패드에 비밀번호를 누를 때 왠지 초인종을 누르면 안에서 대답을 하지 않을까 하는 엉뚱한 느낌이 스쳤다. 꾹꾹꾹꾹 삐리리리, 문을 여는 순간 환한 조명과 함께 실내에서 인기척이 느껴진다. 현관 바닥에 낯익은 낡은 구두가 얌전히 자리 잡고 있다. 문득 수미가 벗어놓은 단화가 초라한 만큼 미안함이 불쑥 불거졌다.

"저는 잠깐 요 앞 약국에 좀 갔다 올게요."

문밖에서 어정쩡하게 서있는 정연이 사라지고 현관에서 일어나는 인기척을 들었을 텐데도 안에서는 잠잠했다. 수미는 바깥쪽으로는 눈길도 주지 않고 소파에 몸을 묻은 채 정면만 응시하고 있었다.

"오랜만이네."

수미의 옆얼굴을 바라보며 선채로 그가 말을 건넨다.

"누구야?"

낮지만 단호한 수미의 목소리에 그는 주눅이 들었다.

"누구?" 아! 우리 부서 여직원이야. 그러니까 집에 도둑이 들었대… 그런데 집이 지방이라 어디 잘 데가 없는가봐 그래서 방 얻을 때까지 잠시 있으라고 했지."

더듬더듬 구구절절 늘어놓으면서도 그는 자신이 굳이 이렇게까지 구차하게 대답할 필요가 있을까 싶어 당당하게 맞서기로 마음먹는다. 하지만 원망과 실망이 공존한 수미의 눈빛과 정면으로 마주치면서 급조된 결심이 흐트러져버린다.

"나에게는 왜 얘기하지 않았지? 내 의사 따위는 필요 없다는 거야?"

절제된 말투지만 가늘게 떨리고 있는 수미의 다그침에 그는 말문이 막혀버린다. 의사? 젊은 놈이랑 놀아나는 마누라에게 꼭 의사를 물어봐야 하나? 라는 말이 목구멍까지 올라왔다가 차마 내뱉지를 못하고 삼켜버린다. 대답 없이 머뭇거리고 서있는 그를 흘끗 노려본 수미가 안방으로 들어가고 거칠게 옷장 문 열리는 소리가 들린다. 수미는 아직 풀지 않은 가방을 열어 봄옷들을 통째로 옷장 안에 부려놓고 닥치는 대로 여름옷가지들을 구겨 넣고 지퍼를 닫는다.

"집안이 원래대로 정리되면 연락해."

낮은 톤이지만 서릿발 서린 목소리가 남겨진 자리에 쾅, 현관문 닫는 소리가 겹쳐진다. 그는 그 자리에서 장승처럼 서있을 뿐이었다. 보름 전 그가 비틀거리며 올라왔던 영동고속 반대편 도로를 이번에는 수미의 차가 위태롭게 달려간다. 강릉 인터체인지에서 빠져나가지 않고 속초로 향하는 이정표를 따라 달린다. 하얀색 아반떼가 굉음을 내며 유월의 밤을 깨우고 이성을 잃은 질주가 고속도로가 끝나는 주문진까지 계속 되었다. 자정을 넘긴 주문진 시내는 몇몇 대포집만 불빛이 새어 나올 뿐 파장된 시장에는 지나가는 취객마저 드물었다. 무작정 차를 몰아 해변을 거슬러 올라간다. 소돌머리 바위섬을 지나자 거센 파도소리와 함께 넓은 해안선이 펼쳐진다. 달빛이 검은 수평선 위에 잔잔히 부서져 흩어진다. 컵라면을 파는 구멍가게 앞 해변도로에 차를 세우고 수미는 한동안 해안선을 내려다본다. CD를 넣고 볼륨을 높여보지만 파도소리에 묻혀진 사운드가 신통치가 않다. 하늘이 푸르스름하게 밝아지고서야 비로소 차가 움직였다. 원룸으로 돌아온 수미는 그대로 침대에 몸을 던진다. 놀이터에서 떠드는 아이들 소리에 잠이 깨었을 때 창밖엔 강렬한 햇살이 커튼사이를 비집고 들어왔다. 초여름의 하루는 길고 지루하였다. 더구나 실연 아닌 실연을 당한 여자의 심정으로는. 남아서 무어라 하는지 변명이라도 들어봤어야 했었나? 아무리 생각해도 이해가 되지 않는다. 세상에 하나밖에 없는 사랑이라 믿었던 사람이 맞을까? 수미의 머릿속엔 어정쩡하게 서서 아무런 대꾸도 없이 오히려 자신의 눈을 피하지 않고 마주치던 그의 당당하던 눈빛이 어른거려 화가 치밀어 올랐다. 현관 밖 여자를 보지는 못했지만 들려왔던 목소리는 자신보다 젊었던 건 분명했다. 어떻게 생겼길래 아니 어떤 사이기에 자신은 안중에도 없이 여자를 끌어들였을까. 그토록 그 여자가 그에게 소중한 존재였을까? 자신은 어찌되어도 상관없을 정도로 놓치고 싶지 않을 만큼 안타까운 사람이었을까? 수미의 머릿속은 점점 복잡해진다. 이대로 가만히 있으면 미쳐버릴 것만 같다. 그래 술이라도 마셔야겠어. 간단한 세면만 하고 여행용 가방을 열어 구겨진 티셔츠를 꺼내 입는다. 제철을 앞둔 토요일 오후의 경포대는 꽤 많은 사람들로 북적거렸다. 커피와 맥주를 파는 2층 카페 창가자리에 앉아 안주 없이 맥주를 주문한다. 이제 곧 수많은 인파들로 몸살을 앓을 해변은 개장을 앞둔 상인들의 분주한 움직임을 아는 듯 들떠 있다. 한 무리의 젊은이들이 가위바위보를 하는가 싶더니 술래가 된 하나를 물속에 집어던지는 모습이 보인다. 바다에 빠진 청년은 뭐가 그리 좋은지 환하게 웃는다. 문득 원균이 떠오른다. 잠시 망설이던 수미는 술기운을 빌어 버튼을 누른다. 선약이 있다던 원균은 채 삼십 분도 안 되어 호들갑을 떨며 맞은 편 자리에 앉았다.

"그냥 술이 좀 땡겨서."

"정말이지 그 말에 책임지는 거다."

원균의 목소리는 언제나처럼 에너지가 넘쳤다. 창밖 바다는 어스름한 어둠에 덮여지고 테이블은 빈 맥주병으로 덮여졌다. 비틀거리는 수미를 부축한 원균의 팔에 힘이 넘치고 대리기사를 불러달라는 원균의 목소리는 흥분에 넘쳤다. 난공불락의 성으로 알았던 그녀의 원룸은 일 년 만에 허물어졌다. 침대에 수미를 눕히고 무방비상태로 풀어져있는 수미의 모습을 내려다보는 원균의 입가에 침이 고였다. 그래 이게 네가 나에게 베푸는 최고의 위문공연이야. 원균은 그간 들여왔던 공에 보상이라도 받으려는 듯 수미의 몸을 탐하기 시작한다. 원균의 입술이 수미의 귓불에 거친 숨을 불어넣는 사이 손은 가슴을 스쳐 아래를 향한다. 우우우웅 우우우웅. 수미의 핸드백 속에서 울리는 진동음에 수미가 잠시 꿈틀거렸다가 다시 정신을 잃는다. 야수가 된 원균은 수미의 핸드백 속에서 폰을 꺼내 배터리를 빼내 버린다.

*

　수미가 떠나버린 집은 주인 잃은 신발짝처럼 처량했다. 침잠하는 집안공기를 혼자 감당하기가 버거워 24시간 티브이를 틀어놓았다. 뉴스에선 태풍 볼라벤이 한반도를 관통하고 있다고 호들갑이다. 태풍이 올라온다는데 길거리는 바람 한 점 없이 고요했고 인적마저 끊긴 밤거리를 배회하다가 상진을 떠올렸다. 외국에 나가 있는 상진의 아내와 수미는 동창이었다. 서로 처지를 잘 아는 사이고 어차피 상진도 알게 될 일이었다.

　"오랜만이다 별일 없었냐?"

　"외로운 기러기 신세된 거 말고는 별일 있겠냐."

　"술이나 한 잔 할까?"

　"태풍이 올라오고 있다는데 집으로 와라."

　고등학교 때부터 단짝이던 상진은 일찍 결혼한 탓에 중학생 아들을 두고 있었다. 유달리 교육열이 높았던 상진의 아내는 시아버지와 남편을 남겨두고 자식교육을 핑계로 몇 년 전 캐나다로 떠난 후 돌아온 적이 없었다. 그의 아버지는 작년에 느닷없이 알게 된 백혈병으로 일 년을 투병하다 금년 봄에 세상을 떠났고 밀린 병원비와 학비를 정산하느라 결국 아파트를 처분하고 전세로 나앉게 되었다. 오랜 우정은 밤새 술잔을 기울이게 했고 다음날 오전에야 상진의 집을 나설 수 있었다. 아직 숙취가 깨지 않았지만 멀쩡한 정신은 그를 더욱 힘들게 했다. 토요일 오후라 로데오 분수대 광장은 젊은이들로 북적대기 시작한다. 지난번 정연을 불러냈던 선술집으로 들어가 자리를 잡고 소주를 시킨다.

삐리리리 삐리리리. 정연의 전화다.

"어떻게 된 거예요? 강릉에 같이 내려가신 거예요?"

"친구한테 급한 일이 생겨서 걱정 말고 쉬어."

"과장님 저 내일부터 친구 집에서 지낼까 해요. 괜히 저 때문에 과장님이 곤란해지셨네요. 죄송해요."

"새로 방을 구할 때까지 편하게 생각하고 지내도 되는데."

"아니예요. 친구도 좋다했고 당분간 같이 살까 고민중이예요. 생활비도 줄일 수 있고요. 호호"

정연마저 집을 나간다고 하니 허전함과는 다른 낯선 곳에 혼자 버려진 느낌이 들었다. 아주 잠깐이었지만 정연과 이대로 부부처럼 지내면 어떨까까지 고민했던 자신이 한심스러워 씁쓸한 미소가 지어졌다. 수미와의 관계가 파국으로 치닫게 된 책임을 정연에게 돌리고 싶은 생각은 추호도 없었다. 사실 정연이 아니어도 결국엔 그리될 상황이었고 다만 정연으로 인해 결말이 조금 빨리 당겨졌을 뿐이니까. 밤새 자신을 노려보던 수미의 원망어린 눈동자와 씨름을 하며 술을 마신다. 어느 것이 진실인지 혼란스럽다. 수미의 마음속에는 그날 밤 그 사내보다 아직 그가 차지하는 비중이 더 클 지도 모른다는 생각을 해본다. 어쩌면 자신의 이기적인 질투심이 수미를 부정한 여자로 간주해 버렸을지도 모를 일이다. 여태껏 무엇에 자신을 의탁해본 적도 무책임하고 의식 없이 행동해본 적도 없었다. 자정이 가까워오는 광장 분수대 부근은 비틀거리는 발걸음들로 채워지고 그는 불현듯 수미가 미치도록 보고 싶어졌다. 그리고 자신의 불완전한 믿음과 그릇된 사랑의 표현방식에 후회가 솟구쳤다. 전화기를 꺼내 번호 1을 꾹 누른다. 십여 번의 벨소리가 울렸지만 전화를 받지 않는다. 계속해서 전화를 걸어보지만 아예 전원이 꺼져있다는 안내메세지만 흘러나온다. 문득 그날 밤 자신의 차를 스쳐가는 사내의 환영이 떠오른다. 술을 마실수록 깊어가는 외로움과 형언할 수 없는 안타까움이 가슴속을 후벼내어 아렸다. 결국 자리에서 일어나려다 쓰러진다.

*

그가 눈을 뜬 곳은 로데오거리 근처 H대 부속병원 병실이었다. 뽀

루퉁하게 부은 정연이 그를 내려다보고 있었다.

"일어나셨네요. 세상에 무슨 술을 그렇게 많이 드셨어요?"

몸을 일으켜보려 하지만 온몸 근육에 통증이 느껴지고 링거 주사 바늘이 꽂혀있는 팔뚝이 따끔거린다.

"그냥 가만히 계세요. 영양실조에다 과로라고 며칠 쉬어야 한대요. 살다보니 제가 과장님의 보호자가 될 때도 다 있네요. 쓰러지셨다고 저에게 연락이 왔더라구요. 병원비는 제가 냈으니 그동안 제가 머물렀던 방값으로 셈하면 되겠네요."

보호자를 찾다가 수미와 연락이 되지 않자 저장된 번호 중 가장 최근에 통화된 정연을 선택한 모양이었다.

"미안해. 괜히 고생을 시키는군."

정연이 나가버린 2인실 병실이 휑하다. 간호사는 그의 팔뚝에서 두 번이나 채혈을 해갔고 숙취와 피로에서 회복이 되지 못한 그는 다시 깊은 잠에 빠져들었다. 그가 다시 눈을 뜬것은 이튿날 오전이었다. 월요일이니 정연도 수미도 출근을 했을 시간이었다.

"보호자 없으세요?"

"예? 아! 지금 외국에 나가있어서."

잠시 머뭇거리던 그는 상진을 떠올려본다. 하긴 지금 그의 신세가 상진보다 나을게 없다. 그의 대답에 간호사의 표정이 난감해진다.

"그럼 엊그제 그 여자 분은 누구시죠?"

"그냥 직장 동료일 뿐입니다."

"그럼 가장 가까운 친척이라도 없으세요?"

"글쎄요. 부모님은 두 분 다 돌아가셨고 와이프는 외국에 나가있어서 그보다 퇴원을 해야겠는데."

"글쎄요. 담당 선생님을 먼저 만나보셔야 하는데. 조금 있다가 데스크로 나오세요"

간호사가 나간 창밖으로 먹구름이 몰려오고 곧 시작될 장마처럼 잠깐의 불안감이 그의 가슴 한 곳을 짓눌러 온다.

"혈액에 염증수치가 매우 높게 나오네요. 며칠 입원하면서 좀 더 정밀한 검사를 받아봅시다."

그는 의사가 지금 무엇을 말하는지 단박에 이해가 되지 않았다. 그렇다고 무슨 뜻이냐고 묻고 싶은 용기도 나지 않았기에 그냥 듣고만 있었다. 또다시 피를 뽑고 초음파에다 C/T촬영까지 검사는 일사천리로 진행되었다.

"보호자가 없으시다니 어쩔 수 없이 환자에게 바로 말씀드려야겠네요. 지금 상태가 아주 좋지 않습니다. 악성림프종 소견입니다. 상당히 진행된 것으로 보이고요. 혈액 속에 암이 임파선을 타고 온몸에 전이 될 가능성이 있습니다, 바로 항암치료에 들어가야 생존할 수 있습니다."

비슷한 연배로 보이는 의사는 검진결과 서류를 몇 장 넘기더니 마우스를 딸깍거리며 사무적인 말투로 브리핑을 하듯 결과를 전달하고 있다. 의사의 말소리가 마치 저 먼 곳으로부터 들려오는 것처럼 아득했다. 잠시 아무 말 없이 모니터 화면을 멍하니 응시하던 그가 무거운 입술을 뗀다.

"그럼 완치는 되는 건가요?"

처음 들어와 앉을 때에 잠시 눈을 마주쳐준 의사의 시선은 이쪽은 무시한 채 내내 검진결과 서류와 컴퓨터 모니터 화면을 오가고 있었다.

"글쎄요. 속단하기 어려운 상황이지만 치료가 쉽지는 않겠네요. 지금으로서는 항암치료를 열심히 받으시라는 말 밖에는."

이 대화는 어디선가 많이 들어본 듯 전혀 생소하지 않았다. 작년 봄 상진 아버지의 병문안 때에 상진이 전해줬던 말과 토씨하나 틀리지 않았다. 마치 남의 일처럼 느껴지고 결코 받아들이고 싶지 않은 엄청난 상황이 미적미적 다가와 급기야 옴짝달싹 못하도록 그를 결박해 버렸다.

후두두둑 빗방울 맺힌 작은 창문 밖으로 잘 가꿔진 느티나무 산책길이 너무 아름다워서 슬펐다. 문득 아카시아 향으로 가득했던 사무실 창밖 동산이 떠오른다. 오늘처럼 비가 내리는 날에는 더욱 진한 향기를 뿜어내곤 했었다. 비가 그친 오솔길에는 버려진 식혜 밥알 마냥 뭉개진 아카시아 꽃잎들의 잔해가 어지러웠다. 어제 진동했던 향기는 저 꽃잎들이 세상에 마지막으로 토해냈던 절규였으리라. 새삼 애처롭게 느껴져 내딛는 발걸음이 조심스러웠다. 그는 아카시아 향기를 맡을 때마다 수미를 떠올리곤 했었다. 처음 만나던 날 아카시아 향 그윽한 길에서 이파리를 손끝으로 튕겨내며 걷던 추억이 수채화 속 장면처럼 아릿하다. 사나운 비바람에 뭉개진 꽃잎처럼 목숨이 떨어져 나갈 때만 기다려야 하는 자신의 신세가 서러웠다. 문득 자신도 비바람에 떨어지기 전에 가장 진한 향기를 뿜어냈던 아카시아 꽃잎처럼 누군가에게 멋진 향기를 남기고 싶다는 생각에 이르렀다. 어디선가 아카시아 향이 풍겨와 환자복 차림으로 병실을 나선다. 간호사들이 사무를 보느라 분주한 스테이션을 지나쳐 엘리베이터를 탔다. 머리에 온통 붕대를 휘감은 어린 소년의 손을 엄마로 보이는 사십대 여자가 꼭 쥐고 있다. 여자의 눈빛에서 실낱같은 희망을 부여잡은 불안한 떨림이 느껴졌다. 소년의 눈망울은 깊은 산속 계곡물처럼 투명했다. 아들의 병명을 처음 듣는 순간 저 어머니의 심정은 어떠했을까? 아마 믿겨지지도 인정하고 싶지도 않았을 것이다. 시간이 흐르면서 조금씩 받아들여야만 하는 기막힌 현실에 가슴을 저며 내는 고통을 견뎌내고 있으리라. 그는 여자의 아픔이 마치 자신에게로 전이

된 듯한 통증을 느낀다. 소년의 해맑은 눈과 마주치는 순간 무슨 이유에선지 눈두덩이가 뜨거워졌다. 저 소년보다 어머니의 아픔이 더 클지도 모른다. 육체의 고통보다 마음의 고통이 더 크다는 말이 비로소 이해가 되었다. 1층 로비는 사람들로 붐볐다. 그는 제법 아늑한 분위기를 자아내는 카페테리아에서 젊은 연인이 빵과 생과일주스를 주문하는 모습을 물끄러미 바라본다. 회색비닐시트기 씌워진 긴이이동침대들이 아무렇게나 널브러진 응급실 앞 복도와는 극명하게 다른 분위기다. 쪽문으로 나서니 비가 주춤하다. 자욱하게 흩뿌리는 이슬비를 맞으며 좀 전에 창밖으로 내다보았던 느티나무 산책로를 거닐어본다. 벤치에는 빗물이 방울져있다. 정원을 지나 건물 모퉁이를 돌아걷는다. 맞은편에서 달려오던 작은 트럭 한 대가 급히 정차하더니 운전자가 짐칸에서 국화화환을 끌어내린다. 하얀 꽃잎 더미 아래로 짙은 먹물로 물들여진 무채색 리본이 매달려 있다. 무엇에라도 홀린 듯 화환을 따라 지하로 내려갔다. 담배를 피우던 검은 양복의 사내가 흘끔 그를 훑어본다. 담배연기와는 다른 짙은 향냄새가 콧속을 지나 폐부로 파고든다. 어디선가 가늘게 들려오는 젊은 여인의 비통한 흐느낌이 가슴을 찔러 아프다. 빈소의 입구마다 문패처럼 죽은 자의 이름과 상주의 이름들이 걸려있다. 사위나 며느리의 이름이 여럿 적혀진 빈소를 드나드는 조문객과 상복을 입은 사람들의 표정에서는 그다지 슬픔이 느껴지지 않았다. 천수를 다 누린 예비된 죽음 앞에서는 영원한 이별의 무게도 가벼워지는 모양이다. 죽은 자의 이름은 남자였고 상주명단에는 배우자라는 여자이름과 망인과 같은 성을 쓰는 아들의 이름 둘 뿐이었다. 입구에서부터 들려오던 비통한 흐느낌의 근원지였다. 조문객을 맞을 준비도 되어있지 않는 빈소에는 검은 상복을 입고 아무렇게나 엎어져 오열하는 여인네의 뒷모습뿐이고 조문객하나 없는 접객실에는 칠순을 갓 넘긴 여자가 망연한 시선을 허공에 둔 채 어린 사내아이를 안고 있었다. 저 어린 것을 남겨두고 어찌 눈을 감았을까? 조금 전 암환자 병동 엘리베이터에서 마주쳤던 소년의 맑은 눈과 그 어머니의 불안한 눈빛이 교차되었다. 어쩌면 죽어서 영안실에 누워있는 남편보다 저 소복 입은 여인의 고통이 더 클 것이다. 문득 수미의 무표정한 얼굴이 떠오른다. 남편을 잃은 소복여인처럼 수미도 그의 죽음을 슬퍼해줄까? 여자의 가슴은 좁아서 한 남자 밖에 자리를 차지하지 못한다고 들었다. 어쩌면 벌써 그 자리엔 그날 밤 그 사내가 차지하고 있을지도 모르는 일이다. 그렇다면 오히려 잘된 일이 아닐까? 묘한 위안으로 병실로 돌아오는 발걸음이 가벼웠다. 수미와 어긋난 지금 상황이라면 그가 죽을병에 걸려 이대로 삶이 조용히 마감된다 해도 슬퍼하거나 애통해 할 사람이 없을 것이었다. 엘리베이터 안에서 오히려 다행이라고 혼자말로 중얼거려보고는 거울을 바라보고 씨익 웃어주었다.

"어디 갔다 오셨어요?"

간호사가 링거와 주사기를 들고 나무라는 눈빛으로 들어온다. 스
텐리스 주사기 셋트 틀을 침상 옆에 놓고 링거액을 걸이에 걸면서 마
치 어린아이에게 타이르는 듯한 말투를 이어갔다.

"누우세요. 링거 맞아야 하니까. 그리고 앞으로는 말씀하고 나가
세요."

"퇴원은 어떻게 하지요?"

"예? 뭐라고요?"

주사기를 집으려다 말고 무척이나 놀란 눈으로 다시 물어온다.

"지금 퇴원하려고요. 수속은 어떻게 해야 하는지."

"좀 전에 주치의 선생님하고 상담하지 않으셨나요? 지금 상태가 어
떤지 알고 계시죠?"

"알고 있습니다. 다른 병원에 아는 사람이 있어서 그리로 옮기려
고요."

"그러시다면 일단 보고 드릴게요. 별 얘기 없으면 한 시간 후에 1층
원무과에서 수속을 밟으세요."

물론 다른 병원에 아는 사람이 있다는 건 거짓말이다. 비바람에 떨
어지는 아카시아 꽃잎이 마지막 향기를 뿜어내듯 그가 세상에 남길

마지막 향기가 무엇인지 알 듯 했다. 홀가분하게 모든 걸 털어내고 한 줄기 바람처럼 사라지는 것이다. 그 누구에게도 빚을 남기지 말고.

며칠 만에 돌아온 집안은 정연이 떠나며 생긴 빈 공간이 더해져 오랫동안 사람이 살지 않았던 흉가처럼 을씨년스러웠다. 두 해 전 먼저 살던 집의 전세 보증금에 대출금을 합쳐 아파트를 장만하고 입주하던 날 밤 조촐한 주안상을 차리고 수미와 나눴던 술 한 잔이 그리웠다. 돌이켜보니 아름다운 순간이었다.

"이제 우리의 보금자리가 생겼으니 여기서 예쁜 아기도 낳고 잘 살아 보자."

"당신 닮은 예쁜 공주님이면 좋겠는데."

그 다음해 수미가 강릉으로 발령이 나지만 않았더라도 집안은 아기의 웃음소리와 함께 가족의 사랑과 온기로 가득 채워졌을 것이다. 결혼 후 삼년이 지났지만 고대하던 아기는 소식이 없었고 산부인과 의사는 수미가 정상적인 관계로는 임신하기가 어렵다는 판정을 내렸다. 다만 시험관 시술을 한다면 임신이 가능할지도 모른다는 희망을 덧붙여 주었다. 사실 수미의 자궁이 약해진 데는 그의 책임이 없지 않았다. 결혼 전 피임을 제대로 하지 못해 두 번이나 피지도 못한 생명을 지웠던 적이 있었다. 두 번째 수술을 마치고 돌아온 날 밤 수미는 자취방에서 서러운 눈물을 쏟았고 수미의 눈물을 닦아주며 그의 가슴도 따라 울었다. 유난히 아기를 예뻐했던 여자였다. 길에서 어린 아기를 태운 유모차나 품에 안겨진 아기라도 지나치면 수미의 시선은 아기에게 꽂혀 따라가곤 했고 그런 수미의 모습은 그의 가슴을 더욱 아리게 만들었다. 냉정하게 따져 본다면 지금처럼 상황이 꼬이게 된 원인을 그녀에게로만 돌리는 것도 무책임하고 옳지 않다고 생각되었다. 누구보다 사랑했던 여인이었고 다정한 부부였다. 주말의 경우에도 그녀가 올라오는 경우가 많았지만 사실 그가 더 많이 내려 갔어야했다. 강릉이 휴양지라 휴일에 그가 다녀오기에는 길에다 많은 시간을 허비한다는 이유로 그녀가 더 많이 올라오는 상황을 묵인했었고 그 평안함을 자신도 모르게 안주하면서 그녀가 해놓은 밑반찬으로 냉장고를 채워 놓았고 한결 깨끗해진 집안환경을 당연하듯 받아들여 왔던 것이다. 이기적이었던 자신의 행동에 뒤늦은 후회가 밀려들었다. 여태 자신의 아내로서 생색도 나지 않는 집안일을 묵묵히 해온 그녀에게 고맙고 미안했다. '그래 오히려 잘된 거야.'

　다음날 영동고속도로 하행선 용인휴게소에서 소머리국밥으로 늦은 아침을 먹었다. 점심시간 전에 수미의 회사 앞에 도착을 하였지만 선뜻 전화를 걸지 못했다. 기별 없이 내려왔던 지난번처럼 도로변에 차를 세우고 지나가는 바쁜 발걸음을 멍하니 응시한다. 저들의 눈에 자신이 이방인으로 비쳐지듯 머지않아 이 세상에서도 완전한 이방인이 될 것이다. 마치 투명인간이라도 된 듯한 느낌이다. 아무도 자신의 존재에 관심을 갖지 않는 현실에 울컥 서러움이 북받친다. 정오를 넘어서자 삼삼오오 정문을 나서는 직원들 사이로 낯익은 하얀색 아반떼가 눈에 들어온다. 언뜻 보아도 운전석 수미 옆에 남자의 모습이 보인다. 차량 내부가 어두웠지만 지난번 그 사내가 분명했다. 두 사람의 관계를 전혀 모르는 사람이 보더라도 연인으로 느낄 만큼 다정하고 자연스러웠다. 아무리 다스려보려 해도 질투의 감정은 어쩔 수 없는 듯 가슴을 무거운 돌로 짓누르는 통증이 일어났다. 수미의 차가 좌회전을 받아 그가 세워둔 방향의 반대편으로 사라지는 동안 그는 미동도 하지 않았다. '그래 난 이제 가고 없을 테니 차라리 잘 되었다. 가는 나도 마음이 편안 할 거니까' 그는 차를 경포 바닷가로 몰았다. 칠월로 접어드는 바닷가는 활기가 넘쳐흐른다. 차를 남쪽으로 돌려 비교적 인적이 드문 안목항으로 향한다. 좌측 바다 쪽으로 우거진 송림 숲에서 싱그러운 솔향기가 다가와 창문을 활짝 열었다. 소금기 머금은 눅눅한 바람이 그의 얼굴을 때리고 머리칼을 헝클어 놓는다. 안목항의 풍경은 경포보다 한결 고즈넉했다. 차를 바다 쪽으로 향하도록 세워놓고 먼 바다에서 끊임없이 보내오는 흰 파도를 세어본다. 마흔 두 번째 파도가 사그러질 때 자신의 나이와 같은 숫자임을 자각하면서 숫자세기를 그만두었다. 그의 삶이 과연 올해를 넘길 수 있을

지 자신이 서지 않았기에 모든 것이 무의미하게 느껴지면서 피로해졌다. 마흔 둘의 파도 뒤에도 끊임없이 밀려오는 파도들처럼 그가 떠난 세상도 물거품처럼 사라진 그의 존재외에는 달라질 것이 없으리라. 마흔 둘이라는 숫자를 가만히 중얼거려 본다. 아직 젊은 나이다. 귀여운 자식도 보지 못하고 하고 싶은 일과 해야 할 일이 많은 나이에 세상의 테두리 밖으로 튕겨져 나가야 하는 신세가 새삼 억울하고 서러웠다. 비록 살아날 가망이 없더라도 의사가 시키는 대로 남은 삶에 대부분을 항암치료에 전념해 볼까도 생각해 보았다. 하지만 완치도 불분명하고 단지 생의 기한을 조금 연장시키기 위해서 얼마 남지 않은 천금 같은 시간을 저당 잡아 자신의 명의로 된 아파트마저 병원비로 탕진해 버리고 싶지는 않았다. 세상에 남겨 놓은 것이 달랑 병들어 죽은 역겨운 몸뚱이밖에 없는 것만큼 비참한 상황은 없을 듯싶었다. 세상에 향기를 남기고 사라지는 아카시아 꽃잎만도 못한 삶이 되고 싶지는 않았다. 머리 위에서 이글거리던 햇볕이 차량의 뒷좌석 유리로 한풀 기세가 꺾여 들어온다. 창문을 닫고 차에서 내려 뒤편 건물 이층 까페로 올라간다. 신호음이 가는 동안 수미와 처음 만나던 날 지천으로 피었던 아카시아 향기가 피어오르며 가슴이 뛰기 시작한다.

"여보세요?"

열 번이 다 되어서야 전화를 받은 수미의 목소리는 잠겨있었다.

"나야."

"알아."

"여기 안목항 방파제 뒤 해변 카페야. 금년 봄에 왔었잖아."

"어디라고?"

수미는 그가 지금 시각에 강릉에 내려와 있다는 사실이 의외이기도 했지만 회사 앞이나 원룸으로 바로 오지 않고 경포도 아닌 안목이라는 말에 적이 놀란 모양이다. 수미를 기다리는 중에도 바다는 끊임없이 파도를 뭍으로 보내주고 있었다. 무료함은 자신도 모르게 파도의 숫자를 세게 하였고 얼마 남지 않은 시간을 의미 없이 허비한다는 사실에 잠시 화가 났다. 아예 퇴근을 한 것인지 여섯시가 거의 다 되어서야 수미가 카페 안으로 들어섰다.

"전화도 없이 내려와?"

"오랜만에 바다도 보고 싶고 할 얘기도 있고 해서."

수미의 표정이 굳어지며 그의 얼굴에 시선을 고정시킨다. 수미의 강렬한 눈빛에 부담을 느낀 그는 창밖 파도를 바라보며 입을 연다.

"우리 그냥 여기서 끝내자."

아무 말 없이 그를 뚫어져라 노려보던 수미의 시선이 이번엔 바다를 향하였고 둘 사이엔 어색한 침묵이 흐른다. 유리창 밖 파도소리가 마치 바로 옆에서 철썩이는 듯 파도소리 외에는 음악소리조차 들리지 않았다. 한동안 바다만 바라보던 그들이 거의 동시에 고개를 돌렸고 서로의 눈이 마주쳤다. 수미가 무겁게 입을 열었다.

"물론 그 여자 때문이겠지?"

그 여자라면 정연을 얘기하는 것이리라. 순간 그의 머릿속이 복잡해지고 자신도 모르게 적절한 그림이 그려지는 바람에 쓴 웃음을 짓는다.

"그래."

그는 차마 수미의 눈을 마주보지 못하고 고개를 끄덕인 후 창밖으로 시선을 던진다. 수미는 뜻하지 않은 원균과의 동침으로 지난 며칠동안 잠을 이루지 못하며 그에 대한 죄책감에 시달렸던 사실과 잠시나마 가졌던 그에 대한 연민이 증오로 바뀌어 지는 것을 느낀다.

"그 사이에 많이 뻔뻔해졌네. 내가 알던 사람이 아니네. 그래 축하라도 해줘야 하나? 이혼은 원대로 해줄 테니 수속은 되도록 우편으로 처리해 줘. 두 번 다시 그 얼굴 보고 싶지 않으니까."

"이혼 수속이라는 게 그렇게 간단하지 않아. 한번은 서울로 올라와야 할 거야."

"어이없네. 벌써 이혼수속까지 알아봤네. 그렇게 치밀한 사람이었던가?"

수미는 비록 자신의 눈을 바로 바라보지 못하면서 말을 이어가고 있지만 어찌 이런 상황에서 용의주도하게 수속절차를 운운하다니 그동안 저런 인간을 사랑하고 살을 맞대고 살았는지 조금이나마 남아 있던 정까지 남김없이 떨어졌다.

"알겠어. 내일 오전에 법원 앞에서 봐. 전화할게."

고개 숙인 그의 뒤통수를 내려보던 수미가 떠난 자리엔 냉랭한 한기가 서려 가라앉았다. 그의 시선은 수미가 한 모금 마시다 만 커피 잔에 머문다. 문득 저 남겨진 커피와 자신의 신세가 비슷하다 여겨졌다. 그녀에게 선택되어 끝까지 함께하지 못하고 결국은 그녀의 의지와 상관없이 버려진 신세가 되어버린 커피 잔을 들어본다. 아직도 따뜻하다. 흰 찻잔에 루즈 자국이 선명하다. 수미는 나를 만나러 오면서 루즈를 바르고 왔던 것이다. 그렇다면 수미의 가슴에 아직 나의 자리가 조금이라도. 아니다, 절대 아니라고 도리질 친다. 수미의 루즈 자국에 가만히 입술을 대어본다. 마지막으로 그녀를 느낀다고 생각하니 서러움이 올라와 눈시울이 뜨거워진다. 자정이 되어서야 집에 도착해 바로 자리에 들었지만 쉽사리 잠을 이루지 못했다. 밤새 뒤척이다 다음날 아침 휴대폰 소리에 잠이 깨었다.

"열 시까지 신분증하고 도장 챙겨서 A 가정법원 민원실로 와."

전화기 너머로 들려오는 수미의 냉랭한 목소리에 남아있던 꿀잠이 달아났다. 수미는 민원 대기용 의자에 앉아 기다리다 먼발치에서 들어서는 그를 알아보고 다가서면서도 시선을 주지 않았다. 기다리는 동안에도 공무원이 수미에게 이혼의사를 묻는 순간에도 그와 눈을 맞추지 않았다. 회사로 돌아온 그는 부장에게 사직서를 제출하고 책상 서랍을 열어 짐을 정리한다. 십년을 넘게 근무해오던 곳이었다. 특별한 일이 일어나지 않는다면 그도 정년퇴직이라는 것을 하리라고 염두에 두고 있었던 곳을 막상 떠나려하니 무언가에 쫓겨 서둘러 종영되는 드라마의 주인공처럼 만감이 교차한다. 이것저것 챙기다 보니 한 번에 가져가기가 버거울 만큼 짐이 많아졌다. 무게가 많이 나가는 책들은 그냥 두기로 했지만 수미의 손때가 묻은 책 한 권은 챙겨 넣었다. 며칠 전 잠자리에 누웠다가 문득 수미가 애송하던 시가 떠올라 책꽂이를 뒤져 찾아냈다가 다음날 회사로 가져왔었다. 근심스러운 표정으로 부장이 다가와 한발 짝 뒤에서 어정쩡하게 서있다.

"무슨 일이야?"

"몸이 안 좋아서요. 당분간 시골에 내려가 요양이나 하려고요"

떨떠름한 표정의 부장과 몇몇 동정어린 시선들에게 애써 미소를 지으며 화답하고 짐을 챙겨 나오는 그의 뒤를 정연이 따라 나온다. 업무상 가장 가까운 사이였으니 행여 이상하게 여길 사람은 없을 것이다. 엘리베이터 버튼을 누르고 차문까지 열어준다.

"과장님 그동안 고마웠어요."

"계속 일하면서 시집가는 것도 보았으면 좋았을 텐데 미안하네."

"무슨 말씀을요. 제가 죄송하죠. 건강하시고 행복하세요."

활짝 웃으며 두 손바닥을 펴 가볍게 흔들어주는 정연의 모습에서는 일말의 서운함이나 아쉬움 따위는 찾아볼 수 없었다. 오히려 귀찮은 짐을 덜어낸 듯한 경쾌함이 파닥거렸다. 트렁크에 짐을 부리고 운전석에 앉아 창문을 내린다. 뭐라고 마지막 말을 해야 할지 머뭇거리는 사이에 정연이 먼저 입을 연다.

"제 결혼식 때 꼭 오셔야 해요."

"그래, 그때 연락해, 그럼."

정연과 마지막으로 나누었던 공허한 대화로 가슴속이 횅해진다. 마음에도 없는 인사치레나 지키지도 못할 공약속이나 결국 정연과의 관계도 이처럼 무의미하고 허무했다고 생각하니 쓴웃음이 지어진다.

세상이 좋아져 인터넷에서 클릭만 하면 생필품이 집앞까지 배달되었다. 그가 한 달 동안 두문불출 하는 동안 아래층 반장여자가 두 번 다녀갔었다. 적십자비 징수와 반상회 참석요구였으며 그때마다 현금으로 지불하였다. 그동안 안부를 묻는 상진의 전화 한 통과 회사에서 퇴직금 오천오백만원이 정산되어 통장에 입금되었다는 전화 그리고 대출광고 네 건, 보험가입 권유 세 건, 잘못 걸려온 전화 한 건이 전부였다. 세상과의 이별 준비는 그런대로 수월하게 되었다고 생각하면서도 까닭모를 서운함에 가슴이 시려왔다. 지독히도 더웠던 여름이 끝나가던 어느 날 해질 무렵 그는 상진을 찾았다. 상진이 사는 아파트 단지 상가주차장 한 귀퉁이에 자리 잡은 호프집 파라솔 아래에서 치킨 한 마리와 소주를 주문했다.

"그동안 별 일 없었냐?"

상진의 의례적인 인사에 그는 대답을 하지 못했다. 사실 별일이 너무 많았기에 어디서부터 시작해야 하고 어디까지만 이야기해야 하나 막연해 하고 있을 때에 상진이 먼저 물꼬를 터준다.

"그런데 못 보던 사이에 많이 핼쑥해졌다. 어디 안 좋냐?"

구월의 선선한 저녁바람이 그의 등과 머리칼을 훑고 지나간다.

"그래 보는 대로야. 몸이 안 좋아서 회사를 그만뒀다."

소주 한 잔을 그대로 들이키고는 쓴맛을 달래려 포크로 마요네즈와 토마토케첩이 버무려진 양배추를 찍어 올린다. 느닷없는 대답에 상진이 입을 반쯤 벌리고 그에게 시선을 고정시킨다.

"얼마나 안 좋길래 회사를 그만둬?"

"나 내일 남해로 내려가려고."

"남해? 근거지도 없는 곳에는 뭐 하러. 혹시 병원에서도 손을 못 쓸 정도로 안 좋은 거야?"

"너도 알잖아. 병원 좋은 일만 하다 그대로 종치고 싶지는 않다."

상진은 더 이상 말이 없었고 두 사람 사이엔 정적과 함께 술잔만 부지런히 비워졌다.

"그리고 부탁이 있는데, 시간되면 강릉 가서 수미한테 이것 좀 전해 줘라."

그는 준비해온 서류봉투를 내민다. 상진이 서류봉투 안에 아파트 등기권리증과 그의 인감도장 주민등록증을 확인하고 의아한 표정으로 그를 쳐다본다.

"뭐냐 이건?"

"수미한테는 나 아픈 거 말하지 마라. 만약 수미가 알면 어떻게 될지 모르거든"

"신파를 찍고 앉았군. 지금 그 말을 믿으라고 하는 소리냐?"

"좋아 그럼. 사실대로 말할게 나 여자가 생겼어. 그래서 그 여자랑 내일 외국으로 가게 되어있어. 비행기표도 이미 끊어 놨고."

"미친놈, 진즉 그렇게 말할 것이지. 집칸이라도 주고 가는 거 보면 그래도 양심은 있는 모양이군. 비행기표까지 끊어 놨다니 더는 묻지 않는다. 잘 살아라 연락도 하고."

상진은 한동안 그를 서운한 눈빛으로 물끄러미 바라보더니 소주잔을 단숨에 들이킨다.

"젠장, 나하고 가까운 인간들은 하나같이 이 나라를 떠나는군."

상진은 잔뜩 찌푸린 하늘을 올려다보고 괜한 짜증을 내지른다.

"아, 그리고 수미한테 내가 많이 사랑 했었다고 전해줄래."

상진은 입술을 삐죽거리며 피식 웃더니 어깃장난 목소리로 대꾸한다.

"아주 지랄을 하네. 그건 못해주겠다. 나쁜 새끼야."

'그게 사실이니까' 차마 입 밖으로 내뱉지 못한 말을 삼키고 고개를 떨군 그의 머리 위로 후두두둑 구월의 비가 떨어진다.

소풍을 앞둔 아이처럼 묘하게 들뜬 기분으로 잠을 이루지 못하던 그는 다음날 새벽부터 부산하게 움직였다. 자신의 옷가지는 물론 이부자리와 당장 생활에 필요한 가재도구까지 챙기니 트렁크 공간이 부족해 이불 보따리는 뒷좌석에 실었다. 운전석을 제외한 조수석은 물론 대부분의 공간을 짐으로 가득 채워놓고 그가 내려온 아파트 베란다를 올려다본다. 마침 아래층 반장여자가 빨래를 널다말고 창문을 열고 물끄러미 내려다본다. 먼 거리였지만 눈이 마주친 듯하여 그가 꾸벅 고개를 숙여주었다. 여자가 비스듬히 고개를 내밀어 위층을 올려 보고는 어정쩡한 자세로 고개를 갸웃거리고 있다. 지금 떠나면 이곳과도 마지막이다. 아니 이 도시도 살아서 다시 찾을 일이 없을 것이다. 훗날 저 여자는 내가 떠나는 마지막 내 모습을 수미에게 전해

줄지도 모른다. 인터넷을 뒤지다가 우연히 병원에서도 치료를 포기한 말기 암환자들이 남해 어느 휴양림에서 자연 치유로 효과를 얻고 있다는 블로그를 보았다. 고향도 아니고 아는 사람도 전혀 없는 곳이긴 해도 수미와의 추억이 간직된 곳이었다. 남해안 일주 신혼여행 길에 들렀다가 이국적 풍광에 매료되어 일정 보다 며칠을 더 묵었었다. 남서쪽 끝 미조항에서 하루 밤을 보내고 동쪽 해안선을 따라 금산 보리암으로 향하던 해안도로에서 차창 밖 풍경에 연신 경탄하던 수미가 이런 곳에서 살면 아무 근심 없이 편안해질 것 같다고 낮은 목소리로 중얼대던 모습이 떠올랐다. 그런 곳이라면 생의 마지막을 보내도 여한이 남지 않을 듯싶었다. 우선 수미와 들른 적이 있는 미조항 근처 편백나무 숲과 가까운 바닷가 마을을 찾아볼 요량이다. 그의 수중에는 퇴직금으로 입금된 오천만원이 조금 넘는 통장과 오년이 넘은 승용차가 전부지만 일단은 무작정 내려가 보기로 했다. 차가 중부고속도로로 막 들어서자 초가을 아침햇살이 차창을 뚫고 들어온다. 그동안 수도 없이 다니며 무심히 지나치던 이 길도 이번이 마지막이라 생각하니 멀리 산등성이 위에 짧게 깎은 머리털처럼 서있는 나무들과의 이별도 아쉽기만 하다. 수미는 인도를 무척이나 사랑했던 시인이 쓴『하늘호수로 떠난 여행』이라는 수필집을 좋아했다. 쉬는 날이면 뒤적이다 맘에 드는 구절을 읊조리곤 했었다.

'날이 밝았으니 이제 여행을 떠나야 하리. 시간은 과거의 상념 속으로 사라지고 영원의 틈새를 바라본 새처럼 그대 길 떠나야 하리. 다시는 돌아오지 않으리라. 그냥 저 세상 밖으로 걸어가리라. 한때는 꽃 같은 삶과 바람 같은 죽음을 원했으니 새벽의 문 열고 길 떠나는 자는 행복하여라.'

어젯밤 짐을 정리하다 회사에서 챙겨왔던 책을 집어 들었다. 잠자리에 누워 머리맡에 두었던 책을 펼쳐 보았다. 그동안 아무런 느낌 없이 늘 들어오던 한 구절 한 구절이 절절하게 가슴에 와 닿았다. 무감하게 수미의 얘기에 공감해 주지 못했던 자신이 새삼 후회스러웠다.

*

"어쩐 일이세요?"

수미의 목소리에서 상진은 예전 같지 않은 냉랭함을 느낀다.

"전해 줄게 있어서요. 내일쯤 내려가도 괜찮을까요?"

"그럴 필요 없어요. 지금 일 때문에 올라가는 중이니까 올라가서 뵙죠."

"잘됐네요. 그럼 오시면 전화주세요. 제수씨"

상진은 제수씨라는 단어에서 말끝을 흐린다. 뭐라고 딱히 부를 호칭이 생각나지 않았다. 어쩌다 이런 얄궂은 악역을 떠안게 되었는지 그저 난처하기만 하다. 수미와 아내는 고교동창이라 했지만 그다지 친한 사이는 아니었다. 그와 다리를 놓아주던 날 아내와 처음 대면을 했었기에 아내의 친구라기보다는 친구의 아내가 더 자연스러웠다. 상진은 약속된 시각 삼십분 전부터 마치 체벌을 앞둔 학생처럼 수미의 아파트 근처 커피숍에서 기다리고 있었다.

"벌써 와 계셨네요."

십여 분을 남겨두고 도착한 수미가 떨떠름한 표정으로 인사를 한다.

"오랜만이네요. 고생이 많으시지요? 먼 거리 다니시느라"

커피 잔을 앞에 둔 두 사람의 공간에 한동안 어색한 침묵이 흐르고 찻잔을 내려놓고 입술을 달싹이던 상진이 서류봉투를 내밀며 입을 연다.

"저어 며칠 전에 보았었는데. 이걸 좀 전해주라고 하네요."

수미는 서류봉투 속에 내용물에는 관심이 없는 듯 열어보지도 않는다.

"이제 볼 일 다 보신건가요? 본인은 뭐하느라 친구를 괴롭힌대요?"

싸늘하게 굳어진 수미의 표정과 말투에 상진은 마치 자신이 죄를 지은 듯 고개를 제대로 들지 못한다.

"지금쯤 외국으로 떴을 겁니다. 아주 돌아오지 않을 요량으로 간 것 같으니까 이젠 그깟 놈 잊어버리세요."

수미는 그래도 지난 7년 동안을 가슴에 묻어두고 사랑해 왔었는데 아무렇지도 않은 듯 어떻게 매정하게 등을 돌리고 떠날 수 있는지 생각할수록 괘씸하고 증오스러워 소리라도 내지르고 싶었지만 애써 태연한 척 억누른다.

"미안하네요. 괜히 상진 씨한테 좋지 못한 모습을 보여 드리네요."

"아, 아닙니다. 괜히 제가 죄송스럽네요. 저 그리고 그놈이 마지막으로 이 말을 꼭 전해 달라고 하던데. 그래도 수미 씨를 가장 많이 사랑했었다고 하더라고요."

수미는 상진이 전하는 말을 들으니 그의 가증스러움에 더욱 화가 치밀어 가만히 견디고 앉아있기가 힘겨워졌다.

"그럼 저 먼저 일어날게요."

"아 예. 그럼 힘내세요."

수미는 복받쳐 오르는 서러움이 흘러내려 상진의 말이 채 끝나기도 전에 자리에서 일어섰다.

"수미 씨 숫자가 다 틀리잖아. 다시 고쳐서 올려"

강부장이 신경질적으로 밀어내는 결재서류를 수미는 무표정한 얼굴로 자신의 책상에 올려놓고 사무실을 나가버린다.

"이봐 박 과장. 결재할 때 내용 좀 검토해요."

"죄송합니다. 야무진 친구라서 믿었는데."

"요즘 수미 씨한테 무슨 일 있는 거야? 정신 나간 사람 같아."

수미의 가슴에 난 빈자리는 그리 오래 가지 않아 채워졌다. 이틀이 멀다 하고 자주 술자리를 가지던 수미와 원균은 술자리의 숫자만큼이나 잠자리의 숫자도 늘어났고 면적은 넓어도 활동 반경이 손바닥만한 지방 소도시에서 수미와 원균의 일탈 장면이 여러 사람의 눈에 목격되는 건 당연한 결과였다. 회사 내에서는 수미와 원균의 관계가 심상치가 않다느니 그런 이유로 이혼을 당했다느니 하는 여러 가지 추측이 떠돌아 다녔다. 주위의 수근거림이야 어찌 되었든 그들은 아랑곳 하지 않았다.

돈댈마마 : 벌써 토요일이네 요즘은 주말에도 함께 있으니 행복하군. 내일은 7번 국도를 타고 남쪽으로 쭉 내려가 볼까나?

카르멘 : 그래 괜찮겠네. 어디로 가지?

돈댈마마 : 이제 겨울이 시작되었으니 대게를 먹어볼까? 죽변항에 가면 괜찮은 데가 많아. 풍경도 근사하고.

카르멘 : 좋을 대로 해.

사실 수미는 대게를 그다지 좋아하지 않았다. 하지만 그가 대게를 무척 좋아했기에 지난겨울 서울로 올라갈 때마다 대게박스를 사다

나르곤 했었다. 비록 대게 맛에 그다지 기쁨을 느끼지 못했지만 그가 맛있게 먹는 모습이 보기 좋아 힘든 줄을 몰랐었다. 여자의 가슴은 그 크기가 좁아 사랑하는 사람을 한 사람 밖에 담을 수 없다고 하듯 그를 위해 대게박스를 나르던 일이나 그가 대게 다리 살을 발라 수미의 입에 넣어주었던 기억들이 까마득한 과거의 일로 아득하게 느껴졌다. 지금까지 수미의 기억 속에서 대게와 관련된 부분은 그와 연관이 되어 있겠지만 내일 죽변 항을 다녀오고 난 후로는 대게와 관련된 키워드가 원균으로 바뀌게 될 것이다. 그렇게 수미의 기억 속에 새겨진 그와 관련된 부분은 하나씩 하나씩 원균의 것으로 바뀌어 가고 있었다. 그들은 원균의 오피스텔이나 수미의 원룸에서 동면하는 뱀처럼 뒤엉켜 무더웠던 여름만큼이나 길었던 그해 겨울을 보냈다. 회사 내에서는 이제 그들을 공식적인 커플로 인정할 만큼 공공연한 비밀이 되어버렸다.

"자, 오늘 다들 약속 없지요? 어제 말했듯이 오늘 업무 끝나자마자 바로 새천년 횟집으로 모이세요. 참 수미 씨 이제 꽃피는 춘삼월도 되었는데 좋은 소식 없어?"

박 과장이 회죽거리며 수미에게 알 수 없는 미소를 던지는 사이 마침 원균이 사무실로 들어선다.

"아! 원균 씨, 오늘 우리과 회식인데 같이 가지. 어차피 술 마실 사람도 없으니까 같이 가자고. 바늘 가는데 실도 따라 와야지. 하하하."

"그래도 되나요? 그럼 과장님 숟가락하나만 더 세팅해 주세요, 하하."

두 사람의 관계를 바라보는 주변시선이 변해갈수록 다급해지는 수미와는 달리 원균은 태평하였다.

"언니들이 국수는 언제 먹여줄 거냐고 묻던데."

"사람들 참 이상해. 남에 일에 웬 참견이래."

수미의 옆에 누워 있던 원균이 리모콘을 찾아 TV를 켠다. 수미의 나이도 이제 내후년이면 마흔 줄에 들어선다. 원균과는 동갑이지만 남자와 여자의 체감나이는 같지 않은 법이다.

"나 조용히 책 좀 읽어야 하니까 혼자 있게 해 줄래?"

"어, 그럴래, 그럼."

마치 그 말이 나오길 기다리기나 한 듯 원균은 스프링처럼 튕겨져 일어나 주섬주섬 옷가지를 챙겨 입는다. 수미는 문 밖으로 나가는 원균의 뒷모습에서 불현듯 스치는 불안감을 애써 외면하려 눈을 감는다. 수미의 머리맡에는 그동안 어디다 두었는지 잊고 있다가 며칠 전 서점에서 구입한 책이 놓여 있었다. 독특한 인도 사람들의 정신세계도 흥미로웠지만 읽는 동안은 마치 인도여행이라도 하는 듯한 착각에 빠져 들었고 책을 모두 읽고 나면 당장이라도 가방을 싸서 인도로 떠나고픈 충동이 일어나곤 했다. 만약 그와 헤어지던 지난 가을에

이 책을 곁에 두고 읽었더라면 회사를 그만두고 여행 가방을 쌌을 지도 모를 일이었다. 어찌되었건 시기적절하게 수미의 허전한 자리를 채워주었던 원균이 수미의 인도 행을 막았던 것은 사실이었다. 수미는 너무 많이 읽어 자연스럽게 외워진 「여행자를 위한 서시」를 가만히 읊조려 본다. 문득 그가 떠오른다. 그는 책읽기를 즐겨하지 않았고 수미가 어떤 책을 좋아하고 무엇을 동경하는지에 대해서도 관심이 없는 듯 보였다. 작년 봄 햇살이 좋았던 한가로운 휴일 오후였다. 안방에서 마른빨래를 개던 수미에게로 귀에 익은 시 구절이 그의 목소리로 실려 왔다. 수백 번을 곱씹어 보았던 글이지만 사랑하는 사람의 음성을 통하여 들으니 가슴이 뛰었다. 가만히 거실로 나가보니 그가 소파에 누워 수미가 읽다가 놓아둔 책을 펼쳐들고 읊조리고 있었다. 비록 시를 대하는 자세가 불손하긴 했지만 수미가 가장 좋아하던 구절에 관심을 가져주고 낭송하는 모습이 보기 좋아 곁에 앉아 양 무릎을 끌어당겨 턱을 괴고 앉았다. 끝까지 들어볼 요량이었으나 인기척을 느낀 그가 무안한지 낭송을 중간에 그만 두었다.

"왜 계속해 듣기 좋은 걸."

"아니야 됐어. 그냥 심심해서. "

"지금 그 시 너무 좋지 않아?"

"그래, 좋긴 하네."

들뜬 그녀와는 달리 시큰둥한 그의 태도에 그녀의 표정이 굳어지는 것을 눈치 챈 그가 일부러 관심을 가져 주는 척 한다.

"난 이 시를 읽으면 당장 짐을 꾸려 한 번도 가보지 않았던 곳으로 떠나고 싶은 충동이 일어나거든."

"그럼 언제 돌아오려고."

"그건 생각 안 해 봤는데. 안 돌아 올지도 모르고."

"말도 안 돼. 그럼. 난 어떻게 살라고. 앞으로 이 책 읽지 마."

"그냥 해본 말이지 그렇다고 설마 당신을 두고 어딜 가겠어. 호호."

그와 헤어진 이후로는 시를 읽을 때마다 그가 떠오르곤 해서 일부러 책을 찾지 않았다. 요즈음 수미를 대하는 원균의 태도가 전 같지 않아 허전한 마음을 달래보려고 머리맡에 두고 수시로 읽고 있던 참이었다. 수미를 버리기 전까지 그는 한결같은 사람이었다. 여자로서의 치장에 그다지 신경을 쓰지 않는 수미였지만 언제나 수미만 바라보았고 만족해했다. 둘의 사이에 다른 사람이 끼어드는 건 절대 불가능하다 믿었었다. 결국 그런 믿음이 더 큰 실망을 낳아 버렸지만.

삼월이 시작 된지도 보름이 지났지만 계절은 아직도 겨울의 끝자락에서 맴돌고 있었다. 대부분의 학교가 삼월에 신학기를 맞이하듯이 회사도 이맘때쯤 소폭 인사변동이 있었다. 맞벌이 부부로 오래도록 떨어져 있거나 부모님 봉양 등의 사유로 고충을 신청한 직원 중 일부가 전출되었고 빈자리는 신입직원들로 메워졌다. 만약 그와 이혼하지 않았다면 이번 인사이동에서 수미는 A시로 돌아갔을 것이었다. 돌아가지 않은 이유는 무엇보다 새로 시작된 원균과의 관계마저 그와 같은 상황으로 만들고 싶지 않았기 때문이었다. 인사이동과 함께 신입 여직원 두 명이 원균의 부서와 수미의 부서에 배치되었다.

"오! 어서 와요."

원균이 근무하는 관리부로 배치된 신입여직원 현아가 어쩌다 사무실로 들어설 때면 영락없이 박 과장의 호들갑이 시작되었다. 입사동기를 만나러 하루에도 몇 번씩 들락거리는 현아의 마스크는 웬만한 연예인을 연상시킬 정도로 눈에 거슬렸고 거기다 언제나 짧은 치마 아래로 늘씬한 다리를 드러내고 다녔다. 현아가 사무실을 나갈 때까지 박 과장의 찬사는 끊어지는 법이 없었다.

"이야! 오랜만에 눈이 호강하네. 저 친구가 우리부서로 배정됐어야했는데 아쉬워."

처음 수미가 이 부서에 배정되었을 때도 남자 직원들의 관심이 지나쳐 귀찮을 정도였었다. 2년 밖에 지나지 않았지만 꽤 많은 시간이 흘러간 듯 자신도 모르게 부쩍 늙어 버린 듯한 상대적 빈곤감은 떨쳐낼 수가 없었다. 수미는 현아의 목소리에서 지난여름 자신의 가슴에 생채기를 내었던 목소리 하나를 떠올린다. 비록 얼굴은 본 적 없지만 현관문 밖에서 들려오던 젊은 여자의 목소리. 현아의 목소리에서 정연의 목소리를 떠올리는 순간 불현듯 불안감이 엄습해 왔다. 슬픈 예감은 틀린 적이 없고 불길한 예감은 언제나 적중하듯이 처음 현아를 보면서 느꼈던 예감을 현실로 확인하는 데는 그리 오랜 시간이 필요하지 않았다. 신입 여직원들과 원균이 함께 어울리고 다닌다는 얘기가 들리더니 곧이어 현아와 원균이 단둘이서 데이트 하는 모습을 해변에서 늦은 밤 술집에서 원균의 오피스텔 부근에서 목격되었다는 소문이 나돌았다. 수미의 면전에서는 입을 닫고 있지만 정황상 수미도 충분히 짐작할 수 있다는 사실이 견디기 힘들었다. 모두가 자신만을 따돌리고 있는 듯한 분위기도 괴로웠지만 원균에게 버림받았다는 배신감보다 더욱 비참하고 참을 수 없었던 점은 그녀에게는 묻지도 않고 지레짐작으로 수미를 측은하게 바라보는 시선들이었다. 사실 작년 가을 이혼 후 수미의 마음속에서 이성과의 사랑이란 단어가 갖는 의미나 존재 따위를 깨끗하게 지워 버렸기에 지금껏 원균을 가슴 깊이 담아 두지는 않았었다. 물론 원균과 멋진 여행을 하고 맛난 음식을 찾아다니고 섹스로 격한 흥분에 이르고 난 후에는 잠깐씩 흔들리기도 했었지만 그때마다 의식적으로 수미의 가슴속에 파고들어 싹을 틔우려는 원균을 막아내려고 안간힘을 쓰곤 했었다. 그와 헤어지면서 겪었던 고통을 다시는 느끼고 싶지 않았기 때문이었다. 하지만 드는 곳은 몰라도 나는 곳은 쉽게 표가 난다는 속담이 있듯 아무리 하찮은 헤어짐이라도 아픈 건 어쩔 수 없는 법이었다. 더구나 몇 달간 살을 섞던 남녀 간의 이별인데. 수미는 원균이 생각날 때 마다 차라리 홀가분하게 잘 되었노라고 자신에게 최면을 걸어 가라앉는 기분을 살려보려 애썼다. 마치 처음부터 이런 날이 오게 될 줄을 예감이라도 했던 사람처럼 담담하게 받아들이려 마음을 다잡았다. 하지만 주위 사람들의 시선은 수미의 생각처럼 명료하지 못했다.

카르멘 : 할 얘기가 있으니 시간 좀 내줘.

돈댈마마 : 오늘 저녁에는 곤란한데 선약이 있어서.

카르멘 : 잠깐이면 돼. 지금 주차장으로 나와. 기다릴게.

수미는 답장을 기다리지 않고 컴퓨터를 끄고 일어섰다. 잔뜩 굳은 표정으로 청사로비를 나서는 원균을 확인한 수미의 차가 원균의 앞에 멈춰서고 주위를 급히 둘러본 원균이 재빨리 옆자리에 오른다.

"바로 들어가 봐야해. 급한 일이 있어서."

"걱정 마. 나도 그 얼굴 보고 싶어 이러는 건 아니니까."

어색한 정적이 무겁게 흐르는 사이 차는 그들이 자주 들르던 찻집에 멈춰 선다. 이별을 정리하는 날 답지 않게 하늘에는 구름 한 점 보이지 않았고 청명했다. 사월로 들어서는 짙은 코발트 빛 바다는 이국적 정취를 자아냈고 경포의 봄바람은 매서웠다. 차문을 열자 세찬 바람이 머리칼을 헝클어 놓는다. 여느 때라면 흐트러진 머리를 가다듬으려 애썼겠지만 수미는 그 상태로 이층 찻집 창가자리를 잡아 앉았다.

"한 가지 부탁이 있어. 아니 반드시 들어줘야 해."

수미의 단호한 태도에 평소와 달리 말 한마디 없이 시선을 줄곧 창밖에 두던 원균이 수미에게로 얼굴을 돌리다 헝클어진 머리칼 사이에서 독기를 품고 있는 수미와 눈이 마주치자 마치 불에라도 데인 듯 화들짝 놀라 시선을 찻잔 속으로 떨군다.

"뭔데?"

"지금 우리 소문이 더럽게 나돌고 있는데 니가 지금처럼 날 피하고 다니면 내 입장은 어떻게 될지 생각해봤어?"

"그건 미안하게 됐어."

"지금 미안하다는 말이 듣고 싶어 이러는 게 아니야. 그냥 아무렇지 않은 듯 그전처럼 날 대해줘. 너하고 난 동기야. 여태 허물없이 가까이 지내왔었고."

"그게 말이야 그전처럼은 좀 힘들 것 같아. 우리 사이를 좋지 않게 보는 사람이 있어서."

"무슨 말이야?"

"그러니까 지금 이렇게 우리가 만나는 것도 신경을 쓰는 사람이 있거든."

수미는 원균이 지금 두려워하는 사람이 현아일지도 모른다는 생각에 미치자 분노가 치밀어 올랐다.

"너 한테는 미안하게 됐지만 사실 처음부터 우리가 결혼을 전제로 만났던 사이는 아니었잖아."

원균이 고개를 들고 수미를 바라보다가 흠칫 놀라 테이블 위 물잔을 들어 벌컥 들이 마신다.

"알았어. 너라는 인간과 그동안 함께 지내온 내가 한심스러웠던 게지. 두 번 다시 보고 싶지 않으니까 혹시라도 마주치게 되더라도 그 얼굴 나에게 보여주지 않았으면 해."

말을 마친 수미가 벌떡 일어나 밖으로 나와 차에 오르자 뒤늦게 따라나선 원균이 차를 막아선다.

"나도 데려가야지."

수미는 창문을 열고 원균을 노려본다.

"그 더러운 몸뚱이 당장 치우는 게 좋을 텐데. 뭉개지기 전에."

수미의 서슬에 놀란 원균이 한 발짝 비켜서자 마치 출발선에 선 경주차량처럼 하얀색 아반떼가 코발트색 바다 빛을 끼고 부우우웅 굉음을 내면서 떠나버렸다. 다음 날도 그 다음날도 수미는 회사에 출근하지 않았고 그날 이후로 강릉에서 수미의 모습을 본 사람은 없었다.

*

　반년 동안 비워 두었던 현관문을 열고 들어서자 퀴퀴한 곰팡이 냄새가 코를 찌른다. 가구와 바닥에 두껍게 내려앉은 잿빛 먼지를 청소기로 빨아들이고 물걸레로 닦아내는데 한나절이 걸렸다. 지난겨울 아파트 관리소로부터 독촉 전화를 받은 후부터는 각종 고지서가 회사로 송달되도록 주소를 바꿔놓아 공과금이 연체되는 일은 없었다. 지난 가을 상진이 수미에게 건네주고 간 봉투는 화장대 위에서 먼지를 잔뜩 뒤집어쓰고 있었다. 그의 명의로 되어있는 아파트 등기권리증과 그의 인감도장, 그의 주민등록증, 위임장을 하나씩 꺼내 본다. 그는 지금쯤 이국의 어느 하늘아래에선가 잘 살고 있을 것이다. 문득 그가 그 여자에게 버림받아 다시 이 집으로 돌아올지도 모른다는 상상을 해보다 쓴웃음을 짓는다. 남자라는 가증스러운 동물들이 사랑이라는 단어를 입에 올리는 것조차 역겹다고 생각한다. 세상의 남자들이란 거의 같은 종류의 짐승들이다. 어린 시절 동물의 왕국 프로그램에서 보았던 짐승들처럼 힘이 약한 동물을 잡아먹듯 달콤한 말로 꼬드기고 온갖 방법을 동원하여 무방비 상태로 만든 뒤 육체를 취하고 정신까지 갉아 먹은 후 단물이 다 빠지면 고장 나기를 바라는 구형 휴대폰처럼 취급을 하는 종자들이다. 결국 그렇게 버려진 여자는 써 랭게티 초원에 나뒹구는 얼룩말 뼈다귀 신세와 다름없을 뿐이다. 남 자에 대한 증오와 배신으로 황폐해진 수미의 일상은 즐겨 읽던 책도 멀리하고 정신이 말짱해지면 맥주 캔을 또 땄다. 맥주가 다 떨어지면 아파트 입구 슈퍼에서 맥주와 땅콩, 라면을 사다 날랐다. 가게에 다녀 온 수미가 막 엘리베이터 문을 닫으려 할 때 문이 다시 열리고 반장여 자가 들어선다.

"오랜만이네요. 그동안 어떻게 된 거죠? 작년 가을에 아저씨가 짐 싸들고 나가는 거 보기는 했는데."

"사람이 안 살아도 반상회비는 드려야 하나요?"

"공금으로 쓰이는 거니까 다 주면 좋지만 석 달 치만 주세요."

반장여자가 인심을 쓰듯 말할 때 쯤 엘리베이터 문이 열린다.

"그런데 젊은 여자가 아저씨랑 한동안 같이 사는 것 같던데 알아요?"

수미가 내리자 반장여자도 따라 내리면서 마치 중요한 정보라도 알려 주려는 듯 수미의 귀에 대고 조용히 속삭인다.

"제 동생이에요."

수미는 자신의 손에 지갑이 들려 있다는 걸 그때서야 깨닫고는 서 둘러 반상회비를 지불하고 현관문을 연다. 아무리 생각해도 기분이 좋지 않은 여자다. 사랑이 없는 각박한 세상에 혼자 덩그러니 남겨졌다고 생각하니 벌판에 모진 바람을 견디고 서있는 외딴 나무처럼 문득 삶이 의무처럼 힘겹게 느껴졌다.

*

간밤에 창문을 뒤흔들던 비바람이 나뭇가지에 남은 잎들을 모두 떨구어 내었다. 하루가 다르게 옅어지는 가을볕에 울타리 옆 작두감이 주홍색으로 익어가기 시작한다. 몇 발짝이면 닿을 만한 좁은 마당 앞쪽으로 푸른 바다가 펼쳐져 있고 집 뒤편으로는 울긋불긋한 단풍이 이제 막 물들기 시작했다. 객지를 떠돌다 돌아온 순철이 고향집에 돌아온 건 이십년 전쯤이었다. 금년에 칠순을 넘긴 몸으로 선주들은 어지간히 바쁘지 않으면 고깃배도 태워주려 하지 않았다. 집안에는 순철의 아내 진안 댁이 아침에 쑨 호박죽 그릇을 들고 툇마루에 앉아 있는 순철에게 내어 온다.

"올해는 볕이 좋아 호박이 잘 영글어 맛나네. 잡숴 봐요."

"윗집에도 갖다 줘라."

"안 그래도 따로 퍼놨응께. 이젠 단풍철이라 이번 주말부터는 좀 바쁠 것 같은디. 일요일 까정 빈방 없이 예약이 꽉 찼다던디."

"그래도 바쁜 게 좋은 기다. 한 일도 없이 꼬박 꼬박 수고비 받을라

카먼 낯부끄럽고 미안하지. 그나저나 아직 젊은데 언제까지 혼자 살
낀가?"

"낸들 아요. 남자 얘기만 나오면 인상부터 쓰는디."

"두 해가 넘도록 찾아오는 가족도 없이 혼자 살 바에야 김 씨 정도
면 딱 아이가."

"사속에 혼자 사는 긴 씨 말이요? 어울릴 것 같기는 헌디 어떨란가
모르겠소. 얘기는 꺼내 봤소?"

"손뼉도 마주쳐야 소리가 나는 기지. 마 김 씨한테 넌지시 윗집여자
얘기 꺼내봤는데 그냥 빙그시 웃기만 하데 답답 하구로."

순철이 중얼거리며 호박죽 그릇을 마저 비운다. 진안 댁은 작년에
세상을 떠난 시어머니가 붙여 먹던 이백 여 평 밭을 이어받아 고구마
감자 고추 호박 농사를 짓고 있었다. 수확물의 대부분은 이웃 민박
집과 나눠 먹었고 남은 건 미조항에 있는 순철 친구의 횟집에다 넘기
고 생선으로 바꿔오곤 했다. 순철이 가끔씩 타는 고깃배와 동네 허드
렛일 품삯으로는 생활이 빠듯하지만 재작년부터 서울서 내려온 젊은
여자의 민박집에서 진안댁이 청소와 세탁 일을 맡아 해주고 받는 수
고비가 꽤 쏠쏠한 수입원이 되었다. 이름이 알려진 관광지 주변이라
겨울철에도 손님이 아주 끊어지는 일은 없었다.

"아유, 아직 설거지도 안 해 놨네."

수미가 호박죽을 맛나게 먹는 사이 진안댁은 바지런을 떨어대며 팔을 걷어붙인다.

"놔두세요. 아주머니 참."

"됐어 어여 마저 먹어. 안색이 안 좋은디 어디 아픈 건 아니지?"

"괜찮아요. 어제 밤 꿈자리가 뒤숭숭해서 잠을 좀 설쳤더니."

"무슨 꿈인디?"

"그러니까 말한테 계속 쫓기는 꿈이었어요. 아무리 달아나도 뒤따라오고 자꾸 제 치마 들추는 거예요. 그러다 깼지요."

"하하하하. 그거이 참말로 요상허네. 아무래도 이제사 임자를 만나는 꿈 같은디 아따 그럴만한 사람이라도 있는 갑소?"

진안댁의 말에 수미의 표정이 이내 굳어진다. 수미의 표정을 살핀 진안댁이 수도꼭지를 튼다.

"아유 요즘 수돗물이 영 시원치가 않네. 손을 좀 봐야 쓸 것인디. 산속에 사는 김씨가 수도를 잘 고친다고들 하던디."

"산속에 사람이 살아요?"

"그려 아마 삼, 사 년 쯤 됐지. 그려 볼라뱅인지 머시긴지 태풍 때문에 여그 동네 지붕 다 날아갔던 때 일거여. 우리 집 양반이 빈집 알아봐 주고 같이 지붕도 덮고 황토도 발라주고 했응께. 처음에 젊은 사람이 산에서 혼자 사는데 다들 제정신은 아닐 거라고 쑥덕거렸지. 낯빛도 허여멀건하고 히마리도 없어서 꼭 죽을병 걸린 사람 같았지. 나중에 들은 말인디 무슨 암인가 걸렸다가 나았다고 허더라고."

"에이 설마요, 죽을병 걸린 사람이 그렇게 쉽게 나으려구요."

"아니여. 김 씨가 처음에 이 마을 들어설 때 몰골을 봤는디 몇 달 안에 초상 치르지 싶었다니께. 그려서 우리 양반이 며칠에 한 번씩은 들여다 봤응께."

"그래요. 그런데 어떻게 그렇게 죽을병이 걸린 사람이 나을 수 있대요?"

"그러니까 조화지. 무슨 자연치유라나 뭐라고 하더만 당최 배운 게 없어놔서 무슨 소린지는 모르것더라고."

지은 지 십년이 지난 건물은 금년 들어 손 볼 곳이 많아졌다. 여름엔 3층 객실 천장에 빗물이 새어 들어오고 곰팡이가 슬어 옥상과 외벽에 방수처리를 하느라 한여름 동안 벌었던 수입을 죄다 틀어넣었는데 이번엔 수돗물이 신통치가 않다니 수리비가 얼마나 들어갈런지 걱정부터 앞선다. 수미는 이번 단풍철이 끝나고 나면 한번 손을 봐야겠다고 생각해 본다.

"아유 그러지 말고 내일이라도 김 씨를 한번 불러볼까? 수리비 걱정은 안 해도 될 거여."

수리비가 들지 않는 다는 말에 잠시 수미의 귀가 솔깃해진다.

"무슨 말씀이세요?"

"아, 그 사람 돈 벌려고 그런 사람 아니여. 동천 마을에 혼자 사는 노인들 집은 그 사람이 죄다 공짜로 고쳐 주었다니께. 아 재작년에 우리 집 수도 고장났을 때도 한나절동안 고생해서 고쳐 주고는 그냥 가걸레 다음날 우리 양반이 고구마랑 콩 말 좀 들여다 놓고 왔지."

"좋은 사람인가 봐요."

건성으로 맞장구를 치는 수미의 시선은 창밖으로 떨어지는 낙엽에 관심을 두고 있었다.

"아유 말도 말어. 처음에 무슨 병이라도 옮을까봐 피하던 사람들도 지금은 어려운 일 생기면 김 씨부터 찾는다니께. 배운 사람이라 아는 것도 많은 가벼."

진안댁은 수미가 묻지도 않는 말을 침을 튀겨가며 줄줄 늘어놓는다. 수미는 호의를 받으면 대가를 치르는 게 인지상정인데 진안댁이야 어려운 형편이고 가져다줄 고구마라도 있겠지만 버젓이 민박집을 하면서 그냥 입을 씻는 것도 말이 되지 않는 셈법이라 생각한다. 더군다나 상대가 남자인데 남자의 호의에 대한 대가를 무엇으로 치루어야 한단 말인가?

"아주머니 그 김 씨라는 사람 부르는 건 그냥 놔두세요. 읍내에 전문적으로 수리를 하는 사람에게 맡길게요."

그렇게 생각하니 수미의 마음이 홀가분해진다. 잠시나마 금전적인 이익에 저울질했던 자신이 한심스럽기까지 하다.

"뭐 하러 헛돈을 써. 참 답답허네. 그 사람 진국이라니께. 한번 보면 거기도 좋아헐것 같은디. 아참 그 김 씨도 혼자된 거 같던디. 나이도 얼추 맞을 것 같구만."

"아주머니 그 사람 애긴 제발 그만해 주세요."

수미가 정색을 하자 진안댁은 혀를 끌끌 차며 돌아서 설거지를 마저 한다. 그릇 부딪히는 소리가 유난히 크게 들린다. 진안댁이 돌아가자 고요가 찾아든다. 수미는 이런 한적함이 좋았다. 학창시절까지 장래희망은 현모양처였다. 남편과 아이들에게 아침밥을 차려주고 한가로운 오전시간에 화사한 볕이 드는 거실에서 갓 볶아낸 원두를 갈고 거름종이에 내린 커피를 마시며 책을 읽는 행복을 누리며 살고 싶었다. 아무리 사소한 것처럼 보여도 쉽게 허락되지 않는 것이 인간사이다. 가을볕이 수미의 거실에도 찾아 들었다. 주전자에 물을 끓이고 볶아진 원두 가루를 거름종이에 넣고 커피를 내리고 창가에 앉았다. 커피를 그다지 좋아하지 않았던 그와 함께 커피를 마시려고 우유를 부어주었더니 어린아이처럼 해맑게 웃어주던 그의 모습이 떠올랐다. 남편과 아이의 부존재만 빼면 꿈을 이룬 것이라 자위했지만 쓸쓸하다. 진안댁이 밀어붙이듯 권유를 할 때는 부담스럽기만 하더니 문득 산속에 살고 있다는 김 씨라는 사람의 행적에 호기심이 일어났다. 어떻게 생긴 사람인지 만나보고 싶다는 호기심이 들자 퍼뜩 놀라 마음을 다잡는다. '미쳤군. 얼마나 남자에게 더 당해야' 혼자 말을 중얼거리며 컴퓨터를 켜서 수도고장에 관한 정보를 검색하고 이번 주말에 들이 닥칠 예약객들의 입금내역을 확인한다.

다음날 아침 수미는 여느 날보다 일찍 눈을 떴다. 시월의 밤은 하루가 다르게 길어지고 그만큼 기온도 낮아졌다. 길가에는 말라비틀어진 낙엽들이 때 이른 서리를 맞아 아침햇살을 받아 눈부시다. 건물도 오래되니 고쳐야 할 곳이 많아지듯 사람도 나이가 들수록 아픈 곳이 생길 수 있겠다 싶어 지난밤 수미는 건강을 생각해 오늘 아침부터 산책을 시작하기로 작정한 터였다. 포구의 아침은 가을로 깊어가고 있었다. 수미는 지금까지 이런 세상을 알지 못하고 살아왔던 자신을 자책해본다. 마을길을 빠짐없이 다 도는데 한 시간도 걸리지 않아 시시한 느낌이 들었다. 해안선으로 이어진 산책길로 들어서려다 등산객들 틈에 끼어 몇 번 올라가 보았던 금산 쪽을 올려다본다. 모처럼만에 산책으로 심신이 새털처럼 가벼워졌다. 내친김에 등산로로 접어들었다. 완만하던 마을길과는 달리 시작부터 가파른 오르막이다. 숨이 가빠오고 온몸에 열이 나면서 이마에 송글송글 땀이 맺혔지만 기분은 상쾌했다. 산쪽 길로 택하기를 잘했노라고 자찬하며 수미는 더 깊은

곳으로 걸음을 옮겼다. 땀을 많이 흘린 탓인지 목이 마르다. 내일부
터는 물을 준비하리라 혼잣말로 중얼거리는데 산 위쪽에서 쿵쿵 둔
탁한 소리가 일정한 간격을 두고 들려왔다. 이른 아침시간이라 오솔
길에는 인적이 없어 무서웠지만 짐승의 소리는 아닌 듯했다. 소리의
정체에 호기심을 느낀 수미가 발자국 소리를 줄이며 조심스럽게 걸
음을 떼어 올라가다 황토벽으로 된 세 칸짜리 이담한 집이 눈에 들어
와 안심이 되었다. 사람이 산다면 물이나 얻어 마실 요량으로 집 가까
이로 다가서는데 마당 한 켠에 시멘트 블럭으로 지은 작은 창고 앞에
서 패어놓은 장작을 쌓아 올리고 있는 중년 사내의 뒷모습이 보인다.
비로소 수미는 어제 진안댁이 말한 김씨라는 사람을 떠올린다. 낯선
남자와 인적 없는 곳에서 단둘이 있다고 생각하니 좀 전까지의 타는
듯한 목마름이 사라진다. 두려움으로 돌아서려다가 뒷모습이 무척
낯이 익다는 생각이 들어 다시 고개를 돌려 남자를 바라보는 순간 수
미는 숨이 멎을 뻔 했다.

　그였다.

　지금 다른 세상 어딘가에서 살고 있어야 할 그였다. 결코 용서할
수 없고 다시는 보고 싶지 않은 다시는 보지 못할 줄로만 알았던 그였
다. 엊저녁 진안댁에게 전해들은 저 사내와 관련된 이야기들과 태풍
이 매서웠던 몇 해 전 그가 자신을 버리고 떠나던 상황들이 뒤죽박죽

떠올라 수미의 머릿속을 어지럽힌다. 놀란 것은 그도 마찬가지였다. 두 사람은 상대에게 시선을 고정시킨 채로 한참 동안 미동도 하지 못하고 서있었다. 그도 몇 달 전부터 순철이 얘기를 꺼내던 민박집 젊은 여자가 지금 눈앞에 서있는 수미일지도 모른다는 생각이 들었다. 어쩌면 민박집에 손님으로 왔을지도 모르는 일이고 그렇다면 원균도 동행했을 것이라 생각한다. 그를 바라보는 수미의 눈빛에서 당황스러움이 물러가자 애처로움과 안타까움 그리고 회한이 차례로 밀려왔다. 우두커니 서있는 그를 바라보던 수미가 몸을 돌려 산 아래로 달려내려간다. 풀뿌리에 걸려 넘어지고 돌부리에 채여 넘어지고 자꾸만 앞을 가리는 눈물 때문에 넘어지면서도 통증은 느껴지지 않았다. 거실에는 하루 종일 끊임없이 전화벨이 울렸지만 수미의 방문은 열리지 않았다.

"여보세요. 예? 어쩐디아 사람이 없어서. 글씨 오늘 예약이 됐다믄 오시요. 주인이 지금 마실 나간 모양인디 야 그럼 살펴 오시요잉."

전화를 끊은 진안댁의 표정에 난감한 기색이 역력하다.

"아니, 이따 오후부터 손님들이 들이 닥칠 거인디. 어디 갔다야? 참말로 폭폭허네. 혹시 방에 있는감."

진안댁이 수미의 방문 손잡이를 돌려보지만 문은 잠겨있다.

"아니 문도 걸어 놓고 어디를 갔다야? 폭폭허네 참말로."

오전 내내 어쩔 줄 몰라 우왕좌왕하던 순철 내외가 점심밥상에 마주 앉았다.

"온다간다 말도 없이 당최 어딜 싸돌아 댕기는지 모르겠네. 오늘같이 바쁜 날."

"기다리 바라. 어데 먼데 갔을라꼬. 내가 머 도와 줄기는 없나?"

"참 수돗물이 쫄쫄 나오는 게 손을 쫌 봐야 쓰겠던디."

"그라믄 김 씨 불러야 겠구만. 가 있어라. 내가 알아서 해 주꾸마."

"놔두라고 하던디 읍내에서 부른다고."

"시끄럽다! 마 머하러 돈들이나. 고마 가 있어라. "

진안댁이 민박집 거실로 들어서자 눈가가 퉁퉁 부은 수미가 망연히 앉아있다.

"무슨 일이여. 시방 우는겨?"

"저 어제 말씀 했던 그 김 씨라는 사람 잘 아세요?"

"나보다는 애 아범이 더 잘 알지. 나야 여기저기서 주워들은 말뿐인 게."

"그럼 말씀 좀 여쭤 볼 수 없을까요?"

"그려. 잠깐만 기다려. 아직 집에 있을 거구먼."

진안댁은 비로소 수미가 김 씨에 관심을 가지나 싶어 마음이 분주했다. 얼마 지나지 않아 순철이 수미의 거실로 들어섰다. 수미는 그가 젊은 여자와 외국으로 떠났다는 그 시기에 이곳으로 혼자 내려왔고, 산속에 버려진 집을 리모델링해서 황토를 발라 지금까지 살고 있으며, 훗날 알게 된 얘기로는 암에 걸려 살아날 가망이 없어 혼자 죽으려고 내려왔었는데 이 산이 자기를 살렸다고 말하더라는 이야기까지 그동안 그에게 일어났던 상황을 전해 들었다. 순철이 이야기를 이어가는 중 수미의 눈에서 하염없이 눈물이 흘러내린다. 몸이 아파 쉬겠노라고 진안댁에게 민박집을 맡기고 방으로 들어온 수미는 그와의 신혼여행 길에 그와 함께 금산 자락의 편백나무 숲길을 거닐던 장면을 떠올렸다. 나중에 은퇴하면 이리로 내려와서 예쁜 집을 짓고 살았으면 좋겠다는 수미의 말에 대답 없이 빙그레 웃어만 주던 그의 모습이 마치 어제 일처럼 선명하게 떠올랐다.

"그래도 용서할 수 없어. 내 가슴에 피멍이 들게 못을 박고 자신만 고고하면 되는 거야? 용서가 안 돼."

진안댁은 거실에서 손님의 안내 전화를 받다가 방안에서 느닷없이 들려오는 수미의 독기어린 목소리에 화들짝 놀라 일어선다.

"바보 같은 사람. 왜 그랬어, 왜."

수미는 끝내 참지 못하고 꺼이꺼이 울부짖는다. 그동안 그를 원망하면서 생겨난 힘으로 버텨왔었다. 하지만 그 오기가 밉고 싫었었다. 그동안 어둡고 낯선 곳에서 그가 느껴왔을 두려움과 외로움, 모진 고통이 사무쳐 올라 가슴깊이 저며든다. 그에게 좀 더 세심하지 못하였음을 그의 사랑을 지키지 못했던 어리석은 지난날들이 주마등처럼 스쳐가고 후회와 자책감으로 괴로워하며 밤새 잠을 이루지 못했다. 그가 설사 지금 수미에게 돌아온다 해도 그를 받아줄 용기가 나질 않았다. 아니 이런 자신을 그가 알게 된다면 그가 자신을 받아 주지 않을 것이었다.

　토요일 오후의 민박집은 사람들로 가득 차 번잡스러웠다. 아이들을 데려온 젊은 부부네는 이층에서 쿵쿵거리고 잔디마당 이곳저곳에서 고기 굽는 냄새가 진동 한다. 수미는 여전히 곡기를 끊고 방안에 틀어 박혀 있어 순철네 부부가 손님들의 수발을 드느라 정신이 없었다. 토요일 저녁에 불안하던 수도가 드디어 말썽을 부렸다. 순철의 손에 이끌려 온 그가 거실 수도꼭지를 뜯어보았지만 별다른 이상을 발견하지 못하고 전전긍긍하다 밤이 깊어서야 마당 계량기 부근 수도관에서 물이 새고 있는 곳을 발견하였다.

　"우선 임시방편으로 새는 곳은 테이프로 묶어놨고 내일 읍내 철물점에서 엑셀파이프 잘라 와서 연결하면 될 겁니다."

　"욕 봤구마. 단도리 잘해주소. 그나저나 주인이 많이 아픈 모양이라. 젊은 여자가 혼자 살다보이 와 안 아프겠나. 이바라 여기 머 마실 거라도 내온나."

순철이 거실에다 대고 소리를 지르자 진안댁이 단감을 깎아 온다.

"그러지 말고 아직 식사 전일턴디 여기서 들고 가서이. 여기 주인이 오늘 아침에 무신일이 있었는지 하루 종일 문 걸어 잠그고 꼼짝도 않는구만."

"와 쓸데 없는 소리를 씨부리 쌌노."

순철이 진안댁을 노려보며 타박을 준다. 그제야 그는 수미가 민박집 주인이고 이젠 혼자라는 사실을 알게 되었다. 그동안 지척에 살면서도 서로를 모르고 살았던 무심한 세월이 안타까웠다. 더불어 지금 수미가 혹시 자책하는 심정으로 괴로워하고 있을 지도 모른다고 생각하니 마음이 아팠다. 그는 거실로 들어와 수미의 방 앞에서 잠시 머뭇거리다가 노크를 하려는 순간 벌컥 문이 열려 깜짝 놀라 한 발짝 물러선다. 수미도 밖에서 나는 소리로 그가 와있음을 짐작은 했지만 막상 문 앞에 맞닥뜨리는 의외의 상황에 놀라기는 마찬가지였다.

"잠깐 얘기 좀 해."

수미가 싸늘한 말투로 거실 소파를 가리키자 그가 엉거주춤 다가가 앉는다. 그의 뒷모습을 애처롭게 바라보던 수미의 시선이 그의 눈과 정면으로 마주치자 차갑게 돌변한다.

"설마 이렇게 혼자 살고 있으니 그동안 내가 수절과부처럼 살았다고 착각하지는 않겠지? 나 그동안 다른 남자와 동거까지 했었어. 솔직히 이제 남자라면 신물이나. 거기가 혹시라도 어떻게 생각할지 몰라서 하는 말인데. 지금까지 우리가 이곳에서 모르고 살아왔던 것처럼 앞으로도 그렇게 살았으면 좋겠어. 똑똑한 사람이니 무슨 말인지 잘 알거라 믿어."

수미의 냉담한 태도에 점점 고개가 숙여지던 그는 수미의 이야기가 끝난 후에도 한동안 멍하니 앉아있있고 수미는 그런 그의 모습을 바라 보다 눈물이 쏟아질 것 같아 서둘러 방으로 들어와 일부러 문을 쾅하고 닫아 버렸다.

객들이 돌아간 한적한 월요일 아침 진안댁은 죽을 쑤어 수미의 방으로 들어갔다.

"뭘 좀 먹어야 할 거 아녀, 어여 일어나 한 술 뜨지."

낯선 곳이었지만 때론 어머니처럼 때론 큰 언니처럼 수미가 수월하게 정착하는데 큰 힘이 되어 주었던 진안댁이었다. 수미는 입이 까끌까끌하고 먹고 싶은 생각이 전혀 없었지만 진안댁의 정성을 생각해서 자리에서 일어나 앉았다.

"어제 보니 두 사람이 아는 사인 거 같던디. 여태 우덜은 그것도 모르고."

수미는 대답 없이 묵묵히 남은 죽을 비운다.

"고마워요. 아주머니가 제게는 큰 힘이 되네요."

"아유 무신 소리여. 남사시럽게 그만 혀. 오늘 김씨가 수도관 바꿔준다고 하던디 언제 올지 모르것네?"

죽그릇을 내가면서 수미의 표정을 살펴보지만 수미는 그에 대한 얘기에는 가타부타 대답이 없어 진안댁은 그저 답답하기만 하다.

그의 얘기가 나오자 수미의 가슴이 뛰기 시작하며 문득 그의 품에 기대고 싶다는 충동이 일어나자 이내 자신의 이기적인 기대심에 화를 내며 마음을 다잡는다. 수미는 하루 종일 현관문 밖을 벗어나지 못했다. 오후에 그가 마당에서 수도관 교체하는 모습을 방안 커튼 틈사이로 지켜보았을 뿐이다. 그와 마주치는 상황과 맞닥뜨릴 용기가 나지 않는다. 미치도록 그가 보고 싶은 만큼 못 견디게 괴로워졌다. 그리움을 억누르는 주체가 이성에서 점점 사랑으로 변하고 있음을 느낀다. 늦은 오후가 되어서야 수미는 자리를 털고 일어났다. 세수를 하고 창문을 열어 며칠 동안 쌓인 먼지를 쓸어냈다. 진안댁은 수미가 김치에 밑반찬으로 이른 저녁을 차려 먹는 모습을 마당에 서서 창틈으로 들여다보고 내려갔다. 커피생각이 간절해 수도꼭지를 들어 올린다. 쏴아 물줄기가 시원스럽게 주전자로 쏟아져 내린다. 그가 또 그리워진다. 커피 한 잔을 내려 냉장고속에서 우유를 꺼내 부었다. 이 맛도 저 맛도 아닌 밍밍한 맛이다. 그는 이런 커피가 정말 맛있었던 것일까? 벌겋게 노을이 물든 창가 테이블에 앉았다. 해가 넘어가는 금산 등성이가 꺼멓게 그을려 보인다. 수미는 산 속 그가 있을 만한 지점을 어림해 본다. 순간 이곳에서 더 살아갈 자신이 없음을 느낀다. 간밤에는 늦도록 잠을 이루지 못하였다. 문득 류시화의 수필집이 떠올라 한참을 뒤진 끝에 이곳으로 내려올 때 가져왔던 짐 속에서 찾아냈다.

"날이 밝았으니 이제 여행을 떠나야 하리. 한때는 꽃 같은 삶과 바람 같은 죽음을 위했으니 새벽의 문 열고 길 떠나는 자는 행복히여리."

여행자를 위한 서시를 읽고 나니 마음이 편안해 졌다. 다음날 오후 수미는 거실 테이블 앉아 그에게 보낼 봉투 속에 민박집의 등기 신청서와 자신의 인감도장과 신분증, 그의 이름으로 된 위임장을 넣고 그에게 보낼 편지를 쓴다. 하고 싶은 말은 많지만 막상 무엇을 먼저 써야할 지 망설여진다.

"그동안 원망하고 미워하면서 살았던 거 미안해. 하지만 날 나쁜 여자로 만든 건 아무리 생각해도 용서가 안 되네. 그동안 내가 가슴속에 어떤 피멍을 안고 살았을까 생각해 본적은 있었는지. 자신의 입장과 느낌만 생각하는 이기적인 사람. 내 걱정은 하지 마. 인도에서 지낼 여비쯤은 충분히 있으니까. 늘 내가 동경해 왔던 거 알잖아. 이제야 꿈을 이루는 거니까 축하해줘. 잘살아. 다시는 바보처럼 아프지 말고."

이제 더 이상 그를 볼 수가 없다고 생각하니 금세 눈물이 맺혀진다.

현관 밖에서 들리는 인기척에 수미는 재빠르게 눈가를 훔쳐내고 편지를 봉투 속에 넣는다. 진안댁이 찐밤 한소쿠리를 가지고 들어선다. 집근처 밤나무를 순철이 어제 털어냈던 모양이다.

"우리 양반이 아침에 김씨 집에다 한 말 갖다 놓고는 왔다는디."

진안댁은 수리비도 마다하고 수도를 고쳐 놓고 간 김씨가 영 마음에 걸리는 모양이다.

"저 아주머니 제가 당분간 여행을 가려고 하는 데요"

"여행! 무신 소리여. 얼매나?"

"오래 걸릴 거예요. 그리고 김씨 말인데요"

"김씨가 왜"

"사실 그 사람 바로 전 남편이었어요"

"뭐여! 어쩐지....."

진안댁의 벌어진 입이 다물어지지 않는다.

"부탁 좀 드리려구요. 내일 아침 제가 떠난 뒤에 이 걸 김씨에게 전해 주셨으면 해서요"

수미는 진안댁에게 봉투를 건네고 현관 밖을 나선다. 진안댁은 명하니 서서 수미의 뒷모습을 지켜보고 서있다. 수미는 그동안 정들었던 민박집 주변을 돌아본다. 어제처럼 황혼이 아름다운 저녁이었다.

"여태 노을이 저리 아름다운 줄 모르고 살았네. 여기서 보는 마지막 노을 이겠구나" 수미는 우거진 능소화나무 정자 옆에서 넋이 나간 듯 한참동안 노을이 스러지는 장면을 바라보고 서있었다. 그때 수미의 귓가에 낯익은 목소리가 꿈결처럼 들려온다.

"그대의 영혼은 아직 투명하고 사랑함으로써 그것 때문에 상처입기를 두려워하지 않으리. 그대가 살아온 삶은 그대가 살지 않은 삶이니"

"지난 몇 년 동안 하루도 빠지지 않고 읽었더니 저절로 외워지네.
괜찮다면 내 마지막 여행의 동반자가 되어 주겠소"

그였다. 두 손을 가지런히 모으고 서서 그녀를 바라보는 그의 미소에는 약간의 수줍음이 묻어있었다. 그의 목소리로 살아난 싯구절은 전혀 새로운 느낌으로 다가와 수미의 가슴을 뛰게 했다. 그가 한 걸음 한 걸음 조심스럽게 수미에게 다가와 손을 뻗으면 닿을 만한 자리에서 멈춰 섰다.

"……"

아무 대답도 하지 못했지만 수미의 가슴이 벅차오르고 노을빛에 아롱진 그녀의 눈가가 보석처럼 영롱했다. 목이 메이는 수미의 목소리가 꺼이꺼이 흐느낌으로 바뀌면서 그의 가슴팍으로 스며들고 수미의 등을 감싸 안은 그의 손바닥에 힘이 들어갔다. 두 사람 사이에 지나갔던 안타깝고 서러웠던 시간들이 남해의 석양빛에 녹아내리면서 두 사람의 어깨를 부드럽게 감싸 흐르고 있었다.

안개 사랑을 삼키다

안개 사랑을 삼키다

P역 주변 거리는 한산했다. 불 꺼진 선술집 미닫이 문 안쪽에서 비릿한 암모니아 냄새가 훅 끼쳐온다. '팔도미녀 항시대기' 입간판 옆 모텔 출입문이 딸랑거린다. 벌건 눈을 게슴츠레 뜬 사내가 그를 지나쳐 골목 밖으로 멀어진다. 사내가 스쳐간 자리에는 습기 머금은 십일월의 바람이 지나간다. 그는 비틀거리는 시선으로 해장국집을 찾는다. 대부분의 식당은 문을 열지 않았다. 광장 분수대 부근에서 종업원 여럿이 분주하게 밥그릇을 정리하는 24시 영업집을 발견하고 들어선다. 해장국이 되냐고 묻는 그에게 무심한 시선들만 던질 뿐 반응이 없다. 잠시 어정쩡한 자세로 서있던 그는 빈자리에 앉아 콩나물해장국을 주문한다. 식당 안은 듬성듬성 손님이 들어있다. 벽면에는 당대 최고의 섹시코드들이 젖가슴과 엉덩이라인이 그대로 드러난 얇은 드레스를 거치고 초록의 소주병을 들고 윙크를 보내고 있다. 식어버린

아랫도리를 내려다보며 사진이 아닌 실제인물이었다면 욕정이 동할까 하는 의문을 가져본다. 출입문이 벌컥 열리자 냉기가 그에게 까지 끼쳐와 움찔했다. 삼십대로 보이는 젊은 남녀 한 쌍이 들어와 홀 안을 휘 둘러보더니 비어있는 창가 쪽을 놔두고 굳이 그가 앉은 옆자리로 성큼성큼 다가와 앉는다.

"그만 좀 마시라니깐 거기다 세 번씩이나 힘쓰고 으이그 그러다 몸 축나지 오늘 피곤해서 어떡해."

여자는 핀잔을 주며 눈을 흘기지만 싫지 않은 기색이 역력하다. 그들의 수위가 넘어선 대화에 오히려 그가 당황한다. 그들이 주문한 황태해장국이 먼저 나왔다. 그의 표정이 일그러진다.

"내가 먼저 시켰는데 왜 이 사람들 것부터 나오는 거죠?"

음식을 내려놓는 아주머니에게 따져 묻지만 아주머니는 눈길도 주지 않고 돌아가 버린다. 카운터로 다가가 주인으로 보이는 사내를 한참 동안 노려보았지만 그의 시선 따위는 아랑곳 하지 않는 듯 아침뉴스만 쳐다보고 있다. 하는 수 없이 문을 박차고 나온다.

'여기 아니면 먹을 데가 없을까봐.'

식당 바로 옆 편의점으로 들어서려다 컵라면으로 때웠던 아침으로 점심때까지 속이 거북했던 기억이 떠올라 발걸음을 돌려 나온다.

그녀의 책상은 비어있었다.

"저… 여기 아직 출근 안 했나요?"

옆자리 여직원에게 물어보지만 시큰둥한 표정으로 모니터에 시선을 고정시킨 채 마우스만 딸깍거린다. 어쩔 수 없이 한참을 어정쩡하게 서있는데 넥타이를 맨 대머리 사내가 그의 곁으로 바짝 다가서며 그녀의 자리 쪽을 턱짓으로 가리키며 여직원에게 묻는다.

"여기 어디 갔지?"

"오늘 연가 신청 했는데요."

"왜?"

"글쎄요."

사무실을 나온 그는 그녀의 안부가 걱정된다. '무슨 일이지. 몸이라도 아픈 걸까?' 계단을 내려 가려다말고 빼꼼히 열려있는 J의 사무실 안을 들여다본다. 잠시 머뭇거리다 사무실 안으로 들어섰다. J도 자리에 없었다. 책상 위가 말끔히 정리된 것으로 보아 아직 출근을 하지 않은 듯 보인다. 뒤돌아 나오려다 불현듯 스치는 불안감으로 고개를 돌린다. '지금은 휴가 중입니다' J의 탁상달력을 뚫어지게 쳐다보던 그의 표정이 굳어진다. 쿡쿡 머릿속이 쑤셔온다. 우연히 그녀의 집 앞에서 그녀를 바래다주는 J를 본 후부터 생겨난 증상이다. 그렇다면 지금 두 사람이 함께 있을지도 모르는 상황이다. 문득 좀 전 해장국 집에서 보았던 젊은 남녀의 격렬했을 지난밤 정사가 눈앞에 그려진다. 쿡쿡 참을 수 없는 통증이 머릿속을 파고들어 두 손으로 머리를 감싸 쥐고 주저앉는다.

생을 마감할 준비기간 없이 느닷없는 사고로 목숨을 잃은 영혼에게 특별히 하루의 시간이 주어진다.

만 일 년이 되는 날에……,

미몽호숫가를 지나가는 첫 버스를 타고 움직였는데 그녀는 보지도 못한 채 벌써 오전 열 시를 넘겨버렸다. 이제 그에게 남겨진 시간은 열네 시간이다. 그녀가 동료와 함께 살던 전셋집을 정리하고 독립하던 때를 떠올린다. 꽃샘추위가 기승을 부리던 날이었다. 되도록 그녀가 다니는 회사와 가까운 곳으로 잡아보려 했지만 전세보증금이 여의치 않았다. 함께 생활정보지 신문을 뒤지고 여러 번 발품을 판 끝에 가까스로 회사에서 도보로 20여 분쯤 걸리는 거리에다 십일 평짜리 작은 아파트를 마련하였다. 이삿짐이라야 고작 180리터 냉장고와 20인치 TV, 넉자짜리 옷장 겸 이불장, 옷 박스 두 개와 책 한 박스, 약간의 취사도구가 전부였기에 1톤 용달차 한 대로 충분했다. 그와 화물차 기사가 옷장과 냉장고를 옮기는 사이에 그녀는 작은 짐을 날랐다. 트럭기사가 돌아간 그녀의 자취방에는 처음으로 생겨난 그들만의 비밀스러운 공간이 안겨주는 평온함이 잔잔하게 흘렀다. 마치 신혼부부라도 된 양 가슴이 벅차올랐고 그녀의 입가에 묻은 짜장 소스가 채 닦여지기도 전에 그의 입술이 포개어졌다.

*

미몽호수에서 그리 멀지 않은 곳에 전원주택 십여 호가 옹기종기 모인 아담한 마을이 있다. 자연의 품에 포근하게 안긴 느낌을 주면서도 다니던 회사에서 자동차로 한 시간 반 정도면 충분히 갈 수 있는 거리였다. 그녀는 대부분의 휴일을 부모님 집에 내려와 지냈다. 딱히 볼일이 있어서라기보다는 처음 이곳에 내려올 때부터 풍경에 끌렸고 그저 느낌이 좋았다. 몇 해 전 교직을 은퇴한 아버지가 느닷없이 서울의 아파트를 처분하고 연고도 없는 이곳에다 집을 짓겠다고 할 때만 해도 내키지 않아 내심 중간에서 포기해 주길 바랐다고 그녀는 말했었다.

그날 그는 적당한 겨울철 여행지를 소개해달라는 잡지사의 요청으로 미몽호수를 찾았었다. 흐르는 안개에 호수는 젖어있었다. 그녀는 산 봉오리와 조화를 이루는 포인트에서 뒷모습을 보이고 서있었다. 그는 사진 구도 안에서 그녀를 빼내기 위해 좌우로 수 십 걸음을 움직이다가 결국 처음 자리로 돌아와 그녀가 저절로 비켜주기를 기다렸다. 그렇게 한참이 지났지만 그녀는 미동도 하지 않았다. 안개가 수면 위로 짙게 깔려 흘렀고 상부 층의 옅은 안개 너머에는 십일월의 태양이 호수를 진홍빛으로 물들이고 있었다. 해가 저물기 직전시간이 사진 촬영에서는 최적의 타이밍이다. 한참동안 그의 눈이 파인더 안에 머물렀고 결국 셔터를 누르고 말았다. 그렇게 그녀를 그의 가슴에 담았다. 카메라 LCD 창에 뜬 그녀의 뒷모습이 마치 풍경의 일부분처럼 자연스럽게 녹아있었다. 안개호수 너머로 노을이 타오르고 주홍빛깔로 물든 머리칼이 눈부신 바람에 하늘거렸다. 베이지색 니트 밖으로 드러난 허리라인이 가냘팠다. 한 장만 찍으려다가 욕심이 생겨 정신없이 셔터를 눌렀다. 좀 전까지 풍경에서 그녀를 빼내기 위해 애를 썼지만 어느새 그녀가 풍경의 주인 되어버렸다. 촬영에 몰두하면서 그가 몇 발짝 앞으로 다가섰다. 발자국 소리에 그녀가 고개를 돌렸을 때 그는 마치 도둑질을 하다 들킨 죄인처럼 얼어붙었다. 크지 않은 눈이었지만 따스함이 깃들어 있었고 완만한 턱 선에서 부드러움이 느껴졌다.

"초면에 실례했습니다."

그녀는 대답 없이 조금은 당황한 눈으로 그를 바라보았다. 그녀와 그의 눈이 오래도록 마주쳤다. 그는 일부러 시선을 피하지 않았다. 순간 깊이를 가늠할 수 없는 그녀의 내부로 빨려 들어가는 자신과 그녀 뒤로 짙게 흐르는 안개 속으로 그녀가 사라지는 환상을 보았다. 허둥대며 주머니를 뒤지던 그가 명함을 꺼내 그녀에게 건넸다.

"이 자리에서 찍는 풍경이 제일 괜찮을 것 같아서요. 허락 없이 뒷모습을 사진에 담았습니다."

간단한 그의 프로필이 적혀진 명함을 잠시 들여다 본 그녀가 비로소 경계를 누그러뜨리며 입가에 엷은 미소를 지었다.

"얼마 전에 잡지에서 선생님이 쓰신 여행기를 읽었거든요."

그의 입가에도 미소가 번졌다. 호숫가 동쪽 끝에는 회색 빛깔 지붕이 돔으로 지어진 美夢이라는 카페가 있었다.

'아름다운 꿈.'

어찌 보면 세상은 아름다운 꿈일지도 모른다. 하지만 그 꿈은 언제나 안개에 젖어있었다. 안개는 사물을 감추었다가 삼켜버린다. 그들은 호수가 내려다보이는 이층 창가에서 밤늦도록 맥주를 마셨다. 마치 예전부터 알아오던 사람처럼 얘기를 나눌수록 서로가 어딘지 모르게 닮아 있음을 느꼈다. 그들이 한눈에 서로에게 호감을 가졌듯 미몽호수도 마찬가지였다. 호수를 처음 바라본 그들의 느낌도 비슷하였다. 언젠가는 내려와 아담한 집을 짓고 살다가 호수가 잘 보이는 자리에 묻히고 싶은 바람마저도.

*

　J의 주변에는 언제나 여자들로 붐볐다. J가 혼자 있거나 술을 마시지 않는 날은 몸이 버텨주지 않을 때뿐이었다. 터놓고 얘기할 남자는 없어도 함께 술을 마셔줄 여자는 차고 넘쳤다. 심지어 주머니에 돈이 떨어져도 문제가 되지 않았다. J는 언제나 당당했고 여자들은 J의 수려한 외모에 주눅부터 들었다. 하지만 그녀는 달랐다. J가 장난삼아 던진 미끼를 거들떠보지 않자 오히려 J가 조바심을 내기 시작했다. 호랑이도 토끼 한 마리를 사냥하는데 온 정성을 다하지 않으면 놓치듯 J는 시간이 흐를수록 적극적이고 진지해졌다. 입사한 시기와 나이가 엇비슷한 동료들과 함께 잘 지내보자는 명분으로 자리를 만들어놓고 정중하게 초대도 해보았지만 보기 좋게 퇴짜를 맞았다. 인간은 가보지 못한 곳 먹어보지 못한 음식에 더욱 탐닉하게 되고 미련이 남기 마련이다. J가 덫을 놓고 호시탐탐 사냥감이 걸려들기를 기다렸지만 그녀는 좀처럼 걸려들 기미를 보이지 않았다.

　"이거 아주 급한 일인데 TIMS 이용자 권한 있지? 좀 도와줘."

　결국 사냥꾼은 상대의 약점을 파고드는데 성공했고 마음이 약한 그녀는 퇴근을 미루어가며 데이터베이스 시스템을 가동해 주었다.

"고마워서 어쩌나. 맛있는 저녁 살 테니까 나가지."

"괜찮아요. 약속이 있어서 그냥 먹은 걸로 할게요."

하지만 공을 들이고 기다리다 보면 언젠가는 기회가 생기기 마련이었다. 전체회식자리에서 과장과 소장에게 연거푸 받은 폭탄주를 한꺼번에 들이킨 그녀의 흐트러진 모습을 지켜보는 J의 입가에 미소가 흘러나왔다. 어느 곁인가 그녀 곁에는 J가 찰싹 달라붙어있었다. 2차 장소인 호프집으로 이동 중에 그녀는 이미 만취상태가 되어버렸고 사냥꾼은 절호의 기회를 놓치지 않았다. 집으로 가는 방향이 같다는 누구도 믿지 않을 핑계를 남기고는 능숙하게 그녀를 부축해 무리에서 떨어져 나왔다.

"쉬었다 가실 건가요?"

카운터에 젊은 남자종업원이 은근한 시선을 던지며 묻는다.

"어, 여, 여기가 어디죠?"

"술이 너무 취해서 잠깐 쉬다보면 곧 괜찮아질 거야."

순간 그녀의 정신이 퍼뜩 들었다. 뒤도 돌아보지 않고 모텔 건물을 벗어나 큰 길로 뛰쳐나오는 그녀의 어깨를 뒤따라온 J가 움켜잡았다.

"그러지 말고 조금 쉬었다 가. 그 몸으로 어떻게 가려고?"

"저는 괜찮으니까 제발 그냥 좀 놔두세요."

J는 프로답게 기회를 다음으로 미루기로 한다. 택시 안의 온기 때

문인지 금세 정신이 아득해온다. J는 자신의 어깨에 기댄 채 잠든 그녀의 머리칼에 살짝 코를 대어본다. 삼겹살과 담배 냄새 사이로 은은하게 풍겨오는 샴푸향기에 아랫도리가 동한다.

그는 그녀의 아파트 입구가 한눈에 보이는 느티나무 아래 벤치에서 한 시간째 그녀를 기다리던 참이었다. 그녀를 태운 택시가 들어서자 유심히 지켜보던 그가 일어선다. 문이 열리자 뒷좌석에서 먼저 내리는 사내를 보고 다가서려던 걸음을 멈춘다. J가 그녀의 가슴을 감싸 안아 끌어내린다. 비틀거리며 중심을 잡으려는 그녀의 엉덩이 뒤쪽으로 몸이 밀착 되는 광경을 바라보는 그의 얼굴이 가로등 불빛 아래였지만 불거져 보인다. J의 오른쪽 손가락들이 그녀의 등뒤를 지나 오른쪽 어깨죽지를 파고들어 가슴께를 어루만진다. 그때서야 그녀가 몸을 바로세우며 그의 손을 떨쳐낸다.

"여기서 부터는 혼자 갈게요. 감사합니다."

"차라도 한 잔 주지."

"고맙기는 하지만 피곤해서, 다음에요."

"분명 다음이라 했지. 약속은 꼭 지켜야 돼. 그럼 잘 쉬고."

방금 택시가 나갔던 길로 J가 걸어 나가고 그녀는 아파트 입구로 들어선다. 안절부절 하며 서성이던 그가 J의 뒷모습이 시야에서 완전히 사라지자 휴대폰을 꺼내 단축키 1번을 누른다. 신호음만 계속될 뿐 그녀를 집어삼킨 아파트는 고요하기만 하다. '전화를 받지 않아 소리 샘 퀵 보이스로 연결합니다. 연결한 후에는 통화료가 부과 됩니다.' 음성 메시지를 남기려다가 흥분된 목소리로 먼저 화부터 낼 것 같아 휴대폰을 닫는다. 그녀의 방에 불이 켜지자 준비해간 안개 섞인 장미 꽃다발을 벤치위에 올려놓은 채로 조금 전 J가 나간 길을 걸어 나온다. 부재통화로 가득 채워진 그녀의 휴대폰 화면이 숙취로 찌든 머릿속을 어지럽힌다.

"어제 많이 마셨나봐. 정신이 없어서 전화를 못 받았어. 미안."

"몸 조심해. 그러다 무슨 일이라도 생기면 어쩌려고."

"에구, 쓸데없는 걱정 마서."

그때부터였다. 그가 J를 의식하기 시작했던 건.

그녀의 집안에는 아무도 없었다. 그가 힘겹게 옮겨놓았던 냉장고와 옷장도 여전히 같은 자리를 지키고 있었다. 1인용 침대에서 그녀와 뜨겁게 나누었던 섹스가 떠오르자 차가운 아랫도리가 저려온다. 그는 반응 없는 자신의 아래를 맥없이 내려다본다. 그녀의 아파트를 나와 퇴근하는 그녀를 기다리곤 했던 느티나무 아래 벤치에 앉아본다. 그녀에게 전하지 못했던 안개꽃 다발이 어디엔가 있을 듯싶다. 정오 시보를 알리는 라디오 소리가 들려온다. 그동안 그녀 모르게 이 자리를 지켰던 수많은 시간들이 주마등처럼 스쳐지나간다. 만난 지

100일째 되던 날, 택시에서 내리던 J를 처음 보았던 날, 남겨두고 왔던 안개 꽃다발은 어디로 갔을까. 어색하고 쑥스러웠지만 안개에 싸인 장미꽃다발을 들고 스테이크가 맛있다는 양식당 전망 좋은 자리로 예약까지 해놓았었다.

"어쩌지, 오늘 우리 과 전체회식이라 좀 곤란한데. 무슨 일 있는 건 아니지?"

"아, 아니 괜찮아. 그럼 당연히 참석해야지."

"그럼 내가 1차만 끝내고 전화할게."

"아, 아니야 됐어. 조직생활인데 눈치 보이게 행동하면 안 되지."

말은 그리해 놓았지만 예약을 취소하고 그녀의 회사 맞은편 P역 부근 2층 카페에서 안주 없이 맥주를 세 병째 시켜 놓던 참이었다. 혹시라도 회식을 마친 그녀의 일행이 지나가기라도 할까봐 가끔씩 창밖을 내다보았지만 귀가를 서두르는 낯선 여인들의 종종걸음과 취객들의 흐느적거림만 눈에 띌 뿐이었다. 1차가 끝나면 전화하겠다던 그녀의 관용에 응답한 그의 어설픈 포용이 원망스러울 뿐이었다.

'차라리 그날 J를 보지 말았어야 했는데.'

쿡쿡 머리가 쑤셔온다. 제기랄! 허전한 아랫도리와는 달리 여전히 남아있는 두통에 대한 이율배반적인 시스템에 화가 치민다. 화를 낼수록 머리는 더욱 쑤셔온다. 문득 자정 안에 돌아가지 못하여 영원히 구천을 떠돌게 되었을 때에도 이 지긋지긋한 통증은 여전히 남지 않을까하는 불안에 몸서리가 쳐진다. 그녀를 만나는 동안에도 그녀의 몸이 항상 그리웠다. 세상에 그녀만큼 섹시한 여자는 없을 것이라 확신했다. 한번은 지독한 감기 몸살로 앓아누운 그의 팔다리를 그녀가 주물러주었던 적이 있었다. 그녀의 손길이 그의 허벅지 부근에서 움직일 때 야릇한 느낌으로 흥분한 그가 이불속으로 그녀를 끌어들였다. 그녀와의 황홀했던 섹스를 떠올린 순간 불쑥 의문이 고개를 든다. 만약 그녀를 만나게 되었을 때 여전히 남아있는 두통처럼 아랫도리에도 뜨거운 느낌이 다시 살아나지는 않을까? 벤치에 앉아있자니 별의별 생각들이 떠올라 머릿속을 어지럽힌다. 이제 12시간 밖에 남지 않았다. 그녀의 행방을 추적해 본다. 혹시 J의 집에? 여기서 걸어서 이십여 분 떨어진 거리에 P역이 있고 역 주변에는 J가 거주하는 오피스텔이 있다. 정확한 호수는 몰라도 J가 들어간 입구는 알고 있다. 언젠가 퇴근시간에 맞추어 그녀를 마중 나갔다가 시간이 남아 P역 주변을 배회했던 적이 있었다. 분명 J였다. 비록 잠깐이었지만 느티나무 아래 벤치에서 보았던 얼굴을 똑똑히 기억한다. 말끔한 양복을 차려입은 J가 그와 눈이 마주치자 이내 시선을 외면하고 지나쳤었다. 하긴 J가 그를 알아보지 못하는 건 당연하다. J를 삼킨 오피스텔 입구를 한참동안 멍하니 바라보다가 짙은 안개가 자욱하게 깔려서 다시는 개이지 않았으면 좋겠다는 생각을 했었다. 다시 토해 내놓지 못하는 영원 속으로 사라져 줬으면.

오피스텔 현관에서 수백 개가 넘는 우편함을 뒤진다. 우편물이 들어 있는 칸은 거주자의 신원파악이 되겠지만 삼분의 일은 빈 우편함이다. 우편물의 수신인을 확인하는 작업도 쉽지 않았다. 한 시간 동안 함에 들어있는 모든 우편물을 뒤져봤지만 J의 이름은 없었다.

"우리 회사에 남자선배가 있는데 자꾸 저녁을 먹자고 하네."

"그럼 먹지 그래."

그는 그 선배라는 자가 J라는 걸 직감했다.

"키도 크고 잘생겼는데도?"

"뭐 괜찮아. 당신 마음이 더 중요한 거 아닌가?"

"이야, 대단한데. 이렇게 날 믿어주는 사람을 두고 내가 어떻게 딴 마음을 먹겠어. 안 그래?"

'그야 두고 볼 일이지.'

그의 초라한 독백이 입속에서 맴돌다 꽃샘바람을 타고 날아가 버린다.

그녀는 그에게 바짝 몸을 붙여 팔짱을 낀 채 그의 주머니 속으로 손을 밀어 넣어 깍지를 끼고는 힘껏 힘을 준다. 그녀의 마음이 쉽게 움직이지 않으리라는 건 그도 잘 알고 있었다.

"그 선배라는 사람 이름이 뭐지?"

"그건 왜?"

"뭐 그냥 갑자기 그런 사람의 이름은 어떨까 궁금해서."

생각 같아선 다시는 그녀에게 치근거리지 못하도록 J에게 협박전화라도 넣고 싶은 마음이 굴뚝같았다.

"그런데 말이야, 그 선배라는 사람 어떻게 생각해?"

"그야 뭐 직장 동료일 뿐이지. 사실 난 여자들에게 인기 많은 남자는 별로야."

뒤집어 생각하면 그가 매력이 없는 사람이라서 그녀가 안심하고 있다는 해석이 된다. 괜스레 그의 어깨가 움츠러들었다.

그는 그녀의 회사 인사기록카드를 뒤져 보기로 한다. 오피스텔 로비를 나서려다 누군가의 시선이 느껴져 돌아보니 감색 잠바를 입은 늙은 수위가 그에게 시선을 고정한 채 멀뚱멀뚱 허공을 응시하고 있다. 경비실 내부를 들여다보니 비좁은 책상위에 CCTV 모니터들이 모여져 있고 낡은 전화기와 거주자명부가 옹색하게 자리를 잡고 있다. 진즉 이 방법을 써야했었다. 돌이켜보면 그는 지금껏 미련한 삶을 살아왔었다. 자존심과 사명감은 언제나 금전과 편안함의 반대편에 있었다. 그가 명부위에 조심스레 손을 올려놓고 눈을 감는다. 702호와 1203호. 거주자 이름이 J와 같다. 먼저 7층부터 가기로 한다. 엘리베이터 앞에서 사람들이 오기를 기다린다. 마침 7층에서 내리는 사람이 있다면 좋겠지만 여의치 않으면 비슷한 층에서 내려 비상계단을 이용하면 될 것이다. 오후의 오피스텔은 한가했다. 택배기사와 양손에 세탁물을 든 사람이 거의 동시에 건물 로비 안으로 들어온다. 9층과 12층 버튼에 불이 들어왔다. 첫 목적지를 수정한다. 택배기사를 따라 12층에서 내렸다. 복도 양쪽으로는 열병을 하듯 번호표를 붙인 출입문들이 도열해있다. 택배기사가 1203호 벨을 누른다. 이런 걸 운이 좋다고 해야 하는지. 그는 피식 웃어본다. 운 보다는 우연이란 표현이 적당할 것이다. 엘리베이터 벨을 누른다거나 사물을 의지대로 직접 움직일 수는 없어도 세상에 있는 듯 없는 듯 벽이나 문 따위에 몸을 통과 시킬 수 있지만 많은 에너지가 소모된다. 중력으로부터 완전히 자유롭지 못해 오래 날아다니지는 못하고 에너지가 미약해서 자신의 힘만으로 먼 곳까지 이동할 수는 없지만 구미에 맞는 교통수단을 골라서 얼마든지 갈아타고 의지대로 몸을 움직이는 것은 가능하다. 낮잠을 자다 일어났는지 이십대 중반쯤 되어 보이는 여자가 부스스한 눈으로 문을 열어준다. 택배기사가 건네는 박스를 보자 금세 눈빛에 생기가 넘친다. 만약 J가 여기에 산다면 열 평 쯤 되어 보이는 이곳에서 저 여자와 함께 지낼 것이다. 그렇다면 그녀와 J와의 관계는 일단 안심이다. 여자가 박스 속에서 구두를 꺼내 맨발에 끼워 맞추고 마치 모델이 된 양 사뿐사뿐 실내를 걸어 다닌다. 응당 걸려있어야 할 결혼사진이 없는 걸로 보아 신혼부부는 아닌듯하다. 여자가 구두를 신은 채로 휴대폰 폴더를 열고 단축키를 누른다.

"자기야, 고마워."

"뭐? 아! 벌써 도착 했구나. 별거 아니야."

그가 여자가 들고 있는 휴대폰에 손을 대고 정신을 집중시기자 상대편 남자의 얼굴이 디스 플레이된다.

"오늘 이 구두 신고 자기랑 근사한데서 저녁 먹고 싶다. 근데 어쩌지, 이 구두에 어울릴만한 옷이 없는데."

J가 아니다. 벽에 걸린 시계가 어느새 두시를 넘기고 있다. 그에게 남은 시간은 이제 열 시간 남짓이다. 서둘러 문을 뚫고 나와 비상계단으로 내려온다. 방금 전 철부지 같은 여자와 그녀는 질적으로 달랐다. A시에서 가장 높고 전망이 아름다운 아크로타워 스카이라운지에는 산타루치아라는 이태리식당이 있다. 그녀를 만난 후 첫 번째 맞는 그녀의 생일에 그녀가 좋아한다는 프리지어에 안개를 섞어 평소 그녀가 동경하며 닮고 싶어 했던 헬렌니어링의 자서전 한 권을 준비했었다.

"여기 꽤 비쌀 텐데 뭐 하러 이렇게까지 돈을 써."

자리에 앉자마자 눈을 흘기며 대뜸 하는 소리였다. 말은 그렇게 했었지만 행복에 겨운 표정으로 와인 잔을 부딪혀주는 모습이 사랑스러웠다. 생일선물로 책 한 권이면 충분하다고 만족해하던 여자였다. 여자들이라면 누구나 가지고 싶어 하는 명품가방 따위에는 관심조차 없었다. 그렇게 살아온 그녀에게 그가 마련한 생일잔치는 엄청난 호사였을 것이다. 그렇다고 그녀가 매사에 인색했던 건 아니다. 월드비전을 통해 방글라데시와 스와질랜드에 정기적으로 후원해주는 아이가 셋이나 있으면서도 조금 더 많은 아이들에게 도움을 주지 못하는 상황을 안타까워했다. 인도의 북부 어느 지방에서는 산양 한마리가 한 가정을 먹여 살릴 수 있을 만큼 큰 재산이 된다는 말을 듣고는 생각지도 않은 고료를 받던 날 그도 선뜻 산양 새끼 한 마리를 기부한 적이 있었지만 그녀처럼 정기적인 후원자는 되지 못하였다. 내색은 안했지만 그동안 그는 그런 그녀를 존경해왔었다. 702호 문 앞에서 마음을 가다듬어 본다. 지금으로선 저 집안에 J 혼자 있어 주기를 기대해야 한다. 그러나 그녀와 J가 함께 은밀한 사랑이라도 나누는 중이라면. 그가 증오해오던 J와 그녀가 알몸으로 엉겨 붙어 있는 끔찍한 상상이 그의 의지와 상관없이 떠올라 도리질을 친다. 저안에 그들이 있다하더라도 제발 그 짓만은 하지 않기를 바라면서 스윽 문을 뚫고 들어간다. 인기척이 느껴지지 않는다. 다행이라 해야 할까? 집 안은 텅 비어있다. 현관 신발장 아래에는 운동화와 슬리퍼, 구두 한 켤

레가 어지럽게 흩어져있다. 모두 남자의 것이다. 다만 TV받침대 아래에 가지런히 벗어놓은 여성용 장갑 한 켤레가 거슬린다. 어머니나 누이가 다녀갔을지도 모를 일이지만 그는 애초부터 그런 가능성은 열어두지 않았다. 책상 위 컴퓨터 모니터에서 화면보호기가 작동중이다. 전원을 켜놓고 외출한 것으로 보아 J는 그다지 꼼꼼한 성격은 아닌 듯싶다. J가 찍은 사진들이 슬라이드 되고 있었다. 평화로운 무인도 풍경이 지나가고 그녀와 몇 몇 낯익은 동료직원들의 모습이 이어진다. 7월이 시작되던 어느 날 그녀는 인천항에서 몇 시간 동안 배를 타고 들어가 하룻밤을 지내야 하는 야유회를 다녀온 적이 있었다. 그로서는 굳이 참가 해야겠다고 우기는 그녀를 말릴 수가 없었다. 섬에는 휴대폰이 터지지 않았고 그날 밤을 뜬눈으로 지새워야했다. 가끔씩 등장하는 J의 모습은 그의 눈에도 수려하게 보였다. 광활하게 펼쳐진 모래벌판 너머로 아득한 파도의 속삭임이 들렸다. 붉게 물들어가는 노을을 배경으로 다정한 연인이 포즈를 취했다. 남자는 여자의 어깨를 감싸고 여자는 만족스러운 미소를 짓고 있었다. 물론 J와 그녀였다. J의 오른손이 그녀의 겨드랑이 사이를 뚫고 나와 가슴께에 머물러 있는 걸 놓치지 않는다. 그의 눈이 벌겋게 충혈된다. 더욱 화가 치미는 건 그녀의 표정이었다. 어찌 저런 상황에서 행복에 겨운 미소를 지을 수 있을까!

일 년 만에 세상으로 나오던 오늘 새벽. 혹시나 그녀가 아직도 자신으로 인해 슬퍼하거나 힘들어하고 있다면 어찌할까 하는 염려를 했었다. 떠나간 자보다 남겨진 자의 상실감이 더 클 것이라 믿었었다. 행여 그녀가 그를 떠나보내지 못하고 가슴에 품고 있을까만 두려워했었다. 다행히 그녀가 자신을 잊고 꿋꿋하게 살아가는 모습을 보고 돌아오기를 희망했었다. 그가 아니어도 그녀를 이해해 주고 진정으로 사랑해주는 괜찮은 사람이 생겨서 함께하고 있다면 기꺼이 행복을 빌어주고 가벼운 걸음으로 돌아오리라 생각했었다. 솔직히 서운한 느낌이야 들겠지만 당연히 이해하고 응당 감내해야 한다고 다짐했었다. 그러나 사진 속 저들의 미소 속에서 여기저기에다 가능성을 열어둔 두 사람의 의뭉스러움이 느껴져 머릿속이 복잡해진다. 더군다나 섬에서 찍은 많은 사진들 중에 J와 단둘이 포즈를 취해준 여자는 그녀가 유일했다. 그가 자리를 비운 일 년 동안 공공연하게 연인이 된 건 아닐까 하는 의혹이 불쑥 고개를 쳐든다. 저러려고 저기엘 갔었군. 더군다나 그날은 그의 생일이었다. 미안했던지 그녀는 야유회에 가기 전날 저녁 조촐한 생일상을 마련해 주었다.

"사실 생일이란 게 뭐 그리 중요한가? 지금도 지구 건너편에는 먹을 것이 없어 굶어죽는 사람이 수두룩한데."

그녀의 생일날 선물로 무엇을 받고 싶으냐는 물음에 대한 그녀의 답이었다.

"그래도 겸사겸사 단둘이 여행이라도 다녀오면 어떨까?"

"아이구, 그런 날은 앞으로도 얼마든지 많네요. 이번에 빠지면 나 정말 곤란해져. 자기는 내가 사무실에서 왕따를 당했으면 좋겠어?"

내키지 않았지만 도리가 없었다. 정말 그녀가 그렇게 생각했었는지 의심스러워졌다. 혹시 그동안 J와 나를 두고 저울질 하지는 않았는지. 쿡쿡 머리가 쑤셔온다. 견딜 수 없는 통증에 머리를 감싸 쥐고 주저앉은 그의 눈앞에 휴지 뭉치들이 널브러져있다. 어디선가 풍겨오는 비릿한 정액 말라가는 냄새가 역겹다. 슈우욱 현관문에 몸을 던져 빠져나온다. P역 주변 거리는 오늘밤의 유흥을 준비하느라 분주했다. 큰 길에는 질주하는 자동차들이 내지르는 소음들로 가득하다. 두 블록을 걸어 시립도서관 뒤 소공원 벤치에 노곤해진 몸을 기댄다. 십일월 늦은 오후지만 냉기는 느껴지지 않는다. 이 부근에서는 그나마 가장 조용한 곳이라지만 그에게 세상은 여전히 소란스러웠다. 갑자기 피곤이 밀려온다. 지난 일 년 동안 깊은 적막과 어둠 속에서 지내왔다. 폐쇄공포증이 지독했던 그였지만 꽉 막힌 공간과 어둠에 차츰 적응이 되었고 적막은 영혼을 평안하게 만들어주었다. 문득 어디선가 들었던 '생은 지옥이다' 라는 말이 떠오르자 고개를 끄덕여 본다. 그동안 어떻게 이런 곳에서 30년을 넘게 살아왔는지 자신이 대견스럽다고 자위해 보지만 마지막으로 보는 세상의 모든 풍경이 아름다워서 슬펐다. 해가 뉘엿뉘엿 지고 있었다. 하늘가에 둥그런 전등이라도 달아놓은 듯 곧 어둠속으로 사라질 마지막 태양이 서글프다. 젊은 여자가 덮개 덮인 유모차를 서둘러 밀고 지나간 자리에 비둘기 서너 마리가 먹이를 찾고 있다. 공원 맞은편 아파트 베란다에서 터져 나오는 아이울음 소리에 그의 발치에서 고개를 갸웃거리며 잔디를 더듬던 까치가 날아올랐다. 이제 곧 모든 풍경들이 어둠에 잠길 것이다. '그래 어차피 모든 사물은 시간이 지나면 어둠속에 묻힌다. 안개에 삼켜지듯 아무것도 보이지 않을 것이다. 아무것도 보이지 않는다면 아무것도 느껴지지 않을 것이고 아무것도 느껴지지 않는다면 아무것도 없는 것이다. 나도 이제 곧 어둠속으로 돌아가야 한다. 다시는 돌아올 수 없는 깊은 어둠과 적막으로 영원히 사라질 것이다. 그래 이제 나란 존재는 삼십년 전에 그랬듯 애초부터 없는 것이다. 내가 지내왔던 흔적도 내가 사랑했던 사람도 그리고 나도' 그는 이제 그녀를 놓아주기로 한다. 지금 이 순간 J와 함께 있든 설사 좀 전에 J의 방에서 보았던 휴지뭉치가 그들의 흔적이었든 간에 이제 몇 시간 후면 영원한 어둠속으로 사라질 그가 관여할 바는 아닌 것이다. 시계탑의 바늘은 여섯시를 넘어서고 시청건물 너머 아크로타워 스카이라운지에 불이 켜진다. 저 어디쯤이리라 그녀의 생일을 기념하기 위해 전망 좋은 자리로 예약을 하고 그녀에게 건네줄 안개에 싸인 프리지어 한 다발을 들고 기다렸던 곳이.

약속시간을 한 시간이나 넘겨 도착한 그녀의 손에는 작은 프리지어 다발을 무색하게 만드는 화려한 장미꽃 다발이 들려있었다. 누가 주었냐고 묻고 싶었지만 짐짓 모르는 척 했다.

"미안해 회사직원들이 어떻게 알았는지 생일파티 준비를 했더라고."

"그랬구나. 벌써 꽃다발까지 받았나 보네?"

"어? 이 이거 그래."

대답을 하는 그녀의 말꼬리가 흔들렸다.

"저녁 먹을 수 있겠어?"

"무슨 소리, 내가 이래봬도 얼마나 많이 먹는데. 여기 음식이 비쌀 거 같아 부담이 되긴 하지만."

"특별한 날이니까 기분 내도 괜찮아."

"나중에 뚱뚱하다고 흉보기 없기. 호호."

와인 잔을 부딪히며 환하게 퍼지는 그녀의 미소에서 장미꽃 다발을 보며 일었던 불편한 의문을 잠시나마 밀어냈다.

벤치에서 일어선 그는 아크로타워 1층 엘리베이터 앞에서 서성이다 산타루치아로 향하는 연인들 틈에 끼어 꼭대기까지 올라갔다. 내부시설은 변함이 없었다. 홀 안에는 잔잔한 깐쵸네가 흐르고 그녀와 함께 앉았던 테이블 창밖으로는 그날처럼 화려한 야경이 펼쳐졌다. 이미 예약이 되었는지 그 자리는 방금 함께 들어온 연인들의 차지가 되었다. 남자가 주문을 마치고 안주머니에서 포장된 선물을 꺼낸다. 남자가 일어나 여자의 등뒤에 서서 목걸이를 걸어준다. 여종업원이 방긋 웃으며 찍어주는 즉석 사진기 앞에서 그들은 세상에서 가장 행복한 미소를 지었다. 여자의 얼굴에 그녀의 미소가 겹쳐진다. 그는 그녀에게 미처 전해주지 못했던 목걸이를 떠올린다. 만난 지 일 년 되던 날을 기념하기 위해 카페 미몽 2층 자리를 예약해놓고는 전날저녁에 진눈깨비를 맞아가며 로데오거리를 헤맨 끝에 마련했던 목걸이였다. 그러나 정작 그녀는 그 목걸이를 보지 못했다. 아마 그의 시신과 함께 호수에서 인양되었다가 쓰레기와 함께 소각장에서 불태워졌거나 차를 정리하던 인부의 손에서 또 다른 누군가의 손으로 넘겨졌을 것이다. 때를 맞춰 꽃 배달원이 안개와 어우러진 큼지막한 장미꽃바구니를 들고 나타나 여자에게 건넨다. 사람들의 시선이 집중되고 여자의 눈에는 그렁그렁 눈물이 맺혀진다. 남자는 세심하고 치밀한 사람처럼 보였다. 그는 진즉부터 반지나 목걸이를 그녀에게 선물해주지 못했던 자신이 원망스러워졌다. 그랬다면 그녀도 저렇게 감동의 눈물을 흘리지 않았을까. 왠지 그녀에게 최선을 다하지 못한 것 같아 아쉬웠다. 옅게 흐르는 안개 세상에서 펼쳐지는 장미꽃 축제처럼 꽃바구니는 화려했다. 문득 자신이 그녀에게 처음 건네주었던 작은 프리지어 다발이 떠올라 얼굴이 화끈거린다. 다행이라고 생각해야 할지 모르겠지만 누군가에게 받아온 커다란 장미꽃다발이 그녀의 아름다움과 격이 어울린다고 생각했었다. 그날 예정에도 없던 생일파티며 약속시간보다 한 시간이나 늦게 도착한 이유가 무엇이었는지 또 그 꽃다발을 건네준 장본인이 누구였는지. 쿡쿡 또다시 머리가 쑤셔와 바닥에 주저앉는다.

"당신에게 주어진 시간은 단 하루뿐이오. 돌아올 시간을 어기면 영원히 구천을 떠돌게 될 것이오. 반드시 오늘 자정 안으로 돌아와야 하오"

영혼을 관리하는 사자의 목소리가 그를 재촉한다. 산타루치아 계산대 벽에 걸린 시계는 이제 일곱 시를 가리키고 있다. 자정까지 그의 뼛가루가 뿌려졌던 미몽호수로 돌아가야 한다. 아침부터 이곳저곳을 돌아다녀보았지만 허사였다. 점차 그녀를 다시 보게 되리라는 희망이 옅어진 자리에 불안감이 채워진다. 대체 그녀는 어디에 있을까? 만약 J와 먼 곳으로 여행이라도 떠난 상황이라면 이쯤에서 포기해야 한다. 하지만 마지막으로 희망을 걸 만한 곳이 한군데 남아있었다. 그녀는 몸과 마음이 지칠 때면 시골집에 내려가 머물기를 좋아 했었다. 처음부터 그 곳을 염두에 두긴 했지만 어차피 그가 자정까지 돌아 가야할 미몽호수 주변이라 마지막 여정지로 정해놓은 터였다. 퇴근시간을 약간 비켜난 길은 교통체증이 서서히 풀리고 있었다. 미몽호수까지는 외곽순환도로를 타고 간다면 한 시간 반이면 충분한 거리지만 교통편 선택을 잘해야 한다. 타고 가던 차가 갑자기 방향이라도 바꾼다면 달리는 차에서 뛰어내려야 한다. 그는 고속도로 나들목에서 과속으로 달리는 차로 몸을 날리다 겨냥이 어긋나는 바람에 여러 차례 도로바닥에 나뒹굴었다. 아홉시를 한참 넘겨서야 아늑한 느낌의 이층 양옥집에 도착했다. 집안 내부로 들어가 보지는 못했지만 여러 번 그녀를 데려다 주느라 이미 낯이 익었다. 미몽호숫가 음식점 주차장에서 마을까지 걸어오느라 에너지가 거의 바닥나 피로해졌다. 일층 거실 넓은 창으로 불빛이 새어 나온다. 그녀가 반드시 집안에 있어야 한다. 여기마저 허탕이라면 그녀의 마지막 모습도 보지 못하고 영원한 이별을 해야 한다. 낮은 담을 지나 빼꼼히 열린 대문 안으로 들어선다. 슈우욱~ 거실엔 평온한 얼굴의 노부부가 TV를 보며 차를 마신다. 처음 그녀와 만날 때 느낌처럼 그녀 아버님 또한 평소 그가 생각해오던 이미지에서 벗어나지 않았다. 그런데 정작 그녀의 모습은 보이지 않는다. 불안감이 더욱 짙은 그늘을 드리운다. 일층 안방과 주방 화장실까지 둘러보았으나 헛수고였다. 다급하게 이층 계단을 뛰어올라 문고리가 달린 내실은 모두 들어가 보았지만 그녀의 모습은 어디에도 없었다. 두 번 다시 그녀를 보지 못하고 영원히 기억에서 지워야한다고 생각하니 서러움이 복받쳐 오른다. 다리에 힘이 풀리고 저절로 무릎이 접혀졌다. 하늘을 우러르며 간곡히 호소해 본다. '그녀가 J와 함께 있어도 좋으니 제발 모습만이라도 보게 해 주십시오.' 그의 처절한 바람과는 아랑곳없이 일층 TV에서는 아홉시 뉴스가 끝나고 '선덕여왕'이라는 인기드라마의 시그널 음악이 힘차게 흘러나온다. 죽은 자와 산 자에게 드리워진 명암의 극명한 엇갈림을 절감하며 문을 뚫고 나온다. '문득 개똥밭을 굴러도 이승이 낫다' 라는 속담이 떠오른다. 이제 그녀가 있을 만한 곳은 모두 가보았다. 서러운 십일월의 밤바람이 흐느끼며 그를 스쳐간다. 천천히 걸어간다면 자정까지는 충분히 미몽호숫가에 닿을 것이다. 한참을 터덜거리며 걷다가 마침 전조등을 번쩍이며 마을에서 나오는 트럭 짐칸에 몸을 던졌다.

*

안개 사랑을 삼키다.

만난 지 1년째 되는 기념일을 맞추어 그들은 미몽호숫가를 찾았다. 전날 밤 뒤척이다 새벽녘에야 늦잠이 들었던 그는 그녀의 전화를 받고서야 황급히 그녀에게 건네줄 목걸이만 간신히 챙겨 나오던 참이었다. 오전까지 궂은비가 내렸던 흙길은 질척거렸다. 을씨년스럽던 비가 그친 호수의 오후는 짙은 안개로 자욱했다. 차 두 대가 간신히 비켜 갈 만한 좁은 길을 돌부리와 웅덩이를 피해가며 곡예를 하듯 진행하였다. 호수에서 벗어난 안개가 도로를 뒤덮는다. 하마터면 오른쪽으로 휘어진 커브 길을 분간하지 못하고 바위에 부딪힐 뻔 했다. 그의 등에 식은땀이 송글송글 맺힌다. 안개등을 켰지만 몽글몽글 끊임없이 솟아나 흐르는 안개만 뿌옇게 보일뿐 길바닥은 보이지 않는다. 기어를 1단으로 옮기고 브레이크와 가속 페달을 번갈아 밟았다 뗐다를 반복하면서 울퉁불퉁 흔들리며 나아간다. 일순 이곳에 오지 말자던 그녀의 판단이 옳았다는 생각이 스쳐간다. 맺혀졌던 식은땀이 등줄기를 타고 주르륵 흘러내려 간지러웠다. 왠지 미몽카페의 아늑한 창가가 요원하게 느껴졌다. 왼쪽으로 급하게 꺾인 모퉁이로 접어들 때 갑작스런 불빛에 시야를 잃어 브레이크를 밟았다. 맞은편 지프차량의 서투른 운전자는 상향등을 켜놓은 채 꿈쩍도 않고 어정쩡한 자리에서 버티고 서있다. 오른쪽 편의 호수는 안개가 삼켜버려 보이지 않아 오히려 편안한 느낌이다. 어둠은 점점 깊어가고 더 이상 지체 할 수 없어 후진으로 기어를 옮기자 다급한 경적이 뒤쪽에서 울린다. 바로 뒤를 바짝 붙이고 따라오던 차가 전조등을 깜박여 눈이 부시다. 룸미러로 뒤쪽을 살펴보니 늘어선 차량이 한 두 대가 아니다. 진퇴양난 상황에서 전진을 선택할 수밖에 없다. 기어를 D로 옮기고 조심스럽게 브레이크에서 발을 뗀다. 너무 오래 정지되어 있었는지 차가 움직이지 않는다. 가속페달을 살짝 밟았는데도 차는 꿈쩍도 하지 않는다. 오른발에 조금 더 힘을 주어 밟자 우웅하는 엔진소리와 함께 차가 꿈틀거린다. 상대편 지프차에 닿을 듯하여 안개가 흐르는 바깥쪽으로 핸들을 돌렸다. 무언가 쿨럭거린다. 오른쪽 바퀴가 불쑥 솟은 돌부리에 부딪혀 급히 브레이크를 밟았지만 진흙에 마찰된 바퀴는 속수무책으로 미끄러지고 말았다. 호숫가에 설치된 오래된 목책은 1톤이 넘는 승용차를 버텨줄 힘이 없었다. 우지끈 소리와 함께 풍덩 빠진 차가 안개 호수에 떠 있다. 수면과 같은 눈높이에서 바라보는 호수는 아름다웠다. 그가 세상에서 바라본 마지막 풍경이었다. 일 년 전 노을에 물든 호수를 뒤덮었던 그 짙은 안개가 바로 눈앞에서 흐르고 있었다. 황홀하다. 차는 서서히 심연으로 가라앉는다. 당황한 그가 운전석 문을 밀어보았지만 수압으로 꼼짝도 하지 않았다. 문 열기에 실패한 그가 버튼을 꾸욱 눌러 창문을 내린다. 창문이 중간까지 내려갈 때쯤 차량의 전원이 끊어졌다. 반쯤 열려진 창틈으로 쏟아져 들어온 물이 점점 공간을 가득 채워간다. 그는 죽을힘을 다해 조수석 위로 떠오른 그녀를 끌어와 운전석 차창 밖으로 밀어낸다.

안개는 호수를 삼키고 호수는 그를 삼키고 말았다.

고아는 아니었지만 일찍이 부모님을 여의었던 그의 장례는 여동생 내외에 의해 치러졌고 그녀의 바람대로 뼛가루는 미몽호수에 뿌려졌다. 비록 상복을 입지 않았지만 그녀는 그의 장례가 치러지는 동안 한시도 그의 곁을 떠나지 않았다. 넋이 나간채로 한쪽 구석을 지키던 그녀의 곁으로 그의 누이동생이 다가왔다.

"오빠와는……"

"결혼했을 거예요. 이렇게 되지 않았더라면."

"덕분에 오빠의 마지막 가는 길이 외롭지 않았겠네요. 고마워요."

"화장하실 거죠?"

"네."

"그러시다면 제가 원하는 곳에 뿌려주세요. 오빠가 원했던 곳이기도 하고요. 그랬을 거예요 분명히."

호수관리소의 제지로 호수에 배를 띄울 수 없었다. 어쩔 수 없이 그들의 인연이 처음 시작되었던 갈대숲 부근에다 그의 뼛가루를 뿌렸다. 미몽 카페 이층창가에 앉은 그녀는 아직도 선명한 그의 목소리를 떠올리며 하염없이 호수를 내려다보았다.

"우리 나중에 여기서 살까?"

"어머, 나도 그러고 싶었는데 잘됐다. 우린 비슷한 부분이 많아."

*

　자정을 한 시간 반 남짓 남겨놓고 미몽호수에 도착한 그는 마지막으로 호수 변을 천천히 걷기로 했다. 그녀를 처음 만났던 갈대숲에 멈춰 섰다. 그를 집어삼킨 호수가 어둠에 잠겨있다. 부스스스 갈대가 십일월의 밤바람이 시리다고 흐느끼고 호수는 아무 일도 없었다는 듯 잔잔하다. 미몽 카페의 울긋불긋한 네온사인 불빛이 잔잔한 물결에 흔들린다.

　마지막 행선지인 카페 미몽에 다다랐다. 회색빛 돔은 어둠에 가려지고 이층 창가에서 따뜻한 불빛이 새어 나온다. 바로 저 자리쯤 되었을 것이다. 그녀와 처음 만나던 날 대화를 나눌수록 서로가 생각하는 그림이 닮았다고 느끼면서 빠져들었던 자리. 만난 지 일 년째 되던 날 바로 저 자리에서 준비해간 목걸이를 그녀에게 걸어줄 참이었다. 그는 이승에서의 마지막 시간을 그녀와의 추억이 서린 자리에 앉아 잠시나마 그녀를 느껴 보려한다. 슈우욱 카페 일층에는 보조 조명만 은은하게 켜져 있고 카운터를 차지한 주인이 무료하게 자리를 지키고 있었다. 호수가 한눈에 들어오는 이층 창가 자리에 한 여자가 등을 보이고 앉아있다. 그들이 처음 만나던 날부터 그들의 자리였었다. 카페

주인은 바로 저 손님의 눈치를 보느라 여태 문을 닫지 못했던 모양이다. 문이 닫혔더라면 세상에서의 마지막이 더욱 쓸쓸했을 것이라 생각하니 저 손님이 고맙게 느껴졌다. 그는 이승에서 마지막으로 보는 인간의 뒷모습을 바라본다. 무척이나 허전하고 외로워 보였지만 낯이 익었다. 석양이 지는 호숫가 갈대숲에서 카메라에 담았던 여자의 뒷모습을 한순간도 잊은 적이 없었다. 여자는 고개를 숙이고 쭈글쭈글하게 말라버린 프리지어 다발 옆에 놓인 빛바랜 즉석사진을 내려다보고 있었다. 사진 속 산타루치아 창밖 야경 위로 눈물방울이 번지고 있었다.

그녀였다.

고개를 숙인 그녀의 목에는 미처 걸어주지 못했던 목걸이가 걸려 있다. 그제야 목걸이를 그의 외투 안주머니에 넣어두었던 기억이 떠오른다. 그는 그녀의 맞은 편 자리에 앉았고 그녀는 여전히 고개를 숙이고 있었다.

"오늘이 일 년째지. 나 원래 이런 기념일 안 챙기는데 마지막으로 한 번만 해보는 거야. 그런데 생각보다 괜찮네. 어때 거기는? 춥지는 않았어? 무섭지는 않았어? 난 지난 일 년 동안 편안하게 잠을 잔 적이 한 번도 없었어. 특히 어젯밤처럼 춥고 비라도 내리는 날엔 더욱."

주루루룩 그의 눈에서 눈물이 흘러내린다. 눈물이 프리지어 다발

위로 떨어지고 눈물에 젖은 몇 개의 꽃잎이 생기를 띠고 살아난다.

'미안해. 고마워. 그런데 이젠 제발 날 잊어.'

그의 애절한 마음이 전해졌는지 그녀가 고개를 들어 그를 바라본다. 마치 그의 말을 알아듣기라도 한 듯 그녀의 눈에 맺혀있던 눈물이 볼을 타고 흘러내린다. 그녀가 목걸이를 벗어 프리지어 다발위에 올려놓는다.

"이제 여기서 나가면 이것들을 호수에 던져 버리려고. 미안해 이젠 거길 보낼까 해"

'그래 잘 생각 했어 바보야. 이제야 나도 편하게 떠날 수 있겠어'

우우우웅 우우우웅

그녀의 핸드백 안에서 핸드폰이 울린다. 그의 머릿속에 J가 떠올랐지만 마음은 편안하다.

"전화 받아 난 그만 가볼게."

그는 그녀의 애처로운 눈빛을 가슴에 담고 일어선다.

*

우우우웅 우우우웅

따르르릉 따르르릉

"뭐해? 핸드폰은 왜 안 받아. 아직도 출발 안 했나보네."

"어? 아, 아니."

베개 밑으로 삐죽이 나온 휴대폰 액정에 그녀에게서 수차례 걸려온 부재전화 메시지가 떠있다. 어제 저녁 진눈개비를 맞으며 준비했던 목걸이포장이 멍한 그의 시선 안으로 들어온다.

"어디 아픈 건 아니지? 그런데 애들도 아니고 이런 유치한 기념 파티를 굳이 해야 해? 그냥 이 근처에서 하면 안 될까? 날씨도 궂고 이런 날에는 호수주변에 안개도 많이 끼일 텐데."

"미안해 잠깐만 기다려. 금방 나갈게."

억지로라도 잠을 청해보려 했었지만 쉬운 일이 아니었다. 새벽 두시 경 깨었다가 불현듯 떠오른 J로 인하여 뒤척이다 동틀 무렵이 되어서야 잠이 들었었다. 창밖에는 십일월의 비가 추적거린다. 그는 그녀에게 건네줄 장밋빛 목걸이 포장을 집어 들고 집을 나선다. 왠지 지금 미몽호수에는 죽음보다 깊은 안개가 짙게 깔려있을 것 같다. 지금껏 머릿속을 괴롭히던 두통이 말끔히 사라진다.

떠나지 못하는 자

떠나지 못하는 자

누이의 오빠가 죽었다. 간밤에 잠을 설친 것 빼고는 평소와 다름없는 평온한 일요일 아침이었다. 늦은 아침을 물리고 막 교회에 가려던 참이었다. '따르르릉' 전화벨 소리에서 까닭 모를 섬뜩함이 느껴졌다. 원주에 사는 큰언니는 강릉 누이의 목소리를 듣자마자 허물어졌다. 처음엔 그저 언니가 속이 거북해 트림을 하거나 장난삼아 우스꽝스런 소리를 내려니 했다. 그 울컥거림이 흐느낌인지를 알고는 무슨 기막힌 일을 당한 줄로 알았다가 비로소 그 기막힌 일이 오빠의 죽음이라는 사실을 알게 되었을 때 심장이 덜컥 내려 앉으면서 시야에 뿌연 장막이 쳐지고 물속에 머리를 처박은 듯 귓속이 먹먹해졌다.

"오빠가 죽다니 무슨 소리야?"

"나도 자세히 몰라 오늘 아침에 집근처 공사장에서 발견됐대. 술 취한 채로 화장실을 찾다가 난간에서 굴러 떨어졌다는데."

"도대체 마시지도 못하는 술을 얼마나."

그때서야 오빠의 죽음을 받아들인 누이의 가슴에 걷잡을 수 없는 슬픔이 비수가 되어 가슴을 난도질한다. 일곱 살 배기 남자 아이는 처음으로 보는 엄마의 모습에 놀라 덩달아 울음을 터뜨린다.

영관원(저승사자)은 망각의 강 건너 저승에 적을 둔 자들로 영혼을 규율하고 제어하는 역할을 한다. 인간들의 죽음을 관장하고 저승까지 데려가는 전반적인 일을 담당하는 자들이다. 영관원들이 검은 망토로 온몸을 휘감으면 힘들이지 않고 빠른 속도로 이동이 가능하다.

목숨 줄을 놓아 육체에서 이탈된 영혼은 검은 망토를 두른 영관원에 의해 영혼교육소로 이끌려간다. 전남지방 제2영육소에서는 영관원들이 전날 전라도 남부에서 사망한 자들을 모아놓고 저승길로 들기 전 이승에 머무는 동안 지켜야할 수칙과 행동요령을 교육시키고 있었다. 거기엔 방어잡이 어선을 타고 바다낚시를 나갔다가 풍랑으로 배가 뒤집혀 끌려온 여수시장도 있었다. 여수시장은 분기탱천한 얼굴로 단상 앞으로 나아가 교육중인 영관원의 멱살을 움켜잡고 흔들었다.

"내가 누군 줄 알아! 난 아직 나라를 위해 할 일이 많은 사람이야. 제대로 일처리들을 하란 말이야!"

검은 망토에 휘감긴 영관원의 형체는 조금의 미동이 없었고 그의 표정 또한 전혀 흔들림이 없었다. 한참을 날뛰던 시장이 제풀에 지쳐 잠잠해지자 교육이 이어진다. 이 난동으로 최하등급이 예정되어 있던 시장은 저승길 등급 조정기간 없이 바로 최하등급이 확정되어 이마에 '12'라는 시꺼먼 숫자가 찍히게 되었다. 같은 시각 경기도 분당 지역 영육소에서도 전날 죽은 자들에 대한 교육이 진행되고 있었다.

"여러분은 끝난 것이 아니라 또 다른 세계로 이동하는 중이오. 당신들이 살아온 삶의 흔적은 이곳 영관청에 기록이 되어있고 그 기록을 토대로 영판소에서 등급을 받게 될 것이오."

"등급이 나쁘면 지옥에 가는 겁니까?"

맨 앞줄에 앉은 노인 하나가 손을 들고 질문을 한다.

"천당이나 지옥은 없소. 망각의 강을 건넌 깨끗한 영혼들이 머물게 될 완전한 세계가 있을 뿐이오. 그곳은 욕심이나 죄악이 없는 평온하고 평등한 세상이오. 망각의 강을 건너기 전에 강물을 마셔야 하고 배가 강을 건너는 동안에 이승에서의 모든 기억을 말끔히 버리게 될 것이오."

"그럼 등급이 무슨 필요가 있습니까?"

누이의 오빠 옆에 앉은 정수리가 휑한 노인이다. 갑작스런 죽음을 맞이한 젊은이들은 비통한 표정으로 고개를 숙이고 있는 반면 질문을 하는 자들은 대부분 죽음을 예비한 노인들이다.

"여러분들이 가야할 저승길은 망각의 강까지 이르는 길이오. 등급에 따라 천 리에서 삼만 리까지 구분되어 있고 환경도 큰 차이가 있소. 1등급 길은 일천 리 내내 쾌적하고 온화한 기후에서 숲길과 호수길이 이어지는 아름다운 산책길이오. 최근에는 테레사 수녀가 이 길로 갔는데 함께할 동반자가 없어서 젊고 잘생긴 영관원이 동행했던 사례가 있었소. 반면 최하 12등급은 칼바람 몰아치는 어두운 얼음벌판이나 모래사막, 뱀과 독충이 우글거리는 길이 삼만 리 내내 이어져 있소."

장내의 분위기가 숙연해졌다.

"삼만 리 라면 대체 어느 정도요?"

대머리 노인이 누이의 오빠를 돌아보며 근심스런 얼굴빛으로 묻는다.

"우리나라 북쪽 끝에서 남쪽 끝까지가 삼천 리인데 삼만 리라면 여기서 직선거리로 유럽과 아시아에 경계인 터키 정도는 될 겁니다."

노인의 앞에 앉은 전직 항공사 직원이 고개를 돌려 대신 대답하자장내가 술렁거린다.

"세상에! 그 길을 걸어가란 말이야. 그것도 지옥 같은 길을? 그러다저승문턱도 못 가보겠군."

"조용히들 하시오! 저승길은 누구도 혼자갈 수 없고 동반자와 함께 가야하는데 그 동반자는 영판소에서 등급을 받은 후에 같은 등급을 받게 될 대상자 중에 당사자 의사를 반영하여 결정해줄 것이오."

"동반자는 또 무엇이오?"

"저승길을 함께 할 뿐 아니라 내세에서도 다시 만나게 될 인연이오."

영관원의 교육이 계속되는 동안 갑작스런 상황의 변화에 힘겨워하는 영혼들의 모습들이 여기저기 눈에 띄었다.

"주목 하시오! 영판소에서 등급을 받기까지 이승에서 머물게 될 49일 동안 반드시 지켜야할 수칙을 명심하시오. 절대 인간들의 삶에 영향을 주는 행동을 해서는 안 된다는 것이오. 만약 이를 어기면 자신이 받은 등급과 상관없이 최하 등급으로 강등될 것이오."

"그것은 어차피 우리가 관여하고 싶어도 불가능하지 않습니까?"

"영의 바람이 간절할 경우 가끔 물의를 일으키는 경우가 있소."

그의 시신이 국립과학수사연구소에서 타살가능성에 대한 검증을 받는 동안 누이는 강릉에서 함께 올라온 어머니와 원주 언니 집에 머물러 있었다. 세 모녀가 단출하게 한집에 모였지만 대화는 전혀 없었다. 간헐적으로 시작되는 어머니의 탄식은 결국 통곡으로 이어졌고 누이와 언니의 흐느낌이 뒤따랐다. 저녁 무렵에야 겨우 언니가 간단한 밥상을 차렸지만 누구도 수저를 들지 않았다. 자신의 배를 채우는 것이 오빠에게 미안하기도 했지만 당최 무엇을 먹고 싶은 생각이 없었다. 누이는 군말 없이 밥을 뜨는 일곱 살 배기의 밥숟가락 위에 구운 김을 올려 주며 오물거리는 입모양을 물끄러미 들여다본다. 세상에 무엇이 이처럼 사랑스러울 수 있을까? 어머니에게 오빠는 이런 존재였을 것이다. 누이는 어머니에 대한 연민이 일어났다. 9시 저녁뉴스 시그널 음악이 침울한 분위기를 깬다. 남해해상에서 침몰한 방어잡이 어선의 희생자 중에는 여수시장이 포함되어 있었고 거센 풍랑으로 사고해역에는 접근조차 어려워 아직 시신을 찾지 못했으며 유가족과 장례절차를 협의 중에 있다는 보도가 누이의 이목을 끈다. 시장은 왜 고기잡이배에 타고 있었을까? 누이는 늘 그렇듯 호기심이 발동한다. 이어 극심한 슬픔 중에서도 호기심은 일어날 수 있다는 사실을 깨닫는다. 지난 9월 익산에서 일어난 30대 여자 약사 실종사건의 용의자가 새로운 피해자의 카드로 현금을 인출하다가 모자가 벗겨지는 바람에 얼굴이 폐쇄회로에 찍혀 하루 만에 붙잡았으나 검거하는 과정에서 그중 한 명이 도주하였다가 이튿날 야산에서 목을 맨 변사체로 발견되었다는 보도가 뒤따른다. 누이는 세상에 오빠 말고도 죽는 사람이 있다는 사실에 조금은 억울함이 덜해지는 속 좁은 위안을 느낀다. 세 모녀는 거실바닥에 아무렇게나 누워 간밤에 이루지 못했던 잠을 청해보지만 피곤하지도 잠이 오지도 않는다. 밤새 가슴 깊은 곳에서 울컥거리는 슬픔이 모래알처럼 서걱거렸다.

분당 S대병원 장례식장 특실에 차려진 그의 빈소로 진입하는 통로에는 고위층 인사들의 직함이 매달린 국화 더미로 넘쳐나고 검은 양복을 차려입은 회사 직원들이 조문객들을 안내하거나 잡일을 도와주고 있다. 그의 빈소 옆에 마련된 상주들이 휴게실 안에는 그의 아홉 살 난 맏아들 상수가 눈물을 참으려 벌게진 눈을 끔벅거리고 네살배기 둘째 상호는 외할머니의 품에 안겨 잠들어있다. 그는 아이들에게서 차마 시선을 떼지 못하고 서있다. 모두가 부러워하는 국내최고 S그룹 연구소 부장이라는 직함을 가진 그였다. 그의 시신이 국립과학수사연구소에서 병원 영안실 냉장고 안으로 옮겨진다는 통보를 받고 세 모녀는 병원로비에서 애타게 그의 시신을 기다리고 있었다. 입식 제단 양쪽에 어린애 팔뚝만한 기둥 초 두 개가 켜지고 국화꽃 수십 송이로 치장된 그의 사진에는 검은 리본이 둘러지고 그 아래로 하얀 국화송이가 수북이 쌓여갔다. 검은 리본을 두른 자신의 사진이 낯설다. 1층 로비에서 기다리고 있던 세 모녀가 빈소로 들어섰다가 아들의 영정사진을 확인한 어머니가 쓰러졌다. 뒤따르던 누이가 붙잡지 않았더라면 뇌진탕으로 줄초상이 났을지도 모를 일이었다. 응급실로 옮겨진 어머니는 좀처럼 의식을 회복하지 못했다. 아니 깨고 싶지 않았을지도 모른다. 현실을 믿고 싶지도 인정하고 싶지도 않았을 것이다. 링거병의 수액이 다 떨어질 무렵 자리에서 일어난 어머니는 뒤도 돌아보지 않고 강릉집으로 돌아가 버렸다.

"부모보다 앞서간 놈은 자식도 아니다."

누이는 어머니를 태운 택시가 병원정문을 빠져나간 후에도 한참동안 힘겹게 초겨울 바람에 나부끼는 단풍나무 마른가지의 이파리들과 잿빛 하늘을 올려다본다. '저 말라버린 잎들도 떨어지지 않으려고 저리 안간힘을 쓰는데 하물며 멀쩡하던 오빠가…' 억울한 서글픔이 북받쳐 올라 눈시울을 적시고 흘러내린다. 어머니가 강릉으로 내려간 빈소엔 상수와 상호마저 외할머니가 데려가 썰렁했다. 그는 갑자기 공허한 허기를 느낀다. 빈소에는 그의 아내와 누이, 누나가 차례로 자리하고 입구에는 그의 손아래 처남과 매형 매제가 조의금을 받으며 장례절차를 주관하고 있었다. 유가족의 수는 비록 적어도 번듯한 문상객들은 끊임없이 줄을 잇는다. 그의 아내는 슬픔 중에서도 말단 지방공무원인 시누이에게 가족과 친척의 소개를 잊지 않는다. 그런 올케의 모습을 보며 누이는 극심한 슬픔 중에서도 어쩔 수 없이 일어나는 호기심과 극심한 슬픔 중에서도 어쩔 수 없는 과시욕은 동일한 것일까? 하는 또 다른 호기심이 일어났다.

"저 사람이 제 동생이지요. L그룹 연구소에 있어요. 인사하세요."

"저분은 전직 대법관이셨어요. 저희 외삼촌이에요. 흑흑."

"저 분은 저의 작은 숙부예요. 지금 k대 교수로 계시지요."

누이는 점점 숨이 막혀온다. '저 사람들이 어떤 사람인지와 오빠의 죽음이 도대체 무슨 상관이란 말인가?' 어쩌면 혼자만의 자격지심일지도 모를 일이지만 행여 오빠도 누이와 같은 느낌이었다면 그동안 견디기 힘들었으리라는 생각에 오빠에 대해서도 연민이 일어났다. 강원도 산골짜기 말단 공무원이 이렇게 대단한 인사들을 만나볼 기회가 얼마나 될까? 화장실을 핑계대고 좀 전에 어머니를 배웅했던 1층 화단으로 나왔다. 발밑으로 커피색으로 말라비틀어진 단풍잎이 나뒹군다. 무심코 아까 그 마른가지로 눈길이 간다. 큰 바람이 한차례 다녀갔는지 빈 가지가 싸늘한 바람에 나부끼고 있다.

올케. 오빠의 아내. 그녀로 말하자면 권력과 부를 한꺼번에 누리는 집안의 외동딸이었다. 자신과 걸맞는 상대를 고르다 중매쟁이를 통해 S대를 나와 S전자 연구소에 갓 입사한 오빠와 결혼했다. 누이가 보기엔 그들에겐 애틋한 사랑도 그들만의 각별한 추억도 없는 듯 보였다. 흔히 말하는 정략결혼은 아니어도 그 부근쯤으로 여겨왔었다. 검사장으로 퇴직 후에도 전관예우 변호사로 부를 축적해온 그녀의 아버지도 S대 출신이요, 집안잔치가 곧 S대 동문회가 되어버리는 그녀의 집안에서 학벌에 대한 갈증은 가난한 집안의 장남은 문제가 되지 않았을 것이고 오히려 다루기 쉬운 상대라 여겼을지도…

익산에서 실종된 여 약사는 결국 용의자의 손에 의해 양계장 거름 더미 속에서 썩어가는 시신으로 발견되었다. 실종사건은 납치살해사 건으로 명칭이 바뀌고 종결되었다. 검거도중 고수머리 주범이 칼을 휘두르며 경찰과 대치하는 사이 달아난 모자를 쓴 공범도 이튿날 자 신의 할머니집 근처 야산에서 스스로 목을 맨 변사체로 발견되었다. '영혼들이 반드시 지켜야할 첫 번째 수칙으로 절대 사적인 욕심이나 원한으로 인간의 삶에 영향을 주어서는 안 되며 어기게 되면 저승길 최하등급을 받게 된다.'라는 필수수칙을 약사는 당연히 알고 있었다. 그녀로서는 한눈에도 탐욕스러움이 줄줄 흐르는 중늙은이와 함께할 저승길이 두려웠다. 잠시 수칙을 어긴 행동에 대한 후회가 일었으나 다시 그 순간이 온다 해도 그녀는 자신의 모든 것을 앗아간 범인들을 결코 용서하지 않았을 거라 생각했다. 약국일로 지쳐 마음껏 안아보 지도 못하고 제대로 사랑을 주지 못한 미안함에 늘 안쓰러웠던 딸아 이였다. 어린것을 친정어머니에게 맡기고 떠나야 하는 억울함은 결 국 놈들에 대한 응징을 불러왔다. 범인이 잡히길 바라는 간절함으로 지난 한 달 동안 내내 놈들 주변을 맴돌았었다. 경찰이 조금만 더 예 리했더라면 잡을 수 있는 상황이 여러 번 있었지만 번번이 어긋나는 안타까운 상황을 가슴을 치며 지켜볼 수밖에 없었다. 약사가 분당에 있는 그의 빈소를 찾았다. 따지고 보면 그녀는 하필 그를 지목하여 조금 더 살 수 있었던 그의 목숨을 앞당긴 장본인이었다. 그녀로서는 자신에게 주어진 49일이 다 되어감에 따라 선택의 여지가 없는 상황이었다 해도 마음이 편치는 않았다. 그녀가 선택할 아홉 명의 신상 명부에는 나이와 성별 가족관계 등 기본적인 이력과 심상이미지가 소개되어 있었다. 등급만으로도 선량함의 정도는 가늠이 되겠지만 내재된 감정 이미지가 편안하게 느껴졌었다.

"어차피 49일 이내에 목숨을 거두어들일 사람들이니 편하게 선택하시오."

접수받는 영관원의 재촉에도 그녀는 자신의 손으로 산사람의 목숨을 거두는 짓을 쉽게 할 수 없었다. 44세의 나이에 S그룹의 부장이라. 그래 이 정도면 여태껏 세상에 가질 것 다 가져보고 누릴 것 다 누렸을 터이니 당장 죽는다 해도 다른 사람들에 비해 덜 억울할 것 같았다. 사실 저승으로 가는 기나긴 여정을 함께 하고 내세에 인연이 될 사람이라 마음이 통할만한 사람이기를 바라는 욕심이 아예 없었던 것도 아니었다. 그녀는 저승길에 오르기 전 자신 때문에 죽은 그에 대한 미안함으로 그에게 사죄의 마음을 전하고 싶었다. 수의를 입지 못한 원귀들이 슬픔에 겨운 상주들과 자못 경건한 표정을 지은 문상객들 사이를 어슬렁거리고 지나다닌다. 그녀의 몰골 또한 반팔에 얇은 정장바지로 장례를 치르지 못한 그들과 다를 바가 없었다. 장례식장만큼 귀신들이 우글거리는 곳도 드물다. 육신이 없는 영혼이라 음식이 필요한 건 아니지만 인간들이 영혼을 위해 차려 놓은 음식에 입을 대어 볼 수도 있고 만개한 국화 꽃밭 속에서 그윽한 향냄새를 맘껏 흠향할 수 있는 귀신들에겐 휴게소이자 카페였다. 무엇보다 맘에 드는 것은 살아있는 인간들의 경건한 모양새들이다. 이곳만큼은 인간들의 거만함과 요란스러움이 없어서 좋았다. 상주 휴게실에서 아이들의 모습을 지켜보는 그의 뒷모습이 보인다. 아무것도 모르고 뛰어노는 상호의 맑은 눈을 들여다보는 순간 가슴이 철렁 내려앉았다. 첫째 상수는 여간 영악하지 않았다. 그 어린 가슴으로 아빠의 죽음을 받아들여야 하는 가혹한 현실을 부정해 보려고 가녀린 몸부림을 보였다.

"아빠가 비록 없더라도 우리 세 식구 씩씩하게 살아가자."

그의 아내가 상수의 손을 잡고 그렁그렁한 눈으로 말하자

"엄마 제발 우리 세 식구라는 말씀은 하지마세요. 아빠는 아직도 내 가슴속에 살아있으니까요. 아빠는 지금 출장갔다고 믿고 살 거니까요."

눈물을 떨구지 않으려 눈을 끔벅끔벅하면서도 또릿또릿하게 대꾸하는 애처러운 모습에 누이도 지켜보는 사람들도 눈물을 쏟았다. 그

는 비수가 심장을 저미는 듯한 고통에 꼼짝을 할 수 없었다. 저 여리고 작은 가슴을 가혹한 슬픔이 짓누르고 있구나! 아직 어린 상호는 자신에게 일어난 엄청난 불운을 알지 못한 채 널따란 국화꽃 밭을 이리저리 뛰어다니다가 외할머니의 품에 곤히 잠들어있다. 세상에서 가장 어여쁘고 사랑스러운 모습을 조금이라도 더 눈에 담아 보려 안간힘을 쓰는 그의 모습이 안쓰러웠다. 그의 손이 연신 상호의 머리를 쓰다듬었으나 어린 아들은 아비의 그런 안타까운 손길을 전혀 알아채지 못한다. 그 광경을 몰래 지켜보던 그녀는 그가 자신을 알아볼까 두려워졌다. 아직도 아물지 않은 달 포 전 자신이 겪었던 고통이 되살아나며 동병상련의 연민을 느낀다. 그때 그녀의 뒤로 검은 망토를 두른 영관원이 소리 없이 다가온다.

"내일 자정까지 태백산으로 가시오. 한번 만 더 수칙을 어기면 영원히 저승으로 가지 못하고 이승을 떠도는 원귀가 될 것이니 늦지 마시오."

"명심 하겠습니다."

"저어 부탁이 있습니다. 제가 지목하는 바람에 죽었던 저 사람을 지금이라도 다시 되돌릴 수는 없을까요? 가끔 죽었다가도 살아나는 경우도 있다고 들었는데."

"그런 경우는 영관원의 실수로 일처리가 잘못된 경우이고 이건은 처음부터 정당한 처리였으니 어쩔 수 없소."

　스스로 목숨을 끊거나 느닷없이 억울한 죽임을 당한 자는 영관청에서 자신과 함께할 동반자를 선택해야한다. 여기서 지목 당하게 되면 지목한 자의 저승길 기한 안에 사고나 질병으로 죽게 되어 함께 저승길에 오르게 된다. 간혹 함께 동반할 수 없는 사유가 발생하여 다시 동반자를 지목하는 경우도 있다.

　자신의 빈소에서 조문객들을 살피고 있는 그의 앞에 검은 망토가 스르륵 다가왔다. 영관원을 따라 도착한 영관청내 동반자 선정실은 마치 시청 민원실을 연상시켰다. 열두 군데의 접수창구에는 차례대로 번호가 매겨져 있고 대부분의 창구가 한명씩 배치되어 접수를 받고 있었으나 7등급과 8등급의 창구는 여러 명의 영관원들이 바쁘게 접수를 하는데도 대기자들로 붐비고 있었다. 등급이 높은 내부로 들어갈수록 대기석의 의자는 깨끗하고 안락했다. 그에게 매겨진 3등급 접수창구는 영관원과 죽은 자가 동등하게 대면하도록 접수대가 설치되어 있었다. 그는 친절하고 따뜻한 영관원의 표정에 적이 안심이 되었다. 입구로 들어서다가 잠시 눈이 마주친 12등급 접수창구에 영관원의 경멸하는 빛이 역력한 눈초리와는 사뭇 대조적이다. 영관원이 내미는 검은색 표지의 두툼한 명부에는 아홉 명의 프로필이 기록되어있었다. 아직은 살아있는 사람들이다. 그의 결정에 따라 느닷없는 죽음을 맞게 될 것이다. 오십대가 2명 사십대가 4명 삼십대가 2명 일곱 살 된 어린애가 1명이었다. 어느 누구를 보아도 눈매가 선하고 나이도 젊어 차마 지목할 수가 없었다.

"저의 동반자는 이미 결정되어 있다고 들었는데요."

그가 의아해 하는 표정을 지으며 망설인다.

"당신과 함께 떠날 자가 수칙을 어기는 바람에 함께 가지 못하게 되었소. 이 사람들 중에서 하나를 선택하여야만 합니다."

그도 인간사에 절대 개입해서는 안 된다는 수칙을 기억한다. 또 다른 누군가에게 몹쓸 짓을 할 수 없어 망설인다.

"꼭 해야만 하는가요?"

"아니 안할 수도 있습니다. 당초 선정된 자와 함께 최하등급의 길을 가든지 아니면 저승으로 가지 못하고 영원히 이승을 떠돌아야 합니다."

"좀 더 생각할 시간을 주십시오."

"어차피 이승은 잠시 머물다 가는 곳입니다. 빨리 결정해야 선택의 폭도 넓고 여유가 있습니다. 시간에 쫓겨 급하게 데려오면 결과적으로 망사에게 더 몹쓸 짓을 하게 됩니다. 당신의 경우처럼."

영관청을 나오는 그의 발걸음이 무거웠다. 자신도 이렇게 누군가에 의해 선택되어 죽음을 당한 것이라는 사실에 왜 하필 나였느냐는 억울한 감정이 들었지만 이내 어쩔 수 없는 선택에 곤혹스러워했을 그 영혼에 연민이 느껴졌다. 왠지 한번은 그를 만나고 싶다는 생각이 들었다.

돌이켜보면 그의 삶은 잠시도 쉬어갈 짬이 없었던 고달픔의 연속이었다. 평창에서 정년으로 퇴직할 때까지 평교사에 만족하며 자신의 삶에 충실했던 아버지. 그 아래서 옳고 곧은 모습만 바라보고 자라 쉬어갈지도 요령을 부릴지도 모르고 살아왔었다. 아프면 아프다고 힘들면 힘들다고 엄살 한 번 부리지 않았고 아무리 무거운 짐이 지워져도 그저 응당 짊어져야할 숙명이려니 여기고 묵묵히 걸어왔던 생이었다. S대를 나와 S그룹에 입사했다는 이유로 중매쟁이들이 따라 붙었을 때에도 결국 자신의 뜻이 아닌 주위의 떠밀림으로 혼인했었다. 그 후에는 더욱 그 자신의 삶이란 없었다. 계속되는 회사의 버거운 요구에 젊음과 열정을 바쳐야했고 아내에게 부끄럽지 않은 남편이 되기 위해서 윗사람의 눈 밖에 나지 않으려 항상 신경을 곤두세워야 했으며 더불어 격에 맞는 사위가 되기 위해 전전긍긍했던 삶이었다. 거기다 곤죽이 된 몸으로 밤늦게까지 어린 두 아들과 놀아줘야 했지만 건조하고 여유가 없는 그의 생에서 그나마 아이들과 함께했던 순간들이 있어서 다행이라는 생각이 들었다. 그는 갑자기 피로함이 느껴지며 쉬고 싶어졌다. 문득 자신의 육신 안에 들어가 영을 누이고 싶었다. 시체보관실 커다란 냉장고 속에 누워있는 식어버린 자신의 육신을 내려다본다. 파랗게 굳은 피부에는 핏기 한 점 없다. 한 손에는 사고당시 고통에 몸부림치며 쥐어뜯은 자신의 머리칼 한 움큼이 쥐어져있고 난도질당한 뱃가죽 안에는 검시관이 뒤적여놓은 내장사이로 핏덩이가 검게 응고되어 있었다. 더 이상 자신의 육신을 보고 싶지 않았다. 안치실을 나와 빈소 구석진 곳에 피곤한 영을 뉘었다. '살아 있을 때나 죽었을 때나 어디든 피곤하기는 마찬가지구나.' 혼자말을 중얼거리며 피식 웃는다. 차라리 영원한 휴식이 낫겠다 싶다. 눈을 감고 오랜만에 깊은 잠을 청해본다. 죽은 자의 시선으로 바라보는 세상은 너무나도 시끄럽고 번잡스러웠다. 도무지 잠을 이룰 수가 없다. 차라리 어서 저승으로 가고 싶다는 생각이 처음 들었다. 선잠이 든 채로 얼마나 시간이 흘렀을까, 문득 흐느끼는 소리에 일어나 보니 누이가 소파에 얼굴을 묻은 채 울고 있다. 초등학교 4학년 때부터 몸이 불편한 어머니를 대신해 설거지와 식구들의 밥을 지으면서도 조금도 불평하지 않았던 착한 누이였다. 집안형편 때문에 서울에 있는 대학에 가는 것을 스스로 포기하고도 내색하지 않았던 속이 깊었던 누이였다. 장의사가 빈소입구로 다가와 부조금을 접수하는 누이의 남편에게 무엇인가를 준비하라고 이른다. 그의 아내와 누나, 누이가 무거운 표정으로 일어선다. 침침한 조명아래 싸늘한 기운이 감도는 입관실안에는 그의 시신이 허연 광목을 뒤집어 쓴 채 이동식 간이 침대로 옮겨져 있고 스테인리스 선반위에 뚜껑이 열린 오동나무관이 그의 육신을 기다리고 있었다. 그 광경을 본 아내는 다리가 풀려 주저 앉는다.

"상수 아빠 미안해. 미안해. 꺼이꺼이. 상수 아빠 미안해. 미안해. 꺼이 꺽."

오열하는 그의 아내를 누이가 부축하여 일으키려 해도 힘이 부치는지 함께 주저 앉는다. 사자의 사인은 장파열이었다. 부검 부위는 붕대로 감겨 있었지만 팔과 다리에 시퍼렇게 멍이 든 오빠의 시신을 누이는 가슴이 아려와 차마 바라 볼 수가 없었다. 육십 줄에 들어선 장의사의 능숙한 손놀림과 지시에 따라 30대의 보조는 다소 서툰 솜씨로 알콜 솜을 대령하고 차갑게 굳은 시신을 이리저리 들고 굴려 수의를 꿰어 입힌다. 누이와 누나 그의 아내의 오열이 끊임없이 이어진다. 약 20여분의 염을 마친 그의 시신에 삼베수의가 입혀지고 손싸개가 끼워지고 버선이 신겨졌다. 머리에는 삼베로 만든 관을 쓴 채 베개까지 베고 관속에 들어가 누웠다. 그 위에 다양한 색깔의 국화 꽃송이가 이불처럼 덮여진다. 나무가 그렇게 부족했을까? 누이는 오빠의 시신이 관에 너무 꽉 긴다는 느낌에 가슴이 답답해 온다. 평생을 기 한번 펴지 못하고 답답하게 살았던 오빠가 죽어서까지 저 좁고 답답한 관속에 갇혀 있어야 하나, 누이는 또다시 서러움이 북받쳐 오른다. 장의사가 관 뚜껑 모서리를 나무못으로 갈무리를 하는 동안 누이가 몸을 가누지 못하는 올케를 데리고 나왔다. 입관실을 나온 사람들은 한동안 말이 없었다. 누이는 생각한다. 올케가 왜 저리 미안하다고 했을까? 도대체 무슨 미안한 짓을 얼마나 했길래? 도대체 오빠에게는 그동안 어떤 일들이 있었던 것일까? 누이의 아버지가 그랬듯 여태 자신의 주장을 한 번 펴보지도 못하고 그의 아내나 처가에 의지대로 살아 왔을 것이리라. 6년 전 꼭 이맘때 아버지가 폐암으로 세상을 떠나셨다. 평생 후회로 남을 것 같아 누이는 작심을 하고 아버지의 간호를 위해 분당 병원근처인 오빠 집에서 한 달 동안 머물렀던 적이 있었다. 올케는 병실에 오는 것을 마치 문둥병 환자를 만나러 오듯 꺼려했고 누이가 그 집에 들르는 것조차도 못마땅해 했었다. 더구나 오빠마저 무엇이 그리 바쁜지 어쩌다 한번 슬쩍 얼굴을 비추고는 바로 자리를 뜨곤 했었다. 그 후로 누이는 오빠를 마음속에서 밀어내었다. 어린 시절 누이에게 오빠는 커다란 버팀목이었다. 누이가 힘들어 할 때마다 따뜻한 위로가 되어주었고 언제나 누이의 편이 되어주었었다. 누이가 중학교에 입학할 때는 몇 달치 용돈을 아껴 그토록 소원하던 루시 몽고메리의 『빨강머리 앤』 전집을 안겨주기도 했었다. 그 책은 지금도 누이의 책장에 꽂혀있다. 그런 오빠가 올케를 맞아 결혼하면서 딴사람이 되어버렸지만 오빠에 대한 미련은 항상 남아있었다. 아버지를 얼어붙은 고향마을 뒷산 언저리에 묻고 강릉으로 내려오던 차안에서 오빠를 가슴속에서 밀어내면서 누이는 가장 의지해오던 두 사람을 동시에 잃어야 했었다. 그 후 6년이 흐르는 동안 오누이는 각자의 자리에서 바쁘게 살아왔었다. 어쩌다 집안 대소사로 만난 자리에서 오빠가 붙여오는 말을 퉁명스러운 말투로 받았으며 누이 쪽에서 먼저 전화를 건 적도 물론 없었다. 그렇게 살갑게 대해주지 못했던 모습들이 새삼 가슴 저미는 후회로 다가온다. 한편으로는 홀가분했던 오빠의 빈자리가 세월이 흐를수록 그만큼 휑하고 허전했었다. 사돈댁 식구들에게 느껴지는 위압감에서 오빠는 얼마나 자유로웠을까? 저렇게 도도한 집안에서 가식적인 교양으로 무장된 아내와 가난하고 보잘것없는 친가와의 사이에서 갈등하면서도 회사에서 뒤처지지 않으려 몸부림쳤을 안쓰러운 오빠의 모습이 아른거린다. 여태 그 흔한 해외여행 한 번, 아니 제주도여행 한번 가보지 못했고 맘 편하게 쉬어본적도 없이 평생을 일만해하다가 죽은 오빠가 불쌍해서 누이는 억장이 무너졌다. 문득 문득 간헐적으로 이젠 다시 만날 수 없다는 영원한 이별 앞에서 인간이라는 존재가 먼지만큼이나 가볍게 느껴지며 감당할 수 없는 슬픔이 바늘뭉치가 되어 쿡쿡 가슴을 찔러온다. 만약 신이 존재한다면 이렇게 오빠를 보낼 수는 없다고 이럴 수는 없다고 따지고 싶었다. 제발 한번 만이라도 아주 잠깐만이라도 오빠를 다시 만나게 해달라고 애원하고 싶었다. 마지막으로 오빠의 손을 잡고 눈을 맞추고 미안하다고 내가 나빴다고 꼭 말해주고 싶은데. 오빠를 향해 보냈던 싸늘한 시선들이 후회와 아쉬움으로 솟구쳐 올라 분수처럼 흘러내린다.

발인 전날 저녁 무렵 사고당시에 함께 술을 마셨던 동료들이 미안한 얼굴로 빈소를 찾았다.

"신제품 개발이 성공적이라 내년 초에 이사로 승진한다고 좋아하셨는데. 뭐라고 드릴 말씀이 없습니다. 댁까지 바래다 드렸어야 했는데……"

지금껏 그 자리를 지키기 위해 자신의 안락한 휴식과 행복을 포기하는 눈물겨운 몸부림이 있었을 것이다. 그의 아내가 그들을 배웅하고 돌아서며 또다시 흐느낀다. 그 순간 누이는 누가 보아도 훌륭하고 대단해 보이는 오빠의 삶이 그저 고생스럽고 힘겨웠던 삶으로, 미련스럽고 부질없는 삶으로 느껴지면서 그 정점에 자리한 올케의 욕심 어린 미소를 생각했다.

상주와 유가족 조문객들 사이로 다양한 모습의 영혼들이 그의 시야에 들어온다. 입관이 끝난 후 그의 영혼은 사고당시 피 묻은 옷에서 깨끗한 삼베수의로 갈아입었다. 저승길을 앞둔 영혼들은 삼베수의를 입었으나 헤지고 찢겨진 군복차림을 하거나 백 년도 지났을 만한 무명옷 복색의 귀신도 더러 눈에 띄었다. 장례조차 치르지 못하고 원한으로 수칙을 어겨 저승길에 오르지 못한 원귀일 것이다. 이승을 떠도는 영혼들의 복색이나 신체골격 모양을 보면 언제 어떻게 죽었을지 짐작이 되었다. 그는 또다시 피로를 느꼈다. 새벽에 일어나 출근 할 때도 밤늦도록 업무에 시달릴 때도 몰랐던 피곤함이 죽은 후에서야 한꺼번에 밀려오는지 장례가 진행되는 내내 지쳐있었다. 게다가 좀 전에 보고 온 명부 속 아홉 명의 심상 이미지들이 어른거린다. 피로가 더욱 그를 덮쳐온다. 누군가 그의 어깨를 툭 친다. 죽은 날 영육소에서 보았던 특실 2호 대머리 노인이다. 노인의 이마에는 5등급 표식이 찍혀있다.

"지금은 좀 어떤가?"

"아직 어리둥절합니다."

"그래도 자네는 3등급이니 편안한 저승길이 되겠군."

"작년에 죽은 내 친구를 이곳에서 우연히 만났는데 12등급 길을 떠날 엄두가 나지 않아 저승길을 포기했다더군. 젊은이는 언제 가나?"

"아직 정해져지지 않았습니다. 함께 가기로 했던 동반자가 등급이 강등되는 바람에 제가 동반자를 지목해야 합니다."

"저런! 또 한사람 죽게 되겠군. 어찌됐건 나이가 가장 많은 사람으로 지목하게. 젊은 사람을 죽이는 건 못할 짓이야. 나야 살만큼 살았지만 저 어린것들을 두고 어찌 떠날 건가? 쯧쯧."

노인은 눈물을 그렁그렁 담고 있는 상수와 잠든 상호의 모습을 애처롭게 내려다본다.

"이런! 멀리서 친구가 찾아 왔구만 난 그만 가네"

노인이 자리를 뜨자 그는 더욱 더 큰 피로를 느낀다.

익산에서 그녀를 죽인 범인들은 또 다른 범행대상을 물색하고 있었다. 그들의 범행대상은 우선 돈이 있어야 했고 굶주린 성욕을 채워줄 만한 젊은 여자라면 더 좋았다. 달포 전 여 약사에게 돈을 뜯어내는 데는 실패했지만 죽이기 전까지 한동안 목말랐던 성욕을 번갈아가면서 채울 수 있었다. 하지만 시체처럼 이를 악물고 흰자위를 희번득이던 소름끼치는 표정이 아직까지도 꿈자리를 사납게 했다.

"젠장 빌어먹을 년의 상판이 밤낮을 안 가리고 어른거리네."

고수머리가 인상을 찡그리며 담배를 뽑아 문다. 여인숙 쪽창 밖으로 이틀째 비가 내리고 있었다.

"저번에 그 약사 말이요? 나도 간밤에 꿈에까지 나타나 눈 까리를 까뒤집고 달려들던데"

모자를 꾹 눌러 쓴 놈이 되받는다.

"방안에서는 모자 좀 벗으면 안 되냐?"

"형이 모자 사는데 보태준 거라도 있소?"

"그래도 그년 몸매는 죽였는데. 비도오고 아! 생각난다. 어디 나가서 적당한 년 한번 찾아봐라."

사실 그들의 꿈속에 그녀가 나타나는 이유가 그녀의 영혼과 전혀 관계없는 것은 아니었다. 인간의 꿈속에 나타나는 것조차도 수칙을 어기는 행위였지만 워낙 잦게 일어나는 현상이라 묵시적으로 허용되고 있었다. 그녀는 그 빈도가 너무 잦아 영관원으로부터 이미 주의를 받은 상태였다. 놈들은 20대 후반의 J은행 여행원을 표적으로 삼았다. 여자의 집근처에서 퇴근하는 길목을 지키고 있다가 납치하기로 계획을 세웠다. 초겨울비가 을씨년스럽던 11월의 밤 여자는 회식이 있는지 좀처럼 모습을 나타내지 않았고 초조해진 놈들은 편의점 사발면으로 허기를 채우며 기다리고 있었다. 자정이 가까워서야 취기가 약간 오른 그녀의 또각거리는 구두소리가 골목길의 정적을 깨우자 덜컥 차문이 열린다. 검은 두 그림자가 외마디 비명을 잠재우고 사라진 골목길 바닥에는 펼쳐진 우산 하나가 뒤집어져 나뒹군다. 차는 전주 시내를 벗어나 천주교 순교자들의 공동묘지를 지나 무주방면으로 향하는 국도로 접어들었다. 가끔씩 마주치던 차량 전조등마저도 완전히 사라지고 칠흙같은 어둠이 11월의 비에 젖어 울고 있다. 몇 군데 불빛이 희미한 작은 마을로 들어선 차는 인가로부터 멀찍이 떨어진 허름한 농가주택 마당에 멈춰 선다. 어디선가 비릿하고 시큼하게 썩는 구린내가 비에 젖어 풍겨온다. 뼈대만 앙상하게 남은 비닐하우스에서 벗겨진 비닐 잔해가 스산한 겨울바람에 을씨년스럽게 펄럭이고 있었다. 몇 년 전까지 모자가 가족들과 함께 살았던 곳이었다. 라이터를 켜고 앞장선 모자가 익숙한 손놀림으로 문갑 위에 세워진 기둥 초에 불을 붙인다. 문짝 하나가 떨어져 나간 8자짜리장롱과 낡은 자개 문갑이 ㄱ자로 배치되어 있고 한쪽 구석에는 이부자리 더미가 아무렇게나 뭉개져있었다. 문갑 위 삼남매의 사진이 불빛을 받아 흔들린다. 어린 두 동생을 양팔로 껴안고 웃고 있는 소년의 하관이 모자를 닮았다. 여자는 이불더미 위로 내팽개쳐졌다.

"야, 이년아, 그러니까 비밀번호가 뭐냐고. 알려만 주면 곱게 돌려보내준다니까. 살결 죽이는데."

고수머리가 스타킹으로 두 손이 뒤로 묶여진 여자의 머리칼을 한번 쓸어 올리고는 여자의 허벅지를 더듬는다.

"제발요, 아저씨. 절 그냥 보내만 주세요. 돈은 얼마든지 드릴게요. 다음 달에 결혼할 사람이 있어요."

흐릿한 촛불에 비춰진 여자의 눈언저리는 마스카라가 번져 시꺼멓다.

"그래? 어쩐지 구미가 당긴다 했더니 곧 결혼 할 몸이시구나. 그러면 당연히 이 오빠한테 먼저 신고를 하고 가서야지. 야! 잠깐 좀 나가 있어."

"씨발! 먼저 비밀번호부터 따야지! 지난번에도 이러다 좆 된 거 아냐!"

일어서 있던 모자가 불퉁거리며 소리를 지른다.

"너 뒤지고 싶냐? 이게 겁 대가리를 잡쉬버렸나? 말 안 들어?"

고수머리가 벌떡 일어나 모자의 턱을 들어 올린다.

"알았어요. 비밀번호 알려드릴게요. 대신 먼저 아무 일 없이 그냥 돌려보내 주겠다고 약속부터 해주세요."

다급해진 여자가 모자에게 애처로운 시선을 던진다.

"그래? 우리 아가 진작 그랬어야지. 그런데 얼마나 있냐? 액수가 문제지."

"마이너스 통장이니까 천오백만 원까지는 뽑을 수 있을 거예요."

"장난 하냐? 우리가 좀도둑이냐? 꼴란 천오백 갖고 니가 천오백밖에 안 되나? 섬에다 팔아도 삼천은 받을 수 있어. 썅"

천오백이란 말에 일순 희색을 보였던 고수머리가 이내 표정을 바꿔 여자의 턱을 거칠게 들어올린다. 그러고는 여자의 탱탱한 젖가슴을 더듬으며 군침을 흘린다.

"형 그냥 이 정도로 하자. 협조도 잘해주고."

"씨발놈 도적질도 손발이 맞아야 하지. 알았어. 늦기 전에 어서 돈이나 찾아와라 흐흐"

비밀번호를 넘겨받은 모자가 밖으로 나가자 불빛이 크게 흔들렸다가 다시 살아난다. 엔진소리가 멀어져가자 고수머리는 묶여진 여자를 탐하기 시작한다. 여자의 처절한 몸부림은 점점 고수머리의 욕정에 짓눌려가고 간절한 외침은 먼 마을에 개 짖는 소리로만 무심하게 돌아올 뿐 캄캄한 겨울초입의 산야로 퍼져나간 비명소리는 추적거리는 빗방울에 실려져 여자를 기다리는 가족의 지붕위에 사랑하는 남자의 머리위에 애절하게 젖어들 뿐이었다.

모자를 꾹 눌러쓴 놈이 현금인출기 앞에 다가섰다. 그녀는 모자의 주위를 맴돌며 기회를 엿보고 있다. '이놈들의 만행을 더 이상 두고 볼 수는 없다. 반드시 내손으로 끝을 내야 한다. 저 모자 저 모자만 벗긴다면.' 하지만 지옥 길을 오들오들 떨며 걸어가는 자신의 모습이 보여 주저한다. 모자는 세 개의 카드 중 하나를 꺼내 삽입한다. 화면이 몇 번 바뀌고 버튼을 몇 번 누르자 차르르르 돈세는 소리가 들린다. 며칠 동안 라면과 짜장면으로 듬성듬성 끼니를 때운 모자는 머릿속에 그려지는 풍성한 중국요리에 흥분이 되었다. 돈다발을 거머쥔 모자가 자신도 모르게 고개를 쳐든 순간 그녀의 모든 힘이 폭발했다.

순식간에 벗겨진 모자를 집으려 반사적으로 고개를 숙이며 카메라와 등지며 앉았으나 카메라는 그런 모습까지 놓치지 않았다. 지난 몇 년 동안 잠잘 때 빼고는 벗은 적이 없었던 모자였다. 황급히 눌러쓰고 그곳을 벗어난다.

"이런 염병할 그때 왜 모자가 벗겨지는 거야?"

운전대를 잡은 모자는 계속 고개를 갸우뚱거린다.

전북지역 영찰청 영검실에 비상벨이 울리고 영관원들의 움직임이 부산하다. 검은 망토에 검은 모자를 쓴 근엄한 표정의 영검원 앞에 여 약사가 이끌려왔다.

"수칙을 어긴 사실을 아는가?"

"알고 있습니다."

"수칙을 어긴 대가로 저승길이 최하등급으로 강등된다는 사실도 아는가?"

"물론 알고 있습니다만 방금 놈들의 손에 또 한 명의 죄 없는 희생자가 생겼습니다. 저놈들은 제2 제3의 희생자를 계속 만들어 낼 거라고요."

"그건 네가 관여할 바가 아니다. 인간과 영혼, 생과 사가 빈틈없이 얽혀 돌아가는 거대한 수레바퀴를 한갓 먼지에 불과한 네가 멈추려 한단 말인가!"

그녀의 이마에 희미한 주황색 '3'이라는 숫자가 지워지고 검은색 '12'낙인이 찍혀진다.

"내려가서 너와 함께할 동반자를 선정하라."

영검실에서 동반자선정실까지 그녀를 호송한 영관원이 안쓰러운 눈길을 보낸다.

"3천리만 가도 될 길을 3만리를 가게 생겼군 그뿐인가 평탄한 길을 놔두고 12등급이라! 그 지옥길을 어찌 가려고 세상에 온갖 괴로움을 다 느끼며 가야할 텐데."

처음과는 달리 두 번째 지정은 순조로웠다. 등급이 낮을수록 선정에 가책이 없겠지만 대상자가 한 명뿐이었다. 약사의 친정어머니 집 문간방에는 몇 년 전부터 팔순할머니가 어린 손녀와 함께 세 들어 살고 있었다. 아들이 전주 근처에서 양계장을 하다가 조류독감 파동 때 빚을 잔뜩 떠안고 술로 세월을 보내다 죽었고 군대 입영통지를 피하여 도망 다니는 큰 손자가 가끔 소리도 없이 들렀다가 사라지는 모양이었다. 심성이 고왔던 그녀는 이들의 딱한 처지를 알고 밀린 월세를 가끔 내주기도 하고 초등학교에 다니는 여자아이의 생일이나 기념일을 놓치지 않고 자신의 딸과 함께 시내로 데리고 나가 맛난 음식과 새 옷을 사주기도 했었다.

시체를 찾지 못한 여수시장의 빈소는 여수시립 실내체육관에 마련되었다. 휴일인데도 상당수 시청직원들이 출근을 했고 장례식장에는 조문객보다 장례절차를 진행하는 공무원들과 취재 기자들, 호기심어린 눈빛으로 기웃거리는 구경꾼들이 더 많았다. 대부분의 조문객들의 표정 또한 그리 슬퍼보이진 않았다. 검은 리본을 양쪽 모서리에 두른 영정에는 양끝이 올라간 입술에 탐욕을 잔뜩 머금은 60을 갓 넘긴 중늙은이가 계산된 미소를 흘리고 있었다.

"젊은 나이에 안 됐구려. 내 빈소에는 어쩐 일이우?"

시장은 빈소 구석진 곳에서 자신의 영정을 몰래 훔쳐보고 있는 젊고 아리따운 여자의 이마에 선명한 검은색 숫자를 보고 슬그머니 다가와 말을 건넨다.

"아! 인사드리려고요. 저승길 동반자라 해서."

적이 놀란 그녀가 뒤끝을 흐린다.

"그래요? 저승길이 아무리 험난하다 해도 이렇게 아름다운 분과 함께라면 무엇이 문제겠소. 으흐흐흐 그런데 어데서 오는 길이우?"

"익산입니다"

"여기가 교통이 안 좋아서 말이야. 태백산까지 가려면 내일 서둘러야겠군. 내가 정치를 하다 보니 여기저기 벌여놓은 일이 많소. 내일 좀 늦더라도 기다려 주시우."

입이 귀에까지 걸린 중늙은이의 눈빛에는 음흉스러운 느끼함이 줄 줄 흘러내린다. 태백산에는 저승길로 떠나는 관문인 영출원이 있다. 영출원에는 등급별로 열 두 개의 영출소와 열 두 개의 저승문이 있다. 그녀가 여수시장을 선택한 이유는 단지 하나였다. 명부에 올라 있는 이들 중 이미 사망했다는 것, 두 번 다시 유가족들에게 비통한 슬픔을 안겨주고 싶지 않아서였다. 험난한 저승길을 함께할 동반자가 어떤 위인인지 기대는 없었지만 실망이 컸다. 지목된 자는 저승길 동반자 선정에 대한 내용을 전혀 알지 못한다. 사정이 바뀌어 자신이 동반자 선정실에 호출될 때 비로소 동반자 선택에 대한 권리 겸 의무를 알게 된다. 졸지에 방어잡이 낚시를 즐기러 나갔다가 목숨을 잃은 뒤 자신의 죽음을 슬퍼하지 않는 가족과 조문객들의 태도에 실망하고 분노하던 며칠이었다. 무엇하나 좋은 일이 없던 참에 저승길의 동반자가 예쁘고 젊은 여자라는 사실이 여수시장을 흥분하게 했다. 병원 입구까지 배웅 나온 시장을 떨쳐내고 돌아오는 그녀의 마음이 무거웠다.

그는 상수와 상호가 잠든 곁을 떠나지 못하고 있다. 그동안 남의 옷을 걸치고 있는 것 같았던 넓은 아파트도 이젠 끝이라는 생각이 들자 알 수 없는 서러움이 인다. 몇 년 전 아내의 강압에 못 이겨 마지못해 거액의 융자를 얻어 장만한 귀여운 자식들과의 달콤한 추억이 서린 곳이다. 처음 이사 올 때는 네 식구가 살기에는 황량하다 느껴져 얼마 동안 남의 집처럼 어색하기도 했었다. 그로서는 결혼할 때 처가도움 으로 얻었던 33평짜리 전세 아파트도 과분했었던 터였다. 상수가 뛰 어놀고 상호가 기어 다니던 곳을 어둠속에서 가만히 눈길로 더듬어 본다. 아이들의 잠든 모습은 언제보아도 천사처럼 아름답다. 너무 예 뻐서 슬펐다. 다시는 매끄럽고 따스한 뺨을 부벼 볼 수 없다는 현실이 가슴을 도려낸다.

"사랑 한다 상수야!"

"사랑 한다 상호야!"

차마 어린자식들의 곁을 떠나지 못하는 그의 눈에 뜨거운 눈물이 흘러내리지만 눈물은 이내 연기가 되어 사라진다. 조용히 다가온 약 사가 그의 어깨를 두드린다.

"빈소에 갔더니 어떤 노인이 이리로 가라더군요. 실례인지 알지만 꼭 뵙고 드릴 말씀이 있어서."

이마에 까맣게 찍혀진 12라는 숫자만 아니라면 참으로 고운여자라 느껴졌다.

"혹시 저를 지목한 것에 대한 사과의 말씀이라면 괜찮습니다. 처음 에는 억울하기도 했지만 저 역시 지금 같은 처지에 놓여 있습니다. 그 심정을 충분히 공감합니다."

"죄송합니다. 저렇게 귀한 자식들을 두고 떠나는 심정이 어떨지 제가 조금만 더 신중하게 생각 했어야 했는데."

"어차피 얼마 남지 않은 목숨이었습니다. 조금 더 살고 말고가 중요한 건 아닙니다. 다만 준비 못한 이별이 아쉬울 뿐이지요."

"저도 다섯 살배기 딸아이가 있습니다. 달포 전에 익산에서 납치됐다가 살해됐었지요. 누구보다 선생님의 아픈 마음을 이해합니다. 뭐라 드릴 말씀이 없습니다. 함께 동반하면서 내내 빚을 갚으려 했었는데."

그는 언제인가 뉴스에서 언뜻 들었던 익산 여 약사 실종사건의 희생자가 그녀라는 사실에 적이 놀랐으나 그녀가 수칙을 어겨 등급이 하락된 이유가 무엇 때문이었을지 짐작이 갔지만 묻지 않았다.

"그동안 많이 힘드셨겠네요. 그보다 저승길이 걱정되는군요."

"어쩔 수 없었습니다. 저야 대가를 치르면 그만이지만 그보다 떠나기 전에 선생님과 선생님의 가족에게 안겨준 상처에 대해 꼭 사죄를 드리고 싶었습니다."

"이해합니다. 그 점은 조금도 신경 쓰실 필요 없습니다. 언제 떠나십니까?"

"내일 저녁까지 영출원이 있는 태백산까지 가야 하고 자정 안에는 이승을 떠나게 될 겁니다."

"험난한 길인데 차라리 이승에 남아 딸아이가 자라는 모습을 지켜보는 건 어떨까요?"

"저도 그 생각을 해보았습니다. 지난 48일 동안 줄곧 저를 해친 범인들을 따라 다니던 중에 이승을 떠도는 여러 귀신들을 만나보았습니다. 처음엔 그들이 무서워서 말을 걸어오는 것조차 꺼려했지만 모두가 그럴만한 사연과 한이 있었습니다. 이제와 생각하니 사람이 살고 죽는다는 것 모두가 다 허망하다 생각됩니다. 세월이 흘러 제 아이가 자라서 늙어 죽게 되면 그때 그 아이가 저를 알아볼까요? 그리고 그 아이 마저 저승길로 떠나고 난후 이곳에서 영원히 귀신으로 남겨진다는 것이 더 무서웠습니다."

"용서를 하지 않더라도 그냥 놔두는 건 어려웠나요?"

어렵게 말끝을 흐리며 나직이 묻는 말에 그녀는 대답대신 고개를 가로 저으며 입술을 깨물었다. 그가 죽은 지 사흘 밖에 지나지 않았지만 마치 그녀와 긴 시간을 함께 한 것처럼 마음에 교감이 느껴지고 또 피로해졌다.

"동반자 선정은 하셨나요?"

"아직이요. 차마 못하고 그냥 돌아왔습니다."

"아직 달포 정도 시간이 있을 겁니다. 저는 그 짓이 죽는 것만큼이나 힘들고 고통스러웠습니다."

"그렇습니다. 그 명부를 보고 온 후로 그 선량한 눈빛들이 저를 괴롭힙니다."

"저도 그랬지요. 그러다 마감이 가까워서야 겨우 선택한 것이 선생님이었으니까요. 죄송합니다."

"누군가에게 못할 짓을 하지 않는 것도 큰 축복인 듯합니다."

"저는 이제 고향집으로 가서 어머니와 아이에게 마지막 인사를 하고 태백산으로 가야합니다. 부디 좋은 동반자 만나 편안한 저승길 되십시오."

그렁그렁한 슬픔을 연기로 남기고 약사가 떠나가 버렸다. 그녀를 보낸 집안이 처음 이사 왔을 때처럼 황량하게 느껴진다. 그는 행복했을 그녀의 인생에 난데없이 끼어들어 그녀가 가진 모든 것을 앗아가 버린 놈들에 대한 분노가 치밀었다. 자신의 몸을 범하고 도륙한 놈들에 대한 그녀의 복수심에 공감이 갔지만 더 이상 피해자가 없기를 바라는 심정으로 자신을 희생시켜 수칙을 어겼으리라 믿고 싶었다. 그보다도 그로인해 편하고 순탄한 길을 버리고 험난한 저승길을 가야할 그녀의 현실이 마음 아팠다.

자정이 훨씬 지난 텅 빈 빈소 휴게실 한구석에 검은 상복차림으로 반듯이 누워 잠이든 아내의 미간에는 없던 주름이 여러 개 보인다. 지금까지 부잣집 외동딸로 부족함 없이 살아왔던 귀부인이었다. 이제 다시는 못 올 길을 앞에 두고 보니 새삼스레 아내에 대한 연민이 느껴진다. 그리고 미안했다.

"미안하오. 끝까지 함께해주지 못해서. 상수와 상호 잘 부탁하오."

옆 집 노인의 장례식장 식당엔 여러 패로 나뉘어져 화투패가 돌아가는 반면 반쯤 불이 꺼진 그의 장례식장 한 편에는 그의 오래된 고향 친구들만이 조용히 자리를 지키며 침울하게 술잔을 기울이고 있었다.

그를 떠나보낼 날이 밝았다. 그의 육신은 화장이 된 후 뼈는 빻아져 납골당에 안장될 것이다. 일찍부터 장례진행요원들의 움직임이 부산하다. 섬뜩할 정도로 선명한 붉은 바탕에 노란 십자가를 수놓은 천으로 덮인 그의 관이 옆구리에 허연 광목천으로 엮어져 영안실 밖으로 나왔다. 그는 44년을 지내왔던 육신이 잠든 관을 내려다본다. 그 긴 세월 동안 저 몸을 통해 기쁨과 희열 그리고 아픔을 느꼈었다. 한때엔 좋은 것도 먹고 대궐 같이 넓은 집에서 호사를 누리기도 했지만 생애 대부분을 옹색하고 비좁은 곳에서 고생시켰던 기억만 떠오른다. 부스스한 얼굴에 떡진 머리칼을 한 친구들이 관을 운구한다. 운구버스의 옆 덮개가 올라가고 그의 관이 고정되었다. 그의 아내와 누이가 관을 잡고 울부짖는다. 회사에서 내어준 검은색 대형세단의 보닛 범퍼부터 트렁크 범퍼까지 검은색 테이프가 교차되고 영정사진을 안은 상수가 조수석에 올랐다. 영정사진을 실은 선도차가 장례식장을 빠져나가자 그 뒤를 이어 유가족들을 실은 세단들이 뒤따른다. 누이는 시린 눈으로 하염없이 흐르는 눈물을 훔칠 기력도 없이 차창 밖으로 지나가는 초겨울 풍경을 내다보고 있었다. 오늘따라 하늘빛이 왜 이리 맑고 푸른지 영화 속처럼 차라리 비라도 내려준다면 오빠를 떠나보내는 이 날이 이렇게 서럽지는 않았을 것 같다. 이제는 다시 오빠를 볼 수 없다. 오빠와 다정했던 어린 시절 추억들이 다시금 떠오르며 스쳐가는 차창 밖 겨울 가로수 앙상한 가지가 쿡쿡 가슴을 찔러온다. 지난 추석 강릉으로 혼자 내려온 오빠와 오랜만에 함께했던 형제간의 자리가 마지막이었다. 그날 먼저 간다고 돌아서던 오빠의 어깨가 무척 힘겨워 보였었는데 결국 그 무게를 견디지 못하고 이렇게 싸늘한 주검이 되어 버스바닥에 실려 가는 신세가 될 줄이야. 퉁퉁 부은 눈두덩이 사이로 뜨거운 눈물이 흘러내린다. 영생원은 도심을 벗어나 가파른 언덕을 10여분 오른 곳에 있었다. 화장장이라는 느낌 때문인지 건물 자체만으로도 충분한 위압감을 주었다. 말라비틀어진 이파리마저 모두 떨구어낸 앙상한 벚나무들이 도열한 주차장으로 선도차가 미끄러져 들어가고 그 뒤를 따라 영구차와 시꺼먼 대형 승용차들이 비상등을 켜고 줄을 잇는다. 매제가 사망진단서와 가족관계증명 등의 서류를 갖추어 접수실로 가고 관은 검은 제복을 입은 관리원에 의

해 수레로 옮겨져 화장장 건물 안으로 이끌려 들어간다. 상수가 외할머니 손을 벗어나 영정사진을 품에 품고 관을 뒤따른다. 아홉 살배기 아이의 가슴이 감당하기엔 너무 무거운 고통이다. 앞으로도 발작하는 복통처럼 간헐적으로 그 여린 가슴을 난도질 할 것이다. 그의 손길이 상수의 머리를 안타깝게 쓰다듬어보지만 상수는 그의 손길을 느끼지 못한다. 지켜보는 모든 이들의 눈가에 이슬이 맺혀진다. 멈춰선 그의 관 앞에 영정사진이 놓이고 잠시 후면 지난 44년간 그와 희로애락을 함께 해왔던 그의 육신이 불태워질 것이다. 그의 아내는 처남의 품에 쓰러져 화장장 밖으로 나갔다. 그는 상수와 자신의 관 옆을 지키고 있는 남동생과 누나, 누이에게 마지막 인사를 한다.

'그동안 참 미안했다고 그리고 고마웠다고.'

화장장 로비는 마치 바둑돌을 흩트려놓은 듯 희고 검은 옷들로 뒤섞였고 수의를 차려입은 죽은 자들의 표정은 비장했다. 여러 개의 관이 기다리고 있는 통로에는 국화꽃으로 치장된 사진들이 종합병원 침대 인식표처럼 따라다닌다. 한복을 곱게 차려 입은 노인들의 영정사진들 사이에서 젊고 준비 안 된 그의 영정사진은 서럽기만 하다. 마스크에 모자를 깊게 눌러쓴 사내가 문을 열고 나와 관을 인수해 들어간다. 살아 있는 자들은 더 이상 따라 갈 수가 없는 문이다. 마치 삶과 죽음의 경계를 가르는 문처럼 살아 있는 자들은 건물입구에서 받았던 위압감을 이 문에서 다시 느낀다. 아빠의 관을 놓치지 않으려 수레를 움켜쥐던 상수의 작은 손이 떨어지며 결국 누이의 품에서 울음을 터뜨린다. 보내기 아쉬운 눈들이 안을 들여다 볼 수 있도록 배려한 사방 한자짜리 유리 창문으로 몰려들었다. 마스크는 지극히 사무적으로 관이 놓인 수레를 육중한 철문 앞으로 가져다 놓는다. 문이 열리고 도르래 달린 철판이 나온다. 관을 철판위로 옮겨놓자 스르르 안으로 끌려들어간다. 고인에게 머리 숙여 경의를 표하는 마스크의 뒷모습이 보이고 육중한 철문이 닫힌다. 그의 관이 불타고 있다. 그의 수의가 불타고 있다. 그의 몸이 불타고 있다. 그의 육신은 지금 오히려 자유롭다. 비로소 그동안 영을 구속하던 육이 사라졌다. 이제 육신의 고통에서 완전한 자유를 얻었다. 지금 저 건물 밖에서 앞으로 자신의 처지를 걱정하는 아내와 아빠와의 영원한 이별이 무엇인지도 모른 채 외할머니 품에 안겨있는 네 살배기 상호와 유리문 밖에서 자신의 몸이 불타는 모습을 눈에 담고 있는 상수와 누이 그리고 자식의 영정 사진을 보고 쓰러져 그길로 집으로 돌아가 자리를 펴고 누운 어머니는 아직 그와의 이별을 받아들이려 하지 않고 있다. 두 시간 여가 지나가고 마스크가 나타났다. 두터운 철문이 열리자 검회색 철판위에 관은 온데간데없고 둥그런 갈비뼈와 주위에 몇 개의 뼛조각들이 남았다. 철판이 나오고 마스크는 남아있는 잿가루를 수습한다. 수습된

뼛조각은 분쇄실로 옮겨져 20여분이 지나자 요강만한 항아리로 돌아왔다.

　시신이 아직 국과수에 있는 그녀의 장례는 결국 그녀가 이승을 떠난 후에야 치러질 것이다. 익산 친정집을 둘러보는 그녀는 유치원에 다녀온 딸아이의 머리를 어머니가 묶어주는 모습을 안쓰럽게 바라본다. 눈이 침침해진 어머니는 몇 번이나 한숨을 쉬고 손이 어긋난 후에야 동그란 구슬두개가 달린 머리끈의 매듭을 지어주었다. 지난 크리스마스 선물로 문간방 여자아이와 함께 사준 것이었다. 딸아이는 유별나게 구슬달린 것을 좋아했다. 한 달에 두 번뿐인 쉬는 날에야 딸아이의 머리를 만질 수 있었는데 해맑은 웃음으로 행복해하던 모습이 떠오른다. 그냥 나오려다 썰렁한 기운이 감도는 문간방이 시선을 잡아끌었다. 방안에는 아무도 없었다. 바닥에 떨어진 구슬달린 머리띠 옆으로 전주경찰서와 W대 영안실 전화번호가 적힌 쪽지가 보인다. 그녀의 머릿속에는 할머니의 변고와 큰아들의 구속이 떠올려지며 마음이 아파온다. 고개를 쳐드는 염려를 애써 억누르고 전북지방 영관청으로 촉박한 발걸음을 옮긴다. 어느 영관청이든 영출원까지 영관원이 호송해 주기 때문이다. 여수시장은 오후 5시가 넘어서까지 자신이 원하는 곳 모두를 둘러보지 못하고 있었지만 젊고 아리따운 여성과의 동행으로 한껏 마음이 부풀어 있었다.

태백산 영출원에는 팔도에서 모인 영혼들로 우글거리고 있었다. 웅장하게 우뚝 솟은 영출원 본청건물 주위로 12개의 영출소 건물이 약간의 간격을 두고 세워져 있었다. 해거름이 다되어서야 그녀는 호송하는 영관원의 뒤를 따라 영출원 외곽 정문에 들어섰다. 제일 먼저 5등급 영출소가 그녀의 시야에 들어온다. 열려진 문안으로 들여다보이는 내부는 마치 익산역 대합실과 흡사했고 동반자끼리 다정히 앉아있는 영혼들 불안한 듯 누군가를 기다리며 서성이는 영혼들로 붐비고 있었다. 그 영혼들 사이로 대머리노인의 모습도 보인다. 노인은 아쉬움과 회한, 기대와 불안 등이 뒤섞인 묘한 눈빛으로 대기소 밖 그녀를 내다본다. 그녀를 호송해온 영관원이 영혼들을 풀어 놓고 영출청 본관 건물로 올라가고서야 그녀는 여태 한 번도 이곳으로 여행해 본적이 없었음을 깨닫는다. 그동안 여유 없이 바쁘게만 살아왔던 자신의 삶이 후회스러웠다. 11월 말의 썰렁한 태백은 겨울이 이미 와 있었다. 이승의 마지막 여행지가 된 태백산 입구 광장에는 하산하는 마지막 등산객의 발걸음 뒤로 겨울밤이 내려앉고 있었다. 영관원이 지나간 길을 따라 조금 더 올라가자 산뜻하고 안락하게 지어진 영출소가 보인다. 3등급 영출소다. 만약 수칙을 어기지 않았더라면 저곳에서 그를 만날 것이었다. 영관원이 지키고 있는 틈으로 들여다 본 실내는 조금 전의 5등급 대기소와는 사뭇 달랐다. 호텔 로비처럼 깨끗하고 안락해 보였다. 군데군데 눈에 띄는 영혼들의 표정도 평온했다. 영관원의 안내에 따라 어둡고 후미진 곳으로 내려오자 12등급 영출소가 보인다. 입구를 지키던 험악한 표정의 영관원이 그녀의 이마에 선명하게 찍힌 12등급을 확인하고 안으로 들여보낸다. 낡은 시외버스정류장 대합실처럼 비좁고 지저분하다. 불만과 시기 질투와 분노로 가득 찬 얼굴들 사이로 불신의 먼지들이 풀풀 흩날린다. 접수창구에 도착을 알리자 동반자가 올 때까지 대기하라는 안내를 한다. 두 쪽으로 쪼개진 커다란 바위 앞을 몸집이 큰 영관원들이 지키고 서있다. 호명된 두 영혼이 저승문 앞으로 다가간다. 신분을 확인한 영관원에 의하여 바위가 열리자 끔찍스러운 외마디 비명 소리가 동굴 속 깊은 곳으로부터 울려나온다. 짐승의 울부짖음 같기도 하였으나 가만히 들어보니 고통에 신음하는 인간의 처절한 비명소리였다. 그녀는 섬뜩한 느낌에 전율하며 자신의 선택에 흔들림을 느꼈다.

그의 뼛가루가 담긴 항아리가 납골당 묘지로 옮겨졌다. 영결식을 마친 그는 영관청으로 향했다. 하루빨리 마음의 짐을 덜고 싶었다. 자신과 함께 떠나야할 아직은 살아있을 명부 속 한사람을 지목할 것이다. 다시 보아도 모두가 선량해보이고 아직까지는 할 일이 많은 가족들로부터 절대적인 사랑을 받는 사람들이다. 사랑하는 아내와 어린 자식들을 둔 가장이거나 자애로운 어머니이거나 아내의 뱃속에 어린 자식을 두고 있는 젊은 가장이거나 아직 채 피지도 못하고 사라질 어린아이였다. 벌써 두 시간째 그는 명부를 이리저리 뒤적이고 있었다. 이 모습을 지켜보던 영관원은 기다림이 지루했던지 접수내 수변을 서성거렸다

여수시장은 자정이 가까워서야 영출원 12등급 대기소에 모습을 나타냈다. 시장이 막 접수를 마치고 그녀 곁으로 다가오고 두 영혼이 저승문 앞으로 다가서려는 찰나였다. 누군가가 다급히 대기소 안으로 달려 들어온다. 그였다. 그의 신분을 확인한 접수창구에서 저승문 앞 영관원에게 신호를 보내자 그녀와 시장은 영관원의 제지를 받아 멈춰 섰다.

"당신들은 함께 갈수 없소. 당신들의 동반자는 좀 전에 변경되었소. 방금 영출청에서 지시가 떨어졌으니 잠시 기다리시오"

그의 신원을 확인한 영관원이 그와 그녀를 함께 묶어 놓는다.

"당신들은 함께 떠나게 될 것이오."

"이게 무슨 짓이야? 지금 장난 하는 거야?"

시장이 영관원의 멱살을 잡으려 달려들었다가 영관원의 가벼운 손짓에 바닥에 나뒹굴어진다.

"여기는 어쩐 일이죠? 혹시 저처럼 수칙을 어기신건가요?"

"아닙니다. 차마 제 손으로 누군가의 목숨을 뺏는 짓은 할 수 없었습니다. 비록 길이 험하더라도 이렇게 가는 게 마음 편합니다."

"여리고 착한 분이라 짐작은 했지만 바보짓을 하셨네요."

그 순간 대기소 안으로 한 영혼이 들어선다. 영관원의 손에 이끌려 온 자는 모자였다. 모자를 호송해온 영관원이 접수창구로 다가가 가져온 서류를 내민다. 그녀를 확인한 모자는 차마 얼굴을 들지 못한다. 그녀는 이미 사라지고 없는 육신의 아랫부분에 욱신거리는 통증을 느낀다.

"네 놈이 어떻게 여길."

"죄송합니다. 그동안 할머니와 제 동생을 돌봐 주신 줄도 모르고 전 백번 죽어 마땅한 놈입니다. 저를 용서하지 마십시오."

모자의 눈에서는 진심어린 참회의 눈물이 흘러내리고 있었다. 그러고 보니 문간방에 할머니와 함께 사는 가여운 여자아이의 하관과 닮아있다. 모자의 눈물이 그녀의 마음을 움직였다. 고개를 떨군 체 눈물만 흘리는 모자를 말없이 바라보던 그녀가 입을 열었다.

"용서하겠습니다. 부디 저승에서는 좋은 영혼으로 거듭나길 바랍니다."

"그런데 이놈은 또 뭐요? 설마 저놈이 내 동반자는 아니겠지?"

시장이 퉁명스럽게 영관원에게 따지듯 묻는다.

"그렇소."

"무슨 놈의 일을 이 따위로 하는 거야! 좌우간 공무를 집행하는 놈들은 살아있는 놈들이나 죽은 놈들이나 다 똑같다니까!"

며칠간의 단꿈이 무산되자 흥분한 시장이 애꿎은 벽을 걷어찬다.

그때 접수창구로부터 신호를 받은 저승문 앞 영관원이 시장과 모자를 지목하며 오라고 손짓한다. 그들이 다가가자 저승문이 열렸다. 처절한 비명과 고통으로 신음하는 소리가 동굴 밖으로 흘러나오자 시장이 사색이 된 얼굴빛으로 영관원의 다리를 붙잡고 애원한다.

"제발 제발, 한번만 더 기회를 주시오. 착하게 살겠습니다. 무슨 일이든 어떤 짓이든 다하겠습니다."

영관원이 아랑곳 하지 않고 시장과 모자를 껌껌한 동굴 안으로 밀어 넣자 단말마의 비명과 함께 바위 문이 닫힌다.

"걱정 말아요. 저승길이 아무리 힘들어도 서로 도우며 갑시다."

그가 두려움으로 굳어진 그녀의 손을 잡아주며 마주본 순간 이마에 찍혀있던 검은 숫자가 사라진 사실을 발견했다.

"당신들은 나를 따르시오."

모자를 데려온 영관원을 따라 12등급 영출소를 나오며 그녀가 물었다.

"어떻게 된 거죠?"

"좀 전에 그 친구가 당신에게 선물을 주고 떠났소. 당신이 가야할 저승길을 대신하는 것으로 자신의 죄를 갚겠다고 탄원을 했소."

은은한 빛이 감도는 3등급대기소에는 온화한 표정의 영관원이 저승문을 지키고 있었다. 그와 그녀는 여태 한 번도 지어보지 못한 가장 편안한 표정으로 문이 열리기를 기다리고 있다. 드디어 문이 열린다. 잔잔한 새소리와 함께 보석같이 은은한 광채가 저승문 안쪽에서 새어 나온다.

"예외가 질서를 무너뜨릴 수는 있지만 규율이 선과 악의 평가를 우선 할 수는 없는 법이오. 우리는 그동안 당신의 심상을 지켜보고 있었소. 이 문은 처음부터 당신들에게 허락되어 있었소. 안녕히 가시오."

건들장마

건들장마

    강물에 내리쬐는 볕에 힘이 빠졌다. 조금 전까지 얄밉게 흩뿌리던 비가 그친 하늘엔 언제 그랬냐는 듯 말짱하게 해가 떠있다. 강가로 향하는 산책로에 늘어선 느티나무 이파리 끝이 초록을 잃어 노랗게 변해가고 있다. 가끔씩 물비린내를 머금고 불어오는 바람이 서늘했다. 선영은 강 건너 언덕 카페 통유리창에서 반사되는 빛이 성가신지 눈살을 찌푸리고 있었다. 계절의 흐름은 언제나 인간의 예상보다 빠르게 진행되었다. 무더위에 시달릴 때만해도 애타게 기다렸던 가을이었지만 막상 떠나갈 채비를 하는 여름의 뒷모습에서 문득 삼십년 전 가을이 떠올랐다. 그해 여름을 달구었던 태양이 지쳐 스러졌을 때도 요즘처럼 비가 지렸었다. 그가 그랬던 것처럼 생에 다시는 오지 않을 마지막 가을일지도 모른다는 서글픔에 선영의 가슴이 철렁 내려앉았다.

    '난 아직 보낼 준비가 되지 않았는데'

선영의 눈에서 서러운 눈물이 흘러내린다.

"따님 마중 나와서 또 울면 어째요. 대체 누가 우리 선영 씨 마음을 아프게 하누?"

경숙이 휠체어에 앉아있는 선영의 눈언저리를 티슈로 닦아준다.

"선영 씨, 오늘은 지난번처럼 별이 울려 보내면 안 돼."

"누가 온다고?"

"아이참 그새 또 잊어버렸네. 별이 온다고요. 딸!"

"별이? 별은 지금 저기 있잖아."

"어디요?"

경숙의 시선이 행여 기다리던 손님을 놓쳤을까봐 텅 빈 건물 로비와 정문 바깥쪽을 두리번거리다 선영이 가리키는 손끝을 따라간다. 별의 정체가 강 건너 카페 통창에서 반사되는 빛임을 알아채고는 헛웃음을 흘린다.

"아니 딸 온다고. 선영 씨 딸 이름이 뭐야?"

"딸? 딸기? 딸기 먹고 싶으다."

"오늘도 딸이 울게 생겼네. 어쩌나."

그때 정문을 통과해 주차장으로 미끄러져 들어오는 은색 세단이 경숙의 시야에 들어온다. 운전석에서 내린 남자는 차량의 색깔과 비슷한 은발에 노인이었지만 유행이 지난 감색 긴팔 셔츠와 회색 면바지가 촌스럽지도 어색하지도 않았다. 노인의 손에는 책이 한 권 들려 있었고 조수석에서 내린 중년으로 접어든 여자는 별이었다.

"선영 씨 별이 왔네요. 저기 봐요."

경숙이 손끝으로 가리키기 전에 이미 선영의 시선은 그들을 향하고 있었다.

"오! 선영 씨가 오늘은 따님을 알아보는구나."

경숙이 반가운 목소리로 두 손을 높이 들어 별이에게 흔들어 보인다.

"여기요, 여기."

노인과 별의 시선이 선영의 시선과 맞부딪혔다. 순간 선영의 얼굴에 벅찬 감정이 솟구쳐 올라 발갛게 상기 되었고 은발의 노인도 한동안 멈춰서 움직이지 않았다. 별이 노인의 손을 이끌고서야 무거운 걸음이 옮겨졌다. 그들이 가까이 다가올수록 선영의 시선은 동행한 노인에게 고정되었다. 노인의 이마와 눈가에 주름은 깊었으나 눈빛은 온화하고 고요했다. 요양원 건물 옆 등나무아래 벤치에서 마주한 선영과 노인은 경숙과 별이가 어색함을 느낄 정도로 서로를 마주 본채로 오래도록 말이 없었다. 먼저 입을 연건 선영이었다.

"옷이 잘 어울리네."

"덕분에 잘 입고 있어."

"이제야 보네."

선영의 첫마디에 노인의 눈가가 축축해지기 시작하더니 그렁그렁 눈물이 맺혔다.

"오래 걸렸지."

노인이 무거운 입을 열자 선영의 눈가에도 애써 참아왔던 눈물이 흘러내린다.

선영과 노인이 마지막으로 보았던 건 20년 전쯤이었다. 가을로 접어드는 청계산 남쪽자락 백운호숫가에 자리 잡은 카페에서였다. 평일 오전이라 한가했다. 손님이라고는 호수가 보이는 창가에 별이 부부와 갓 초등학교에 입학한 손녀를 쓰다듬어주는 선영이 앉아 있었고 창가와 반대쪽 구석진 자리에 오십대 남자 하나가 전부였다. 남자는 선영 일행 쪽엔 전혀 관심을 두지 않고 노트북을 두드리고 있었다. 호수 너머에 새로 들어선 아파트단지 스카이라인이 바라산 능선을 가리고 있어 거슬렸지만 호수 안쪽으로 섬처럼 툭 튀어나온 낮은 언덕에 수북한 초록빛 숲이 울긋불긋 물들어갔고, 주차장 주변에 붉은 단풍나무 이파리들이 어쩌다 이는 바람에 살랑거렸다. 실내에는 맨델스존의 바이올린협주곡이 잔잔하게 흘렀다.

"참 좋은 계절이다. 엄마 우리 바다로 여행갈까?"

"장모님 가을에는 산이 좋지 않을까요?"

"요즘은 어디든 다 좋지."

선영 가족이 화목한 대화를 이어가고 있을 때 출입문이 열렸고 세 사람의 시선은 일제히 입장하는 두 남녀에게 집중되었다. 그들은 이쪽을 잠시 훑어보다 이내 노트북을 두드리던 남자에게 다가간다. 젊은 여자의 어깨에는 큼지막한 사진기가 매달려 있었고, 회색 면바지에 감색 긴팔셔츠를 입은 호리호리한 몸매의 남자는 희끗희끗한 머리와 눈가의 주름으로 보아 오십대 후반은 지나 보였다. 남자의 시선이 이쪽을 향하다 선영과 눈이 마주치는 순간 선영의 가슴이 덜컥 내려앉았다. 남자 쪽도 동공이 커졌다가 흔들리는 걸 선영이 놓치지 않았다. 잠시 머뭇거리던 남자가 동행의 눈치를 보며 당황해하는 선영의 눈빛을 읽어내고는 카메라를 맨 여자의 손에 맥없이 이끌려갔다. 딸과 사위가 여행에 대한 대화에 열중하는 동안에도 선영의 시선은 내내 남자에게 못 박혀 있었다.

"엄마, 아까부터 넋 나간 사람처럼 어딜 보는 거야?"

별이 부부의 시선이 따라간 곳에는 여자가 두 중년 남자의 대화하는 모습을 연신 카메라에 담고 있었다.

"저 남자 TV에서 본 것 같은데. 문화마당인가 그 프로에 초대 손님으로 나왔던 작가야. 엄마도 알아?"

별이가 아는 체를 하며 선영을 바라본다.

"엄마 지금 우는 거야?"

별이 벌겋게 충혈된 선영의 눈을 들여다보고 눈을 부릅뜬다.

"아냐 실내공기가 건조해서 눈이 따갑네."

선영의 멍한 시선은 그들이 헤어지던 십년 전 가을을 더듬고 있었다.

그의 사무실 뒷산 참나무 군락지가 초록빛을 잃어가고 느닷없이 이끌려간 여름의 뒷모습이 서글펐다. 기세등등하던 태양 볕도 선명하게 높던 하늘빛도 한 순간이었다. 세월이라는 이름의 고속도로에 올라선 차창 밖 풍경에 불과했다. 어디선가 성급한 시월의 바람이 불어왔다.

그는 부스스한 머리칼과 숙취가 덜 깬 눈으로 삼십 분째 사무실 건물 주변을 지향 없이 헤매고 있었다. 하늘은 한바탕 비를 퍼부을 듯 잔뜩 흐려있다. 휴대폰을 든 선영은 아이들이 집으로 돌아간 학교 복도 끝 창가에 서서 비가 그친 가로수 길을 응시한 채로 말이 없었다. 여름과 가을을 줄타기하듯 어느 편에도 들지 못하던 하늘에는 힘 빠진 태양이 며칠째 비와 공방전을 벌이고 있었다.

"미안해. 약속을 지키기 어려울 것 같아. 갑자기 일이 생겨서."

"그래, 어쩔 수 없지."

'그럼 언제쯤……'

차마 입 밖을 벗어나지 못한 단어가 그의 입가에서 맴돌다가 목구멍으로 삼켜졌다. 가로수 길이 끝나는 지점에 들어선 고층 아파트 너머로 핏빛 노을이 물들어가고 있었다. 선영은 형광색 조끼를 입은 청소부의 비질에 모여지는 낙엽들을 초점 없는 시선으로 바라본다. 그는 오늘도 언제가 될지 모르는 기다림의 시간을 술잔에 채우고 비울 것이다. 그 후로 선영에게 전화를 할 용기가 나지 않았다. 지난 오월 이팝나무 가로수 꽃길을 달리며 가을엔 강 건너 남이섬에 꼭 데려다 달라고 했던 그녀였다. 그때 그가 내심 얼마나 설레였는지 선영이 짐작이라도 했다면 이렇게 손바닥 뒤집듯 전화 한통화로 바람을 놓지는 못할 것이었다. 운전대를 잡은 그의 오른손을 굳이 가져가 새끼손가락을 걸던 선영의 손가락에서 어린 시절 우산 속에서의 야릇한 느낌이 되살아나 애틋한 감정이 일어났었다.

"네가 책을 내면 제일 먼저 나한테 줘야해."

"물론이지."

"그럼 약속해."

가을비가 흩뿌리던 코스모스 길 우산 속에서 난생 처음으로 느껴지던 이성의 부드러운 손길에 그는 행여 심장이 터질까 두려웠었다.

그와 선영은 팔당 수원지 근처 서울과 인접한 지역 초등학교 동창이었고 같은 마을에 살았었다. 존재감이 전혀 없었던 그와는 달리 상냥하고 활달했던 선영은 친구들에게 늘 주목을 받는 편이었다. 그는 선영에 대하여 남다른 느낌을 가졌지만 행여 그런 마음이 들킬까 조심했었고 선영은 그런 그를 한 발짝 밖에서 무심히 지켜보곤 했었다. 별다른 특기가 없었던 그는 책읽기에 골몰하며 학창시절을 보냈었다. 남녀가 유별하던 시절이라 각각 서울의 다른 고등학교에 진학했지만 매일 오리쯤 떨어진 길을 걸어 통학했었다. 어느 비오는 날 하굣길 버스정류장에서 우산이 없는 그를 본 선영이 활짝 웃으며 반갑게 손짓을 했고, 아침에 우산을 챙기지 못해 난감했던 그는 그녀의 우산 속으로 자연스럽게 들어갈 수 있었다. 그날 이후 그는 비가 내리지 않는 날에도 주위의 시선을 의식하면서도 하굣길을 함께 걷곤 했었다.

"넌 나중에 뭐가 될 거야?"

"난 소설을 쓰고 싶어."

한참 머뭇거리던 그가 수줍게 입을 열었다.

"음, 넌 왠지 멋진 소설을 쓸 것 같아. 나중에 유명한 작가가 되면 나 모른 척 할 거야?"

"아니, 아니. 절대 그런 일 없어!"

그는 펄쩍뛰면서 두 손을 내저었고 그런 그를 보며 선영은 목젖이 보일정도로 깔깔대며 웃었다.

그의 풋사랑은 그가 고등학교를 졸업하던 해 서울 변두리로 이사를 가면서 자연스럽게 끝이 났지만 그의 가슴속 깊은 곳에 묻어두었던 아련한 추억은 비오는 날이면 부지불식간에 떠올라 그의 마음을 아릿하게 흔들어놓곤 했다.

선영은 엊그제 저녁 한정식집에서 지난 달 혼인한 별이와 사위 그리고 사돈내외와의 식사장면을 떠올린다. 성실하면서도 싹싹하게 곁을 주는 사위가 어여쁘기도 했지만 너그러운 바깥사돈과 편안한 안사돈까지도 모든 상황이 더할 나위 없이 흡족했다. '이렇게 사는 게 순리인데. 다들 이렇게 살면서 소소한 행복을 느낄 것이다. 선영도 남들처럼 그렇게 살면 된다고 생각하면서도 마음속은 늘 허전했다. 언제부터인가 가슴속 공허한 공간을 그의 모습이 조금씩 채워지는 것을 느꼈다. 애써 떨쳐내려 할수록 그가 더욱 애틋해졌다. 만약 이런 마음을 별이가 알게 된다면…'

돌솥밥과 간장게장 떡갈비 조기찜 삼치구이 등 빼곡하게 차려온 상을 테이블에 끼워놓은 방식이 낯설지 않다. 지난 봄날 쌀밥정식 집에서 그와 함께했던 식사가 떠오른다. 같은 메뉴라도 그와 먹던 밥이 더 맛있게 느껴지는 입맛이 죄스럽고 불편해졌다.

'그래, 이대로는 안 될 것 같아.' 선영은 아랫입술을 지그시 깨문다.

지난 오월 북한강변 국도 드라이브 중에 가을이 오면 남이섬에 가자고 제의한 사람은 선영이었다. 평화롭던 마음을 들쑤셔놓고는 전화 한 통으로 없던 일로 하자는 무책임함에 실망하여 그도 더 이상 문자 한 건도 보내지 않았지만 그의 입가에는 늘 그날 목구멍으로 삼켜버렸던 '그럼 언제쯤'이 되뇌어지고 있었다. 그렇게 한 달이 지나갈 무렵 선영에게서 만나자는 전화가 왔다. 그 전화 한 통으로 그는 다시 숨을 쉴 수 있었고 밥맛을 느낄 수 있었다.

어제 하루 종일 시월의 비가 추적거리더니 뒤쪽 창문으로 내려다보이는 주차장 마당이 온통 노오란 은행잎으로 덮여버렸다. 냉기 머금은 아침 비질이 지나가면 생명이 사라질 기나긴 계절이 시작될 것이다. 참나무 잎들이 탈색을 시작하고 초록이 떠나간 자리엔 시월의 마지막 바람이 마른가지를 뒤흔들고 있다.

시간이 흐를수록 인스턴트식 인간관계가 늘어가고 사랑도 가벼워지는 현실이 서글프다. 앞산 등성이가 붉게 변해간다. 해가 지기 전 하늘은 언제나 아름다워서 슬프다. 산등성이가 저녁하늘과 맞닿은 붉은 띠 사이로 참나무들이 촘촘하다. 맥없이 한참 동안 노을이 지는 풍경을 바라보던 그의 눈은 카페 출입문과 관악산 남서쪽 깃대봉 능선을 오간다. 유원지는 단풍을 보려는 사람들로 북적거렸다. 갤러리 아카페 흙벽돌 담벼락에는 언제나처럼 참나무 장작들이 잔뜩 쌓여

있었다. 그저 그런 커피 맛에 대추차가 어울리는 낡은 분위기였지만 산등성이를 통째로 차경한 풍경에 매료되어 자연스레 단골이 되었던 집이었다.

"오랜만에 보네."

삼십분 전부터 창가 자리에서 기다리던 그의 인사에 선영은 대답 없이 무심한 시선으로 맞은편 의자에 가방을 내려놓고는 커피를 주문하러 데스크로 간다.

"식사는 잘 챙겨먹고 다니는 거야?"

선영이 꺼칠한 그의 모습을 보고 근심스러운 표정으로 묻지만 그는 대답 없이 커피 잔을 들고 창밖을 내다보고 있다. 앙상해져가는 나무들이 까까머리 머리털처럼 산등성이에 도열해있다.

"어제도 한 잔 했나보네?"

"요즘 많이 바쁜가봐?"

찻잔이 놓인 테이블이 오늘따라 넓게 느껴졌고 횅한 공간 속에서 상대방의 질문과 관계없는 대답이 이어지는 그들의 대화는 계속 겉돌았고 자주 길을 잃었다.

"네가 잘못한 건 없어. 내 상황이 문제지."

"어떤 상황?"

"아다시피 별이는 날 가장 의지해. 더군다나 보수적이라 우리 관계가 여기서 더 깊어진다면 내 얼굴을 보려고도 안할 거야. 솔직히 요즘 난 불안해서 견딜 수가 없어"

"이제 결혼도 했는데 너한테까지 신경 쓸 여력이 있을까?"

그로서는 고요하던 연못에 돌을 던져 파문을 일으키고는 갑자기 아무 일도 없었다는 듯 차가워지는 선영의 태도가 도무지 이해가 되지 않았다.

"그냥 가끔씩 얼굴보고 차 마시고 좋은 곳 구경하고 다니는 것도 안 될까?"

"아니, 내 마음이 갈피를 잡지 못하고 흔들리는 이런 상황이 싫어. 사위 얼굴 보기도 민망하고 어쨌든 신경 쓰여."

그는 선영의 결연한 눈빛과 굳은 입술에서 넘을 수 없는 벽을 느꼈다.

다음 날 늦게까지 잠을 이루지 못하다 뒤척이던 새벽 그는 선영에게서 온 메시지 창을 열었다.

"나 때문에 힘들게 해서 미안하고, 덕분에 살아 있다는 느낌을 받았고 많이 웃어서 행복했어. 고마워. 건강히 잘 살고 늘 평안하길 바랄게."

그 후로 그들의 통화는 끊어졌다. 메시지 창에는 한 달 전 그가 선영에게 보낸 마지막 문장이었던 '마음이 떠난 것으로 받아들이면 되겠지?' 아래 여백에 선영이 그에게 보낸 마지막 문장이 채워졌다. 거의 일 년 동안 지켜왔던 그들의 메시지 창에서 선영이 퇴장하는 것으로 그들의 어설픈 만남은 종지부를 찍었다. 선영은 그에게 평안하게 살라고 기원해 주었지만 결코 그렇게 되지는 않을 것 같았다.

그가 이천으로 내려온 때는 지난겨울이었다. 단지 그의 땅이 있는 횡성과 가깝다는 이유 외에는 다른 연고가 있는 곳이 아니어서 낯설었다. 삭막한 승진전쟁에서 스스로 이탈한 그가 선택했던 유일한 탈출구였다. 겨울철의 관사생활은 창밖 풍경만큼이나 적요했다. 자정이 가까워서야 눈바람을 맞으며 20여 분을 걸어 관사로 들어온 비슷한 처지의 중년 사내들은 바퀴벌레처럼 자신의 방으로 숨어들곤 했고 타는 갈증에 잠이 깼을 때는 언제나 불이 환하게 켜져 있었다. TV에선 수다스러운 성우의 목소리가 삼만 구천 구백 원짜리 방한화 선전에 열을 올리다가 유명 원로 연예인의 묻지도 따지지도 않는 보험회사 광고로 넘어가곤 했다. 생수병 뚜껑을 돌려 벌컥벌컥 들이켠 그는 습관처럼 휴대폰을 집어 들었고 어김없이 새벽 세시 반이었다. 이곳에 오면서부터 마치 뇌 속에 시한폭탄 알람이라도 설치되어 있는 것인지 문득 눈을 뜬 새벽에 확인한 시각은 언제나 세시 반이었다. 그것도 1분의 오차도 없는 3:30. 섬뜩한 느낌에 달아난 잠은 좀처럼 돌아오지 않았고 뒤척이다 창밖이 푸르스름해질 때가 되어서야 늦은 잠이 들곤 했다. 목요일 밤 그의 오두막이 있는 횡성으로 갈 짐을 꾸려놓고 잠들었다 눈뜬 시각은 세시 반이었다. 다시 잠을 청해보았지만 그럴수록 정신은 더욱 또렷해졌다. 어쩔 수 없이 휴대폰을 찾는다. 인터넷의 바다로 들어가 새로운 뉴스가 있는지 검색해본다. 간밤에 TV로 본 뉴스의 반복이다. 별수 없이 본격적으로 스마트폰의 노예를 자처한다. 몇 달 전부터 우연히 알게 된 초등학교 동창회 밴드 모임에 접속한다. 두 시간 전에 마지막 접속자의 댓글에서 술 냄새가 진하게 풍겼다. 날씨를 전담하는 총무가 잠이 들기 전에 올린 글은 오늘 중부지방에 상당량의 눈이 내릴 것이라는 예보였다.

'오후에 횡성으로 가는 길이 걱정되네.'

라는 댓글을 별 생각 없이 남기고 게시된 다음 글들을 검색한다. 몇 분이 지나지 않았는데, 카톡 알림소리가 너무 커서 정신이 말똥해졌다. 알람 볼륨을 줄이고 메시지 창을 열어본다.

"나 기억하겠지? 그동안 잘 지냈니?"

선영이었다. 순간 오랫동안 묵혀왔던 시큼한 감정이 수면위로 떠올라 혼란스러워졌다.

"좀 전에 너 댓글 봤어. 오늘 횡성 오는가봐? 프로필에 너 전화번호가 있어서 다들 보는 공창에다 댓글 달기가 부담스러워서."

그녀는 분명 횡성을 가는 게 아니고 오느냐고 표현을 했다. 잠결이라 잘못 전달된 것일까? 문구 그대로라면 그녀는 지금 강원도에 있어야 맞다.

"이 새벽에 안 자고 있었네. 그런데 너 강원도로 이사 간 거야? 횡성 오는가봐라고."

"아! 지금 횡성 내려와 있어. 선배 언니가 여기서 민박을 하거든 머리 식힐 일이 좀 있어서 역시 글 쓰는 친구라 예리하네."

"횡성 어디?"

"새말 IC로 나와서 얼마 안 걸렸어. 조금만 더 올라가면 치악산 구룡사가 있다던데."

그렇다면 학곡저수지에서 구룡사매표소로 가는 길 중간 어디쯤이 될 것이다.

"그럼 우리 오두막에서 가깝네."

"그동안 네가 포스팅한 농장사진하고 글을 빠지지 않고 읽었었는데. 이렇게 오게 될 줄은 몰랐네. 농장 구경시켜 줄 거지? 고구마 맛도 궁금하고."

"땔감을 구하러 오늘 내려갈 참이었는데 잘 됐네."

이런 우연이 있을까 믿기지 않았다. 프로필에는 집과 학교가 모두 서울 독산동으로 표기되어있는데 웬일로 지금 그곳에 갔을까. 머리 식힐 일이라면 혼자 와있을 가능성이 큰데 궁금했지만 접어두기로 했다.

삼 년 전 봄, 그가 가진 자금을 탈탈 털어 횡성에다 밭 600평을 구입하였고 곧바로 농막을 설치했다. 농막은 허가 없이 가설건축물 신고만으로도 가능했다. 여섯 평 밖에 안 되는 작은 규모지만 샤워가 가능한 화장실과 싱크대 냉난방까지 완비되어있어 세컨드 하우스로는 손색이 없었다. 중년 남자라면 대부분 품게 되는 로망을 이룬 것이다. 처음엔 아무것도 없는 빈 땅이었지만 백지였기에 그릴 것이 많았고 그리고 싶은 것을 그려 넣기에 수월했다. 진입로 초입 농막이 있는 마당에는 비가 와도 질척이지 않도록 자갈을 깔았고 양 옆으로 단풍나무 묘목을 심었다. 화장실 쪽창에서 바라보이는 죽림산 너머에서 뜬 해는 온종일 영동고속도로가 지나는 봉화산머리 위에 머물면서 경지정리가 된 들판을 달구었다. 저녁이 되면 마당 입구 단풍나무 가지에 걸려 서쪽 하늘을 붉게 물들이다가 정금산 등성이로 넘어갔다. 정원과 마당의 담장으로는 사철나무와 개나리를 심었고 고구마를 심은 밭 경계에는 쥐똥나무 묘목을 심었다. 계획하고 바라던 대로 변해가는 모습이 신기하고 뿌듯했기에 해마다 봄이 되면 읍내 나무시장에서 여러 가지 묘목을 사다 나르고 심는 일을 힘들거나 귀찮아하지 않았다. 사과나무가 자라서 첫 열매가 열리는 모습과 고구마를 수확하는 감격스러움을 글로 쓰는 일이 재미났고 진정으로 행복을 느꼈다. 그가 느꼈던 기쁨은 대부분 일기에 남았고 일부는 사진과 함께 동창회 밴드에 올려졌다. 농한기에도 해야 할 일은 끊임없이 이어졌다. 겨울을 대비해서 비닐하우스 안에다 화목난로를 설치했기에 장작이 필요했다.

"인사이동으로 이번 주부터 이천 관사에서 지내고 있어."

"이천으로 옮겼구나. 어제 이곳으로 올 때부터 네 농장 생각이 났었는데 이 새벽에 같이 깨어 있다는 사실이 놀랍네."

예상치 못했던 상황에 잠시 당황했지만 왠지 모르게 마음이 설레었다. 점심때까지 진회색이었던 하늘은 그의 낡은 차가 우천면사무소 주차장에 들어서자 하얀 눈가루를 뿌리기 시작했다. 선영의 새 차를 그곳에 세워두고 경강국도를 약 10여분 달려 그의 퀘렌시아에 도착했다. 그들을 태우고 온 바퀴자국은 낡은 차의 보닛에 열기가 채 식기도 전에 눈으로 덮였다. 눈은 끊임없이 내렸다. 아침에 주문해 두었던 통나무 장작은 마당 한구석에 아무렇게나 널브러져 쌓여가는 눈을 덮고 있었다.

"어떡하지? 도로가 안 보여."

저녁이 되어도 눈은 그칠 줄 몰랐고 그들이 자처한 세상으로부터의 고립이 시작되었다. 눈에 젖은 통나무는 좀처럼 불이 붙지 않았다. 불쏘시개로 갖다놓은 종이박스 세 개를 모두 태우고서야 간신히 불길이 일어났다. 비닐하우스 안 화목난로에서 구워진 고구마는 맨 손으로 잡을 수 없을 정도로 뜨거웠다. 작업용 목장갑을 낀 그가 껍질을 벗겨 놓기가 무섭게 선영의 입으로 사라지기를 서너 번 거듭하고서야 그도 노오란 고구마의 달콤한 속살을 맛볼 수 있었다. 화목 난로 불길 안에서 타오르고 있는 젖은 통나무처럼 그의 심장도 뒤늦게 불이 붙을 수 있을까 생각했다가 이내 도리질을 쳤다.

"뭘 하고 지내?"

"중학교에서 애들하고 씨름하고 있어."

"방학이라 한가하겠구나. 여긴 혼자 내려온 거야?"

"응."

조심스레 묻는 그의 질문에 선영은 한참 머뭇거리다 힘없이 대답했다.

그는 반쯤 열린 하우스 문밖으로 끊임없이 퍼붓는 눈발을 바라보다 그녀에게 고개를 돌려 엷은 미소를 지어준다.

"용기는 상황을 바꾼다고 하지. 그냥 벗어나고 싶었어."

"가출?"

"그런가? 마땅히 가져다 붙일 말이 없네."

"꼭 어떤 프레임에 가둬놓아야 성이 차는 우리나라 교육에 폐해일수도."

"그런 말 들으니 맘이 아프네. 교육계에 몸담고 있는 입장으로"

그들은 온통 하얗게 변한 바깥을 내다보며 맥주 캔을 들었다.

"이곳 느낌이 너무 좋은데. 저기 저 구석쯤에 한 오십 평만 떼어서 팔 생각있어?"

"뭘 하려고?"

"고구마 심으려고. 어렸을 때 아버지 고생하시는 모습에 농사는 끔찍하다는 느낌만 있었는데 나이가 들면서 자연이 좋아지더라고."

"너희 집도 땅이 있잖아."

"다 수용됐어. 보금자리 아파트 단지가 들어섰지. 이젠 흔적도 없어. 지금은 작은 밭에 농막 가져다놓고 가끔씩 와서 가꾸는 것이 꿈이야. 소박하지. 흐흐. 참, 넌 소설은 잘 되고 있니?"

선영의 갑작스런 질문에 그가 잠시 머뭇거리다 입을 연다.

"습작해 놓은 것 들은 좀 있는데 책을 내기에는 아직 부족해."

"난 네가 유명한 소설가가 될 줄 알았는데."

대꾸 없이 그는 애꿎은 장작을 발로 부러뜨려 난로 속에 던졌다.

"언제쯤 돌아갈 거야?"

"글쎄, 지금은 모르겠어. 여기 또 와도 되겠지?"

"허락을 구하는 말투가 아니라 통보로 느껴지네."

"그렇게 들렸다니 내가 전달을 제대로 했나보네. 호호 지난 가을에 올렸던 단풍나무 잎이 참 곱던데."

"입구에 서있는 저 나무인데 맨 처음으로 심었던 거라 정이 들었지."

눈은 봉화산을 하얗게 덮고 황량한 논밭을 덮고 농막을 덮고 비닐하우스를 덮고 통나무 장작더미를 덮고 앙상한 단풍나무 가지를 덮고 그의 차를 덮고 길이 있던 흔적마저 덮어버렸다.

"어쩌지? 길이 어디쯤인지 분간하기 어렵네."

"나 오늘 여기서 자고가도 되겠지?"

"응, 어쩔 수 없잖아. 나야 괜찮지만."

그는 4평 남짓한 방안에 선영의 잠자리를 봐주고 베란다 바닥에 캠핑용 돗자리를 깔고 그 위에 온수매트를 폈다. 밤이 깊어질수록 냉기가 뼛골 깊숙이 파고들었다.

"추운데 들어와서 자."

"아니야, 여기가 편해."

사실 선을 넘지 않을 자신이 없었고 그 후에 그에게 실망할 선영의 표정이 자꾸 어른거렸다. 선영은 도란도란 옛이야기를 나누면서 잠이 드는 것도 좋겠다는 상상을 했었는데 혼자만 따뜻한 방안을 차지하고 있는 것이 내심 편치 않았다. 불편한 마음들이 냉기와 온기를 오가는 동안 불면의 겨울밤은 수북이 쌓여가는 눈 속에 묻혀갔다.

다음날 오전 해가 뜨고서야 길이 윤곽을 드러내어 그곳을 벗어날

수 있었다. 선영은 구룡사 쪽 민박집으로 향했고 그는 새말인터체인

지로 진입했다. 녹색바탕의 이정표에 왼쪽 방향을 가리키는 강릉 둔

내라고 쓰인 흰색글씨가 선명했다. 서울 원주로 가는 오른쪽 길로 빠

지면서 선영의 용기를 떠올렸다. 왼쪽 길로 빠질 수 있는 용기. 그녀

의 용기가 부러웠다. 그의 몸은 서쪽을 향해 빠른 속도로 움직이고 있

었지만 그의 마음은 선영의 곁을 쉽사리 떠나지 못했다.

상대적으로 한적하다고 여겼던 이천으로 근무지를 옮겨서 유유자

적하겠다던 그의 계획은 순조롭지 않았다. 전입 다음날부터 다급한

업무들이 계속 내려와 쌓이는 탓에 그녀를 만나고 돌아온 한 주 내내

그는 이천 관사를 벗어날 수 없었다. 설 연휴가 시작되던 금요일 오전

에 선영은 서울로 돌아갔다. 금요일 오후 서쪽으로 향하는 차량들로

가득 찬 고속도로에는 그의 텅 빈 마음이 부유했다.

그해 겨울엔 유난히 눈이 많았다. 서울로 돌아온 지 보름쯤 흘러간

금요일 오전 선영으로부터 메시지가 날아왔다.

"횡성에서 신세진 빚 갚을 기회를 줘야지."

그로서는 무척이나 기다렸던 소식이었고 마다할 이유가 없었다.

그들은 안양유원지 갤러리아카페 통창 옆 테이블에 나란히 앉아

눈 내리는 창밖을 내다보았다. 웅장하진 않아도 산이라는 구실을 충

분히 해내는 삼성산과 깃대봉 사이 계곡에서 내려오는 맑은 물이 마

를 틈이 없었고 유명 등산로 아래에 으레 있을 법한 빈대떡과 막걸리 집들이 즐비했다. 게다가 다양한 분위기를 뽐내는 카페가 군데군데 자리 잡고 있어서 연인들의 데이트코스로는 안성맞춤이었다. 무엇보다도 선영이 있는 독산동에서든 수원에서든 접근하기가 수월했다.

"오늘도 정성스럽게 고기를 구워주네. 이렇게 애쓰며 구워주느라 정작 너는 잘 먹지도 못하고."

"괜찮아. 난 이게 편해."

사실 그는 선영이 맛있게 먹는 모습을 보는 것으로 충분했다. 그녀가 환하게 웃으면 그의 마음도 덩달아 밝아졌다. 그녀의 웃는 모습을 보려고 밤새 우스갯소리를 엮어놓은 책 내용을 외우는 수고를 자청하면서도 행복한 웃음을 터뜨리는 그녀를 떠올리면 전혀 힘들지 않았다.

"그런데 너 책은 언제 낼 거야?"

"글쎄. 뭘 써야 할지 선뜻 내키지가 않네."

"왜 그럴까?"

"절박하지 않아서 그런가봐."

"어떤 면으로?"

"글쎄, 써야겠다는 마음이겠지."

선영이 다그치는 듯한 느낌이 들어 그는 불편해졌다.

"그래도 그동안 써 놓은 거 있다면서?"

"올해에는 해봐야지."

"그래, 어쨌든 올해 안으로는 꼭 내 봐."

"그래."

"알겠어. 약속."

선영의 새끼손가락은 유난히 부드러웠다.

그의 세심한 배려에 가슴은 끌려가면서도 머릿속에는 매사에 이기적이고 무책임한 남편이 떠올랐다. 그 또한 자신을 돈 벌어다주는 기계 정도로만 여기는 아내와 달리 자신의 꿈을 이해해주고 안타까워하는 선영에게 마음이 움직이기 시작했다. 몸이 멀어지면 마음마저 멀어진다지만 마음이 멀어져도 몸까지 멀어지는 모양이다. 그렇게 무심하게 그해 봄날이 지나가는 동안 그들은 어디에서든 충실하지 못했고 또 어디에서든 온전한 행복을 누리지 못하는 상황에 익숙해져가고 있었다.

꽃비가 내린다. 어머니 입김 같은 봄바람을 타고 비행하는 하얀 꽃잎들이 내려앉은 카페 주차장 바닥에 연분홍 양탄자가 하늘거린다. 사위는 온통 연둣빛으로 채워져 간다. 주위에 어떤 빛깔과도 자연스럽게 어우러지는 고집스럽지 않은 유연함에는 혹독한 추위를 견뎌낸 강인함이 감춰져 있다. 이제 막 새 옷을 갈아입기 시작한 굴참, 졸참,

갈참, 떡갈, 신갈, 상수리나무 여린 잎들이 봄바람에 하늘거린다.

"봄도 되었는데 꽃구경 가고 싶다."

"사방이 꽃인데."

그가 깃대봉 계곡주변을 둘러보며 대답한다.

"이곳을 떠나 멀리 가보고 싶어. 바다나 아니면 강이라도."

양평으로 드라이브 가기로 약속했던 날 아침 약속장소에 먼저 도착한 그는 설레는 마음을 진정시키며 선영을 기다리고 있었다. 어디선가 옅은 아카시아 향이 바람결에 실려 오더니 오월에 비가 진초록으로 변하는 참나무 군락을 두드린다. 약속 시간을 한참 넘긴 후에야 선영이 쇼핑백 하나를 들고 왔다.

"곧 생일이지? 어울릴지 모르겠네."

나올 때 입을 옷이 마땅치 않아 옷장을 뒤적거리다 청바지에 바람막이 점퍼를 걸치고 나왔었다.

"눈감고 있을 테니 이걸로 갈아입어볼래."

못이기는 척 뒷좌석으로 옮겨 감색셔츠와 회색 면바지로 갈아입고 차문을 열고 나오자 선영도 따라 나와 바지 기장을 살폈다.

"허리가 날씬해서 기장은 손보지 않아도 되겠네. 이야, 울 친구 인물 나네."

흡족한 미소를 짓는 그의 표정을 보는 선영의 입가에도 미소가 번졌다.

태백에서 발원한 물이 영월 제천 여주를 거쳐 남한강이 되고 금강산에서 발원한 물은 화천과 춘천을 거쳐 북한강이 되어 흘렀다. 이 두 물이 합수되어 비로소 한강이라 불리어지며 팔당댐에서 머무르는데 마치 육지 속에 바다처럼 광활하였다. 매우 만족할 때면 짓는 선영의 환한 미소가 오늘따라 더 밝아 보여 그의 마음도 덩달아 뿌듯해졌다.

"여기가 양수리 두물머리야. 두 개의 물이 합처지는 곳."

그가 북한강과 남한강을 손끝으로 가리키며 설명에 열중했다.

"우리도 저 물들처럼 같은 길로 흘러갈 수 있을까?"

"……"

선영의 뜬금없는 질문에 그는 선뜻 답을 하지 못하고 아득히 가물거리는 팔당호 건너편을 바라만 볼 뿐이었다.

(긴 이별 선영)

세상에 영원한 것은 없듯이 그들의 사이에도 안개가 피어오르기 시작했다. 선영의 몸에 한 달에 한 번씩 어김없이 찾아오던 손님이 끊어지면서 견디기 버거운 통증이 시작되었다. 거기에다 느닷없이 불을 품은 듯 몸에 열이 올라 셔츠가 등짝에 들러붙을 정도로 땀을 쏟았다가 언제 그랬냐는 듯 으슬으슬 추워지기를 반복했다. 살아가는 모든 것이 귀찮고 의욕마저 사라질 무렵 별이에게서 사귀던 남자를 집으로 데리고 오겠다는 통보를 받았다.

"결혼할 생각이니?"

"무엇보다 인성이 좋아. 직장도 든든하고."

야무지고 반듯한 아이였기에 더 이상 묻지 않았고 사윗감이 오는 날 찜닭과 갈비를 재워 놓았다. 남편 또한 별다른 반대가 없었기에 결혼준비는 일사천리로 진행되었다. 그러는 동안 그와 매일 주고받던 메시지와 통화의 간격이 점차 벌어졌고 그렇게 벌어진 틈은 별이가 차지하고 있었다. 아니 원래부터 들어와 있었다가 그를 밀어낸 것이 맞겠다. 아무리 말이 통하고 좋은 느낌이 있다고 해도 몸이 이끌지 않는다면 뜨거워질 수 없는 것인지 서로에 대한 특별한 감정도 거추장스럽고 마주하면 반갑지만 보지 않아도 절실하지 않은 그저 편한 대화상대나 술친구 정도가 좋을 것 같았다. 그쯤이면 별이와 남편의 눈치를 볼 필요가 없을 듯싶었다.

교육청 감사 준비로 휴대폰 들여다 볼 틈도 없이 정신없이 하루를 보냈던 날 저녁 교감이 마련한 술자리를 혼자서만 빠질 수 없었다. 그날따라 술기운이 올라 그에게서 메시지가 와있다는 것을 알면서도 열어보지 못했다. 집으로 돌아오는 택시 안에서 취기가 가득한 눈꺼풀을 힘겹게 들어 올려 그가 남긴 메시지를 확인하는 순간 선영의 가슴이 답답해졌다.

"마음이 떠난 것으로 받아들이면 되겠지?"

감사준비로 바빴고 빠질 수 없는 회식자리에 참석하느라 틈이 없었어. 미안… 구구절절 답을 쓰다가 변명을 하는 자신이 구차하다는 생각이 들어 지워 버렸다.

(긴 이별, 그)

그는 오래전부터 남녀 간에도 진정한 사랑이란 것이 존재할까 궁금했었다. 생의 마지막 순간에 눈을 감을 때까지도 그런 감정을 느껴보지 못할 줄 알았다. 그녀가 행복해하는 모습에 덩달아 행복해질 수 있다는 사실을 깨닫는 순간 선영이 세상 누구보다 소중하게 느껴졌고 마음 깊이 고마운 감정이 솟구쳤다. 갱년기라는 불청객은 인력으로 막을 수 없다는 걸 그도 잘 이해했고 아무쪼록 선영이 슬기롭게 벗어나기를 갈망했다. 선영의 몸이 미치도록 간절했지만 아쉬움을 드러내지 않으려 애를 썼고 선영과 함께하는 시간이 그가 살아온 삶에서는 가장 빛났었기에 선영을 놓아버릴 수도 잊을 수도 없었다. 그런데 언제부터인가 그녀가 자신과의 통화를 시큰둥해하고 만남도 그다지 달가워하지 않는 듯 느껴져 조바심이 생기기 시작했다. 이런 마음이 선영에겐 부담을 증폭시키는 부채질이 되었다. 그는 퇴근시간이면 으레 통화를 해왔기에 그날도 선영의 전화를 기다리고 있었다. 전날 통화에서 남이섬 데이트 약속을 일방적으로 파기했던 이유에 대해 수긍이 될 만한 변명이라도 듣고 싶었다. 야근이나 회식 등으로 상황이 안 되면 메시지라도 보내겠지 싶어 수시로 메시지 창을 들락거렸으나 자정이 가까워지도록 그녀는 읽어 보지 않았다. 불현 듯 사고라도 생겼나 싶은 불안감이 들며 덜컥 가슴이 내려앉았다. 무슨 일 있냐고 메시지를 보냈지만 역시 열어보지 않는다. 필시 무슨 일이 생겼구나 싶은데 전화를 걸 수는 없었다. 그녀가 사고를 당해 갑작스레 쓰러지는 장면이 떠오르자 온몸에 진저리가 쳐진다. 만약 그런 일이 생겼다면 휴대폰은 보호자인 남편이나 별이가 받게 될 것이었다. 메시지 창을 닫지 못하고 좌불안석으로 서성거렸다. 불안의 늪에서 허우적대는 1분 1초가 나무늘보의 하품처럼 흘러갔다. 자정이 넘어서야 메시지 창에 드디어 읽음이라는 표시가 뜨고 그녀가 메시지 창에 입장했음을 알리는 초록색 단추에 불이 들어왔다. 그때서야 그는 지옥에서 빠져 나올 수 있었다. '도대체 무슨 일 이길래?' 해방이 되자 선영의 배려 없는 무심함에 부아가 치밀어 올랐다. 메시지를 읽었으니 곧 답이 올 것이라는 기대에 폰에서 눈을 떼지 못하고 기다렸지만 끝내 아무런 대답 없이 초록색 단추에 불이 꺼져버렸다. 이제 그 어떤 방법으로도 그녀와 닿을 통로는 사라져버렸다. 현재 그와 선영의 관계를 정확하게 그려놓은 단면도를 눈으로 확인한 느낌이 들었다. 선영의 태도가 이해되지 않았고 사랑을 구걸하는 구차스러움이 벌레가 되어 얼굴을 기어 다니는 듯 간지러웠다. 결국 그는 맘속에 웅크려 놓았던 솔직한 느낌을 메시지 창에 남기고 말았다.

"마음이 떠난 것으로 받아들이면 되겠지."

엎질러진 물을 다시 담을 수 없고 한 번 내뱉은 말을 물릴 수 없듯이 이미 전송한 문자는 두고두고 메시지 창에 남아 되새김질 되었다.

전송 버튼을 클릭할 때 시원했던 감정은 시간이 흐를수록 후회로 바뀌었다. 할 수만 있다면 전송버튼을 클릭하던 순간 이전으로 되돌아가고 싶었다.

마지막으로 그녀를 만나고 돌아온 날 관사에는 시월의 마지막 해가 넘어가고 있었다. 가을이 떠나간 저녁 하늘빛은 시퍼렇게 변하다가 점점 어둠이 덧칠해 가고 있었다. 관사를 나와 관고동 재래시장 거리를 무작정 헤매다가 허름한 치킨집에 들어가 소주를 시켰다. 자정까지 술을 마시고 비틀거리는 몸으로 관사에 들어와 쓰러지면 꿈을 꾸었고 막다른 지점으로 차를 몰다가 사고가 나는 순간에 깨면 어김없이 새벽 세시 반이었다. 알코올에 점령당한 비릿한 관사 방안 공기 속에서 잠을 청하려 뒤척이다 푸르스름한 여명이 찾아오는 창가를 멍하니 바라보다 일어나는 사이클이 반복되었다. 몸의 기력은 나날이 쇠잔해져갔고 한 번 시작된 기침은 잦아들지 않았다. 겨울이 깊어 가듯 그의 기침도 깊어졌다. 급기야 가래까지 끓기 시작하자 주변에 서 그를 두고 수군거리는 소리가 늘어났다. 새벽 세시반이 지나는 관 사 복도에는 금세라도 숨이 끊어질 듯한 그의 기침소리와 가래 뱉는 소리가 그치지 않았다. 겨울이 한가운데로 들어서던 어느 날 아침 모 처럼만에 말끔한 모습으로 출근한 그는 사직서 한 장을 남기고 동쪽 으로 떠났다.

관사에 오면서 시작된 사랑은 관사를 벗어나야 떨쳐낼 수 있을 것 같았다. 관사 창밖으로 보이는 희끗 희끗하게 눈이 덮여진 야트막한 언덕에도 앙상한 오동나무 가지에 다정하게 앉아있는 맷비둘기 한 쌍에도 선영이 어른거렸다. 지난겨울도 눈이 많이 내렸었다. 눈은 봉 화산을 하얗게 덮고 황량한 논밭을 덮고 농막을 덮고 비닐하우스를 덮고 앙상한 단풍나무 가지를 덮고 그의 차를 덮고 희미해지는 추억 의 흔적마저도 덮어버렸다. 유난히 추웠던 그해 겨울이 다 지나도록 그의 농막으로 가는 길에 눈은 녹지 않았고 그의 발자국 외에 다른 흔 적은 생기지 않았으며 그의 휴대폰은 내내 꺼져있었다.

겨우내 쌓였던 눈이 다 녹아 아지랑이가 피어오르던 어느 봄날 비 로소 그의 낡은 차가 그곳을 빠져나왔다. 지독하게 추웠던 겨울을 보 상하기라도 하듯 생명을 잉태한 포근한 봄날의 바람은 어머니 입김

처럼 부드러웠다. 라일락향기가 하늘거릴 때부터 세상은 그의 이름을 조금씩 부르기 시작하더니 아카시아향이 진동할 즈음에는 그의 얼굴이 방송화면에도 나왔다. 선영의 확신대로 그의 꿈이 이루어진 것이다. 한 번 방송을 타자 지상파를 비롯한 케이블방송과 신문 잡지에까지 수십 군데에서 인터뷰 요청이 쇄도했다. 하지만 그토록 원하던 꿈을 이루었으나 그의 마음은 늘 허전했다. 축하전화도 귀찮아졌다. 모르는 전화는 아예 받지 않았다. 출판사에서 인터뷰는 모두 응해 주라고 빚쟁이처럼 독촉했지만 모르는 전화번호로 울리는 벨을 무심히 바라보다 문득 선영이 떠올랐다. '혹시 선영의 번호가 바뀌어져서 전화를 거는 건 아닐까?' 출판사에서 송금해주는 돈이 계좌에 쌓여갔다. 하지만 그는 퇴직금 계좌에서만 생활비를 찾아 썼을 뿐 왠지 그 계좌에서는 돈을 찾을 수가 없었다. 길을 걷다 쇼윈도에 감색 셔츠를 입은 마네킹을 보면 선영의 새끼손가락의 부드러운 감촉과 가슴에서 전해지던 따스한 온기가 떠올라 가슴이 시려왔다.

"늦은 나이에 베스트셀러 작가가 되셨는데 책을 내는데 도움을 주거나 영향을 끼친 사람이 혹시 있을까요?"

그는 방송진행자의 멘트에 답을 할 수 없었다. 사실대로 대답을 할 수도 없었고 거짓말을 하는 것도 내키지 않았다.

"기억이 나지 않네요."

(그의 Querencia)

그의 오두막 뒤편 참나무 군락지의 초록이 점점 지쳐가고 가끔씩 코스모스 향기를 머금은 바람이 불어왔다. 비개인 뒤끝이라 먼지 씻긴 이파리엔 생기가 돌고 공기는 맑았으며 하늘은 높고 청명했다. 좀처럼 기세가 꺾일 것 같지 않던 무더위가 물러난 상쾌한 아침이다. 세상엔 영원한 것이 없는 모양이다. 봄이 늦고 가을은 빨리 찾아오는 이곳에는 추석이 보름이나 남았는데도 벌써부터 아침공기가 서늘했다. 마당 입구에 그가 36년 전에 심어놓은 단풍나무 이파리 끝이 새빨갛게 물들어간다. 들깻잎과 호박덩굴 이파리들이 누렇게 초록이 지쳐가고 빨간 사과열매 위에 하늘빛이 새파랬다.

'가을이구나.' 그의 삶에 남은 몇 안 되는 가을이라 생각하니 애틋하다. 아담하지만 아무것도 없었던 빈 땅이 36년의 세월이 흐르면서 어엿한 농원이 되었다. 유실수를 심어놓은 밭에는 호두, 포도, 사과, 복숭아, 자두나무가 빈틈없이 심어졌고 정원과의 경계에 서있는 소나무, 잣나무, 구상나무, 라일락, 벚나무, 능소화나무들의 밑 둥 굵기가 어른 품으로 한아름 씩은 되었다. 수십 년 동안을 한 해도 거르지 않고 몇 그루씩 그의 손으로 심어 가꾸어온 작품이었다. 구석진 자리에 남겨놓았던 오십 평쯤 되는 밭 한 귀퉁이에는 진초록 고구마 넝쿨이 우거져 있고 현무암으로 외벽을 붙인 모던한 분위기의 본채 건물 또

한 30년 전 출판사에서 받은 계좌에서 돈을 찾아 그의 구상대로 지어진 것이었다. 그는 유리로 통창을 낸 1층 카페 창가자리에서 한 시간 전부터 누군가를 기다리고 있었다. 동이 트기 전에 일어나 옷장 서랍 깊은 곳에서 빛이 바랜 감색셔츠와 회색 면바지를 꺼내 입고 마당 입구로 나갔다. 단풍나무 밑 둥을 어루만지고 비닐하우스 안에서는 화목난로 고구마 구이통을 열어보며 한참을 상념에 젖어 있다가 정원 구석구석을 둘러보았다. 카페로 들어온 그는 커피 잔을 앞에 놓고 봉화산 산등성이를 바라본다. 따사로운 가을볕으로 가득한 카페 안에는 멘델스존의 바이올린 협주곡이 잔잔하게 흐르고 있다. 전날 저녁 막 식사를 마쳤을 때 중년여자의 전화를 받았다.

"갑작스럽게 연락을 드려 실례가 될 줄 알지만."

조심스럽게 머뭇거리던 여자는 목숨이 얼마 남지 않은 자신의 어머니의 소원을 들어줄 수 없겠느냐고 흐느꼈다. 치매로 가족도 알아보지 못하는 상태인데 그의 책과 그의 이름만 부른다고 했다. 혹시 선영이라는 이름을 기억하고 계시느냐고 물었다. 어찌 한 순간도 잊을 수가 있었겠냐고 사실대로 대답할 수 없었다. 찾아와도 괜찮겠냐고 청하기에 선선히 그러라고 했다. 가슴이 먹먹해졌다. 그 혼자서만 간직한 인연인 줄 알았는데 그의 이름만 기억하고 있다니.

차가 막혀 약속된 행사장에 늦어 아수라장이 되었다 책망하는 시선들이 그에게 집중되었고 누군가가 책임을 지라고 그에게 삿대질을 한다. 뭐라고 변명을 하려해도 입이 떨어지지 않았다. 꿈이었다. 혹시나 하고 들여다본 휴대폰 액정에 시각이 3:30. 오랜만에 느껴보는 긴박감이다. 말끔해진 머릿속으로 희미한 기억이 스멀스멀 피어오른다. 그는 그렇게 창밖이 희붐하게 밝아올 때까지 정물처럼 앉아 있었다.

그의 퀘렌시아로 찾아온 별이는 오래전 선영을 닮아있었다.

"오래전부터 선생님을 알고 있었어요. 엄마가 늘 선생님 책을 곁에 두어서 핀잔을 주곤 했었는데 친구사이라는 걸 이번에 알게 되었네요."

"나도 가끔씩 어머니 근황이 궁금했었는데."

"연락을 하시지 그러셨어요. 엄마가 많이 보고 싶어 하셨는데."

"잘 지낼 거라 생각했지."

"선생님 말씀을 매일 하셔요. 지금이라도 두 분이 못 만나시면 가슴에 한이 맺힌 채로 돌아가실 거 같아서요."

"고맙네. 이제라도 찾아와줘서. 지금 어디에 계신가?"

"양수리 쪽에요."

"어머니를 이해해 주게."

"충분히요. 답답하고 가여워요."

별이의 눈가가 촉촉이 젖어간다. .

"보여주고 싶은 삶이니까."

그는 별이를 바라보던 시선을 봉화산 산등성이로 돌리며 들릴 듯 말 듯 한 나지막한 목소리로 중얼거렸다. 그의 멍한 시선은 삼십 삼년의 세월을 거슬러 두물머리 아득한 강 건너편과 이팝나무 꽃잎이 눈처럼 흩날리던 날 선영과 함께 달리던 북한강변의 드라이브 길을 더듬는다.

알싸한 가을 냄새가 삼십 삼년의 세월이 지나온 그 길에 머물렀다.

"자 받아. 꼭 보여 주고 싶었어."

노인이 손에 들고 온 책을 선영에게 내민다.

"나 이 책 수십 번은 더 읽었던 걸."

선영의 목소리가 소녀처럼 들떠있어서 노인의 눈에 그렁그렁 맺혔던 뜨거운 눈물이 볼을 타고 주루룩 흘러내린다.

"넌 해낼 줄 알았어. 이걸 쓰느라고 얼마나 힘들었을까."

"미안, 그땐 왜 그리 옹졸했던지."

눈물과 콧물에 뒤범벅이 된 그의 목소리를 별이는 무슨 말인지 알아들을 수 없었다. 그의 등을 토닥이는 선영의 손가락이 가늘게 떨렸고 여한이 없다는 듯 편안해진 표정은 삼십 삼년 전 이팝나무 꽃잎이 흩날리는 두물머리에 가 있었다. 무심했던 세월을 건너온 해후를 다독여주려는 듯 흐린 가을하늘에서 가는 비가 내린다.

파란 우산

파란 우산

그날 이후 놈을 다시 볼 수 없었다.

요란스런 빗소리에 묻혀 버렸노라고 지난 삼십 년 동안 애써 외면 해왔던 그놈의 마지막 목소리가 아직도 귓전을 맴돌고 있다.

*

TV를 보다 요의를 느껴 소파에서 몸을 일으켰다. 자정이 가까웠는 데도 후텁지근한 집안공기는 좀처럼 가시지가 않는다. 화장실 문고 리를 잡으려다 문득 아무도 모르게 밤공기의 상큼함을 느끼고 싶어 졌다. 이 야밤에 누가 나다니겠는가? 거의 잠옷처럼 뭉개져버린 체크 남방에 파자마 바람으로 문밖을 나섰다. 경비원이 마지막 순찰을 마 쳤는지 불 꺼진 계단을 내려가다 하마터면 발을 헛디딜 뻔했다. 어둠이 주저앉은 주차장은 적요했다. 교교히 내리는 달빛을 피해 콘크리트 축대 위에서 무성하게 가지를 늘어뜨린 개나리 울타리 그늘로 숨어들었다. 시원스레 뻗어나간 오줌줄기는 낡고 음습한 벽에 부서져 거품을 내면서 하수구로 흘러간다. 그것이 어디로 흘러가고 흔적이 어떻게 사라지는가에 대해서는 전혀 알고 싶지도 알 필요도 없다. 단지 내게 주어진 짜릿한 배설의 쾌감에 충실하며 개나리 이파리들이 덤으로 뿜어내는 상큼한 밤공기를 폐부 깊숙이 빨아들이면 그만이다. 지린내야 어차피 곧 다가올 장맛비가 지나가면 말끔히 사라질 테니까. 답답한 실내 공기와 비좁은 변기통 안에서는 왠지 그 소리부터가 집안 식구들의 귀에 거슬릴 듯 신경이 쓰여 온전한 배설의 쾌감을 즐길 수가 없었다. 군복무시절 야간 경계근무를 서다가 신선한 밤공기를 느끼며 시작된 은밀한 일탈이었다. 알 수 없는 은근한 매력은 자연과 내가 하나가 되는 일체감과 더불어 삶의 다른 부분들이 그렇듯 이따금씩 유혹의 덫을 만들어내곤 했었다.

바지춤을 추스르고 부르르 몸을 한 번 떨고 돌아서는데 심상치 않은 기운이 감지되었다. 마치 감전이라도 된 듯 등골이 오싹하였다가 이내 이마가 서늘해지며 온몸에 식은땀이 송골송골 맺혀온다. 여자였다. 좀 전에 발을 헛디딜 뻔했던 계단 아래 출입구에는 다시 삼십 촉짜리 전등이 켜지고 희미한 불빛아래 추리닝 차림의 비쩍 마르고 키가 작은 여자가 고개를 숙이고 서있다. 한 손은 벽을 짚고 한 발은 마치 더러운 무언가를 털어 내려는 듯 앞뒤로 천천히 흔들고 있는 모양이 마치 힘없는 급우를 화장실 뒤로 불러내 무언의 압력으로 기선을 제압하려는 동작을 연상시킨다. 이쪽은 못 보았으리라 자위하면서 어둠속에 숨어서 여자 쪽을 조심스레 살폈다. 여자는 내가 들어가야 할 입구에 서서 버티고 있고 혹시라도 조금 전 내가 벌인 일탈을 보았을지도 모른다는 불안감이 가슴을 짓눌러온다. 슬그머니 개나리 울타리를 따라 옆 건물 쪽으로 걸음을 옮기려는 찰나였다. 거센 경상도 억양에 세월의 때가 묻은 카랑카랑한 목소리가 고요한 아파트단지로 퍼져나갔다.

"아저씨! 아저씨 여기 사는 사람 맞지요?"

느닷없는 일격에 다리는 얼어붙었고 슬그머니 돌아보니 거리는 불과 십 여 미터 남짓이고 이쪽은 칠흑 같은 어둠 속이다. 여자가 서 있는 곳은 비록 침침하다고는 해도 이쪽보다는 상대적으로 밝은 전등 밑, 여기서도 겨우 옷차림과 몸짓 정도만 식별할 수 있겠는데 하물며 여자가 내 정체를 알아내기는 어려우리라. 잠시 머뭇거리다 대답을 않기로 결정했다. 이왕 이리되었으니 철저히 나를 감추어야 한다. 게다가 지금은 파자마차림이지 않은가. 자칫하면 이상한 소문이 나돌아 동네에서 얼굴을 들고 다닐 수 없게 될지도 모르는 일이다. 여자가 계속 이쪽을 노려보고 있기는 하지만 굳이 목소리를 드러내어 빌미를 제공할 필요는 없었다.

"집에 가면 화장실 없어요? 아이들한테 부끄럽지도 않은가베?"

여자의 목소리는 점점 노기로 충천해 가고 있었다.

"와 냄새 나구로 밖에 나와 싸는데? 정말 더러버서 못 살겠구마 어이?"

진퇴양난의 기로에서 내가 할 수 있는 건 그저 숨소리도 내지 않고 장승처럼 서서 그저 상대가 스스로 화를 거두고 사라져주기를 기다리는 것뿐이었다. 여자는 당연히 이쪽에서 머리를 조아리며 '미안합니다' 따위의 반응을 기다릴 것이고 그러면 적당히 근엄하게 타이르고는 자비를 베풀 듯 난처한 이 상황을 끝내 줄지도 모를 일이었다. 하지만 슬그머니 덮어보고 싶은 욕심이 타이밍을 놓쳐버렸다. 그것은 적어도 그동안의 달콤한 일탈행위에 대한 정당성을 부여받지는 못하더라도 그것으로 인해 머리를 굽히고 용서를 구걸하고 싶지 않은 나름의 자존심이 앞섰기 때문이었다. 그러는 사이 여자는 어둠 속에 숨은 용의자가 자신을 무시한다고 느꼈는지 급기야 실성한 사람처럼 허공에다 삿대질을 하면서 땅바닥에 발을 굴러댄다. 어디선가 신경질적으로 창문 닫는 소리가 들린다. 그나마 여자가 이쪽으로 다가오지 않는 것은 천만다행한 일이었다. 여자는 그동안 골치를 썩여

왔던 범인을 드디어 잡아낸 승리감과 이참에 아파트단지에서 지린내가 진동하는 불상사를 반드시 근절시켜보겠다는 사명감으로 가득 차 있었다. 기어이 자백이라도 받아내려는 듯 더욱더 단호한 자세로 몰아붙인다. 내가 분명 잘못은 하였지만 처음 보는 사람에게 이렇게까지 모욕을 당할 정도의 죄를 짓기나 한 것인지 혼란스러워졌다. 순간 체면이고 뭐고 다 팽개치고 저 여자와 사생결단을 내볼까하는 충동이 일었지만 아파트단지 주민자치회의 임원을 맡고 있는데다 말단 공무원이지만 나름대로 품위유지를 해야 하는 입장이 발목을 잡고 있었다. 단풍나무와 어우러진 소나무의 깊은 어둠 속으로 최대한 발소리를 죽여 가며 미끄러지듯 뒷걸음질을 쳤다. 여자의 앙칼진 소리는 개나리줄기 이파리를 흔들고 이제 막 잠이 든 사람들의 노곤한 귓속을 파고들고 내 뒤통수에 저릿한 소름이 돋아나게 만들었다.

당혹스러웠던 그날 밤 이후 내 생활엔 약간의 변화가 생겼다. 우선 그날 밤에 벗어놓았던 체크무늬 남방은 점점 장롱 구석진 곳으로 밀려들게 되었고 야간 산책 도중에 가끔씩 저지르던 달콤한 일탈도 그날 밤이 마지막이 되었다. 거기다 아파트입구를 드나들 때마다 그 여자와 부딪히게 될까봐 괜스레 주변을 두리번거리는 버릇까지 생겨버렸다.

'딩동' 번호표가 더디게 돌아간다. 말일이라 많은 사람들로 북적거리다보니 아침부터 틀어놓았던 에어컨은 이미 제 기능을 잃어 버렸고 반복적이고 습관적인 몸놀림들이 내뿜는 열기들로 민원실은 짜증과 번잡의 포화상태가 되어버렸다.

"딴딴딴 따따……"

지난달 새로 바꾼 핸드폰 화면에 모르는 발신자번호가 뜬다.

"안녕하십니까? 감사님. 관리사무숩니다."

아파트관리소장이다. 순간 머리칼이 곤두서며 가슴이 철렁 내려앉는다.

"아. 예. 안녕하세요. 그런데 무슨 일로"

"다름이 아니라 상반기 회계감사는 어떻게 할까요?"

그제야 얼굴에 핏기가 돌며 온기가 느껴진다.

"아! 그거요. 다음 주말쯤에 하지요."

다행히 방뇨사건은 모르고 있는 눈치다. 하지만 언제 터질지 모르는 시한폭탄을 방치하고 있는 듯한 찜찜함에 괜스레 타들어 간 입술을 혀로 축여본다. 아무리 아파트단지를 좀 지저분하게 했기로서니 설마 그깟 일로 근무 중인 사람에게 전화하지는 않았을 것이다. 세대라야 고작 200여 호 되는 서민 아파트에서 공무원이라는 신분이 알려져 얼결에 맡게 된 주민자치회 감사직이다. 마뜩치 않아 내내 사양하다가 관리소장의 끈질긴 구애에 작년 말에 결국 수락했었다. 가뜩이나 말 많은 동네에서 지난 밤 행적이 알려지게 된다면 동 대표들과 부녀회장의 얼굴들을 앞으로 어찌 대면하겠는가? 생각만으로도 모골이 송연해 온다. 감사직을 떠맡던 날 저녁 식사 자리에서 공손하게 날 대하던 지긋한 연배의 온화한 표정들이 주마등처럼 스쳐간다. 그보다도 이웃에게 손가락질 받는 아비가 무슨 낯으로 두 아들을 올바르게 훈육할 수 있겠는가? 시간이 흐르면 조용히 묻혀 버릴 줄 알았던 한밤의 방뇨사건은 이상하게도 의식 한 편에서 더욱 선명하게 자리를 잡아가고 정체 모를 여자는 더욱더 가슴을 무겁게 짓눌러오고 있었다.

정신없이 하루를 보내고 매달 한 번씩 있는 회식을 하러 청사 앞 삼겹살집으로 향한다. 민원실장의 강압으로 노래방까지 들렀다가 자정이 가까워서야 겨우 집으로 돌아오는 택시 뒷좌석에 몸을 기댈 수 있었다. 차창에 맺혀지는 빗방울들 사이로 어린 시절 학교에 우산을 잊고 갔었던 기억이 가물거렸다. 그날은 십리나 되는 하교 길 내내 장대 같은 빗줄기로 흠씬 두들겨 맞아야 했었다. 그리곤 꼬박 이틀을 앓고서야 기다시피 등교를 했고 그 이후로는 군 시절을 제외하고는 일부러 비를 맞은 기억은 없다. 오락가락하던 비가 차에서 내릴 즈음엔 꽤 굵어져 머리에 손을 얹고 뛰었다. 빗방울이 금세 안경유리에 맺혀 흐른다. 경비원이 아직 마지막 순찰을 돌지 않았는지 출입구 앞에 덮개가 떨어진 삼십 촉 백열전구가 희미하게 불빛을 뿜어내고 꺼멓게 젖은 아스팔트가 반짝거린다. 입구가 가까워질수록 술기운에 잠시 눌러 놓았던 근심이 다시 고개를 쳐든다. 왠지 그 여자가 저 안에서 버티고 있을 것만 같았다. 야심한 시각이고 날도 궂은데 설마 누가 있겠냐 만은 이렇게까지 전전긍긍해야하는 자신이 한심스럽게 느껴진다. 현관 안으로 막 뛰어 들어서려는 찰나 하마터면 숨이 멎을 뻔했다. 검은 형체가 커다란 막대기를 들고 내 앞에 턱 막아서는 것 아닌가?

"으악!"

나도 모르게 터져 나오는 비명과 함께 몸을 피하며 비켜섰다. 분명 그 여자였다. 입고 있는 옷차림은 달라도 작은 키에 비쩍 마른 체구에 고양이처럼 조심스레 웅크리듯 서있는 모양새가 영락없다. 여자의 손에는 물기가 전혀 묻어있지 않은 파란색 막대 우산이 장검처럼 들려있었다. 비록 침침한 불빛아래지만 파란빛깔이 강렬하게 느껴졌다. 여자의 따가운 시선을 애써 외면한 채 일부러 얼굴을 보려고도 보여주지도 않으려 황망히 계단을 두 세 칸씩 경중경중 뛰어올랐다. 오싹해진 등줄기에서 식은땀이 주르륵 흘러내린다. 초인종 소리에 문이 열려지는 순간까지 견디기 힘든 정적에 입술이 타들어간다. 계단 아래에선 별다른 기척이 없다. 저 여자는 하필 보기에도 섬뜩한 파란

색 우산을 들고 있는가. 분명 정신병자가 틀림없다. 도대체 어디 사
는 여자일까? 우산이 비에 젖지 않은 것으로 보아 같은 출입구로 드
나드는 다섯 집중에 하나일지도 모른다. 1층 사람들은 가구점을 하는
사십대 초반의 부부로 마주치면 목례를 하는 사이라 잘 알고, 큰 아
들놈의 친구가 사는 5층 할머니네 식구들의 면면도 집사람을 통해 대
충 짐작하고 있었다. 그렇다면 3층과 4층으로 좁혀지는데 지피지기
면 백전백승이라 했거늘. 일단 적의 위치를 파악한 것만으로도 무슨
전공이라도 세운 듯 뿌듯했다. 저 여자는 비 오는 밤 현관 앞에서 무
슨 꿍꿍이로 장승처럼 버티고 있었을까? 내가 그녀를 느낌으로 알아
차렸듯 혹시 여자도 나의 정체를 눈치 채지는 않았을까? 그리고 만약
저 괴이한 여자가 입을 열게 된다면 나는 어찌되는가. 생각이 여기까
지 미치자 여자에 대한 의혹은 꼭 그만큼의 두려움을 불러 일으켜 내
의식을 지배하기 시작했다.

나는 학교에서 집으로 돌아가고 있었다. 장마가 끝난 하늘은 한층
짙어진 푸르름을 뿜어내고 있었다. 하늘거리는 하얀 구름이 군데군
데 엷게 떠다니고 이글이글 뙤약볕이 따갑게 내리꽂히고 있었다. 볏
잎들은 초록으로 무성해져 가고 가끔씩 불어오는 시원스런 바람에서
산 너머 참새골 약수 냄새가 났다. 문득 발밑에 무언가가 시야에 들어

왔고, 하마터면 그것을 밟을 뻔 했다. 논두렁에서 뻗어 나온 끝이 휘어진 맨들맨들한 막대기였다. 누군가가 지팡이로 쓰다 버렸을까? 자세히 보니 막대기가 아니고 우산 손잡이다. 손잡이가 구부러진 파란 막대우산. 나도 모르게 우산을 펼쳐볼 용기가 불끈 솟아오른다. 그래 나도 이제는 저 우산을 펼쳐도 된다. 그것을 쓰면 금방이라도 시원스런 비가 내릴 것 같았다. 손잡이를 잡으려고 허리를 굽혀 잡는 순간 서늘하면서도 축축하고 기분 나쁜 미끈거림이 느껴진다. 뱀이었다. 몸통을 잡힌 뱀은 이내 아가리를 벌리고 눈앞으로 달려들었다.

"으아악!"

"어서 일어나! 늦겠네."

그릇 부딪히는 소리, 개수대에서 물 빠지는 소리와 함께 아내의 채근이 이어진다. 숙면을 취하지 못한 몸을 일으키기가 버겁다.

"어젯밤에 들어오다 어떤 여자와 현관 앞에서 부딪힐 뻔했는데."

아침상 앞에서 넌지시 아내에게 말을 붙였다.

"누군데?"

"모르지. 아무래도 3층이나 4층에 사는 사람 같던데. 얼마 전인가 야밤에 혼자 현관 앞에서 가만히 서있더라고."

"비쩍 마른 여자지? 아마 3층 여자일걸? 부녀회장하고도 싸우고 경비아저씨와도 사이가 안 좋아. 무슨 결벽증 같은 것이 있는 모양이더라고."

"친한가?"

"미쳤어! 그 여자랑 어울리는 사람 아무도 없어. 낮에는 집안에서 꽁꽁 틀어박혀 있다가 밤에만 나다니나봐."

지금까지 알아낸 사실만으로도 그 여기기 틀림없나. 드디어 베일에 가려있던 적은 고맙게도 내 눈앞에 그 모습을 드러내주었다. 그리고 무엇보다 다행인 것은 그 정체가 우려보다 대단한 상대가 아니라는 사실이었다. 그 여자가 사람들과 잘 어울리지 못한다는 것은 나로서는 참으로 다행스러웠다. 설사 여자가 방뇨범이 나였다는 사실을 알았다 치더라도 나의 음행을 떠벌리고 다닐 가능성이 별로 없어 보이기 때문이다. 그래 잘되었다. 밤새 파란우산과 그 여자의 악몽으로 시달리긴 했지만 지금까지 마음 한구석에 무겁게 가라앉아 시꺼멓게 뭉쳐져 있던 불안감이 슬그머니 풀어져 회색빛으로 묽어져가는 느낌이다.

베란다 창문 밖에는 모과나무가 자라고 있다. 수시로 가지를 잘라주어야 나뭇가지가 집안으로 비집고 들어오는 걸 막을 수 있었다. 모과 잎이 무성해지면 집안은 온통 초록빛 정원이 된다. 아내와 아이들이 성당에 간 일요일 오전 정원아래서 한가함을 즐긴다. 거실바닥에 아무렇게나 누워 하늘거리는 이파리들을 가만히 올려다본다. 요 며칠째 찌푸리기만 하던 하늘은 모처럼 맑게 개었다. 환하게 얼굴을 내민 햇살에 온몸을 맡긴 잎들은 한껏 생기 넘치는 자태로 하늘거리고 있다. 싱그러운 향기에 맘껏 취해보고 싶었다. 몸을 일으켜 방충망을 열어젖히고 난간 밖으로 고개를 쭈욱 내밀어 이파리들 사이에 코를 박고 심호흡을 해본다. 상큼한 풀냄새가 부드럽게 목구멍을 스치며 허파 속으로 미끄러져 들어온다. 그런데 뭔가가 좀 이상하다. 목구멍이 근질거리고 이물감에 기침까지 일어난다. 그때서야 내 머리 위에서 일어나고 있는 요상한 움직임을 감지하였다. 여자의 이불이 춤을 추고 있다. 펄럭펄럭 여자는 더욱 거세게 자신과 그 가족들의 몸에서 떨어져 나온 피지와 진드기들을 나의 초록정원으로 털어 내고 있었다. 메케한 먼지 더미가 내 머리 위로 허파꽈리 속으로 쏟아져 들어온다. 할 수만 있다면 허파를 헹궈버리고 싶었다. 고등학교 교련시간에 배웠던 생화학전 대피상황을 재현하듯 재빠르게 창을 닫고 한 손으로 목을 눌러 억지로 밭은기침을 하며 화장실로 내달렸다. 최대한 물을 깊이 머금어 몇 번이나 목구멍을 헹구어 냈는데도 찝찝함이 가서지지 않는다. 분노가 치밀어 오르고 결벽증환자에 대한 적대감이 끓어올랐다. 그 여자의 미친 짓은 여기에 그치지 않았다. 잠시 후 닫아

둔 베란다 밖으로 주르륵 물이 흘러내리는가 싶더니 이내 유리창에 구정물 자국을 남겨버렸다. 자신의 베란다 청결을 위해서라면 타인에 대한 배려 따위는 안중에도 없는 모양이다. 정신질환자에다 철저한 이기주의자다. 하지만 에이즈나 사스처럼 그 여자와의 부딪힘은 무조건 피하고 싶었다. 나로서는 도저히 이길 자신도 없고 전혀 득이 될 것도 없는 싸움이었다. 경멸감이 언제부터인가부터 두려움으로 바뀌어 버렸다. 문득 훈련소 내무반에 배치되던 첫날 밤 수많은 병사들의 땀으로 찌든 국방색 모포 석 장을 지급 받았던 끔찍스럽던 기억이 떠올랐다. 여태 한 번도 물 구경을 하지 못했는지 조금만 건드려도 시꺼먼 먼지들이 자욱하게 피어오르며 고역스런 냄새를 풀풀 풍기는 그 모포의 색깔은 원래 파란색이었을지도 모른다는 생각을 했다. 그리고는 수많은 종류의 땀과 체액에 찌들다가 이렇게 괴괴한 색깔로 변하였으리라. 지시에 따라 모포 한 장을 매트리스 위에 깔고 나머지 두 장을 겹쳐 이불 삼아 덮을 때에는 앞으로 남은 삼십 개월이란 세월이 막막하여 눈물이 다 날 지경이었다. 마치 바닷물에라도 담겼다가 꺼내 말린 듯한 비릿한 지린내는 비위가 약한 나를 연신 구역질나게 했고 점호 후 출입이 통제된 내무반의 모포 속에서 그렇게 나 자신의 체취도 그것에 동화되어갔다. 12월 추위에도 모포를 가슴 아래로 내려 덮고 뒤척이다 새벽녘에야 간신히 잠이 들었던 모양이다. 기상 호루라기 소리에 꿀 같은 단잠을 깨었을 때 결코 놓치고 싶지 않았던 따뜻함의 근원이 바로 그 모포였으며 그것이 내 입술을 포개고 있음에 기겁을 하고 일어났었다. 그 어떤 것에도 굴하지 않았던 나의 결벽이 뒤바뀐 환경으로 허망하게 무너져 버린 순간이었다. 입소 후 세 번째 맞는 일요일 오후 병사들이 자신들의 모포를 걷어 막사 옆 작은 마당으로 나왔다. 두 사람씩 한 조가 되어 모포 양쪽 끝을 맞잡고 호흡을 맞춰 한 장씩 펑펑 털면 내무반 막사의 유리창이 쩌렁쩌렁 울렸다. 그렇게 털어낸 하얀 보푸라기들은 무수한 발길들로 반들반들해진 건조장 좁은 흙 마당 구석에, 동기들의 까까머리 위에 눈처럼 하늘하늘 쌓여갔다. 엷은 바람에도 이리저리 흩날리고 있는 그것들을 바라보고 있노라면 목안이 막혀오고 폐 속이 근질거렸었다.

마침 볕도 났으니 눅눅한 집안 이부자리도 말리고 쌓인 먼지도 털어 낼 겸해서 힘 닿는데 까지 어깨에 짊어지고 옥상으로 오른다. 3층 그 여자의 문 앞을 지날 때는 나도 모르게 발소리가 주눅이 들었다. 이불 끝자락이 잔뜩 쌓아놓은 생수 페트병 무더기를 건드렸는지 빈병 쏟아져 구르는 소리가 계단참을 울린다. 다행히 아무런 기척이 없다. 여자와 생수. 하긴 결벽중인 여자가 정수를 했다고는 하나 원래 구정물이었지도 모를 수돗물을 꺼림칙하게 여기는 건 당연하리라. 하긴 나도 민방위 교육시간에 하천으로 방류된 생활하수를 취수한 뒤 정수하고 살균하는 과정에서 다량의 불소를 뿌려댄다는 내용을 비디오로 본 적이 있었다. 그들은 아마 수돗물의 안정성과 시의 수자원자립도에 대해 역설하려는 의도였겠지만 나에게는 지금껏 미처 생각지도 못했던 수돗물의 실체를 새삼 일깨워준 꼬투리가 되었었다. 모른 체 덮어 버리기엔 찝찝하고 차라리 아예 몰랐더라면 좋았을 만한 사실을 덮어버리는데 꽤 많은 시간을 보내아 했었다. 그뿐 아니라 오랜 세월 고이 묻어두었던 아픈 기억을 다시금 떠올리게 만드는 계기가 되었다. 수돗물은 생활하수가 그대로 하천으로 방류되었다가 다시 취수된 물이다. 아무리 정수기필터로 걸러내고 성질을 바꿔보려 보리차를 넣고 끓인다 해도 본래의 모습은 그 누군가의 오줌 찌꺼기를 쓸어온 빗물이, 파란 콧물 덩어리들이 풀어져있었을 더러운 물이 아니었겠는가. 어쩌면 나의 달콤한 방뇨 찌꺼기도 빗물에 씻겨 흘러가 내 입 속으로 다시 들어올 수도 있을 것이다. 제주도 화산암반수에서 뽑아 올린 청정수래야 안심하고 마실 수 있을 것이었다. 그 여자라면.

뉴스에서 장마가 시작되었노라고 선언한지 일주일이 지났으나 아직도 비다운 비는 내리지 않고 있다. 때 이른 폭염으로 모두가 지쳐버린 퇴근길이다. 어둑해져가는 콘크리트 축대 위에서 빼곡하게 드리워진 진초록 개나리 줄기 속 후미진 곳에서 귀에 익은 소리가 들려온다. 지금 누군가가 배설의 짜릿함을 느끼고 있을 것이다. 이제 막 살어둠이 내리고 주차된 승합차 차창 저편에서 웬 사내의 뒤통수가 가볍게 떨린다. 내가 자주 이용하던 바로 그 자리다. 심장이 가빠지고 시선은 아파트 출입구 쪽으로 내달린다. 아무도 없다. 나도 모르게 안도의 한숨을 내쉬다가 불현듯 불길한 예감 하나가 머릿속을 날카롭게 관통하면서 그간 묽어졌던 불안감이 일순 시꺼멓게 다시 뭉쳐진다. 저 사내가 내지른 쾌감의 부산물은 어찌되는가? 결코 그 여자의 예리한 후각에서 자유롭지는 못할 것이다. 그리고 앞으로 저 사내의 방뇨가 거듭된다면 무치한 다혈질의 여자는 뜻하지 않은 곳에서 내게 일격을 가해 올지도 모르는 일이었다.

그렇게 다시 불거진 근심은 마음한구석을 점거한 채 몸집을 불려 나갔고 비는 또 그렇게 오래도록 오지 않았다. 어느 해인가 장마가 있는 듯 없는 듯 지지부지 지나쳤던 기억이 떠올라 불안감을 부채질한다. 올해도 만약 그리된다면 장맛비의 힘을 빌어보려던 기대는 접어야 한다. 비가 얄밉게 흩뿌리던 어느 날 아침인가부터 출입구 계단 옆에 막대 우산 하나가 세워져 있는 것을 보았다. 거만스럽게 벽을 기대고 서있는 모양새와 기분 나쁜 파란 빛깔에서 섬뜩함마저 느껴졌다. 얼마 전 바로 이 자리에서 마주쳤던 그 여자의 손에 들려져 있던 우산이었다. 꺼림칙스러워 행여 옷자락이라도 닿을까봐 몸을 사리며 지나쳤다.

*

그날도 그 우산은 학교입구에서 꼭 이렇게 날 노려보고 있었다. 조금 전에 그놈이 내게 던졌던 말을 대변이라도 하려는 듯 무어라고 말하고 있었으나 나의 결벽은 결국 그것을 외면하게 만들었다. 어쩌면 그 우산은 그 시퍼런 콧물에 물들어 파랗게 변하였는지도 모른다고 생각했었다.

그놈은 할머니와 단둘이 살고 있었다. 난 우리가족의 식수공급 부담당이었다. 딱히 무슨 병인지를 알 수는 없으나 항상 자리를 보전하고 누워 계셨던 어머니는 초등학교 4학년인 나에게 가끔 십리나 떨어진 참새골 약수를 길어오게 하셨다. 아버지가 여의치 않을 때면 물 당번은 결국 내 차지가 되었다. 주전자 두 개를 들고 호젓한 산길을 따라 걷다가 간혹 길가로 뻗어 나온 산딸기 줄기라도 보이면 입술이 빨개지도록 풀숲 가를 뒤지곤 했다. 어쩌다 운이 좋은 날에는 한차례 거센 바람이 지나간 자리에서 씨알이 꽤 굵은 밤톨을 주어오기도 했다. 그날은 무슨 마음에선지 그놈이 시퍼런 코를 인중에 줄줄 매달고 내 뒤를 따라왔다. 사업에 실패한 놈의 아버지는 작년 가을 놈을 우리 동네에 버려두고 사라졌다. 같은 반이고 한 동네에 살지만 여태 놈의 집에 가 본적도 우리 집에 들인 적도 없었다. 놈에 대한 내 느낌을 말하라면 무지하게 더럽다는 것 그 뿐이었다. 항상 푸르죽죽한 코를 줄줄 흘리고 다니다가 아무렇지도 않게 손등으로 쓰윽 훔치고는 그 손으로 이것저것 닥치는 대로 만지고 친구들의 손을 잡고 흔들어댄다. 놈의 근처에만 가도 왠지 그 시퍼런 콧물에 오염될 것 같았고 그 콧물이 닿은 부분은 퍼렇게 썩어갈 것만 같았다. 어느 밤에는 그놈의 손을 피해 밤새 도망 다니는 꿈을 꾸기도 했다.

"잘됐구나! 앞으로 둘이 함께 다니면 되겠네. 허허."

전학 온 놈과 나를 엮어 놓으려 했던 담임선생님의 이 한마디를 두고두고 원망했었다. 아침부터 꾸물거리던 하늘에서는 결국 비를 뿌렸다. 시퍼런 콧물이 꺼림칙하긴 했지만 참새골 만큼이나 떨어져있는 집까지 부슬부슬 내리는 빗속에서 그놈이 들고 있던 파란우산의 보호 아래에 있어야 했다.

"넌 우산 안 가지고 왔니? 훌쩍."

"응. 깜빡했어"

훌쩍거리는 소리가 우산 안을 벗어나지 못하고 맴돌다가 내 귓전을 파고들었다.

"전에 살던 우리 동네는 공장밖에 없었는데."

"여긴 시골이라 그런 거 없어."

"조용하고 좋다. 훌쩍."

"……"

그놈과 함께 걸었던 불편하고 고역스러운 기억은 놈의 훌쩍이는 콧물 소리만큼이나 선명하게 남아 한동안 날 괴롭혔다. 처음엔 그저 지독한 감기려니 했는데 가만히 생각해보니 여태 그놈의 코가 멀쩡 했던 적은 거의 없었던 것 같았다. 수업이 끝나면 놈과 마주치지 않으 려고 교실 밖으로 먼저 달려 나가거나 놈이 사라져 가는 것을 꼭 확인 한 후에야 집으로 출발했다. 교실청소를 하던 그날. 멀찌감치 산비탈 에 서 있는 놈의 뒷모습이 무심코 걸어가던 내 시야로 들어왔다. 놈이 아니길 간절히 바랐지만 불길한 예감은 적중했고 머릿속에서 돌아갈 까 그냥 지나칠까를 두고 망설이는 사이 내 발은 조심스럽게 그놈의 뒤편으로 다가가고 있었다. 외길이라 달리 돌아갈 수도 없는 형편이 었다. 놈이 비록 등을 보이고 있긴 하지만 시선이 마치 내 몸에 달라 붙어있는 것처럼 섬뜩했다. 그놈이 서있는 곳까지 여남은 걸음을 남 겨두고는 되도록 기척을 내지 않으려 안간힘을 쓰며 도둑고양이처럼 조심조심 걸음을 떼었다. 드디어 놈의 뒤를 지나치는데 성공하고 몇 걸음을 더 옮겼을까 저승사자 같은 놈의 목소리가 가슴을 철렁 내려놓고 저물어 가는 여름들녘으로 퍼져나갔다.

"야! 어디가?"

"집에……,"

"너 이거 먹을래?"

놈의 손안에는 콧물에 오염되버린 뭉개진 산딸기가 그득했다.

"아니. 나 산딸기 안 좋아해."

"뭐 안 좋아한다고? 거짓말! 지난번에 네가 이것 따먹는 것 다 봤는데."

난 황급히 고개를 돌려 걸음을 재촉했다.

"거기 서! 너까지도 날 무시하는 거야?"

대꾸도 않고 뛰다시피 걷자 후다닥 놈의 발소리가 가까워졌다. 이내 퍽 하는 소리가 귓전을 때리는가 싶더니 윙, 하는 울림과 함께 뒤통수가 뻐근해 왔다. 한 뼘이나 큰놈을 도저히 당해낼 도리가 없었다. 저항을 하면 할수록 내게 쏟아지는 주먹과 발길질은 더욱 거세어졌다.

참새골에 다다랐을 때 내 손엔 주전자말고도 막대기 하나가 더 들려있었다. 끊겨진 단면에선 아직까지 수액이 촉촉이 남아있었다. 굵지는 않지만 손안에 챙챙이 감기는 맛이 휙휙 바람 가르는 소리가 날 정도로 제법 살벌했다. 난 유독 물에 대한 결벽이 심했다. 다른 건 몰라도 마시는 물만큼은 깨끗해야했다. 약수를 주전자에 퍼 담을 때에는 마치 신성한 의식이라도 치르듯 한쪽 무릎을 꿇고 혹시라도 경망스런 몸놀림으로 일으켜진 먼지가 샘물 안으로 떨어 질까봐 온 신경을 곤두세우곤 했었다. 그런데 하필이면 저 더러운 놈이 따라온단 말인가? 사실 그동안 이러한 최악의 시나리오를 상상하지 않았던 건 아니었다. 그럴라치면 소스라치게 놀라 도리질을 쳤고 망령스러운 생각의 흔적을 지우려 애를 썼다. 내 바램 속에 그놈은 무조건 참새골을 몰라야했다. 놈이 그곳을 다녀간 것만으로도 샘터는 더럽혀지고 샘물 또한 오염될 것이기 때문이었다.

참새골 물맛은 달고 맛이 좋았다. 집 앞마당에서 손쉽게 퍼 올린 비릿한 펌프 물과는 차원이 달랐다. 물맛도 물맛이지만 누구의 손길도 닿지 않은 청정한 느낌 때문에 십리나 떨어진 길을 마다 않게 만들었다. 입에서 입으로만 전해져 근동의 몇몇 사람들만이 길어먹는다는 깊은 산 밑 바위틈아래 작은 돌 샘. 원래 참샘골이었으나 구전되다 지금은 참새골로 불려지게 되었으며 예전에는 꽤 유명한 약수였다고 전해들은 바 있다. 사실 동네에서 그리 멀지 않은 이 약수를 그놈이 모를 리는 없겠으나 어찌됐건 그놈과 참새골을 함께 연관시켜 상상하는 것조차도 내게는 커다란 고역이었다. 놈이 뒤를 따라오다 제풀에 지쳐 떨어져나가 주었으면 하는 내 기대와는 달리 사태는 점점 혹시나 하던 최악의 상황으로 흘러가고 있었다. 그러다가 풀섶가에서 막대기를 발견한 것이다.

"어디 가냐?"

"……"

이대로 간다면 놈이 곧 참새골의 존재를 알게 되는 건 불 보듯 뻔한 상황이다. 그것도 나로 인해서.

"너 벙어리냐?"

"……"

"야! 너 바보지? 빙신이지?"

나는 뒤를 돌아보지 않고 대답대신 막대기를 허공에 한번 크게 휘둘러보았다. 커다란 궤적을 그린 막대기가 휙 하고 바람을 가르자 괜스레 풀숲에서 꿩 한 마리 푸드덕 날아오르고 뒤따르던 발작소리도 일순 멈춰 섰다.

"빙신, 삽질하고 있네. 뭐 하는 짓이냐?"

잠시 머뭇하던 놈이 다시 입을 열었다. 대답 없이 걸음을 빨리했다. 그냥 이대로 돌아갈까 잠시 망설였지만 당장 저녁부터 마실 물이 없었다. 마침내 놈은 우리가족, 아니 나의 성역에 발을 들여놓고야 말았다. 샘가엔 늘 그렇듯 아무도 없었다. 약수터에 오면 맨 먼저 해야

할 일이 있다. 자루 끝에 끈이 매어진 빛바랜 플라스틱 바가지로 돌바닥까지 벅벅 긁어 물을 퍼내었다. 그러면 물은 꼭 수도꼭지 하나 정도를 틀어놓은 양만큼 서서히 차오르고 신기하게도 한쪽 끝이 움푹 파인 돌틈까지 차고 나면 더 이상 솟아나지 않아 결코 넘치는 법이 없었다. 길어갈 물을 뜨기 전에 고여 있던 물을 죄다 퍼내는 이유는 가끔씩 샘 위에 떠다니는 낙엽부스러기와 샘터 주변에 무당들이 어지럽혀놓은 촛농 따위의 흔적들이 꺼림칙하기도 하였지만 실은 나의 결벽과 아예 무관하지는 않았다. 놈의 주의를 다른 곳으로 돌리기 위해 일부러 샘터를 지나쳤다. 조금은 멀찍이 떨어진 자리에 선 어른 몸통보다 더 굵은 상수리나무 아래에 주전자와 막대기를 내려놓고 도토리를 줍는 척 했다. 그러나 놈은 샘터 근처에 다다르자 마치 목적지에 도착이라도 한 듯 발걸음을 멈추었고 머뭇거리며 이쪽을 잠시 주시하며 서성거리는가 싶더니 이내 샘 쪽으로 다가간다. 깜짝 놀라고 애가 닳은 쪽은 오히려 나였다. 줍고 있던 도토리를 내팽개치고 샘터로 달려갔다. 놈은 벌써 바가지에 주둥이를 처박고 있었다. 꿀꺽꿀꺽 놈의 목구멍으로 물 넘어가는 소리가 유난히 크게 들려온다. 끄덕거리는 놈의 뒤통수가 그렇게 얄미울 수가 없었다. 어찌할 도리가 없는 일이라 돌아서 열 발작쯤 떨어진 너럭바위 위에 걸터앉아 그저 놈이 사라져주기를 기다렸다.

"야! 물 안 뜨냐?"

놈의 외침에 놀란 탓인지 낙엽 몇 개가 부스스 떨어진다.

"이제 볼일 봤으면 가봐."

"난 네가 물 뜨는 거 보고 갈 거다."

저놈이 가고 나면 우선 저 바가지부터 박박 씻어 내야 한다. 가만히 놈이 하는 양을 지켜보니 도무지 물러날 기미가 보이지 않는다. 그렇게 한참을 지루하게 앉아있으려니 졸참나무 이파리를 뚫고 들어오는 여린 석양빛마저 점점 스러져가고 가느다란 피리소리 같은 늦가을 바람소리는 서럽게 가슴을 파고들었다. 그렇게 산 속 샘터의 짧은 가을 해는 어둠을 재촉하고 있었다. 드디어 놈의 모습이 보이지 않았다. 주전자와 막대기를 챙겨 조심조심 고양이 걸음으로 샘터로 다가갔다. 끈에 묶여있는 빛바랜 플라스틱 바가지가 오늘따라 처량하게 보인다. 저 바가지는 이제 오염되었다. 마치 더러운 쓰레기라도 줍듯 집게와 엄지손가락 끝으로 자루를 집어 샘 옆에다 놓았다. 지금 주전자에 물을 퍼 담을 수 있는 도구는 유감스럽게도 이 더럽혀진 바가지밖에는 없다. 오염된 바가지를 차마 샘물 안에다 집어넣을 수가 없어 주저하다 우선 주전자로 물을 퍼내 바가지를 씻기로 했다. 막 주전자를 샘 안에다 넣으려는 순간이었다.

"야! 뭐하냐?"

물론 놈이었다. 여태 어딘가에 숨어서 내가 물을 뜨기를 기다렸던 모양이다. 놈의 갑작스런 출연에 당황한 나머지 얼른 주전자 대신 바가지로 바꿔 잡아 물을 퍼내었다. 나의 유난스러운 결벽증을 들키고 싶지 않았다. 얼굴은 달아오르고 놈이 당장이라도 다가올 것 같은 불안감에 심장이 쿵쾅거렸다.

"물 뜨는 거 처음 보냐? 상관 말고 가."

"왜 물을 다 퍼 내냐? 힘들게."

"……"

허겁지겁 물을 퍼내는 모양을 즐기기라도 하려는 듯 놈은 더욱 바짝 다가와 자신의 정강이를 쪼그려 앉아있는 내 엉덩이 뒤에 붙이고 서서 팔짱을 낀 채 물러나지 않는다. 크게 한 번 훌쩍거리는 소리가 숲 전체를 뒤흔든다. 그 바람에 또 상수리나무 낙엽 몇 개가 떨어졌으리라. 그리고 금방이라도 내 머리위로 놈의 시퍼런 콧물이 내려앉을 것 같아 머리표피가 간질거리고 머리칼이 곤두선다.

"야 인마! 내 말이 말 같지 않냐? 왜 대답을 안 해? 무시하냐?"

"……"

물을 다 퍼내고 다시 차오르기를 기다리며 내내 주전자 옆에 놓인 막대기의 존재를 힐끗힐끗 확인하였다. 인적 없는 깊은 산 속에서 나보다 머리하나는 더 큰 저 시퍼렇게 불결한 악마에게 대항할 수 있는 유일한 수단이었다. 물이 거의 찼을 때 놈이 갑자기 내 곁을 스쳐지나 샘 바로 위 돌턱에 걸터앉았다. 놈이 고개를 숙이면 당장이라도 콧물이 샘물 안으로 쑥 빠질 것 만 같았다. 놈의 발이 수면 위에서 건들거렸다.

"지금 뭐 하는 거야?"

상상도 하지 못했던 상황 앞에서 사지가 부들부들 떨렸지만 입술을 한 번 깨물고 간신히 입을 열었다.

"나? 보면 모르냐. 물 뜨는 거 구경하는 거야. 자 어서 떠봐라."

"그럼 뒤로 물러나서 보던지. 그러고 있으면 먼지가 들어가잖아."

사실 먼지도 먼지지만 저놈의 시퍼런 콧물이 더 두려웠다. 놈은 내 말에는 아랑곳 않고 오히려 피식 웃으며 양 발을 앞뒤로 흔들어댄다. 신발 밑창에서 무수한 흙먼지들이 샘물위로 나풀나풀 떨어지고 있었다. 울컥 분이 치밀어 올랐지만 하는 수없이 다시 너럭바위로 물러나서 놈이 비켜주기를 기다렸다. 한참을 그렇게 돌턱에 앉아 이쪽을 힐끗거리며 발장난을 치던 놈이 무슨 생각에선지 내려선다.

"그럼 물 떠라."

마치 힘없고 불쌍한 약자에게 선심이라도 쓰려는 듯이 이쪽을 훑어보며 혀를 끌끌 차더니 산 아래로 내려갔다. 그래도 이쯤에서 사라져주는 것이 내게는 참으로 다행스런 일이었다. 놈의 모습이 왔던 길로 완전히 사라지는 것을 보고서야 비로소 아까 하던 일을 다시 시작할 수 있었다. 우선 바가지를 몇 번이고 닦아내었다. 개운하진 않았지만 바닥까지 박박 긁어 물을 모두 퍼내고 다시 차오르기를 기다렸다. 조금씩 차오르는 샘물을 바라보며 앞으로 놈이 물 당번 노릇을 어떻게 방해할 것이며 샘물을 어떻게 더럽혀 놓을까 하는 근심으로 망연히 앉아있었다. 막 주전자로 물을 퍼 담으려던 순간이었다. 뗏국이 줄줄 흐르는 시꺼먼 손이 우악스럽게 주전자 옆을 지나쳐 수면 위에서 멈추었다. 눈에 익은 손등이었다. 그것도 아주 눈에 익은. 이어서 놈의 상체가 내 몸을 옆으로 밀어내고 머리통을 샘물위로 들이밀고는 두 팔로 샘을 끌어안아 아예 장악해 버렸다. 엉거주춤 다리를 구부리고 서있던 놈이 고개를 돌려 씨익 웃는다. 놈의 코에서 시퍼런 콧물 두 줄기가 사이좋게 길이를 재고 있었다. 그러고 보니 놈의 코를 이렇게 가까이서 관찰해 보기는 처음이다. 그것도 가장 깨끗해야할 이 샘물 위에서 말이다. 이런 설정은 여태 그 어떤 상상에서도 감히 존재할 수 없었으며 그 숱한 악몽들 속에서도 꾸어본 적이 없었던 소름이 돋는 상황이었다. 간들간들 위태롭게 매달려 있던 콧물 한 덩어리가 갑자기 주욱 길어지는가 싶더니 마침내 샘물 안으로 모습을 감추어 버렸고 이어 고요한 수면 위엔 둥그런 파문이 일어나 번져 나갔다. 그 물결이 닿은 부분은 이젠 완벽하게 오염이 되었고 물 빛깔마저도 섬뜩한 파란 빛깔로 변해버렸다. 놈은 뒤늦게 훌쩍하는 큰소리를 내며 나머지 콧물 한 줄기를 거둬들였다. 진물이 남아 번들거리는 인중을 손등으로 훔쳐내고는 좀 전에 발을 흔들어대듯 손바닥이 샘물 위에 닿을 듯 손장난을 하고 있었다. 말라빠진 코딱지의 잔해들이 수면위에 비듬처럼 내려앉고 있었다. 내 눈에는 그놈의 더러운 손등 외엔 아무것도 보이지 않았다. 마침내 분노한 막대기는 매서운 바람을 일으켰고 놈은 비명도 제대로 지르지 못하고 고꾸라졌다. 한번 춤을 추기 시작한 막대기는 동화 속 빨간 구두처럼 멈춰지지 않았다. 그 날 이후 놈은 내게 말을 걸어오지 않았고 나 역시 두 번 다시 참새골을 가지 않았으며 아버지가 길어온 물조차 입에 대지 않았다.

*

퇴근하면서 무심코 올려다본 그 여자의 배란다는 깔끔을 떨어대는 이미지와는 달리 우중충하고 음산한 기운이 도둑고양이처럼 도사리고 있었다. 그녀에게는 용케도 발자국소리를 전혀 내지 않고 걷는 재주가 있었다. 가랑잎 구르는 소리마저도 선잠을 뒤척이게 하는 적막한 밤에도 기척 없이 다가왔다가 소리 없이 멀어져간다. 만약 그녀의 발자국소리를 감지했더라면 방뇨사건이 있던 밤 황급히 오줌줄기를 거두었을 것이고 현명한 대처를 했을지도 모를 일이었다. 그렇다면 이렇게까지 가슴 졸이는 나날을 보내지 않았을 것이다. 가만히 따지고 보니 지금의 이 모든 근심의 발단이 바로 저 여자의 도둑고양이 같은 발걸음에서 비롯된 것 같아 괜스레 얄밉기도 하고 원망스럽기도 하다. 전에 달빛이 환하던 산책길 모퉁이를 돌다 그 여자와 정면으로 마주친 적이 있었다. 유난히 거슬리는 걸음걸이는 낯선 눈길마저도 한동안 잡아두기에 충분했다. 지면에 닿는 발바닥 부분을 최소한으로 줄여보려는 듯 마사지 하는 손바닥처럼 조심스럽고도 경건한 몸놀림으로 한 걸음 한 걸음 까치발로 내딛는 걸음걸이는 마치 곡예를 하는 어릿광대처럼 우스꽝스러웠다. 살집을 전혀 찾아볼 수 없는 창백한 얼굴과 후텁지근한 날씨에도 긴 추리닝으로 막대기 같은 몸을 감싸고 멀어져 가는 뒷모습을 바라보면서 왜 그놈의 기억이 스쳐갔는지 모르겠다. 만약 그때 내가 저 여자의 걸음걸이를 지녔더라면 산비탈 아래에 산딸기를 움켜쥔 채 등지고 서있던 놈의 레이더를 충분히 통과하지 않았을까 하는 엉뚱한 의문이 들면서 말이다.

그날.

아침부터 어머니는 건망증이 있는 아들놈이 못미더워 우산을 챙기라고 노래를 부르셨다. 그런 노력에도 등굣길 산비탈 모퉁이를 돌면서 앞서가는 놈의 뒷모습을 보고서야 부엌문 옆에 챙겨두었던 우산이 떠올랐었다. 놈은 전학 오던 날 함께 썼던 그 파란색 막대우산을 들고 있었다. 멀찌감치 떨어진 체 조용히 뒤를 따라오는 인기척을 아는지 모르는지 묵묵히 고개를 숙이고 걷던 놈이 교문근처에서 갑자기 멈춰 서더니 고개를 획 돌렸다. 놈의 눈빛이 무슨 이유에선지 무척이나 슬퍼 보였다. 꼭 무슨 말을 할 것처럼 잠시 머뭇거리더니 그냥 뒤돌아서 교문 안으로 사라져 버렸다. 모두들 크고 작은 각양각색의 우산을 손에 쥐고 있었지만 내 손엔 가방 외에 아무것도 들려 있지 않았다. 점심시간이 끝나자 창밖 하늘은 먹장구름에 점령당했고 벌써 해거름이 된 듯 사방이 어두워졌다. 마지막교시가 시작되자 천둥과 번개가 창문을 뒤흔들고 쏴아 무서운 빗소리가 운동장을 가득 채워나갔다. 그놈은 웬일인지 우울한 얼굴을 하고 한마디도 하지 않은 채 줄곧 멍한 시선으로 온종일 어두운 창밖만 응시하였다. 방과 후 건물 중앙 현관 앞은 우산을 펼치는 무리들로 부산스러웠다. 친구들은 하나둘 우산 속에 몸을 감추고 사라져갔다. 간혹 우산 하나를 사이좋게 나눠 쓰는 경우도 있었고 미처 준비 못한 아이들을 데리러온 어머니도 있었다. 몸이 불편한 어머니가 저 무리 속에 끼어있으리라는 기대는 아예 하지도 않았다. 그렇다고 내가 그놈과 어깨동무를 하고 코묻은 우산을 함께 쓰고 갈 수는 없는 일이었다. 놈은 웬일인지 마지막 시간이 끝나기 전부터 보이지 않았다. 쏟아지는 빗속을 그냥 걸어

가는 것이 엄두가 나지 않은데다 같은 반 여자 아이들에게 행여 비참한 모습으로 보여 지는 것이 싫어서 별 수 없이 복도 끝 슬레이트 처마 밑에 쪼그리고 앉아 혹시라도 비가 잦아지지 않을까하는 실낱같은 기대를 품고 기다리고만 있었다. 한 뼘 간격으로 줄을 맞춰 떨어지는 빗방울이 굵은 모래와 잔돌알갱이로 다져진 흙 마당에 홈을 파고는 작은 시내를 이루어 흘러간다. 무료함을 달래보려 모래흙으로 둑을 쌓아 물길을 만들었다. 작은 냇물은 움푹 패인 곳에 이르러 둥그런 소를 만들어냈다. 그 모양이 꼭 참새골 약수터 같았다. 저 물은 아무리 퍼내어도 곧바로 차오를 것이다. 소를 가득 채운 물은 둑의 약한 부분을 허물고 흘러나간다. 물이 어느 정도 빠져나가자 적당량의 수위로 소는 다시 안정을 찾는다. 물이 아무리 흘러들어도 항상 그만큼의 양을 머금고 있는 것도 참새골 약수와 같았다. 두 손을 오그려 물을 퍼냈다. 아무리 손을 부지런히 움직여도 퍼내는 양보다 흘러드는 양이 더 많아 바닥이 보이지 않는다. 왠지 근처에 빛바랜 플라스틱 바가지 하나가 꼭 있을 것만 같았다. 기어이 바닥이 보고 싶었다. 그놈 때문에 담아오지 못했던 물을 오늘은 주전자 가득 퍼 담고 싶었다. 문득 교실 뒤편에 쭈글쭈글한 양은 주전자와 손잡이 달린 플라스틱 물컵이 떠올랐다. 몸을 일으켜 돌아서는 순간이었다. 저만치 복도 끝에서 이쪽을 주시하고 있는 누군가와 눈이 마주쳤다. 멀리서도 그놈의 눈빛이 슬프게 전해졌다. 언제부터인지는 모르지만 놈은 내가 상수리나무 아래에서 안절부절하며 샘터를 바라보았던 꼭 그 정도의 거리에서 나를 지켜보고 있었다. 그렇게 한참을 말없이 서로를 바라보았다. 놈의 손에 들려있는 파란우산에서 어떤 힘이 우러남이 느껴졌다. 그렇게 어둑어둑한 복도 안에는 빗소리와 함께 둘만의 야릇한 정적이 감돌았고 그 정적의 끝에 놈이 나를 향해 무어라고 소리쳤다. 그와 동시에 거센 비바람 한줄기가 복도 창문을 두드렸고 나는 무슨 소린지 알아들을 수가 없었다. 아니 듣고 싶지 않았다.

그러나 그때 그놈이 던졌던 마지막 그 한마디는⋯⋯

한참을 대꾸를 하지 않은 채 못 박은 듯 그렇게 서 있자 놈은 몸을 돌려 중앙현관 쪽으로 사라져버렸다. 컵 두 개로 미친 듯이 물을 퍼내었다. 마침내 바닥이 보이는가 싶더니 무서운 속도로 다시 차오른다. 정신 나간 사람처럼 주전자에 물을 퍼 담았다. 왠지 물을 채 퍼 담기도 전에 꼭 그놈의 발이 그놈의 손이 덮쳐와 둑을 허물어버릴 것만 같았다. 이미 어두워진 하늘빛으로는 시간을 가늠할 수가 없었으나 배가 고픈 것으로 보아 저녁때가 가까웠으리라. 마냥 기다리고 있을 수가 없어 일어섰다. 비는 여전히 무심하게 쏟아졌고 중앙현관 앞에는 아무도 없었다. 그러나 나를 올려다보고 있었던 그 파란우산이⋯⋯,

*

　마침내 고대하던 비가 내리기 시작했고 깊어가던 근심도 빗물에 씻겨 흘러가 버렸다. 한번 내리기 시작한 비는 그동안 아껴두었던 것을 모두 쏟아낼 요량인지 잠시도 멈추지 않았다. 일주일째 시투한 장마가 이어지는 동안 집안의 우산은 하나둘 나의 건망증으로 동이 나기 시작했다. 그러나 아파트 출입구에 그 여자의 우산은 언제나처럼 같은 자리에서 시퍼렇게 또아리를 틀고 있었다. 지나칠 때마다 행여 옷깃이라도 닿을까봐 움츠러드는 내가 결벽증환자인지도 모르겠다는 느낌이 언제부터인가 들기 시작했다. 장마가 막바지라는 기상 캐스터의 예보를 듣고 집을 나서던 날 아침 비로소 집안에 우산이 하나도 남아있지 않음을 알게 되었다. 더구나 오늘은 민원실장을 대신해서 출근하자마자 회의실로 직행해야 했다. 버스를 타려면 5분은 걸어야 하고 택시를 잡는다 해도 3분 정도는 우악스런 비를 피하진 못할 것이다. 이대로라면 물에 빠진 생쥐 꼴로 간부회의에 참석해야한다. 쏴아 현관 앞은 온통 물의 세상이라 한 걸음 내딛는 것조차도 엄두가 나지 않았다. 마치 어린 시절 먹장구름에 점령당했던 하늘이 운동장에 쏟아 붓던 그 엄청난 비를 이곳에다 옮겨 놓은 것 같다. 임시방편으로 신문을 접어 머리를 가리고 뛰어나가려다 언제나처럼 자리를 지키고 있는 파란우산과 눈이 마주쳤다. 지금껏 꺼림칙하게만 여겼던 저 우산이 지금 내겐 유일한 구원자가 될지도 모른다는 생각을 하고는 스스로 흠칫 놀랐다. 하지만 언젠가는 내가 반드시 뛰어넘어야 할 벽일 것이다. 군 내무반에서 타인의 체액에 찌든 모포와 달콤한 입맞춤을 했듯이 이제는 이 벽을 뛰어 넘어 화해의 악수를 하려는 쪽과 아직도 내면 어딘가에서 희미하게 존재하는 결벽의 잔재가 부딪히며 갈등하고 있다. 그렇게 사물을 분간할 수 없을 정도로 쏟아지는 비를 망연히 바라보며 한참을 서있었다. 내가 손을 뻗으면 당장이라도 손등을 후려칠 것 같은 그 장검의 손잡이는 뭉툭하고 튼실해 보였다.

어린 시절 그날은 비록 우산을 외면하여 혹독한 대가를 치러야했지만 언제까지고 결벽의 그늘에서 웅크리고 있을 수만은 없었다. 이제는 그 벽을 뛰어넘어야 한다. 용기를 내어 떨리는 손으로 파란장검의 손잡이를 움켜쥐었다. 우산을 쏟아지는 빗물바다로 내밀어 막 펼치려는 순간이었다. 검은 그림자 하나가 불쑥 현관 안으로 들어섰다. 철렁 가슴이 내려앉았다. 설마 했던 우려는 또 너무나 야속하게도 들어맞고 말았다. 그 여자와 정면으로 눈이 마주치는 순간 심장이 멎고 다리에 힘이 풀려버렸다.

'역시 이러는 게 아니었는데!'

제멋대로 자신에게 유리한 상황이라고 끌어다 붙였을 뿐 엄연히 이 우산은 학교 현관에 세워져있던 내게 허락된 우산이 아니었었다. 이 여자와 난 무슨 악연이기에 내가 치부를 드러낼 때마다 어김없이 나타나는지 얄궂은 운명에 부아가 치밀고 어설프게 우산에 손을 댄 후회가 가슴을 후벼 판다. 고양이 같이 날카로운 눈빛은 이미 전의를 상실한 생쥐를 여유롭게 한번 훑어본다. 덫에 걸려든 가여운 생쥐는 감히 고개를 들지 못하고 그저 처분만 기다릴 뿐이었다.

"쓰고 제자리에 갖다 놓으소."

대수롭지 않은 듯 나직하고 부드러운 목소리를 남겨두고 계단을 오르는 발소리가 쏟아지는 빗소리에 묻혀버리자 여태까지 확신했던 모든 관념들이 일시에 몰려나와 대혼란을 일으켰다. 분명 저 여자는 그날 밤의 악녀임이 분명하다. 하지만 지금은 마치 은촛대를 훔친 장발장을 용서했던 너그러운 신부처럼 내게 은혜를 베풀고 있는 것이다. 한차례 굵은 빗방울이 짱짱한 우산 천정을 두드린다. 그날도 큰 비가 오리라는 것을 알고 있었다. 건망증은 어머니가 챙겨준 우산을 잃어버렸고 결벽증은 혹독한 대가를 모면할 기회를 외면케 했었다. 아스팔트위로 생겨난 빗물 길을 철벅철벅 건너 버스정류장으로 향한다. 이 우산이 현관 앞에 서있었던 것은 장마가 시작되면서부터였다. 어쩌면 그녀와 사람들 사이에서 높아져 가는 담은 우리들이 끼고 있는 색안경 안에서만 존재하고 있었던 건 아닐까?

삼십 년이 지난 지금 그놈의 번들거리던 손은 어떻게 변해있을까? 늘 콧물을 흘리면서 잔기침을 매달고도 십리나 되는 무시무시한 폭우 속 길을 자청했던 그놈은 다음날 건장한 사내의 손에 이끌려 마을을 떠났었다. 못내 아쉬운 듯 자꾸만 뒤를 돌아보던 병색 완연한 얼굴을 우연히 희뿌연 방안 창문으로 내다보는 순간 처음으로 그놈과 내가 친구가 될 수도 있겠다는 아쉬움이 일었었다. 그로부터 동구 밖을 벗어나던 놈의 뒷모습은 늘 시야 한구석에 티끌처럼 남아 놈이 남긴 마지막 한마디와 함께 삼십 년이 지난 지금까지도 내 귓전을 맴돌고 있다.

"야! 너 우산 없잖아. 같이 쓰고 가자"

후두두둑 비는 버스 천장을 더욱 세차게 후려치고 내 손아귀에는 그 여자의 탐스러운 파란우산이 쥐여져 있었다.

사랑, 꿈 그리고 글쓰기
백지영 소설가

해설 | 사랑, 꿈 그리고 글쓰기 | 백지영 소설가

왜 소설을 쓸까.

사람들은 종종 내게 묻는다. 어떻게 소설가가 됐냐고. 착각일지 모르지만 그런 질문을 하는 사람들의 눈빛엔 약간의 존경이나 부러움이 담겨 있기도 하다. 하지만 때로는 한심해하는 속내가 드러나기도 한다. 전자는 소설가를 대단하다고 보는 쪽일 것이다. 머릿속엔 상을 타거나 썼다하면 베스트셀러가 되는 유명작가들을 떠올릴 지도 모르겠다. 후자는 많은 시간 쭈그려 앉아 머리를 쥐어뜯으며 글만 쓰는 사람이라고 생각하는 것일 것이다. 그럼에도 명성이나 돈과도 거리가 먼 사람. 소설가에 대해 각자 생각하는 모습이 있겠지만 많은 사람들이 알만한 몇몇을 빼면 대부분의 소설가들은 후자 쪽에 더 가까울 것이다. 나 역시 그렇다.

그런데 나는 도대체 왜 소설가가 됐을까. 아니 나는 왜 소설을 쓸까. 사람들 생각대로 돈과 명성이 따라오지도 않고 오랜 시간 쭈그려 앉아 있어야 해 허리도 아프고 눈도 침침하고 괴롭기 짝이 없는 일인데 말이다. 게다가 언제까지 이렇게 살아야 하는지 기약도 없이 오늘도 난 여전히 뭔가를 끼적이고 있으니 내가 생각해도 참 어이가 없다. 그래서 어느 날인가는 곰곰 생각해봤다. 왜 소설가가 됐고 왜 소설을 쓰는지. 묻는 사람들에게 대답할 말은 있어야 하니까.

그런데 아무리 생각하고 또 생각해도 이유는 하나뿐이다. '팔자소관八字所關'. 이렇게 말하면 사람들은 그게 뭐냐고 핀잔을 줄지도 모르겠다. 장난이라며 그저 웃으며 넘기는 사람들도 있을 것이다. 하지만 나는 진심으로 글을 쓰는 이유를 팔자소관으로밖에 설명할 길이 없다. 소설을 쓴다는 건 누가 억지로 시킨다고 할 수 있는 일이 아니다. 누가 뜯어말린다고 안 할 수 있는 것은 더더군다나 아니다. 그야말로 운명일 수밖에 없는 것이다. 마치 신내림을 거부할 수 없는 무당의 운명 같은 거라고 할까.

그래서 소설가가 되겠다고 하는 사람들을 보면 나는 우선 안타깝고 측은지심마저 든다. 그 길이 얼마나 힘들고 어려운 길인지 조금은 알기 때문이다. 물론 말린다고 될 일이 아니지만 아는 사람이라면 진심으로 뜯어말리고 싶고 모르는 사람이라도 만나 밥이라도 사주며 잘 생각해보라고 설득하고 싶다. 그런데 우연히 그 어려운 길에 들어선 작가의 작품집을 읽게 됐다. 작품을 들고 안타까움과 측은지심에 프로필부터 봤다. 대체 뭐 하는 분인데 이 길에 겁도 없이 덥석 발을 들여놓았을까. 그런데 아니 이 분 국세청에서 오래 근무한 분이잖아.

팔자소관이요 운명이 맞긴 하지만 내가 글을 쓰는 가장 큰 이유는 솔직히 글 쓰는 일 외에 딱히 할 줄 아는 게 없기 때문이다. 학창시절 공부도 썩 잘하는 편이 아니었고, 음악이나 미술에 재능이 있지도 않다. 운동신경이라곤 전혀 없으며 설거지도 못해 엄마에게 구박받기 일쑤라 현모양처를 꿈꿀 수도 없다. 그럼에도 천성이 자유인이라 회사생활 같은 건 생각만 해도 머리가 아프다. 그런데 회사생활을, 그것도 신의 직장에 가까운 국세청에 오래 근무한 분이 소설은 대체 왜 쓰는 걸까.

갑자기 안타까움과 측은지심이 사라지며 부러움이 밀려왔다. 부러우면 지는 거라던데 그래도 부럽다. 그렇기에 더 궁금해졌다. 별로 아쉬울 것 없어 보이는 능력자가 왜 소설을 쓸까. 이유를 알기 위해 눈에 불을 켜고 작품들을 하나하나 읽기 시작했다.

사랑을 꿈꾸는 사람들

모든 문학과 예술의 가장 큰 주제는 사랑일 것이다. 김대성 소설의 가장 큰 주제 역시 사랑이다. 작품의 많은 인물들은 사랑에 목말라하며 사랑을 꿈꾼다. 「그녀의 다리는 굵다」의 재준은 마흔 살이 넘었지만 직장도 없고 결혼도 못한 상태다. 결혼은커녕 사랑도 한번 안 해본 그에게 어느 날 만난 친구는 사랑에 빠졌다고 고백한다. 유부남인 친구가 사랑에 빠졌다고 하자 그는 대뜸 미쳤다고 나무라지만 속으로는 사랑에 빠진 친구를 부러워한다.

"나도 그러려고 했어. 수백 번 아니 수천 번! 그런데 그게 안 돼. 머릿속에 온통 그 사람 생각뿐이야. 잠도 오지 않고 간신히 든 잠속에서도 그 사람을 쫓아 헤매다가 깬단 말이야. 넌 사랑을 못해봐서 모를 거야."

"사랑? 미친놈 나이를 사십이나 처먹은 놈이 사랑은 무슨 말라비틀어진 사랑? 당장 집어치워라 인마! 험한 꼴 당하기 전에."

그윽한 조명아래 언뜻 놈의 눈가에서 빛나는 물기를 보았다. 정녕 저놈은 사랑에 빠졌다. 부러웠다. 경우가 어찌되었건 사랑이란 감정을 한번도 느껴보지 못한 한심한 나보다는 비록 불륜이라지만 저놈이 백배는 행복해 보였다. 솔직히 부러웠다.

　―「그녀의 다리는 굵다」 부분

이 작품에 등장하는 모든 인물들은 사랑을 꿈꾼다. 재준의 친구는 불륜이지만 사랑에 빠지고 재준은 불륜임에도 사랑에 빠진 친구를 부러워한다. 재준은 사랑에 빠진 친구를 돕기 위해 연애를 시작하는데 만난 여성은 별 볼 일 없고 자신을 좋아하지도 않는 재준에게 헌신에 가까운 사랑을 한다. 유부남도, 백수노총각도, 거북이라는 놀림을 받으면서까지 작품에 등장하는 모든 인물들이 사랑을 꿈꾸고 추구하는 것이다.

다른 작품들의 인물들도 사랑이 주요 관심사이긴 마찬가지다. 「라떼 카르멘」의 '나'와 수미 부부는 직장 문제로 떨어져 사는 주말부부다. 주말부부가 된 이후 부부사이 물리적 거리가 멀어지자 마음에도 거리가 생기고 둘의 관계에 문제가 생긴다. 두 사람 사이 사랑이 허물어지며 틈이 생기자 '나'는 정연이라는 회사 후배에게 애정을 느끼고 수미의 곁엔 원균이라는 동기가 비집고 들어온다. 이는 이들이 사랑의 틈을 메우고 싶어 하는 인물이며 사랑을 추구하는 인물들이라는 것을 알 수 있게 한다.

문득 자신을 둘러싸고 있는 남자들이 하나씩 떠오른다. 사랑했었고 지금도 여전히 사랑하고 있는 남편. 하지만 주말부부가 되면서부터 심해진 간섭과 조금씩 벌어지는 불신의 틈이 수미를 괴롭히고 있다. 남편이 스러진 자리에 불쑥 원균이 끼어든다. 올해 십 년차 된 입사동기로 분당에 있는 지사로 발령 받아 이년 여 동안 수미와 함께 근무를 한 적 있다. 수미의 결혼식 날 신부대기실에서 수미와 단둘이 사진을 찍을 정도로 적극적이고 수미가 강릉으로 내려오면서부터 둘의 사이가 부쩍 가까워졌다. 요즘 들어 점차 부담스러워지는 원균의 노골적인 접근이 수미를 괴롭히고 있다

　―「라떼 카르멘」 부분

「안개 사랑을 삼키다」의 주인공은 연인과 만나지 1년째 되는 날을 기념해 미몽호수로 가던 중 사고로 목숨을 잃는다. 하지만, "생을 마감할 준비기간 없이 느닷없는 사고로 목숨을 잃은 영혼에게 특별히 하루의 시간이 주어지고" '나'는 연인을 만나기 위해 노력한다. 영혼이 된 후에도 '나'의 가장 중요 관심사는 그녀에 대한 사랑이며 그녀가 온전한 사랑을 하게 도와주는 것이다.

일 년 만에 세상으로 나오던 오늘 새벽. 혹시나 그녀가 아직도 자신으로 인해 슬퍼하거나 힘들어하고 있다면 어찌할까 하는 염려를 했었다. 떠나간 자보다 남겨진 자의 상실감이 더 클 것이라 믿었었다. 행여 그녀가 그를 떠나보내지 못하고 가슴에 품고 있을까만 두려워했었다.

다행히 그녀가 자신을 잊고 꿋꿋하게 살아가는 모습을 보고 돌아오기를 희망했었다. 그가 아니어도 그녀를 이해해 주고 진정으로 사랑해주는 괜찮은 사람이 생겨서 함께하고 있다면 기꺼이 행복을 빌어주고 가벼운 걸음으로 돌아오리라 생각했었다. 솔직히 서운한 느낌이야 들겠지만 당연히 이해하고 응당 감내해야 한다고 다짐했었다.

— 「안개 사랑을 삼키다」 부분

죽어서도 사랑하는 사람을 잊지 못하고, 마치 영화 「사랑과 영혼」의 주인공처럼 영혼이 되어서까지 사랑하는 사람을 지키기 위해 노력하는 남자.

이렇게 김대성 소설에 등장하는 많은 인물들은 사랑을 중요시하며 따라서 그의 작품에 일관적으로 나타나는 주제는 사랑이다.

낭만적 사랑 추구

영국의 사회학자 앤소니 기든스Anthony Giddens에 의하면 사랑은 "그리스도적 사랑과 열정적 사랑으로 나뉜다. 그리스도적 사랑은 쾌락과 정신성을 분리하여 대상과 사랑을 이상화시키는 형태의 사랑이다. 반면 열정적 사랑은 쾌락과 관능을 중시하고 타자와의 감정적 연루로 인해 자신의 책무를 무시하게 하기 때문에 일상과 의무로부터 해방의 의미가 있다. 이는 결혼과는 분리된 것으로 프랑스 귀족들의 혼외정사를 원형으로 한다."

김대성 소설의 인물들이 추구하는 사랑은 이 둘 중 열정적 사랑에 가깝다. 많은 인물들은 결혼을 한 상태에서 사랑을 추구하고 연애의 대상과 육체적 관계도 맺는데 이것은 결혼과 일상의 의무로부터의 해방으로 인식되기 때문이다. 하지만 이들이 단지 열정적 사랑을 추구하는 인물이라면 그 사랑을 온전한 사랑으로 인식하고 만족해야 하는데 작중 인물들은 그렇지 못하다.

「그녀의 다리는 굵다」의 재준은 나이 많은 백수에 사랑 한번 안 해본 처지이다. 그런 그에게도 그를 위해 헌신하는 여성이 나타난다. 그는 그녀와의 연애도 즐기며 섹스도 하지만 그녀와의 육체적 쾌락에 만족하지 못한다. 이는 재준이 단지 육체적 쾌락을 주는 열정적 사랑만을 원하는 것이 아니기 때문이다. 재준은 이것을 온전한 사랑으로 생각하지 않는 것이다.

캬! 신사임당이 환생했단 말인가. 하마터면 그녀를 끌어안고 엉엉 울 뻔했다. 정말 눈물 나도록 듣고 싶었던 말이었다. 그런데 왜 하필 이렇게 못생긴 거북이의 입으로 들어야 한단 말인가? 그러고 보니 친구들에게나 부모 형제에게나 인간대접을 못 받은 지가 꽤 오래된 듯하다. 그러니까 3년 전쯤이다. 노조가 없는 회사에서 노조를 만들자고 모두들 의기투합했었다. 마지막 의식으로 우리의 뜻을 모아 작성한 연판장에 서명하는 일만 남겨놓았다. 그런데 아무도 맨 윗자리에다 이름을 올리지 않으려 꽁무니 빼는 모양이 비겁해보였고 내가 그런 비겁한 무리에 끼기가 싫었다. 그 싸인 하나로 난 노조결성 주동자가 되었고 결국 몇 달 후 8년 동안 몸담았던 회사에서 쫓겨나는 신세가 되고 말았다. 그리고는 3년이 지났다. 그동안 나름대로 직장을 구해보려 별의 별 짓을 다 해보았다. 심지어는 직업소개소를 거쳐 양식집 주방에서 그릇도 닦아 보았고 택시회사 스페어 기사로 일하다 취객과 싸우고 그나마 남은 비상금마저 털리고 나온 적도 있었다. 만약 그녀의 외모가 지금보다 조금만 더 나았더라면 조금 전 그녀의 말 한마디에 무너졌을지도 모른다. 하지만 멀쩡한 세상에서 바라본 그녀의 모습은 역시 다시 봐도 거북이다.

　―「그녀의 다리는 굵다」 부분

　재준이 그녀와의 관계에서 만족감을 얻지 못하는 이유는 그가 꿈꾸는 사랑과 현실의 사랑 사이에 괴리감이 있기 때문이다. 재준이 그녀와 육체적 사랑은 할 수 있지만 온전한 사랑을 할 수 없는 이유는 정신적인 사랑이 결핍돼 있기 때문이다. 기든스식의 사랑으로 볼 때 재준이 바라는 사랑은 열정적 사랑에 더해 사랑의 대상을 이상화시킬 수 있는 그리스도적 사랑이다. 하지만 외모 때문에 재준은 그녀를 이상화 할 수가 없다. 그녀는 사랑의 대상이기도 하지만 결핍을 주는 대상이기도 한 것이다.

육체적 쾌락과 열정적 사랑에 만족하지 못하는 건 「라테 카르멘」의 '나'와 수미 또한 마찬가지다. 멀어진 거리로 관계가 소원해진 부부는 직장의 후배. 동료와 애정관계를 유지해보려 한다. '나'는 회사 후배 정연에게 신선함을 느낀다. 하지만 사랑으로까지 발전되지는 않는다. 반면 수미는 원균과 열정적 사랑은 할 수 있지만 그 이상의 사랑은 할 수가 없다. 즉 둘 다 새로운 사랑에 만족하지 못하는 것이다.

이는 김대성 소설의 인물들이 추구하는 사랑이 단지 열정적 사랑이 아닌 낭만적 사랑이기 때문이다. 낭만적 사랑이란 그리스도적 사랑과 열정적 사랑. 즉 정신적 사랑과 육체적 사랑이 결합된 사랑이다.

겉으로 보기엔 소설 속 인물들은 열정적 사랑을 추구하는 것처럼 보인다. 하지만 이들이 진정 추구하는 사랑은 오히려 정신적 사랑 쪽에 가깝다. 많은 인물들이 육체적 관계를 통한 열정적 사랑을 함에도 불구하고 만족을 느끼지 못하며 「그녀의 다리는 굵다」의 재준은 육체적 사랑은 가능함에도 그녀를 정신적으로 사랑할 수 없기 때문에 헤어진다. 그녀와 헤어진 재준은 다시 이상화 할 수 있는 대상을 찾기로 마음먹는다.

> "미안해. 난 역시 거기한테 방해만 되는 여자였지. 부디 예쁜 여자 만나서 행복하게 잘살아. 정말로… 꼭!"
>
> 현관문을 박차고 나왔다. 끔벅거린 눈꺼풀 사이로 뜨거운 것이 주루룩 볼을 타고 흘러내린다. 그땐 왜 몰랐을까, 그녀의 가슴에 생채기를 냈던 행동들이 이렇게 후회될 줄을. 이제 나는 허전하게 남아있는 나의 빈자리를 완전하게 채워줄 사랑스런 거북이를 사냥하러 가야한다. 택시 한 대가 바람처럼 가볍게 잠실대교 위를 미끄러져가고 라디오에선 '빙고'가 흘러나온다.
>
> ─「그녀의 다리는 굵다」 부분

김대성 소설의 인물들은 육체적, 열정적 사랑이 불가능한 상태에 있을 때 오히려 완전한 사랑을 이루기도 한다. 「라떼 카르멘」의 '나'와 수미부부는 불륜과 불신 속에서 헤어지지만 우여곡절 끝에 다시 만나는데 오랜 세월 애정과 증오의 과정을 거치며 이들의 정신적 사랑이 한층 충만해진다. '나'는 오랜 세월 투병생활을 했기 때문에 다시 만난 이들 부부에게 열정적 쾌락적 사랑은 그리 의미가 없다고 할 수 있다. 하지만 오히려 이런 상황에서 앞으로의 사랑이 더 단단해 질 것이라는 것을 짐작할 수 있다.

　　그였다. 두 손을 가지런히 모으고 서서 그녀를 바라보는 그의 미소에는 약간의 수줍음이 묻어있었다. 그의 목소리로 살아난 싯구절은 전혀 새로운 느낌으로 다가와 수미의 가슴을 뛰게 했다. 그가 한 걸음 한 걸음 조심스럽게 수미에게 다가와 손을 뻗으면 닿을 만한 자리에서 멈춰 섰다.
　　"……"
　　아무 대답도 하지 못했지만 수미의 가슴이 벅차오르고 노을빛에 아롱진 그녀의 눈가가 보석처럼 영롱했다. 목이 메이는 수미의 목소리가 꺼이꺼이 흐느낌으로 바뀌면서 그의 가슴팍으로 스며들고 수미의 등을 감싸 안은 그의 손바닥에 힘이 들어갔다. 두 사람 사이에 지나갔던 안타깝고 서러웠던 시간들이 남해의 석양빛에 녹아내리면서 두 사람의 어깨를 부드럽게 감싸 흐르고 있었다.
　　—「라떼 카르멘」 부분

그런 면에서 「건들 장마」의 선영과 '그'의 사랑은 가장 이상적인 사랑이라고 할 수 있다. 이들은 오래전 결혼이라는 제도적 장애에도 열정적 사랑을 한다. 하지만 불륜이라는 현실적 한계로 헤어진다. 나이가 들어 다시 만난 이들은 이제 육체적 사랑은 불가능하지만 선영의 딸 별이도 그들의 사랑을 이해하고 존중해 줄만큼 아름다운 사랑이 된다.

"갑작스럽게 연락을 드려 실례가 될 줄 알지만."

조심스럽게 머뭇거리던 여자는 목숨이 얼마 남지 않은 자신의 어머니의 소원을 들어줄 수 없겠느냐고 흐느꼈다. 치매로 가족도 알아보지 못하는 상태인데 그의 책과 그의 이름만 부른다고 했다. 혹시 선영이라는 이름을 기억하고 계시느냐고 물었다. 어찌 한 순간도 잊을 수가 있었겠냐고 사실대로 대답할 수 없었다. 찾아와도 괜찮겠냐고 청하기에 선선히 그러라고 했다. 가슴이 먹먹해졌다. 그 혼자서만 간직한 인연인 줄 알았는데 그의 이름만 기억하고 있다니.
— 「건들장마」 부분

'그'와 선영의 사랑은 이제 열정적 사랑은 불가능하지만 선영이 치매에 걸려 육체적 사랑이 완전히 불가능한 상태에서 오히려 이들의 사랑은 아름다운 사랑이 되는 것이다.

"자 받아. 꼭 보여 주고 싶었어."

노인이 손에 들고 온 책을 선영에게 내민다.

"나 이 책 수십 번은 더 읽었던 걸."

선영의 목소리가 소녀처럼 들떠있어서 노인의 눈에 그렁그렁 맺혔던 뜨거운 눈물이 볼을 타고 주루룩 흘러내린다.

"넌 해낼 줄 알았어. 이걸 쓰느라고 얼마나 힘들었을까."

"미안, 그땐 왜 그리 옹졸했던지."

눈물과 콧물에 뒤범벅이 된 그의 목소리를 별이는 무슨 말인지 알아들을 수 없었다. 그의 등을 토닥이는 선영의 손가락이 가늘게 떨렸고 여한이 없다는 듯 편안해진 표정은 삼십 삼년 전 이팝나무 꽃잎이 흩날리는 두물머리에 가 있었다. 무심했던 세월을 건너온 해후를 다독여주려는 듯 흐린 가을하늘에서 비가 내린다.

—「건들장마」 부분

일탈적 사랑과 죄책감

낭만적 사랑은 기독교의 도덕적 가치관과 열정적 사랑의 요소를 결합한 것이다. 성과 결혼을 '사랑'이라는 이름 아래에 통합시킨 것인데 이는 영국의 청교도적 윤리관에 존재하는 삶의 동반자를 선택하는 것과 프랑스적 열정적 사랑이 결합함으로써 형성된 것이다.

따라서 작품의 인물들은 사랑을 할 때 도덕적 윤리관에서 자유로울 수 없고 그것에 벗어났을 때 그들의 사랑에는 죄책감이 따라온다. 결혼이라는 제도에 충실해야 하는 사람에게 열정적 사랑은 일탈이며 이 사랑으로 얻는 감정은 만족감이 아닌 죄책감인 것이다.

"아다시피 별이는 날 가장 의지해. 더군다나 보수적이라 우리 관계가 여기서 더 깊어진다면 내 얼굴을 보려고도 안할 거야. 솔직히 요즘 난 불안해서 견딜 수가 없어"

"이제 결혼도 했는데 너한테까지 신경 쓸 여력이 있을까?"

그로서는 고요하던 연못에 돌을 던져 파문을 일으키고는 갑자기 아무 일도 없었다는 듯 차가워지는 선영의 태도가 도무지 이해가 되지 않았다.

"그냥 가끔씩 얼굴보고 차 마시고 좋은 곳 구경하고 다니는 것도 안 될까?"

"아니, 내 마음이 갈피를 잡지 못하고 흔들리는 이런 상황이 싫어. 사위 얼굴 보기도 민망하고 어쨌든 신경 쓰여."

—「건들장마」 부분

선영은 불륜이라는 상황 때문에 '그'와의 사랑을 거부하고 죄책감에 시달린다. 이는 선영뿐이 아닌 김대성 소설의 많은 인물들이 사랑을 하며 느끼는 감정이기도 하다. 이는 이들이 사랑을 추구하면서도 도덕적 책무에 충실하고 싶어 하는 인물들이기 때문이다. 따라서 「건들장마」의 선영은 딸 별이의 말처럼 "보여주고 싶은 삶"을 선택한 것이다.

일탈을 통한 자아찾기

김대성 소설의 많은 인물들은 사랑을 추구하지만 도덕적 책무 또한 중시하며 이것으로 인해 갈등을 겪는다. 도덕적 책무에 어긋나는 사랑은 일종의 일탈일 수 있으며 따라서 이들의 사랑에는 죄책감이 따라오기도 한다. 하지만 이러한 과정 속에서 진정한 사랑을 찾으며 이는 자신과 사랑의 대상 즉 타인을 이해하는 과정으로 나타난다.

일탈이란 한 사회의 규범 또는 표준에서 벗어난 행위이다. 김대성 소설에서 도덕적 책무에서의 일탈로 인한 죄책감은 자아와 타인에 대한 이해를 넓히는 과정으로 나타난다. 하지만 이는 남녀 간의 사랑에서만 나타나는 것은 아니다.

「정지선 위의 서번트」에서 동철은 장애가 있는 형의 실질적 보호자이다. 눈도 안 보이는 중중 장애인인 형을 돌보는 일을 떠맡은 동철을 버티게 하는 것은 사람들의 "넌 착한 놈이잖아."하는 말이다. 하지만 이것은 위안이자 동철을 옭아매는 굴레이다.

악마가 자라기 전만해도 나의 유일하고도 준비된 소원은 형이 눈을 뜨는 것이었다. 정말 그리만 된다면 그렇게 되도록 도와주는 사람이라도 있다면 그를 위해 내 평생을 바치며 살아도 괜찮다고 생각했다. 한때는 새벽기도에 나가 하나님께 뜨거운 눈물을 쏟으며 기도를 올렸던 날도 있었다. 나이를 먹어감에 따라 세상엔 도저히 불가능한 일이 있음을 알게 되었고 부질없는 기대로 시간을 낭비하는 미련한 짓도 하지 않게 되었다.

　—「정지선 위의 서번트」부분

시간이 지나자 동철에게 형은 무거운 짐이 된다. 복지관에 있는 형은 명절날엔 집으로 데려와야 하는데 처갓집 식구들로 인해 동철은 다시 형을 복지관에 맡기기 위해 길을 나선다. 하지만 그 길에서 사고로 형은 죽고 만다. 사실 형의 죽음은 실제인지 환상인지 분명하지 않다. 동철의 환상이라면 이 환상은 형에 대한 책무를 어긴 정신적 일탈에서 온 죄책감에 의한 환상이다. 하지만 이러한 동철의 일탈은 단지 일탈에 머물지 않고 형이 나를 사랑하는 마음과 형에 대한 이해가 넓어지는 계기가 된다.

"아니 왜 말이 없어? 나가서 물어보자니까? 당신이 얼마나 잘했는지?"

거친 사내의 손이 내 멱살을 틀어잡을 찰나였다.

"도도동, 동철아! 이제 넌 가, 가, 가도 돼. 가 봐, 어서!"

익숙한 형의 손길이 내 얼굴을 스치는가 싶더니 나를 안아 현관 쪽으로 밀쳐낸다. 형의 목소리가 심하게 더듬거렸다. 그렇게 떼어놓고 사내 쪽을 향해 고개를 빠르게 끄덕거린다. 극도의 불안에 빠진 몸짓이다. 예상치 못한 형의 반응에 사내가 멈칫 하더니 멀뚱히 서있다. 잠시 어정쩡한 침묵이 흐른다. 어쩌면 저 사내는 자신을 버린 가족에 대한 서운함을 폭발시켰을지도 모른다. 처음이다. 형이 나에게 방패가 되어 준 건. 형의 모습이 한없이 커 보였다. 어린 시절 감나무 아래에서 동생이 얻어맞는 상황을 무력하게 바라보던 형이 아니었다.

"형! 이거는 부침개고 이건 식혜야."

음식물이 담긴 비닐 봉투를 형의 손에 쥐어 주고 현관문을 나섰다. 형이 문밖까지 따라 나온다.

"그냥 들어가."

"아참! 도, 도, 동, 동철아!"

"왜?"

"있지. 뒷좌석에 도, 돈, 넣는데 있지? 내가 거기다 팔, 팔, 만원 넣어 놨으니까 가다가 휘, 휘발유 사서 넣어. 알았지? 혹시 도, 돈, 남으면 찜 질방에도 가고."

"참! 왜 쓸데없는 짓을 해!"

지금껏 악마에게 사로잡혀 몹쓸 생각을 해왔던 자신이 초라하고 부끄러워 얼굴을 들 수가 없었다.

"그럼, 잘 있어!"

몇 걸음을 떼다가 용감한 형을 돌아보았다. 형은 여전히 이쪽을 바라보며 흡족한 미소를 머금고 고개를 천천히 끄덕이고 있다.

"참, 형! 다음 추석 때는 일찍 데리러 올게! 찜질방에도 가고 운동장에 가서 축구도 하자."

"뭐, 운동장? 운동장은 어디 있는데?"

"태균이 학교 운동장이야. 집근처에 있어."

"그래? 좋지. 참, 도도, 동철아! 가, 갈 때, 시, 신호 잘 지키고, 조, 조심해서 운전하고, 가!"

"그럴게."

가슴이 먹먹하고 눈시울이 뜨거워진다. 골목을 벗어나며 돌아본 형

은 아직도 이쪽을 향해 환한 미소를 지으며 천천히 고개를 끄덕이고 있
었다.

　　—「정지선 위의 서번트」부분

「정지선 위의 서번트」에서 형의 죽음처럼 김대성 소설에서 죽음은
일상에서 벗어나 나를 돌아보는 계기가 된다는 점에서 또 다른 일탈
의 방식이라고 할 수 있다. 「떠나지 못하는 자」에서는 "스스로 목숨을
끊거나 느닷없이 억울한 죽임을 당한 자는 영관청에서 자신과 함께
할 동반자를 선택해야"하는데, "여기서 지목 당하게 되면 지목한 자의
저승길 기한 안에 사고나 질병으로 죽게 되어 함께 저승길에 오르게
된다. 간혹 함께 동반할 수 없는 사유가 발생하여 다시 동반자를 지목
하는 경우도 많다." 이 작품은 이렇게 사후세계를 그리고 있는데 결국
원한을 가진 영혼들이 서로의 처지를 이해하고 서로 돕는 모습을 통
해 작가는 죽음을 타인을 이해하는 장치로 사용하고 있다.

　　"어떻게 된 거죠?"
　　"좀 전에 그 친구가 당신에게 선물을 주고 떠났소. 당신이 가야할 저
　승길을 대신하는 것으로 자신의 죄를 갚겠다고 탄원을 했소."
　　은은한 빛이 감도는 3등급대기소에는 온화한 표정의 영관원이 저승

문을 지키고 있었다. 그와 그녀는 여태 한 번도 지어보지 못한 가장 편안한 표정으로 문이 열리기를 기다리고 있다. 드디어 문이 열린다. 잔잔한 새소리와 함께 보석같이 은은한 광채가 저승문 안쪽에서 새어 나온다.

"예외가 질서를 무너뜨릴 수는 있지만 규율이 선과 악의 평가를 우선할 수는 없는 법이오. 우리는 그동안 당신의 심상을 지켜보고 있었소. 이 분은 처음부터 당신들에게 허락되어 있었소. 안녕히 가시오."

—「떠나지 못하는 자」 부분

「파란 우산」의 '나'는 사전적 의미의 일탈, 즉 도덕적 규범에서 벗어난 행동을 통해 자신을 돌아보고 타인을 이해하는 대표적 인물이다.

'나'는 어느 날부터 집 밖 화단에 소변을 보다가 누구인지 모를 여인에게 들켜 정체가 탄로날까 노심초사한다. 공무원인 그가 노상방뇨를 하는 것은 일종의 일탈에서 오는 해방감 때문이다.

단지 내게 주어진 짜릿한 배설의 쾌감에 충실하며 개나리 이파리들이 덤으로 뿜어내는 상큼한 밤공기를 폐부 깊숙이 빨아들이면 그만이다. 지린내야 어차피 곧 다가올 장맛비가 지나가면 말끔히 사라질 테니까. 답답한 실내 공기와 비좁은 변기통 안에서는 왠지 그 소리부터가 집안 식구들의 귀에 거슬리는 듯 신경이 쓰여 온전한 배설의 쾌감을 즐길 수가 없었다. 군복무시절 야간 경계근무를 서다가 신선한 밤공기를 느끼며 시작된 은밀한 일탈이었다. 알 수 없는 은근한 매력은 자연과 내가 하나가 되는 일체감과 더불어 삶의 다른 부분들이 그렇듯 이따금씩 유혹의 덫을 만들어내곤 했었다.

　―「파란 우산」부분

'나'는 '나'의 이런 해방감을 방해하는 것이 3층 여자라는 것을 알게 되는데 일탈의 해방감을 방해하는 여자에게 처음엔 경멸에 가까운 반감을 나타낸다. 하지만 결벽증이 있는 여자로 인해 어릴적 맑은 물을 지키기 위해 배척하던 친구를 떠올린다. 그리고 결벽증이 있는 여자와 맑은 물을 기어코 더럽히고야 마는 친구를 이해하게 된다. 김대성 소설에서의 일탈은 이렇게 단지 단순한 해방감을 위한 것이 아닌 나를 돌아보고 타인을 이해하는 계기가 되는 것이다.

"쓰고 제자리에 갖다 놓으소."

대수롭지 않은 듯 나직하고 부드러운 목소리를 남겨두고 계단을 오르는 발소리가 쏟아지는 빗소리에 묻혀버리자 여태까지 확신했던 모든 관념들이 일시에 몰려나와 대혼란을 일으켰다. 분명 저 여자는 그날 밤의 악녀임이 분명하다. 하지만 지금은 마치 은촛대를 훔친 장발장을 용서했던 너그러운 신부처럼 내게 은혜를 베풀고 있는 것이다. 한차례 굵은 빗방울이 짱짱한 우산 천정을 두드린다. 그날도 큰비가 오리라는 것을 알고 있었다. 건망증은 어머니가 챙겨준 우산을 잃어버렸고 결벽증은 혹독한 대가를 모면할 기회를 외면케 했었다. 아스팔트위로 생겨난 빗물 길을 철벅철벅 건너 버스정류장으로 향한다. 이 우산이 현관 앞에 서있었던 것은 장마가 시작되면서부디였다. 이지면 그녀와 사람들 사이에서 높아져 가는 담은 우리들이 끼고 있는 색안경 안에서만 존재하고 있었던 건 아닐까?

삼십 년이 지난 지금 그놈의 번들거리던 손은 어떻게 변해있을까? 늘 콧물을 흘리면서 잔기침을 매달고도 십리나 되는 무시무시한 폭우 속 길을 자청했던 그놈은 다음날 건장한 사내의 손에 이끌려 마을을 떠났었다. 못내 아쉬운 듯 자꾸만 뒤를 돌아보던 병색 완연한 얼굴을 우연히 희뿌연 방안 창문으로 내다보는 순간 처음으로 그놈과 내가 친구가 될 수도 있겠다는 아쉬움이 일었었다. 그로부터 동구 밖을 벗어나던 놈의 뒷모습은 늘 시야 한구석에 티끌처럼 남아 놈이 남긴 마지막 한마디와 함께 삼십 년이 지난 지금까지도 내 귓전을 맴돌고 있다.

"야! 너 우산 없잖아. 같이 쓰고 가자"

후두두둑 비는 버스 천장을 더욱 세차게 후려치고 내 손아귀에는 그 여자의 탐스러운 파란우산이 쥐어져 있었다.

—「파란 우산」부분

사랑과 꿈 그리고 글쓰기

김대성 소설의 주제는 사랑이다. 이는 남녀의 사랑에 머물지 않는다. 때로는 형제에 대한 사랑으로 때로는 이웃이나 원한의 대상으로까지, 남녀의 사랑에서 타인에 대한 사랑으로 확장된다. 이 점이 김대성 소설의 가장 큰 장점이다. 그런데 작품들을 찬찬히 읽다보니 눈길이 가는 부분이 있다.

"넌 나중에 뭐가 될 거야?"

"난 소설을 쓰고 싶어."

한참 머뭇거리던 그가 수줍게 입을 열었다.

"음, 넌 왠지 멋진 소설을 쓸 것 같아. 나중에 유명한 작가가 되면 나 모른 척 할 거야?"

"아니, 아니. 절대 그런 일 없어!"

그는 펄쩍뛰면서 두 손을 내저었고 그런 그를 보며 선영은 목젖이 보일정도로 깔깔대며 웃었다.

그의 풋사랑은 그가 고등학교를 졸업하던 해 서울 변두리로 이사를 가면서 자연스럽게 끝이 났지만 그의 가슴속 깊은 곳에 묻어두었던 아련한 추억은 비오는 날이면 부지불식간에 떠올라 그의 마음을 아릿하게 흔들어놓곤 했다.

—「건들장마」부분

「건들장마」에서 '그'의 꿈은 소설을 쓰는 것이었다. 그 꿈을 선영이 이해해주고 응원해준다. 마음속 꿈을 서로 이해하고 이로부터의 교감은 이들의 사랑의 계기가 된다. 즉 이 작품에서 사랑과 꿈, 그리고 글쓰기는 같은 것이라 해도 과언이 아니다. 김대성 소설에서 사랑이 일탈이라면 꿈을 이루기 위한 노력과 글쓰는 것 역시 일탈이라고 할 수 있는데 나는 이 부분에서 실제 작가의 모습을 떠올렸다.

심리학자 칼 융은 "자신의 삶은 그 자신을 실현시키고자 했던 무의식의 이야기"라고 했다. 작가들에게 글쓰기는 그런 무의식을 구체화하는 방법이 아닐까. 오랫동안 성실하게 직장 생활을 하는 가장에게 글쓰기는 자신의 일상에서 벗어난 일탈일 수 있을 것이다. 하지만 그의 소설에서 알 수 있듯 이는 사랑의 마음을 표현하는 방식이자 가슴속에 간직한 꿈이지 않았을까. 즉 작가에게 사랑과 꿈과 글쓰기는 같은 의미이지 않을까 싶다. 하지만 이런 의미는 김대성 작가에게 해당되는 것만은 아닐 것이다.

많은 작가들에게 글쓰기는 꿈이자 사랑의 대상이며 사랑 표현의 방식이다. 나에게도 마찬가지였을 텐데. 소설가로 10년 넘게 살다보니 그러한 사실을 잊고 지냈던 것 같다. 김대성 소설을 읽으며 다시 초심으로 돌아가 열심히 써야겠다고 다짐했다. 그런 면에서 김대성 소설을 읽고 많은 사람들이 일탈을 꿈꿨으면 좋겠다. 그 일탈은 단지 사전적 의미의 일탈이 아닌 사랑과 잊고 있던 꿈을 다시 꾸는 것이 될 테니까.

"나는 왜 문학을 하는가. 한 작가가 써내는 작품의 총량은 궁극적으로는 그 작가가 살아낸 삶. 그 이상도 이하도 아니라는 것이 내 생각이다. 인생 자체로는 드센 팔자에 속하지만 그러나 그 삶이 한편으로는 꾸준하게 소설을 쓰게 한 힘이 되었다고 할 수 있다."

— 한국일보. 2002. 6. 13일 인터뷰 중

소설가 이호철 선생이 한 인터뷰에서 한 말이다. 김대성 작가님께도 말씀드리고 싶다. 조금은 늦게 소설가가 되신 것에 개의치 마시고 열심히 일탈하시고 사랑하고 꿈꾸시라고. 이호철 선생 말대로 그동안의 삶이 글을 쓰는 힘이 되실 것이니 오히려 가지신 재산이 많으시다는 것 잊지 마시라고. 그 재산이 좋은 글로 구현되길 바라며 독자로서 다음 결과물을 기쁘게 기다릴 것이라는 말도 꼭 해드리고 싶다. 첫 소설집 출간을 축하드린다. 부디 건필하시길.

김대성 소설
라떼 카르멘

발   행   2022년 12월 5일
지 은 이   김대성
펴 낸 이   반송림
편집디자인 반송림
펴 낸 곳   도서출판 지혜
　　　　　　계간시전문지 애지
기획위원   반경환 이형권
주   소   34624 대전광역시 동구 태전로 57, 2층 도서출판 지혜 (삼성동)
전   화   042-625-1140
팩   스   042-627-1140
전자우편   ejisarang@hanmail.net
애지카페   cafe.daum.net/ejiliterature

ISBN : 979-11-5728-495-5 03810
값 15,000원

김 대 성

김대성 작가는 대구에서 태어났지만 경기 하남 서부면에서 학창시절을 보냈고, 2009년 공무원문예대전 소설부문 국무총리상을 수상하며 등단했으며, 현재 국세청에 공무원으로 재직중이며 유투브 '주마오두막'을 운영중이다. 김대성 작가의 첫 소설집 『라떼 카르멘』은 표제작인 중편소설 「라떼 카르멘」과 「그녀의 다리는 굵다」, 「정지선 위의 서번트」, 「라떼 카르멘」, 「안개 사랑을 삼키다」, 「떠나지 못하는 자」, 「건들장마」, 「파란우산」 등의 6편의 단편소설로 구성되어 있다. 김대성 작가의 소설적 주제는 사랑이며, 그는 아카페적인 사랑과 에로스적인 사랑을 결합하여, 낭만적이고도 이상적인 사랑을 추구해나간다. 너무나도 거룩하고 순결한 사랑과 너무나도 뜨겁고 열정적인 사랑을 결합시킨다는 것은 무척이나 어렵고 힘든 과제이기는 하지만, 그러나 김대성 작가는 그의 티없이 맑고 순수한 문체로 『라떼 카르멘』이라는 너무나도 아름답고 멋진 소설집을 창출해냈다.

이메일 dssmart@daum.net